JAN-CHRISTOPH NÜSE
Vier Tage im Juni

JAN-CHRISTOPH NÜSE

Vier Tage im Juni

Politthriller

GMEINER

Personen und Handlung sind frei erfunden.
Ähnlichkeiten mit lebenden oder toten Personen
sind rein zufällig und nicht beabsichtigt.

Immer informiert

Spannung pur – mit unserem Newsletter informieren wir Sie
regelmäßig über Wissenswertes aus unserer Bücherwelt.

Gefällt mir!

Facebook: @Gmeiner.Verlag
Instagram: @gmeinerverlag
Twitter: @GmeinerVerlag

Besuchen Sie uns im Internet:
www.gmeiner-verlag.de

© 2020 – Gmeiner-Verlag GmbH
Im Ehnried 5, 88605 Meßkirch
Telefon 07575/2095-0
info@gmeiner-verlag.de
Alle Rechte vorbehalten
1. Auflage 2020

Lektorat: Sven Lang
Herstellung: Mirjam Hecht
Umschlaggestaltung: U.O.R.G. Lutz Eberle, Stuttgart
unter Verwendung eines Fotos von: © ullstein bild – Heinz O. Jurisch
Druck: GGP Media GmbH, Pößneck
Printed in Germany
ISBN 978-3-8392-2768-8

Bedenkt, dass Fanatiker gefährlicher sind als Schurken. Einen Besessenen kann man niemals zur Vernunft bringen, einen Schurken wohl.

Voltaire (aus »Potpourri«, 1765)

PERSONEN

Paul Dickopf — Chef Sicherungsgruppe Bonn (auch: »Schlossgespenst«)

Thomas Malgo — Ermittlungen Staatsschutz, Sicherungsgruppe Bonn (auch: »Krümelmonster«)

Alfons Deckert — Personenschutz, Sicherungsgruppe Bonn (auch: »schweigsamer Ritter«)

Karla Buchner — Chef-Sekretärin Sicherungsgruppe Bonn (auch: »Prinzessin«)

Beckmann — Pförtner Sicherungsgruppe Bonn (auch »Türdrachen«)

John F. »Jack« Kennedy 35. Präsident der USA

Ted Sorensen — Berater und Redenschreiber von John F. Kennedy

James Weston — Leiter United States Secret Service

Diane Leaton	Dolmetscherin, Deutsch-Amerikanerin
Nadja Malgo	Ehefrau von Thomas Malgo
Jakob Malgo	Sohn von Thomas und Nadja Malgo
Augustyn Nowak	Jugendfreund von Thomas Malgo
Alina Nowak	Schwester von Augustyn Nowak

KLEINE CHRONOLOGIE

25. Juni 1950: Beginn des Korea-Krieges: Der kommunistische Norden will die Wiedervereinigung mit dem Süden militärisch erzwingen. Der Überfall löst in der Bundesrepublik Ängste aus. Befürchtet wird, dass die in Ostdeutschland stationierten sowjetischen Truppen West-Berlin einnehmen und nach Westdeutschland vorstoßen könnten.

5. Mai 1955: Zehn Jahre nach dem Ende des Zweiten Weltkrieges beenden die USA, Großbritannien und Frankreich das Besatzungsstatut. Die Bundesrepublik Deutschland wird wieder weitgehend souverän. Sie verpflichtet sich, eine Armee aufzubauen.

Oktober 1955: Das Bundesministerium für Atomfragen wird gegründet. Erster Minister: Franz Josef Strauß. In der Kabinettssitzung am 20. Juli 1956 erklärt er: »Eine Nation, die heute nicht selbst Atomwaffen produziert, ist deklassiert.« (Dokument s. Anhang)

19. Dezember 1956: Bundeskanzler Adenauer erklärt in der Kabinettssitzung, die Bundesrepublik sei bei einem Angriff der Sowjetunion nicht ausreichend geschützt. Denn es sei wahrscheinlich, dass die USA ihre Atomwaffen nur bei einem Angriff auf ihr eigenes Land einsetzen würden. Adenauer: »Es ist daher dringend erforderlich, dass

die Bundeswehr selbst Atomwaffen besitzt.« (Dokument
s. Anhang)

Oktober 1962: Kuba-Krise. Die Welt steht am Rande eines
Atomkrieges zwischen der Sowjetunion und den USA.

PROLOG

Juli 1963

»Wer unter Benutzung einer Waffe Alliierte Streitkräfte angreift, wird mit dem Tode bestraft oder mit einer Freiheitsstrafe, für die kein Höchstmaß besteht.«
Verordnung Nr. 511 der Alliierten Kommandantur Berlin: Strafbare Handlungen gegen die Interessen der Besatzung. Erlassen zu Berlin am 15. Oktober 1951. Aufgehoben am 14. März 1989.

Gut geölt ruhe sie tief unten im Luftschutzbunker. Zerlegt, aber jederzeit einsatzbereit, hieß es. Nun habe ich die Guillotine hier in Moabit gesehen. Zum ersten Mal, aus der Nähe, durch eine geöffnete Tür. Gestern Abend auf meinem Weg zu der verlorenen Seele. Nicht im Hof haben sie die Mordmaschine aufgebaut. Nein, das würde eine enorme Unruhe erzeugen. Den Flur vor dem Trockenraum neben der Heizung haben sie ausgewählt. Als ich vorbeigegangen bin, mischte sich der Geruch frischer Wäsche mit dem Gestank von Schmieröl.

Wie dieser Mensch die letzte Nacht seines Lebens verbringt? Ruhiger als ich, das ist gewiss. Drei Uhr ist es in der Früh, und kein Auge habe ich zugetan. Immerhin durfte ich als zuständiger Seelsorger noch einmal einen Besuch machen. Zu einem ausführlichen Gespräch, wenige Stunden vor der Hinrichtung. Mir hatten sie den Beschluss der Alliierten Kommandantur gezeigt. Der verlorenen Seele nicht. Wenige Stunden des Lebens auf Erden bleiben noch. Aber dieser Mensch sprach von kaum etwas anderem als von seiner Hoffnung auf Begnadigung. Und ich, der ich um sein nahes Ende weiß, habe geschwiegen, wie von mir verlangt. Heiliger Michael, du mein starker himmlischer Kollege, der du mir schon so oft beigestanden hast: Bitte gib mir die nötige Kraft. Die Kraft, den Blick zu ertragen, auf dem Weg zur Guillotine.

1.

Montag, 10. Juni 1963. Washington, D. C., The White House.
Knapp zwei Wochen vor dem Beginn der Europareise.

Der Präsident hatte Schmerzen. Das neue Medikament wirkte
offenbar noch nicht. John F. Kennedy wippte in seinem
gepolsterten Schaukelstuhl vor und zurück. Mit geschlossenen Augen. Ein Außenstehender würde auf die Idee kommen,
einen entspannten Präsidenten vor sich zu haben. Könnte er
allerdings die Linien seiner Stirn lesen, wüsste er, wie stark
ihn sein Rückenleiden wirklich belastete.

Ted Sorensen, seit vielen Jahren Kennedys Redenschreiber
und Berater, saß wie immer aufrecht und etwas steif im Sessel.
Es war nicht der beste Moment für die übliche Nachbespre-
chung. Vor allem dann, wenn man der Überbringer schlechter Nachrichten war. Aber sie hatten es immer so gehalten,
nach jeder großen Rede. Der Präsident hatte von Anfang an
darauf bestanden. Auch der andere Mann im Oval Office
wusste, dass John Fitzgerald Kennedy seit Beginn seiner
politischen Karriere keine Rücksichtnahme auf Krankheiten
wünschte. Robert Kennedy, Justizminister und wichtigster
Berater seines Bruders, hatte sich auf dem Sofa ausgestreckt.
Ted Sorensen beruhigte sich in solchen Momenten, indem
er sich in Erinnerung rief, wie lange er schon für Kennedy
dachte und schrieb. Sie arbeiteten zusammen, seit Kennedys politische Karriere begonnen hatte. Im Jahr 1953 war

das gewesen, als Kennedy Senator für Massachusetts werden wollte. Das war nun zehn Jahre her – in der Politik eine kleine Ewigkeit. Die Erinnerung an diese Anfangszeit war nicht verblasst. Im Gegenteil, sie war präsenter denn je, seit Kennedy vor knapp drei Jahren zum Präsidenten gewählt worden war. Er dachte oft an diesen magischen Moment in seinem Leben, als ihm der Sohn eines der reichsten Männer Amerikas einen Arbeitsvertrag angeboten hatte. Ihm, dem jungen Anwalt aus dem ländlichen Nebraska. Damals ahnte noch niemand, dass John Fitzgerald Kennedy später tatsächlich Präsident werden würde. Sorensens Familie besaß traditionell eine enge Verbindung zur Politik. Sein Vater hatte ihn Theodore genannt, hatte ihm Präsident Roosevelts Vornamen gegeben. Ein Jahr später wurde Vater Sorensen als Justizminister vereidigt. In Nebraska, dem Staat der Maisbauern und Viehzüchter. Diese Amtszeit war allerdings längst Geschichte, als Ted sein Studium an der Universität von Lincoln als Jahrgangsbester abschloss. Damals war er vierundzwanzig Jahre alt. Er stand bei niemandem im Verdacht, enorme politische Erfahrung zu besitzen oder zu den begnadeten Strippenziehern in Washington zu zählen, immerhin mehr als tausend Meilen entfernt. Doch Kennedy, der politische Hoffnungsträger einer der mächtigsten Familien des Ostküsten-Adels, hatte ihn eingestellt und seine Entscheidung für diesen Hinterwäldler aus dem Mittleren Westen nie bereut. Ted Sorensen wusste das. So wie er wusste, dass viele in Washington seine Redeentwürfe für Kennedy beeindruckend fanden. Das galt vor allem für Kennedys Antrittsrede, im Januar vor zwei Jahren.

Sorensen nahm das Klemmbrett mit seinen Notizen in die Hand. Sie enthielten Stichworte zu den Ereignissen des Tages und die daraus formulierten Gedanken am Abend, über das politische Tagesgeschäft hinaus. Beides zusammen bildete die Basis seines sicheren Urteils. Genau dieses Urteilsvermögen schätzte Kennedy an ihm.

»Mr President, einige Generäle habe ich nie so wütend erlebt. Sie halten Sie für einen Schwächling. Für einen Mann, der die Fähigkeit zum Erstschlag aufgibt. Und das ohne Not.«

John F. Kennedy wippte weiter in seinem Schaukelstuhl, seine Hände auf die ebenfalls gepolsterten Armlehnen gepresst. Er hatte die Augen geöffnet und versuchte, erstaunt zu erscheinen.

»Was habe ich denn gesagt, Ted? Worüber habe ich gesprochen? Eigentlich über Selbstverständlichkeiten, die jeder Schwachkopf erkennen kann. Weder die Russen noch wir würden einen Atomkrieg überleben. Und deswegen ist es doch wohl vernünftig, dass wir eine Zeit lang keine Bomben mehr testen und uns währenddessen mit den Russen an einen Tisch setzen. Wie vernünftige Leute es tun.«

Sorensen blätterte stumm in seinen Notizen.

Der Präsident wandte den Kopf und sah ihn auffordernd an. »Ted, du bist mein Berater. Was ist los? Du hast mir gesagt, dass wir mit diesen Reaktionen rechnen müssen. Es sind doch nur ein paar alte Kerls in Uniform. Mit ein paar Sternen zu viel auf ihren Schulterstücken. Werden meine Wähler mich nicht besser verstehen?«

Sorensen steckte seinen Kugelschreiber ein. Bedächtig prüfte er, ob der Stift sich auch wirklich in der schwarzen Schutzhülle befand, die die Brusttasche seines Sakkos vor auslaufenden Farben schützte. Dann schaute er auf. »Mr President, es war richtig, zu sagen, was wir gesagt haben. Aber alle Hardliner unter den Generälen, genau die, die letztes Jahr noch Kuba bombardieren wollten, die wagen sich jetzt wieder vor. Sie sind noch wütender als damals. Manche von denen würden Sie am liebsten noch heute aus dem Amt jagen. Und vielleicht gibt es sogar einige, die noch weiter gehen würden.«

John F. Kennedy sah seinen Bruder an. »Bobby, du bist mein Justizminister. Der Herr über das FBI. Muss ich mir ernsthaft Sorgen machen? Habe ich heute Abend unseren Vater am Telefon, der uns anbietet, eine kleine Armee böser Jungs nach Washington zu schicken? Zu meinem Schutz?«

Robert Kennedy grinste. »Wie zu Dads alten Zeiten, meinst du? Würde ihm vermutlich gefallen. Aber nein. Nur sollten wir vorerst keine weiteren Angriffsflächen mehr bieten.«

John F. Kennedy schüttelte energisch den Kopf. »Diesen Sturköpfen kann ich es doch ohnehin nicht recht machen. Ihr wisst es beide: Wir brauchen ein Abkommen mit den Russen. Und ich habe durch mein Angebot heute Morgen in der American Academy keinen Fußbreit amerikanischen Bodens aufgegeben.«

Robert Kennedy streckte sich auf dem Sofa aus und sah dabei Sorensen an. »Ted, lies diese verdammten Sätze noch mal vor. Laut und deutlich. Damit wir überlegen können, ob etwas falsch daran war.«

Ted Sorensen legte sein Klemmbrett aus der Hand und beugte sich zu dem niedrigen Tisch, auf dem die Meldungen der Nachrichtenagenturen lagen.

Robert Kennedy richtete sich so schnell auf, als hätte er sich auf eine Nadel gelegt, die im Sofa steckte. »Ted, verdammt noch mal. Warum liest du aus den Agenturen? Du bist doch Jacks Redenschreiber. Bist du nicht der Mann, der Jacks Rede weitergeführt hat, als er diese Schmerzattacke hatte? Der weitergelesen hat, aber von einem weißen Blatt Papier? Jack …«, er sah seinen Bruder an, »dieses verfluchte Manuskript. Es muss doch hier irgendwo liegen.«

John F. Kennedy zuckte mit den Achseln, schloss die Augen wieder und schaukelte weiter, mit deutlich glatteren Stirnlinien. Das Medikament wirkte langsam.

Ted Sorensen griff in die rechte Innentasche seines Sakkos und holte vorsichtig einige gefaltete, dünne Blätter heraus. Seine persönliche Durchschrift der Rede Kennedys am Vormittag, vor der American Academy in Washington. »Strategy of Peace«, der Titel der Rede, stand oben auf jedem Blatt. Sorensen stand auf. Reden hielt man im Stehen. So las man sie auch. »Um unseren guten Glauben und unsere ernst gemeinten Überzeugungen in dieser Hinsicht unter Beweis zu stellen, erkläre ich jetzt, dass die Vereinigten Staaten nicht beabsichtigen, Atomtests in der Atmosphäre durchzuführen, solange dies auch von anderen Staaten unterlassen wird. Ich hoffe, dass wir Abrüstung dadurch leichter erzielen können.« Er ließ das Manuskript sinken und setzte sich wieder. »Es ist genau das, was wir ausdrücken wollten. Unser Angebot an die Russen. Die Rede wird morgen in den wichtigen Zeitungen Moskaus abgedruckt werden. Da bin ich ganz sicher.«

Robert Kennedy stand nach wenigen Schritten direkt vor ihm und nahm ihm die Seiten aus der Hand. »Genau das, was wir sagen wollten? Ja? Soll ich euch mal etwas anderes sagen? Habt ihr Strategen vielleicht vergessen, welches Jahr wir schreiben?« Er deutete auf die bronzene Wanduhr mit der überdimensional großen Kalenderanzeige. Sie zeigte zwar nur die Tage des laufenden Monats, diente ihm aber regelmäßig als Beweis dafür, wie kurzlebig politische Erfolge waren. »Wir haben das Jahr 1963. Nur noch ein Jahr bis zu Jacks Wiederwahl. Schon vergessen? Aber vielleicht erinnert ihr euch noch, wie knapp es das letzte Mal war. Kaum mehr als hunderttausend Stimmen vor Nixon. Vielleicht sollten wir langsam anfangen, uns mehr Freunde als Feinde zu machen.«

Der Präsident antwortete mit leiser Stimme, ohne seinen Bruder anzusehen. »Du hast ja recht, Bobby. Deswegen machen wir ja die Europareise. Deswegen fliege ich nach Irland, ins Land unserer Vorfahren. Wir wissen alle, wie wichtig für uns die Stimmen der Iren sind. Zum Papst nach Italien dagegen wollte ich ohnehin. Aber natürlich ist es gut, wenn meine Katholiken die Bilder aus dem Petersdom sehen. Wir dürfen wirklich nicht vergessen, dass jede Stimme zählt. Besonders beim nächsten Mal.«

Robert Kennedy konnte sich noch nicht beruhigen. »Okay, Jack, Irland ist ein Treffer. Aber da sind noch die Deutschen. Zu denen fährst du auch. Und die hast du noch nicht für dich gewonnen. Zumindest nicht Adenauers Leute. Denn die wissen, dass du erst gar nicht zu ihnen wolltest.«

Sorensen verspürte jetzt das Bedürfnis, seinem Präsidenten zur Hilfe zu kommen. Allerdings hatte auch er noch sehr gut in Erinnerung, wie reserviert die Deutschen in ihren ersten Telegrammen gewesen waren. »Sicher, Bundeskanzler Adenauer ist wie ein Elefant. Aber er will, dass wir kommen. Es ist sein letzter großer Staatsbesuch, nur wenige Monate vor seinem Rücktritt als Bundeskanzler. Zudem hat er bisher stillgehalten und nichts darüber verlauten lassen, dass er uns drängen musste. Natürlich will er seinen Leuten den Eindruck vermitteln, wir hätten bei unserer Europareise zuerst an Deutschland gedacht. So, als wäre Bonn nicht nur unser erstes, sondern auch unser wichtigstes Reiseziel in Europa.«

John F. Kennedy sah seinen Bruder an. »Bobby, Ted hat recht. Woher sollten wir wissen, dass Ministerpräsident Fanfani unsere Besuchspläne ausplaudern würde? Und das ausgerechnet bei einem Dinner, bei dem der deutsche Botschafter anwesend war? Das war einfach Pech, nichts anderes. Dieser selbstverliebte Italiener hat natürlich bewusst unterschlagen, dass ich zum Papst fahre. Der Besuch bei ihm ist nicht mehr als pure Höflichkeit.«

Ted Sorensen rutschte auf seinem Sessel weiter nach vorn. Seit er aus der Rede zitiert hatte, empfand er die Stimmung im Oval Office als unangenehm. Bei einem Streit zwischen den Brüdern geriet man besser nicht zwischen die Fronten. »Bobby, die Reise nach Deutschland wird uns Nutzen bringen. Wir haben große Reden und Pressekonferenzen geplant. Ein paar werden hoffentlich auch von den Amerikanern live zu sehen sein. Zumindest eine Zeit lang, solange der Satellit günstig steht und eine Übertragung zulässt. Bei einer Rede vor deutschen Gewerkschaftern werden sogar einige amerikanische Gewerkschaftsbosse dabei sein. Sie fliegen mit uns und werden in Berlin dabei sein. Wenn sie wieder zu Hause sind, können sie ihren Mitgliedern einiges erzählen.« Er ging zur Tür. Kurz bevor er bei dem großen Segelschiff auf dem Kaminsims angekommen war, drehte Sorensen sich noch einmal um. »Aber natürlich müssen wir auch weiterhin jederzeit mit Angriffen rechnen.«

Robert Kennedy sprang auf und hielt den Schaukelstuhl seines Bruders an der Rückenlehne fest. »Jack, was ist die beste Abwehr bei einem Angriff? Ein Gegenangriff. Zeig es denen da draußen. All denen, die dich jetzt einen Feigling nennen. Biete den Russen die Stirn. Vor allem in Berlin! Selbst der französische Präsident hat einen Bogen um die Stadt gemacht, bei seinem Deutschlandbesuch letztes Jahr. Zeig unseren Leuten, dass wir es mit den Russen aufnehmen.« Er gab die Rückenlehne des Schaukelstuhls frei, kehrte zurück zu seinem Sofa, drehte sich aber erneut um. »Als Erstes musst du in Bonn Adenauer bearbeiten. Der alte Kerl muss endlich begreifen, dass wir seine Freunde bleiben. Auch wenn wir auf die bösen Russen zugehen. Adenauer und sein Verteidigungsminister müssen ihre verfluchten Pläne für die deutsche Atomwaffe fallen lassen. Endgültig. Also, Jack: Du musst die Deutschen überzeugen. Wir Amerikaner sind es, die Europa verteidigen. Auch mit Atomwaffen, wenn es sein muss. Auch West-Berlin.«

*

Am frühen Abend desselben Tages, Bad Godesberg.

Thomas Malgo hielt am Straßenrand, drehte sich zu seinem Sohn auf dem Beifahrersitz und wuschelte ihm liebevoll durch die Haare.

»Es war ein schöner Ausflug, mein Junge. Ich fahr den Wagen gleich in unsere Garage.« Er sah hoch zur Wohnung. »Vielleicht ist Mama noch unterwegs. Hast du deinen Hausschlüssel dabei?«

Jakob nickte.

»Gut, du armes Schlüsselkind. Wenn du oben bist, dann bitte ausziehen. Vor der Tagesschau bist du im Bett.«

Jakob deutete mit einer Kopfbewegung nach vorn. »Die Frau da sieht aus wie Mama …«

»Bitte lenk nicht ab.«

»Das ist wirklich Mama.«

Tatsächlich drängte sich gerade ein amerikanisches Cabrio in die Auffahrt vor ihnen. Knallrot, mit weißen Polstern – und Nadja auf dem Beifahrersitz. Sie beugte sich nach links und küsste den Fahrer auf die Wange.

Malgo gelang es nur mit Mühe, ruhig zu bleiben. Beobachten, du wirst erst mal nur beobachten, brüllte seine innere Stimme dem aufkommenden Gefühl entgegen, die Contenance zu verlieren. Auch Jakob bewegte sich nicht. Aber nur, weil der Junge so verblüfft war. Das traf auf Malgo allerdings nicht zu.

»Sieh mich an, Jakob.« Es dauerte, bis sein Sohn zu ihm herübersah. »Deine Eltern sind nicht zerstritten, Jakob. Ich verspreche es dir. Mama geht gerne ins Kino, das weißt du, und ich habe eben nicht immer Zeit. Es gibt keinen Grund, sich Sorgen zu machen.«

Jakob saß noch immer vollkommen regungslos da. Malgo versuchte, die Schockstarre zu lösen.

»Nächsten Sonntag gehen wir beide wieder zum Fußball. Versprochen.«

Endlich lächelte der Junge, zumindest ein bisschen. Aber er schaute weiter nach vorn, beobachtete seine Mutter in ihrer engen Lederjacke, wie sie aus dem Cabrio stieg. Nadja winkte dem Fahrer zum Abschied, drehte sich um, ging die wenigen Schritte zurück, riss die Beifahrertür auf und zog Jakob nach draußen.

»Mein Junge, was um alles in der Welt hat dein Vater mit deinen Haaren gemacht?«

Jakob wand sich aus dem Griff seiner Mutter und folgte ihr zur Haustür.

Der Kerl im Cabrio sah Nadja hinterher, dann über seine linke Schulter und fädelte in den Verkehr ein. Für einen kurzen Augenblick konnte Malgo das Gesicht sehen. Zumindest im Profil. Er hatte den Eindruck, die Visage schon einmal gesehen zu haben. Er nahm sein Notizbuch aus dem Handschuhfach und notierte das Kennzeichen. In seiner Garage im Hinterhof stieg er aus, holte die Blechdose mit den vor Weihnachten geretteten Spekulatius aus dem Werkzeugschrank und setzte sich wieder in seinen Wagen. Das Halbdunkel passte gut zu dem Wintergebäck. Der Deckel der Dose hatte den warm-muffigen Garagengeruch zwar draußen gehalten. Aber warum die Spekulatius trotzdem austrockneten, würde vorerst ein ungelöstes Rätsel bleiben. Malgo schloss die Augen. Wie hatte es mit Nadja wieder so weit kommen können? Natürlich, noch immer war nicht jeder ihrer Wünsche erfüllbar. Ein Haus mit Garten oder zumindest ein kleines Feriendomizil in der Nähe der Ostsee, das war mit seinem Gehalt nicht drin. Zumindest noch nicht. Was aber wollte sie ihm mit diesem Kerl und seinem Ami-Schlitten beweisen? Dass er nicht schnell genug vorankam im Job, nicht genug Ehrgeiz hatte? Wollte sie ihm, wie damals in Würzburg, beweisen, wie groß ihre Chancen bei ihren Chefs waren als gut aussehende Krankenschwester? Sicher, es stand noch gar nicht fest, dass der Geldsack wieder ein Chefarzt war. Nach der Hochzeit hatten sie sich gemeinsam geschworen, gute Arbeit zu finden, schnell voranzukommen und dann gemeinsam das Leben zu genießen. Sie wollten die Notunterkünfte und die Einfach-Wohnungen der Anfangsjahre schnell aus dem Gedächtnis streichen. Erfolgreich neu beginnen, das wollten Anfang der Fünfziger doch alle, nicht nur die vertriebenen Deutschen aus dem Osten. Es war ja auch höchste Zeit, nach den ganzen Hungerjahren. War das nicht auch das, was ihm eigentlich immer Spaß bereitet hatte? Aufzubrechen, neue Wege zu gehen, sich mitreißen zu lassen? Wie von der amerikanischen Musik, die Nadja so gerne hörte und die die Radiosender der G. I.s spielten. Lieder, die es in Bonn nicht zu kaufen gab. Wie oft hatte er in den Plattengeschäften vergeblich danach gesucht. Vielleicht lag es aber auch daran, dass er die Titel der Lieder oft nicht genau verstanden hatte. Wenn er ihr ab und zu eine neue Schallplatte mit nach Hause bringen konnte, zusammen mit Pralinen selbstverständlich, dann war das seine Art von kleiner Entschädigung. Eine Entschädigung dafür, dass sie oft auf ihn warten musste. Und die Chance, sie wieder lächeln zu sehen.

2.

*Dienstag, 11. Juni 1963. Bad Godesberg. Noch zwölf Tage bis
zur Landung der Air Force One in Köln-Wahn.*

Die Atmosphäre zu Hause hätte kaum kühler sein können.
Sie hatte sich eine schnippische Standardantwort zurechtge-
legt. »Was willst du? Es ist nichts passiert ...« Das klang so
ähnlich wie die Verteidigung eines Beschuldigten beim Verhör: »Sie können mir gar nichts beweisen.«

Sie war gestern zu weit gegangen. Das wusste sie. Schon
weil der Junge alles hatte mit ansehen müssen. Früher, da
hatten sie sich bei Streitigkeiten immer an ihren Vorsatz aus
den Anfangszeiten gehalten: Am nächsten Morgen geht für
uns beide wieder die Sonne auf. Heute war sie auch aufge-
gangen. Aber ohne zu wärmen.

Immerhin, für seinen 17 M hatte er noch einen guten
Parkplatz gefunden. An den Bahngleisen, am Anfang der
Friedrich-Ebert-Straße. Ganz außen, wo der Ford Taunus
vor Kratzern sicher war. Fatal, wenn der Wagen auch noch
durch Dellen an Wert verlieren würde. War selbst gebraucht
eigentlich noch zu teuer gewesen. Aber Nadja hatte sich
das Auto gewünscht. Ganz in Weiß, mit viel Chrom. Das
gepflegt werden wollte, genau wie die Weißwand-Reifen.
Samstags schrubbte Jakob und besserte so sein Taschen-
geld auf.

Beckmann stand wieder draußen an der Pforte. Wie immer wartete er nur auf eine Gelegenheit, einen Spruch anzubringen.

»Guten Morgen, Malgo. Da sind Sie ja endlich, Sie Landesverräter.« Er sah rüber zum Parkplatz. »Steht Ihre rollende Badewanne gut und sicher? Wenn Sie wollen, geh ich gerne mal ab und zu rüber und seh nach, ob alle Kotflügel noch ihre schönen Rundungen haben.«

Beckmann, der Alleinunterhalter. Lachte auch meistens allein über seine Sprüche.

»Morgen, Beckmann. Meinem Wagen geht es gut. Aber Ihnen fehlt offensichtlich etwas – ein Publikum. Bewerben Sie sich doch beim Karneval. Die suchen immer talentierte Büttenredner.«

Beckmann zog die Tür langsam auf und zeigte nach oben. »Danke für die Berufsberatung. Dann mal gleich rein mit Ihnen. Und sofort hoch zu Karla.«

»Ein Notfall? Sind die Keksvorräte des Chefs verschwunden?«

»Spaßvogel. Sie wollen mir wohl wirklich Konkurrenz machen, wie? Aber jetzt im Ernst: Der Chef wird wohl etliche Tage ausfallen, sagt Karla.«

»Glaube ich nicht. Der Chef war bisher nie krank.«

»Es hat ihn auch nicht selbst erwischt. Aber er hat einen Krankheitsfall in der Familie. Seine Mutter liegt im Krankenhaus in München. Ein Schlaganfall, heißt es.«

»Das ist traurig. Bin aber leider kein Arzt.«

Beckmann tat so, als wolle er ihn Richtung Treppe schieben. »Was Sie tun sollen, das wird Karla schon mitteilen. Jetzt mal los …«

Ein Kriminalist, der nicht neugierig ist, ist keiner. »Raus mit der Sprache, Beckmann. Was erwartet mich oben?«

»Schon mal davon gehört, dass unser Dorf hohen Besuch erwartet? Sehr hohen sogar?«

»Klar, Kennedy. Aber erst in zwei Wochen, und nicht meine Baustelle. Zuständig sind unsere beamteten Revolverhelden, Deckert und seine Bande. Das wissen Sie doch.«

Beckmann zuckte mit den Schultern und grinste. »Das Kalte wird warm, der Reiche wird arm, der Narre gescheit: alles zu seiner Zeit.«

Manchmal gab der Kerl wirklichen Stuss von sich. Und das schon am frühen Morgen. »Bitte heute keine Kalendersprüche, Beckmann. Ich hatte noch keinen ordentlichen Kaffee.«

Auf der Treppe am frühen Morgen ausnahmsweise Gegenverkehr. Wenn man vom Teufel spricht, würde Beckmann jetzt sagen. Alfons Deckert, Leiter der Abteilung Personenschutz. Deckert spielte mal wieder Straßensperre mit seinem imposanten Brustkorb.

»Guten Morgen, Kollege Malgo. Mal wieder unaufhaltsam auf dem Weg nach oben?«

Der nächste Spruch. Alle wussten, dass Deckert schon lange auf seine Beförderung wartete. Er beäugte alle, die ihm in die Quere kommen konnten. Vor allem die aus der Abteilung Ermittlungen. Personenschützer gegen Kriminalisten oder Muskelmänner gegen Denker. So verlief die interne Frontlinie in der Sicherungsgruppe. Zumindest erwartete Deckert keine Antwort und trat einen Schritt zur Seite. So selbstverliebt wie Beckmann war er dann doch nicht.

In der Fünften war das Tor zum Reich des Chefs weit geöffnet. Erstaunlich, denn diese Tür hatte bisher nie offen gestanden. Paul Dickopf, Leiter der Sicherungsgruppe Bonn, war für gewöhnlich der Geheimniskrämer in Person. Er wusste, dass sein Spitzname »das Schlossgespenst« war, und er arbeitete an seinem Ruf. Er tauchte mit seinem Mercedes morgens direkt ab in die Tiefgarage, schaltete den Fahrstuhl auf Vorrang und fuhr allein und an allen vorbei in seine fünfte Etage, bis in den Flur vor seiner Bürotür. Hier musste jeder Besucher klingeln. Das galt für Personenschützer ebenso wie für Ermittler. Erst der Zeigefinger seiner Sekretärin und ein elektrischer Türöffner gaben den Weg frei.

Aber heute Morgen war auch hier alles anders. Karla Buchner stand mit Gummischürze vor dem Kopierer. Entweder hatte sie auch am Hinterkopf Augen oder einen gut versteckten Spiegel in irgendeinem Aktenregal.

»Herr Malgo, da sind Sie ja endlich.«

»Guten Morgen, Frau Buchner. Kommt er heute wirklich nicht?«

Sie drehte sich um, die Schale mit der Entwicklerflüssigkeit aus dem Kopierer in beiden Händen. »Gestern hat mich der Chef den ganzen Tag auf Trab gehalten. Da konnte ich das Entwicklerbad nicht wechseln.« Sie kam direkt auf ihn zu, Richtung Tür, mit gleichmäßigen kleinen Schritten. Er hielt ihr die Tür auf. Sie ging nah an ihm vorbei. »Riechen Sie? Das Zeug könnte fast als Chemiewaffe durchgehen.« Im Gang drehte sie sich um und nickte in Richtung ihres Schreibtisches. »Der Stapel Fernschreiben, links neben dem Körbchen Postausgang, der ist übrigens für Sie. Bitte seien Sie doch so freundlich, sich nicht wieder an meinen Schreibtisch zu setzen. Als gewiefter Kollege von Sherlock Holmes haben Sie doch sicher unseren Besucherstuhl längst entdeckt.« Dann drückte sie mit ihrem Rücken die Tür zur Damentoilette auf und verschwand.

Der Besucherstuhl stand schräg hinter dem Garderobenständer. Eingeklemmt in eine kleine Lücke zwischen zwei hohen Regalen voller Aktenordner. Kein angenehmer Sitzplatz, eher eine Zumutung. So wie der ganze Stapel Papier. Malgo las das erste Fernschreiben:

Der Innenminister des Landes Nordrhein-Westfalen
Düsseldorf, den 11. Juni 1963

Fernschreiben-ssd- Nr. 280

An die Regierungspräsidenten in Aachen, Arnsberg,
Düsseldorf, Köln und Münster
das Bundeskriminalamt – Sicherungsgruppe – in
Bad Godesberg,
die Kreispolizeibehörden in Bergisch Gladbach,
Bonn und Köln-Stadt.

Betrifft: Besuch des Präsidenten der Vereinigten
Staaten von Amerika vom 23. bis 26.6.1963.

1. Polizeilicher Anlass
Seine Exzellenz, der Präsident der Vereinigten
Staaten von Amerika, wird mit einem größeren
offiziellen Gefolge der Bundesrepublik Deutschland vom 23. bis 26.6.1963 einen Besuch abstatten.
Wegen der besonderen Stellung des Staatsgastes
und der politischen Bedeutung des Besuches ist
eine Gefährdung zu unterstellen.
1.1 Folgendes Programm ist
...

Das Telefon auf Karla Buchners Schreibtisch klingelte. Die
Tür zum Flur stand immer noch offen, aber sie war nicht zu
sehen. Also eine gute Gelegenheit, zum Hörer zu greifen
und gleichzeitig zu prüfen, ob auf ihrem Schreibtisch wirklich Frauenzeitschriften neben streng geheimen Sachen lagen.
Schließlich wurde im ganzen Haus darüber geredet. Auf den
Fluren nannte man sie deswegen nur »die Prinzessin«.

»Hier Malgo … Einen Moment mal, ich übergebe …«

Jetzt kam sie mit schnellen Schritten den Gang entlang. Den Entwickler des Kopierers und ihre Schürze war sie losgeworden.

»Frau Buchner, an der Pforte steht ein Offizier der Bundeswehr. Er will sicher zum Chef.«

Sie nahm den Hörer entgegen und griff in den Zettelkasten neben dem Telefon. »Wie hat er sich ausgewiesen?« Sie hakte sich die große Gummihalterung am Hörer über die linke Schulter und nahm mit der rechten Hand den Kugelschreiber. »Ja. In Ordnung, Beckmann. Habe ich notiert. Danke. Bitten Sie den Gast in den kleinen Vernehmungsraum.« Kleiner Seitenblick. »Ja, Herr Malgo kommt dann runter. Danke.« Der Hörer fiel aus mittlerer Höhe auf die Gabel. »Amt für die Sicherheit der Bundeswehr. Der Offizier erwartet Sie beim Pförtner.« Sie überreichte Malgo den kleinen Zettel. »Danke, dass Sie das Telefonat angenommen haben. Aber bitte bleiben Sie das nächste Mal vor meinem Schreibtisch stehen, ja? Und mit ›vor meinem Schreibtisch‹ meine ich die Besucherseite …« Mit einem Lächeln versuchte sie ein wenig Schärfe aus ihrer Bemerkung zu nehmen.

So sah die »Prinzessin« ihre Stellung: Sie wusste alles, was das »Schlossgespenst« wusste, der liebe Gott ahnte einiges und den Rest der Welt ging es vorläufig nichts an. Malgo würde nie etwas aus ihr herausbekommen, was nicht für ihn bestimmt war.

»Warum will der Mann denn zu mir?«

»Steht das nicht in dem Fernschreiben aus dem Innenministerium?« Wie immer demonstrierte sie gern ihre Vertrauensstellung. »Die Adressaten, das sind jetzt Ihre neuen Freunde, Herr Malgo. Sie werden vermutlich viel Zeit mit ihnen verbringen.«

Die spitze Zunge der Buchner mal wieder. »Erklären

Sie mir erst einmal, wo der Chef ist, und was der Kennedy-Besuch mit mir zu tun hat. Ich darf Sie daran erinnern, dass ich Kriminalist bin. Also keiner von Deckerts Muskelmännern.«

Mit kritischem Blick von oben bis unten unterzog sie ihn einer Art Musterung und lächelte dann. »Vielleicht kein Riese. Aber drahtig und gut trainiert, würde ich sagen. Durchaus brauchbar als Muskelmann.«

Sie wusste selbst, dass sie bei ihren Späßen manchmal etwas zu weit vorpreschte. Sie setzte sich wieder hinter ihren Schreibtisch. »Der Chef ist gestern Abend zu seiner Mutter gefahren. Sie hat einen Schlaganfall erlitten und liegt in München auf Intensiv. Er hat mich heute früh angerufen. Bis er wiederkommt, bittet er Sie, die Vorbereitungen für den Kennedy-Besuch zu leiten.«

»Aha. Seit wann verteilen Sie hier die Arbeit, Frau Buchner? Der Kennedy-Besuch ist ja wohl keine Kleinigkeit. Erfahre ich nun alles dazu nicht vom Chef, sondern mündlich von seiner Sekretärin? Ist das Ihr Ernst?«

»In meinem Arbeitsvertrag steht jetzt Assistentin.«

»Oh. Das ist mir neu.« Die einzig offensichtliche Veränderung in ihrem Büro seit der letzten Konferenz beim Chef waren die vielen Fotos der schneebedeckten Alpen. Etwas ungewöhnlich, im Sommer.

»Der Vertrag ist ja auch neu. Ich habe mehrere Fortbildungen besucht. Erfolgreich, wie Sie sich vorstellen können.«

»Gratuliere. Aber ich hoffe doch sehr, dass es Ihnen möglich ist, beizeiten zum Thema zurückzukehren.«

Sie stand auf und sah aus dem Fenster. »Dr. Dickopf hat mich vor einer Stunde angerufen. Ich habe seine Stimme eindeutig erkannt. Und er stand keineswegs unter fremdem Einfluss.« Sie drehte sich wieder zu ihm um. »Das können

Sie mir wirklich glauben. Denn für so etwas haben wir ein Codewort.«

»Alles nur Hörensagen. Nicht mehr.« Malgo ging Richtung Tür. »Ich habe zu tun. Mehr als genug. Das dürfen Sie mir auch glauben.«

Karla Buchner griff zum Telefon und hielt den Hörer hoch. »Wir können den Chef über das Autotelefon erreichen. Ich rufe für Sie gerne die Vermittlung an. Der Aushilfsfahrer geht auf die Station und holt ihn in München an den Apparat …«

»Sie wissen, wie unsicher das A-Netz ist. Die Verwendung ist nur im Notfall gestattet.«

Sie nickte und reichte den Stapel Fernschreiben an. »Glauben Sie mir, Herr Malgo. Ich richte nur aus, was mir der Chef aufgetragen hat. Er kommt ja bald zurück. Bis dahin empfehle ich dies hier. Ich bin übrigens mit dem Kopierer fertig. Sie können die Tür dann ruhig zuziehen.«

»Bestellen Sie ihm, er soll mich über eine sichere Leitung anrufen.«

Der Weg über die Treppe von der Chefetage zum Pförtner war lang genug, um den Zettel mit dem Namen und dem Dienstgrad des Besuchers ein Dutzend Mal hin und her zu drehen. Mehr Sinn ergab das Ganze trotzdem nicht. Vielleicht würde ein Namensabgleich etwas Neues ergeben.

Das Archiv nahm einen Großteil der ersten Etage ein, vor unbefugten Besuchern geschützt durch eine brusthohe Barriere. Die vier Schreibtische in dem Raum hinter der Barriere verschwanden beinahe unter der Menge an Kisten. Alle waren voller Hängeregister, an denen farbige Reiter klebten. Im Archivraum nebenan liefen Frauen und Männer vor den mannshohen Karteischränken hin und her. Das System wurde offenbar mal wieder umgestellt. Ein Hieb auf die laute Tischklingel reichte meistens, um jemanden auf sich aufmerksam zu machen.

Kurz darauf erschien der Diensthabende. »Aha. Hoher Besuch aus der Abteilung III. Haben Sie einen neuen Spion am Wickel?«

»Nur eine Bitte um Überprüfung. Hier sind Name und Dienstgrad.«

»Fahndungskartei oder Personen?«

»Personen. Bitte mit Bild. Wenn wir eines haben.«

Der Archivar sah auf den Zettel. »Ein Offizier der Bundeswehr? Liegt etwas gegen ihn vor?«

»Reine Routine, nichts weiter.«

Der Mann drehte sich um, klemmte sich im Vorbeigehen mit rechts einen Pack Hängeregister unter den Arm und verschwand nach nebenan. Es war kaum zu erwarten, dass der Besucher zur Fahndung ausgeschrieben war. Aber vertrauliche Vorgänge besprach man am besten mit Leuten, deren Vorleben man kannte.

Wieder warten. Wartezeiten in fremden Büros boten immer Gelegenheiten, sich umzusehen. In der Bundeswehr waren in diesem Jahr schon drei Ostspione aufgeflogen. Alles keine hohen Dienstgrade, aber wichtige Verteilstellen in den Schreibstuben.

Durch die Barriere war der Abstand zu den Tischen zu groß, die Papiere nicht zu entziffern. Blieben also nur die größeren Objekte. Allesamt Indizien für technischen Rückstand. Die schwarzen Schreibmaschinen auf den Schreibtischen waren noch immer die einzigen Maschinen im Raum. In der Zentrale in Wiesbaden beschäftigten sich angebliche Experten seit Langem mit elektrischen Lochkarten-Steuerungen. Aber bevor nicht der letzte irgendwie zuständige Mitarbeiter des Bundeskriminalamtes von seiner unbedingt erforderlichen Dienstreise aus den USA zurückgekehrt war, zogen die Leute hier weiterhin Kärtchen. Und landeten mit etwas Losglück einen Treffer.

Es hämmerte gegen die Tür. Gleichzeitig schwang der Türflügel auf. Deckert brachte seine hundertzehn Kilo gerade
noch rechtzeitig vor einem Zusammenprall zum Stehen.
»Malgo, du hast wohl auch keinen Schimmer, wo der Chef
steckt, oder?«

Ein Kopfschütteln reichte ihm als Antwort. Deckert war
normalerweise auch nicht sehr mitteilsam. Diese Eigenart
hatte ihm den Beinamen »schweigsamer Ritter« eingetragen.
Kannte er eigentlich seinen Spitznamen? Jedenfalls hakte er
diesmal nach.

»Malgo, du und deine Schlauberger aus der Abteilung
Ermittlungen, ihr wisst doch sonst immer alles. Wir Personenschützer machen uns einfach Sorgen, weißt du? Von
Amts wegen sozusagen. Vielleicht ist ja unserem Chef etwas
passiert.«

»Deckert, ich weiß auch nicht mehr als du. Angeblich
irgendetwas mit seiner Mutter. Frag einfach bei der Buchner nach. Oder du fragst unseren Türdrachen. Du weißt ja –
Beckmann kommt gleich nach der Prinzessin, was den Überblick über unsere Dienstgeheimnisse betrifft.«

Deckert verzog beim Namen »Beckmann« das Gesicht.
Jeder in der Dienststelle wusste, dass es ihn ärgerte, wie häu-
fig der Pförtner in seiner Eigenschaft als Chef-Fahrer mit
dem »Schlossgespenst« unterwegs war. Mit der Folge, dass
bei Beckmanns Abwesenheit Aushilfspförtner den Türdienst
machten und alle immer ihre Hausausweise vorzeigen mussten. Auch jemand wie Deckert, der seit Gründung der Sicherungsgruppe dabei war.

»Malgo, treib es nicht zu bunt.«

Ohne mit jemandem vom Archiv gesprochen zu haben,
riss er die Tür wieder auf und knallte sie hinter sich zu. Die
Glasscheibe vibrierte, hielt aber. Panzerglas. Der Zugang
zum Archiv war schließlich streng gesichert. Ein Aufwand

an Sicherheit, der in gewissem Gegensatz zum flapsigen Umgangston mancher Mitarbeiter stand. Jetzt jedenfalls ergab sich für Malgo die Gelegenheit, sich das Fernschreiben des Innenministers genauer anzusehen.

Für den in Nordrhein-Westfalen liegenden Besuchs-Zeitraum vom 23. bis 24.Juni 1963 sind von den Dienststellen der Kriminalpolizei Köln sowie Bonn in Absprache mit der Sicherungsgruppe Bonn folgende Vorkehrungen zu treffen: Bildung von je einer Mordkommission, die ständig besetzt zu halten ist, um im Falle eines Attentats unverzüglich Ermittlungen aufnehmen zu können. Abzustellende Kräfte: jeweils ein Leiter, drei Kommissare, ein Fahrer, ein Fotograf sowie ein Spurensicherer, die sich ständig in ihren Dienstzimmern zur Verfügung halten. Zudem ist zu überprüfen, ob sich die im Anhang aufgelisteten sogenannten Weltkriegsgegner aus Amerika, Kuba und Puerto Rico in der Bundesrepublik aufhalten. Auf Bitten des Secret Service ist insbesondere zu ermitteln:
Liegen Erkenntnisse über staatsabträgliche Absichten vor?
Sind in kriminalpolizeilicher Hinsicht Erkenntnisse bekannt?
Die Namensliste ist vertraulich zu …

Die Glocke auf dem Tresen des Archivs läutete. Der Diensthabende war zurück. Er verkörperte genau den Typ Bleichgesicht mit rötlichen Haaren, der Sonnenlicht so gut vertrug wie ein Vampir. Er kam mit Karla Buchners Zettel und mehreren Karteikarten. »Also, wir haben ihn. Aber nicht als Mitarbeiter des Amts für die Sicherheit der Bundeswehr …«

»Wie? Er gehört nicht zu den Freunden in Flecktarn? Zu wem gehört er dann?«

»Wir wissen nur, dass er in Friedland war. Grenzdurchgangslager, Befragungsstelle. B1 oder B2. Politisch oder militärisch, das kann ich nicht sagen. Militärisch vermutlich, bei dem Werdegang.«

»Sicherheitsfreigabe?«

»Unklar.«

»Vielen Dank. Aber mal was anderes: Hat Sie mal jemand nach Weltkriegsgegnern gefragt?«

»Weltkriegsgegner?« Der Archivar drehte den Kopf wie eine Eule, die eine neue Schallquelle ortete. »Was sollen das für Leute sein?«

»Weiß ich auch nicht. Sind wohl nicht von hier.«

»Soll ich die Kollegen fragen?«

»Nein, Sie haben mir schon geholfen.«

»Ich hätte noch die Kopien der neuen Kreuzworträtsel für Sie. Frankfurter Allgemeine und Neues Deutschland, vorletzte Woche. Die letzte Woche ist noch in der Auswertung.«

Malgo klopfte anerkennend auf den Tresen. »Wirklich beeindruckend, diese Abteilung. Selbst Sonderwünsche …«

Der Archivar lachte. »Erledigen wir gleich nach den Wundern. Aber die Rätsel der Genossen von drüben, sind die nicht doch langweilig leicht …«

Malgo lächelte jetzt auch. »Ist immer interessant, was die wissen wollen.«

»Aber Malgo, da steckt doch mehr dahinter.«

»Sie kennen doch meinen Lieblingsspruch: Oft hat mich mein Reden gereut. Selten mein Schweigen.« Jetzt fing er schon selbst mit den Sprüchen an. Im Archiv war jedenfalls nicht mehr zu erfahren. Jetzt erst einmal nach unten, Richtung Vernehmungsraum eins. Etliche Kollegen überholten ihn, reichlich früh auf dem Weg in die Mittagspause.

Beckmann stand wie immer an der Tür zu seiner Pforte und plauderte. Alle Kollegen, die ins Bahnhofsrestaurant oder zum Bäcker gegenüber wollten, mussten an ihm vorbei. Plauderte er nur oder zog er Erkundigungen ein?

Der kleine Vernehmungsraum mit den beiden Zellen gegenüber lag am Gang direkt hinter der Pförtnerloge. Schon wieder eine Tür, die offen stand. Und noch eine Überraschung: Der Raum mit dem ausrangierten Schreibtisch und den beiden Holzstühlen davor war leer. Das konnte doch nicht sein. Der Pförtner hatte offenbar nichts mitbekommen. Er sortierte Schlüssel in den Hängeschrank auf der Rückseite seines Glaskastens.

»Beckmann, wo ist mein Besucher?«

»Den hab ich doch in den kleinen Vernehmungsraum gebracht. Karla wollte es so. Damit er da wartet.«

»Da sitzt aber niemand.«

»Versteh ich nicht. Der hatte doch eine Aktentasche dabei. Er hat gesagt, eine kleine Wartezeit macht ihm nichts aus. Hat sich Arbeit mitgebracht, dachte ich.«

»Sie haben ihn nicht vorbeilaufen gesehen?«

Beckmann schüttelte den Kopf. »Malgo, Sie wissen doch selbst, was hier manchmal zur Mittagszeit los ist. Es sind eine Menge Leute rausgegangen. Aber kein Fremder rein, da bin ich sicher.«

»Und die Tür zum Vernehmungsraum, die haben Sie nicht ins Schloss gezogen?«

»Natürlich nicht. Er sollte doch nicht eingesperrt werden, oder?«

Was bedeutete das? Das gerahmte Lübke-Porträt über der Sitzgruppe verweigerte wie immer eine sachdienliche Antwort. Beckmann allerdings schien zu einer Ergänzung seiner Aussage bereit. »Der Kerl muss mit raus sein. Ich hätte gesehen, wenn er nach oben gegangen wäre. Und in unseren Zellen wird er sich ja wohl nicht versteckt haben. Denn, Malgo, Sie wissen ja: Hinter dem Gitter schmeckt auch der Honig bitter …« Beckmanns Lachen war wie immer laut. Gar nicht so übel, sein Spruch diesmal. Leider half er nicht weiter. Unter den Adressaten des Fernschreibens war auch die Bundeswehr genannt. Da war doch dieser Absatz auf der vorletzten Seite.

Die Bundeswehr wird im Wege der Amtshilfe ihre Sperr- und Zerstörungseinrichtungen an der Fahrstrecke durch Wallmeister auf Fremdkörper kontrollieren. Nach der Kontrolle haben die Kreispolizeibehörden sicherzustellen, dass Eingriffe Unbefugter an den überprüften Sperr- und Zerstörungseinrichtungen der Bundeswehr unterbleiben.

Also die Sprengschächte in den Brücken oder den Auffahrten zu Brücken. Dass man hier auch bei den Rheinbrücken Vorbereitungen getroffen hatte, um sie besser sprengen zu können, wenn die Russen mit ihren Panzern vorrücken würden, das war doch wirklich reichlich merkwürdig. Weiter östlich, bei den Brücken über die Elbe, da mochte das Sinn ergeben. Aber zwischen Bonn und Köln? Deckert regte sich jedes Mal darüber auf. Denn er wusste, dass die zuständigen Wallmeister der Bundeswehr diese Sprengschächte in Brückenpfeilern nicht – wie vorgeschrieben – regelmäßig kontrollierten. Deshalb fühlten sich seine Personenschützer nie ganz sicher, wenn sie mit ihren Schutzpersonen über eine Brücke mit Sprengschächten fuhren. Wie stellte sich das Innenministerium die Kontrolle überhaupt vor? Sollten sie an jedem Brückenpfeiler einen Polizisten postieren? Tag und Nacht, schon ein paar Tage vor Kennedys Ankunft? Sicher, die Gefahr durch die Schächte war zwar nicht von der Hand zu weisen. Die Schlösser an der Stahltür im Brückenpfeiler oder vor der Klappe zum Sprengschacht konnte schließlich jeder knacken. Es wäre natürlich bittere Ironie des Schicksals, wenn der amerikanische Präsident getötet werden würde mithilfe einer Vorrichtung, die seine Offiziere in der NATO verlangt hatten und die eigentlich den Gegner treffen sollte. Aber ärgerliche Schwachpunkte blieben die Sprengschächte in jedem Fall.

»Beckmann, hat der Mann nach Deckert oder dem Alten gefragt, als er reinkam?«

»Er hat nur nach Ihnen gefragt, Malgo.«

3.

Donnerstag, 13. Juni 1963. Bad Godesberg. Noch zehn Tage bis zur Landung.

»Herr Malgo, möchten Sie Kekse?« Karla Buchner stand in Strümpfen auf einer kleinen Trittleiter im Chefzimmer und erwartete keine Antwort. Nicht auf diese Frage. Ihr rechter Arm war vollständig im oberen Fach des großen Wandschranks verschwunden. Sie redete mit ihm, ohne sich zu ihm umzudrehen. »Die feinen mit Orange und Schokolade, also die für die hohen Besucher, versteckt er ganz hinten.« Jetzt drehte sie sich um und verdrehte die Augen. »Weil es da kühl ist, behauptet er.«

Jeder wusste, dass der Chef nicht besonders freigiebig war. Neu war höchstens, dass die Buchner eine kleine Bemerkung über ihren Chef machte.

»Kekse? Gerne. Aber was verschafft mir die Ehre?«

»Sie sind doch jetzt der Amtierende ...«

»Vielleicht. Aber kein Besucher. Erst recht kein hoher.«

Karla Buchner balancierte auf der oberen Sprosse und drehte sich zu ihm um. »Halten Sie die Dose bitte mal. Sie nehmen übrigens grade an einer Rettungsaktion teil.« Sie war ganz offensichtlich in bester Laune. »Auch die besten Kekse werden ungenießbar, wenn man sie hinter staubigen Akten vergräbt.«

Warum war sie jetzt so freundlich zu ihm? Bildeten diese Töne den Auftakt zu noch mehr schlechten Nachrichten?

Die Buchner hatte wieder festen Boden unter den Füßen und zeigte auf die beiden großen Fotos der Alpen rechts und links neben der Eingangstür. »Da Sie ein aufmerksamer Beobachter sind, sind Ihnen die Bilder bestimmt schon aufgefallen.«

Ihm war vor allem wieder aufgefallen, dass sie selbst ohne Schuhe noch größer war als er. Endlose Beine. Nadja hatte mit ihr bei der letzten Weihnachtsfeier ein paar Gläschen Sekt geleert. Und auf der Rückfahrt hatte sie erzählt, die Buchner habe zwei Angebote als Model für Werbefotos erhalten – und ausgeschlagen. Angeblich Esda-Strümpfe und Steinhäger, Mode und Schnaps. Was für eine Mischung. Jedenfalls gingen die beiden seit dieser Feier hin und wieder an einem freien Samstag in die Stadt. Auch in den Modeladen, wo die Buchner angesprochen worden war.

»Herr Malgo, wo sind Sie mit Ihren Gedanken? Geben Sie mir lieber die Keksdose zurück. Die Kekse sind bei Ihnen offensichtlich nicht sicher.«

»Bin tatsächlich abgelenkt, Frau Buchner. Ihre Fotos an der Wand. Schneebedeckte Berge. Etwas ungewöhnlich im Sommer. Finden Sie nicht?«

Karla Buchner schlüpfte in ihre Schuhe, ging zu ihrem Schreibtisch, stellte die Keksdose ab und griff zu einem offensichtlich schweren hellroten Buch. »Mein neues Sekretärinnen-Lexikon. Es steht alles hier drin, auch die Erklärung für die Fotos.«

»Darf ich offen sein? Mich interessiert die Mappe mit den letzten Fernschreiben mehr. Außerdem dachte ich, Sie seien jetzt Assistentin.«

»Bin ich auch. Assistentin bezeichnet besser meine vielfältigen Aufgaben. Wird auch hier erklärt. Wie das Wort ›Alpen‹. Ein Codewort. Das ist doch was für Sie.«

Das Telefon auf ihrem Schreibtisch klingelte und beendete diesen Vortrag.

Sie eilte zu ihren vier Amtsleitungen und der Direktleitung zum Generalbundesanwalt und nahm ab. Während sie zuhörte, hielt sie eine braune Mappe hoch, deren Vorderseite leicht verblichen war. Offensichtlich die aktuellen Meldungen von heute. Sie setzte sich.

Es schien ein längeres Telefonat zu werden. Als Vertreter des Chefs hatte man das Recht, in seinem Zimmer zu sitzen. In der Besucherecke, natürlich nicht am Schreibtisch. Das war ohnehin unmöglich, bei den Mengen von Papier, die da neben dem großen Aschenbecher lagen. Hatte sie alle Unterlagen umgedreht und dafür gesorgt, dass die beschriebene Seite jetzt unten lag? Auch wenn es im Chefzimmer nur wenig zu entdecken gab – seine mit Leder bezogenen braunen Vierbeiner mit Armlehne waren jedenfalls bedeutend bequemer als das Hartholz nebenan.

Also jetzt das Notizbuch herausnehmen und die letzten Fernschreiben durchblättern. Leider ohne Gebäck und Kaffee, zumindest bisher.

Neue Sicherheitshinweise für die deutschen Diplomaten im Ausland herausgegeben: Sorgfalt bei der Auswahl der Kindermädchen walten lassen. Möglichst einen Hund anschaffen. Dem Chauffeur möglichst keine Fahrten im Voraus nennen. Den Füllstand im Benzintank nie unter halb voll fallen lassen.

Eine Ansammlung von Banalitäten. Was für ein Glück, dass einem dieses Zeug normalerweise erspart blieb. Der Chef war wirklich nicht zu beneiden. Und es ging immer weiter.

Das LKA Hessen regt an, die Fernschreib-Zentra-
len während des Kennedy-Besuchs auch nachts
besetzt zu halten … Verschärfte Grenzkontrollen
eine Woche vor und nach dem Besuch … Das
Ausländer-Zentralregister rund um die Uhr besetzt
halten … Sibylla von Sachsen-Coburg und Gotha,
Prinzessin von Schweden, will mit dem Auto und
größerem Gefolge Verwandte in Hannover besuchen. Sie erbittet bevorzugte Behandlung beim
Grenzübertritt an der Grenze zu Dänemark. Und
natürlich Schutz, aber diskret …

Karla Buchner stand in der Tür und wedelte mit einem wei-
teren Papier. »Ich habe noch etwas für Sie, Herr Malgo.«
»Einen Kaffee? Zu den versprochenen Keksen?«
»Dazu kommen wir noch. Aber dies ist aus Berlin. Das hat
sich der Chef über seine privaten Kanäle beschafft.«
Der Chef und seine besonderen Verbindungen. Die Buch-
ner wusste ziemlich gut, was sie tun musste, damit man ihr
zuhörte.
»Thema?«
»Die Bevölkerung wird vor Attentätern gewarnt.«
»Hier in Bonn?«
»Die Berliner. Wenn Kennedy kommt.«
Malgo streckte theatralisch beide Hände aus. Er wusste,
so etwas gefiel ihr. »Ein armer Mann bittet um eine milde
Gabe. Denn im Gegensatz zu anderen ersticke ich noch nicht
in Papier.«
Die Buchner sah demonstrativ zum Schreibtisch des Chefs.
Sie hatte die Anspielung verstanden. »Ich habe Dr. Dickopf
schon mehrfach zu einem anderen Ablagesystem geraten …«
Malgo stand auf und ging zu Dickopfs berüchtigten Tür-
men aus Mappen. Er errichtete sie aus Elementen des inter-

nen Kenntnisnehmen-unterschreiben-weiterreichen-Kreis-
laufs, der bei ihm regelmäßig zum Stillstand kam.

»Das ist sein sogenanntes System?«

»Er behauptet es, aber sonst denkt das niemand. Man
darf ihn nicht darauf ansprechen. Sonst erzählt er die lange
Geschichte von dem entwendeten Brief.«

Malgo nickte. »Ich kenne die Geschichte. Nicht verstecken ist das beste Versteck.«

Karla Buchner reichte ihm das Blatt. »Es kam per Post. Er
hat es nicht versteckt. Es lag obenauf, bevor ich alles umgedreht habe. Worum er mich gebeten hatte.«

Malgo nahm es zögernd. Kein Fernschreiben, sondern
gedruckt. »Das ist ja ein Flugblatt.« Weil sie nicht antwortete, las er einfach.

Der Polizeipräsident in Berlin
Liebe Berliner Mitbürger!
Präsident John F. Kennedy kommt am 26. Juni
1963 nach Berlin. Er kommt zu uns, um die feste
Verbundenheit der USA mit Berlin und ihr Vertrauen
zu den Berlinern durch sein persönliches Erscheinen zu bekräftigen. Seine Sicherheit ist uns anver-
traut. Wir bitten Sie, uns bei der Erfüllung dieser
verantwortungsvollen Aufgabe durch Beachtung
folgender Punkte zu helfen:
Der Präsident nimmt seinen Weg durch Ihre Straße.
Daher werden Bekannte, aber auch vielleicht Unbekannte mit der Bitte um einen Fensterplatz an Sie
herantreten. Wir bitten Sie dringend:

Gewähren Sie keinem Fremden Einlass in Ihre
Wohnung!

Sollte sich ein Ihnen Unbekannter auffällig oder besonders hartnäckig darum bemühen oder bemüht haben, kurz vor der Durchfahrt unseres Gastes in Ihre Wohnung eingelassen zu werden, benachrichtigen Sie bitte den nächsten Polizeibeamten.

Achten Sie bitte darauf, dass niemand Blumensträuße aus dem Fenster wirft; sie könnten Verwirrung verursachen oder Verletzungen hervorrufen.

Auch in der Menschenmenge auf dem Gehsteig vor Ihrem Wohnhaus können sich Störenfriede befinden. Melden Sie bitte Personen, die sich verdächtig verhalten, der Polizei.

Aus Sicherheitsgründen muss drei Stunden vor der Durchfahrt des Präsidenten jedes Parken und Halten in dieser Straße unterbunden werden. Stellen Sie Ihr Fahrzeug daher rechtzeitig in angemessener Entfernung von der Durchfahrtstraße ab.

Wir alle wollen dafür sorgen, dass dem Staatsmann, der unsere Freiheit und Sicherheit garantiert, die eigene Sicherheit gewährleistet wird.

Für Ihre Unterstützung darf ich Ihnen schon heute meinen Dank sagen.
Berlin, im Juni 1963
Duensing. Polizeipräsident

Karla Buchner war in ihr Vorzimmer zurückgegangen. Malgo entschied sich, in dem bequemen Sessel sitzen zu bleiben.

»Frau Buchner, Sie können mich doch hören, nicht wahr?«

»Natürlich«, tönte es von nebenan.

»Gute Idee der Berliner Kollegen, dieses Flugblatt. Haben wir so was auch für Köln und Bonn vorbereitet?«

Sie lehnte sich an den Türrahmen. »Meines Wissens nicht, nein.«

»Könnte aber auch uns helfen. Selbst wenn wir hier mit Kennedy nicht so lange durch die Gegend kurven.«

»Soll ich Sie mit dem Bonner Polizeipräsidenten verbinden?«

»Danke. Vielleicht später. Es ist noch zu viel Zeug auf meinem Schreibtisch.«

Sie verschwand, weil ihr Telefon klingelte.

Der kleine Stapel Fernschreiben war fast durchgearbeitet. Das letzte war erst vor einer halben Stunde eingetroffen. Diesmal aus Bonn. Von der Kripo, nachrichtlich an die Sicherungsgruppe. Der Hausmeister der Apostolischen Nuntiatur sei am vergangenen Mittwoch auf dem Weg zur Arbeit krankenhausreif geschlagen worden. Im Anschluss die Frage, ob man Erkenntnisse über vergleichbare Fälle bei anderen Botschaften habe. Verdammter Kleinkram. Sicher, die Nuntiatur war die Botschaft des Papstes, also schon die Zuständigkeit der Sicherungsgruppe. Aber Überfälle kamen überall ab und an vor, selbst im Bundesdorf Bad Godesberg. Unten, in seinem Büro, warteten Berge von Post und Akten. Ermittlungen zu schwerwiegenden Staatsschutzdelikten, nicht Angelegenheiten der Schutzpolizei wie hier. Wie weit waren eigentlich die beiden Ermittler, die er zur Unterstützung der militärischen Kollegen nach Amberg geschickt hatte? Aus einer Kaserne waren zwei Flugabwehrraketen gestohlen worden. Das waren ganz andere Vorgänge, um die man sich zu kümmern hatte. Und nicht um nervöse Schreibtischhengste im Innenministerium und bei den Polizeibehörden.

Karla Buchner hatte den Hörer diesmal offenbar sanfter aufgelegt. Sie kam mit Keksen zurück ins Chefzimmer. Sie sahen aus wie das trockene englische Zeug mit Ingwer, das der Chef ebenso liebte wie seine karierten Tweedjacketts.

»Sind Sie durch mit den Papieren, Herr Malgo?«

»Ja. Ich muss leider gleich los.«

»Was wird denn jetzt mit unserem Kaffee und den Keksen?«

»Wie Sie grade schon sagten: Dazu kommen wir noch.« Kein Problem, diese Vertagung. Die Buchner sollte sich nur nichts einbilden auf ihre Kaffeeeinladungen. Schließlich musste ganz hinten im Schreibtisch noch der Notvorrat sein: das Spritzgebäck ohne Schokolade, beinahe luftdicht verschlossen im Einmachglas. Angeblich fast unbegrenzt haltbar. Ein wirklicher Notfall lag ja eigentlich auch nicht vor. Im Zweifel würden ein oder zwei Malzbonbons wohl auch helfen. »Frau Buchner, was wollte eigentlich Deckert von Ihnen?«

»Der hat sich die nächsten drei Tage freigenommen. Auf ihn und seine Leute vom Personenschutz kämen ja während des Kennedy-Besuchs genügend Überstunden zu, meinte er.«

Malgo schob die Mappe zur Seite. »Bitte sagen Sie mir: Warum hat der Chef eigentlich nicht Deckert mit unseren Planungen für Kennedy betraut?«

»Vielleicht weil Deckert und seine Männer ohnehin schon mit der Ausführung sehr beschäftigt sind? Der Chef hat mir seine Entscheidung nicht begründet, und ich habe nicht nachgefragt.«

»Was macht der Chef eigentlich wirklich so lange in München? Über das Autotelefon ist niemand zu erreichen.«

»Das ist doch kein Wunder. Denken Sie, sein Fahrer säße von morgens bis abends im Auto? Soll ich etwas ausrichten? Der Chef wollte heute Abend wieder anrufen.«

»Ich bin jetzt durch die Tür. Ich erinnere Sie daran, dass ich ihn baldmöglichst sprechen muss. Aber nicht über eine Funkverbindung.«

Verhinderte die Buchner die Kontaktaufnahme? Ein Rätsel, so wie ihre Sache mit dem angeblichen Code. Es half nichts: Man musste sich gut mit ihr stellen, wenn man beim Chef etwas erreichen wollte.

»Frau Buchner?«

»Ja?« Sie hatte schon einen Stapel Briefe in der Hand. Was verschickte sie da eigentlich – in Abwesenheit des »Schloss-gespensts«?

Ein demonstrativer Blick auf die Fotos neben der Tür. »Frau Buchner, Sie wollten doch noch …«

Sie verbarg ihre Freude nicht. »Ja, die Alpen. Sehr freundlich, dass Sie es noch ansprechen. Das ist ein Tipp aus dem Sekretärinnen-Lexikon. Es hilft mir sehr bei der Arbeit.«

»Durchzuhalten, im Angesicht der Papierberge auf dem Schreibtisch des Chefs?«

»Nicht ganz. Das Wort ›Alpen‹ ist wirklich eine Art Code. Eine Abkürzung, aus den Anfangsbuchstaben. Mal sehen – bei der Prüfung wusste ich es noch.« Sie schloss die Augen.

Fast ein Vertrauensbeweis, dachte Malgo.

»A für Aufgaben zusammenstellen. L für Länge der Tätigkeiten einschätzen. P steht für Pufferzeiten für Unvorhergesehenes reservieren.« Sie öffnete die Augen. »Unvorhergesehenes gibt es hier ja immer mal wieder, nicht wahr? Und dann noch E für Entscheidungen über Prioritäten treffen. Und schließlich N: Notizen in einen Planer übertragen.« Sie lächelte, schien zufrieden mit ihrer Gedächtnisleistung. Dann wurde sie wieder ernst. »Notizen zu vertraulichen Vorgängen auf meinem Schreibtisch, das sieht der Chef natürlich nicht so gerne.«

»Beeindruckend, die Liste. Und sicher eine Hilfe.« Er ging noch mal zurück und legte die Mappe auf ihre Schreibmaschine. »Diese Meldungen sind durchgesehen.

Nur die eine Anfrage, die nehme ich mit. Für den Kollegen Deckert.«

Die letzte Sache, der Fall des niedergeschlagenen Hausmeisters, die war tatsächlich vielleicht beunruhigend, durch die Nähe zur Turmstraße, der Residenz des amerikanischen Präsidenten. Wenn man dem überhaupt nachgehen wollte, dann war das die Aufgabe von Deckerts Leuten. Zuständig eindeutig Abteilung S 1,3. Schutz und Sicherung ausländischer Missionen. Die Vertretung des Papstes gehörte selbstverständlich dazu.

*

Am gleichen Tag. Washington D. C., Verteidigungsministerium.

Die Frau stand auf, räusperte sich und drückte den grauen Knopf der Gegensprechanlage. »Sir, die Vermittlung sagt, sie hat ein Gespräch aus Bonn für Sie. Ich stelle das Gespräch jetzt durch.«

Die Antwort kam sofort. »Danke, Mary. Ich brauche Sie dann heute nicht mehr. Sie können früher gehen.« Die Sekretärin nahm, ohne zu zögern, ihre Handtasche und ihren Mantel, sah kurz prüfend in den Spiegel über dem Waschbecken, glättete ihre Augenbrauen mit dem Zeigefinger und zog dann die gepolsterte Bürotür zu. Auf dieses Geräusch hatte der Mann im großen Eckbüro nebenan gewartet. Er griff zum mittleren der drei schwarzen Telefone auf seinem Schreibtisch und drückte eine der vielen Tasten über der großen Wählscheibe. »Ja, ich höre …« Kurze Pause, dann presste er den Hörer gegen seine Brust und flüsterte in Richtung seines Besuchers auf dem Sofa. »Sie haben kurzfristig die Unterkunft geändert.« Er hob den

Hörer wieder. »Nicht die Residenz, sagen Sie? Sicherheits-
gründe? Also die Turmstraße. Ich wiederhole: Turmstraße.
Verstanden. Haben Sie unseren Mann in Stellung gebracht?«
Eine längere Pause folgte. »Aber wird sie anbeißen? Die
Frau ist natürlich auch ein Sicherheitsrisiko.« Der Mann
am Schreibtisch nickte seinem Besucher zu. »Ja, dann geht
es wohl nicht anders. – Verstehe. – Aber die Idee ist gut.
Gefällt mir sehr. – Eine eigene Aktion plant die Gruppe
ihres Mannes nicht, oder?«

Ein grimmiges Lächeln folgte. »Natürlich müssen wir mit
allem rechnen. Acrobat trifft morgen ein. Er sitzt gerade
hier bei mir. Halten Sie mich auf dem Laufenden. Ende.«
Er legte den Hörer auf die Gabel, kam um den Schreibtisch herum und setzte sich in einen der schweren Clubsessel neben dem Couchtisch.

Der Besucher hielt sein Notizbuch noch in der Hand.
»Änderungen?«

»Nur Details. Er wird nicht beim Botschafter wohnen. Ist
dem Service zu dicht an der Straße, also das Haus. Das Haus
des Stellvertreters ist kleiner, liegt aber am Ende einer langen
Zufahrt. Lässt sich viel besser sichern.«

Der Besucher nickte.

Sein Gesprächspartner ging wieder zum Schreibtisch.
»Wird unserem Musterkatholiken gefallen, die Sache. Die
Botschaft des Papstes liegt in derselben Straße. Nur einen
Steinwurf entfernt, fast schräg gegenüber. Er wird an bei-
den Tagen daran vorbeifahren.«

Der Besucher steckte sein Notizbuch in seinen leichten
Mantel und stand auf. »Also doch keine Änderungen. Vielleicht sollten wir die Leute des Papstes bitten, eine Kerze für
ihn anzuzünden.«

Der Mann im Anzug blieb im Sessel sitzen. »Keine
Scherze.« Er lächelte. »Aber vielleicht sind uns die Deut-

schen zu Diensten. Eigentlich wollten sie die Fahrtroute zwei Wochen vorher festlegen.«

»Eine so frühe Festlegung werden unsere Jungs auf jeden Fall verhindern. Aber die Fahrtroute ist unwichtig.« Er legte eine kurze Pause ein, wie um seinem nächsten Wort mehr Gewicht geben zu wollen. »Unser Mann in Bonn wird in Stellung gebracht. Sein Gewehr und die Munition sind ab morgen am vereinbarten Platz. Er ist im Bilde, oder?«

»Wir haben darüber gesprochen, was er wann wissen muss. Erinnern Sie sich?«

Acrobat stimmte zu. »Das Wichtigste ist seine Entschlossenheit. Er liebt Kuba. Es ist sein Heimatland, er ist dort aufgewachsen. Er hasst Castro, und er kann nicht vergessen, wie jämmerlich sein Vater letztes Jahr gestorben ist. Zurückgelassen von seinem Präsidenten. Von dem Mann, der ihm den Befehl zur Invasion gegeben hatte ...«

Der Besucher nickte. »Und seine Männer dann verrecken ließ. Weil er die Luftunterstützung verweigerte. Keiner von uns wird das je vergessen. Einen schwächeren Mann an der Spitze hatten wir nie.«

Der Mann im Anzug breitete seine Arme aus und versuchte sich an einem etwas theatralischen Lächeln. »Noch mal zurück zu unserem Jungen. Selbstverständlich habe ich nichts dagegen, wenn Sie ihn nochmals überprüfen. Anschließend, auf Ihre spezielle Weise.«

Er nickte, öffnete die Bürotür zum Sekretariat, sah niemanden und drehte sich erneut um. »Sie hat mich kommen sehen.«

Der andere Mann saß bereits wieder hinter seinem Schreibtisch. »Es wird kein Problem geben. Guten Flug morgen, Acrobat.«

*

Am selben Nachmittag, Köln.

Malgo sah auf seine Uhr. Fünf Uhr. Er war erstaunlich früh aus dem Büro gekommen. Nun parkte er sein Auto am Straßenrand und stieg aus. Die feuchte Luft direkt am Flussufer tat gut, und die vorbeifahrenden Ausflugsschiffe der Weißen Flotte machten Lust auf Urlaub. Zum Beispiel auf einen schönen Sommerabend am Rhein, auf einen Spaziergang mit Nadja, Hand in Hand. Nur wirkte dieser Teil von Köln nicht gerade romantisch. Denn beim Blick nach oben sah man nicht die Sonne, sondern ein dunkles, schweres Ungetüm: den Unterbau der Rodenkirchener Brücke. Der Koloss aus Stahlbeton wirkte, als stünde man unter einem großen Schiff und nicht unter der Fahrbahn einer Bundesautobahn, der A 4.

Malgo hatte sich aus dem Büro geschlichen, um nicht nach seinem Fahrtziel gefragt zu werden. Denn eigentlich beruhte sein ungutes Gefühl nur auf dieser merkwürdigen Sache mit dem Besucher der Bundeswehr, der nicht aufgetaucht war. Dazu kam dann allerdings noch das Fernschreiben zu den Sprengkammern in den Brücken.

Über ihm donnerte der Verkehr auf der Brücke, die über den Rhein führte. Am Sonntag der kommenden Woche würde es hier deutlich ruhiger sein. Denn die Fahrbahn über ihm würde dann für den normalen Verkehr gesperrt sein, zur Vorbereitung auf die Durchfahrt der Kolonne des amerikanischen Präsidenten. Für Kennedys Weg nach der Landung in Köln-Wahn in die Kölner Innenstadt, zunächst ins Rathaus, dann in den Dom. Aber noch dominierte hier direkt unter der Fahrbahn aus Stahlbeton das dumpfe Grollen der Fahrzeuge. Malgo kletterte auf den breiten gemauerten Pfeiler, der das Fundament für die Stützen der großen Hängebrücke bildete. Nirgendwo an diesem von Moos und Vogelschiss bedeckten Pfeiler war eine eingemauerte Leiter zu sehen. Er klopfte sich seine Anzughose ab und sah am mittleren Stützpfeiler entlang. Es gab tatsächlich eine Leiter, die nach oben führte. Er sah erst jetzt, von seiner Position auf dem Brückenfundament, dass unter der Brücke eine Art Laufweg eingehängt war. Ein Weg aus Stahlgitter unter dem gesamten Brückenkörper bis in die Mitte des Rheins. Wer diese Brücke zum Einsturz bringen wollte, der musste die Stützpfeiler selbst oder ihr Fundament sprengen. Die Vorbereitungen dafür wurden bei strategisch wichtigen Brücken bereits vor Baubeginn mit eingeplant. Nur gehörte die Rodenkirchener Brücke tatsächlich dazu? Malgo stand hier, auf diesem dreckigen Steinfundament, weil er es herausfinden wollte. Denn Kennedys Kolonne würde nur diese eine Brücke benutzen. Der Präsident selbst sollte mit dem Hubschrauber von Bonn nach Frankfurt fliegen, würde deshalb den Rhein auf dem Weg zu seiner in Köln-Wahn parkenden und später ihm voraus nach Frankfurt fliegenden Air Force One nicht mehr überqueren müssen. Über die Rheinbrücke im Stadtgebiet Bonn dagegen müsste der amerikanische Präsident nur im Notfall fahren. Nur dann, wenn er am ersten oder zweiten Tag plötzlich überraschend abreisen wollte.

Die Trittstufen nach oben wirkten erstaunlich sauber im Gegensatz zu all dem alten Ruß aus den Schornsteinen der vorbeifahrenden Schiffe an der restlichen Stahlkonstruktion. Oben, am Einstieg in den Gang aus Gitterrosten, war eine kleine Bodenklappe eingebaut, gegen ein Öffnen gesichert durch eine starke Kette und ein dickes Schloss. Schade, hier schien der Weg zu Ende zu sein. Kurz vor dem Rückweg riss Malgo an der Kette. Zu seinem Erstaunen öffnete sich das Ringschloss. Kette und Schloss fielen ihm entgegen und landeten auf dem Fundament. Er drückte die Bodenklappe auf und zog sofort den Kopf ein in Erwartung von herunterfallendem Staub und Dreck. Doch es kam nichts. Er zog sich hoch und gleich den Kopf ein. Denn dieser lange Gang Richtung Brückenmitte war nur in gebückter Haltung begehbar. Zumindest überall dort, wo die Querträger der Fahrbahn das Lochgitter kreuzten. Nachdem er den ersten Querträger passiert hatte, sah Malgo nach oben. In einer Ecke entdeckte er Reste eines Vogelnestes, aber nichts Verdächtiges. Also weiter gebückt laufen, vielleicht zehn Meter bis zum nächsten Querträger. Wieder nichts. Er sah in die andere Richtung. Tief unter ihm der Rhein. Jetzt ging er bis zum dritten Querträger und war noch immer nicht über der Flussmitte. Wieder der Blick nach oben. Der Stahlbeton der Fahrbahnunterseite erschien ihm jetzt wie eine gigantische Badewanne, nicht nur mit einem, sondern mit sechs Abflüssen. Hier mit Rohren, die nach oben, in die Mitte der Fahrbahn führten – allerdings nicht wie zur Entwässerung der Fahrbahn geöffnet, sondern verschlossen. Durch eine Kappe, die ein kleines, offensichtlich neues Vorhängeschloss sicherte. Vom Ende jedes Rohres liefen Kabel zu einer Verteilerdose und dann in Richtung der anderen Rheinseite. Gut, das war offensichtlich wirklich eine Sprengvorrichtung. Was hatte er anderes erwartet? Vielleicht einen kleinen Kasten und darin die Schlüssel für die Vorhängeschlösser an den sechs Rohren? Oder eine kleine Notiz möglicher Attentäter, so in der Art: »Wir kommen übernächsten Sonntag wieder«?

Die Schlösser konnten einfach verrostet gewesen sein. Deshalb hatte sie der zuständige Wallmeister der Bundeswehr bei einer seiner halbjährlichen Überprüfungen womöglich ausgetauscht. Nichts an diesem Ort deutete in eine andere Richtung, erschien verdächtig. Keineswegs beruhigt arbeitete er sich zurück zur Bodenklappe. Als er sich nach dem Handgriff bückte, sah er die zerknüllte Packung Zigaretten. Sie steckte unten im Gitterrost, war aber noch nicht ins Wasser gefallen. Mehr als zehn Minuten arbeitete Malgo mithilfe seines Schlüsselbundes und eines Kugelschreibers daran, das kleine Knäuel in die Hand zu bekommen. Eine Schachtel Peter Stuyvesant. Die konnte jeder hier verloren haben. Er steckte den Kugelschreiber in die Öffnung der Packung. Damit konnten sich die Kollegen im Labor einen schönen Tag machen.

4.

Freitag, 14. Juni 1963. Washington, D. C., The White House.

Die beiden Attentäter tragen unauffällige Anzüge. Sie kommen von beiden Seiten. Die diensthabenden Agenten des Secret Service, postiert in Wachhäuschen zu beiden Seiten des Vorgartens, sind abgelenkt. Nur ihr Kollege auf dem Gehweg, der grade die Straße beobachtet, kann die Attentäter jetzt noch stoppen. Einer der Attentäter zieht seine Pistole. Der Agent auf dem Gehweg sieht diese Bewegung aus dem Augenwinkel. Er dreht sich um und zieht seine Waffe. Doch einer der Attentäter hat ihn längst im Visier. Aus kurzer Distanz schwer in die Brust getroffen, feuert der Agent im Fallen erneut und verwundet seinen Angreifer. Beide, der Mann vom Secret Service und der Angreifer, liegen schwer verwundet vor dem Haus des Präsidenten.

Die Wachmänner in den beiden Schilderhäuschen springen auf den Gehweg, ihre Maschinenpistolen in der Hand. Der zweite Attentäter rennt die Stufen hinauf, bis direkt vor die massive Eingangstür. Als er seine Waffe auf das Türschloss richtet, treffen ihn Salven aus zwei Maschinenpistolen. Er ist tot, bevor sein Kopf auf der steinernen Treppe aufschlägt.

In der zweiten Etage des Hauses springt der diensthabende Agent des Secret Service auf, verlässt seinen Posten vor der Tür zum Arbeitszimmer des Präsidenten und rennt die steile

Treppe hinunter. Als er die Eingangstür öffnet, liegen drei Männer am Boden: zwei Attentäter, einer von ihnen tödlich getroffen, und sein schwer verletzter Kollege.

Das Bild wird schwarz.

»Bitte das Licht wieder anmachen!« James Weston drehte sich zu Ted Sorensen. Der saß in dem kleinen Vorführraum eine Stuhlreihe hinter ihm. Sie waren allein. Nur der Filmvorführer konnte vermutlich mithören. Oben, hinter seiner Glasscheibe.

»Mr Sorensen, können Sie sich an den Attentatsversuch auf Präsident Truman erinnern? Oder denken Sie, jemand anderes von euch Kennedy-Boys kann es? Einer unserer Agenten ist bei diesem Angriff getötet worden.«

Sorensen rutschte auf dem harten Klappstuhl nach hinten und rückte seine Brille zurecht. Er hatte das Gefühl, frontal attackiert zu werden. Auf seinem eigenen Terrain. Er presste sein Klemmbrett vor den Bauch und sah wieder auf. »Nein, Weston, ich erinnere mich sicher nicht so genau wie Sie. Ich weiß, Sie waren dabei, als Agent des Secret Service und Leibwächter des Präsidenten. Aber ich weiß nicht, warum Sie mich zu dieser Vorführung gedrängt haben. Ich habe zwei Männer aus Puerto Rico gesehen. Sie hassten uns Amerikaner, weil sie sich durch uns unterdrückt fühlten. Diese Männer haben Präsident Truman angegriffen. Aber das ist lange her. Und ich bin der persönliche Berater eines anderen Präsidenten.«

Weston sah Sorensen eine Zeit lang an, bevor er antwortete. Ein Kerl, der mit einem Klemmbrett und vier Kugelschreibern im Etui in seiner Brusttasche herumlief. So eine *sissy* konnte also der wichtigste Berater eines amerikanischen Präsidenten werden. Des Mannes mit dem Oberbefehl über die mächtigste Armee der Welt. »Nun, Mr Sorensen, es gibt ein paar Dinge im Leben, die braucht man sich nicht aufzuschreiben. Zum Beispiel, dass man aus Fehlschlägen viel lernen kann.«

Sorensen war aufgestanden und wollte gehen, blieb aber aus Höflichkeit noch einen Moment vor seinem Klappstuhl stehen. »Was genau meinen Sie, Weston?«

Weston stand jetzt ebenfalls. Nur eine schmale Sitzreihe in diesem kleinen Kinosaal trennte die beiden Männer. Weston wusste, dass er auch als Chef des gesamten Secret Service noch immer wie ein muskelbepackter Personenschützer wirkte. Selbst in einem Maßanzug. Mit fast fünfzig zelebrierte er dieses Image, zum Beispiel durch seinen Haarschnitt. »Die Angreifer waren keine ausgebildeten Soldaten. Aber ein Teil ihrer Planung war richtig. Sie haben abgewartet, auf eine günstige Gelegenheit. Die kam, als das Weiße Haus umgebaut wurde und der Präsident umziehen musste. Sie haben erkannt, dass unser Ausweichquartier direkt an einer befahrenen Straße lag und daher schlechter zu sichern war.«

Ted Sorensen lächelte etwas verunsichert. Weston war noch nicht fertig.

»Wir können nur Gott danken, dass sie nicht zu viert waren und die Wachen abgelenkt haben. Fanatiker, aber Amateure.«

Sorensen hob abwehrend die Hände. Er stand auf, ging aus der Stuhlreihe nach außen und ein paar Schritte Richtung Tür. »Ich muss jetzt los. Ich würde allerdings gern erfahren, warum ich mir diese kleine Vorführung unbedingt anschauen sollte.«

Weston, der ihm gefolgt war, nahm den Arm mit dem Klemmbrett und zog Sorensen mühelos zu sich heran. »Überzeugen Sie Präsident Kennedy davon, dass er nicht jede Woche das Bad in der Menge braucht. Wir alle wissen, wie er auf Menschen wirkt. Aber wir können ihn im Freien nur schwer schützen. Erinnern Sie ihn daran, dass man auch in geschlossenen Räumen mit seinen Wählern zusammenkommen kann.«

»Weston, ich brauche Ihnen nicht zu sagen, dass demnächst unsere Kampagne für die Wiederwahl beginnt.«

»Ja, Mr Sorensen, das wissen selbst wir. Unterschätzen Sie uns nicht. Ich habe Jura studiert, ebenso wie Sie. Dann war ich beim FBI und kam erst danach zum Secret Service. Sechzehn Jahre im Dienst für inzwischen drei Präsidenten.« Er sah Sorensen mit kaltem Blick an. »Dagegen seid ihr Kennedy-Jungs grade erst im Oval Office angekommen. Außer einem Schaukelstuhl und vier Segelschiffen sehe ich da fast nur Sachen, die General Eisenhower gehörten.«

Sorensen schluckte seinen Ärger herunter und schwieg. Der Präsident hatte seit Kuba genug Ärger mit den Sicherheitsdiensten.

Weston war noch immer nicht fertig: »Sorensen, vor Kennedy hatten wir vierunddreißig Präsidenten. Seit 1789 wurden drei von ihnen ermordet. Auf sechs weitere wurden Mordversuche verübt. Der Service hat nicht genug Leute, um fünf Veranstaltungen pro Woche unter freiem Himmel zu sichern. Berücksichtigen Sie das bei Ihrer Wahlkampfplanung. Der Präsident hört auf Sie.«

Sorensen schüttelte energisch den Kopf. »Ich schreibe seine Reden. Aber hört er auf mich? Ich habe da meine Zweifel. Er ist schließlich ein Kennedy.« Mit dem Türgriff in der Hand drehte er sich noch einmal um. »Schön, Sie haben das Attentat nachgestellt. Vermutlich zu Trainingszwecken. Sicher sinnvoll. Aber was hat das mit unserer Europareise zu tun?«

Weston trat ganz dicht an ihn heran. »Alle Morde und alle Attentatsversuche wurden hier begangen, in den USA. Überwiegend in Washington, was niemanden wundern sollte. Also ändern Sie unbedingt Ihre Pläne für den Wahlkampf. Aber fahren Sie ruhig nach Europa. Von mir aus möglichst lange. Ich fliege übrigens heute voraus.«

5.

Sonntag, 16. Juni 1963. Bonn, Münsterplatz.

Der Bronze-Beethoven zeigte sein übliches grimmiges Gesicht. Hatte ihn seine zunehmende Taubheit bereits verbittert? Gewöhnlich blieb Malgo hier gern stehen und rätselte, warum der Bildhauer die Mundwinkel des berühmtesten Bürgers der Stadt so stark nach unten gezogen hatte.

Jakob hatte die Stände des Sommerfestes längst entdeckt. »Da hinten sind sie, Papa.« Er deutete auf eine kleine Bühne aus Holz neben einem der Stände. »Der Puppenspieler ist auch wieder da.«

Der Puppenspieler. Zum Glück gab es auch ihn und nicht nur Chöre und Volkstanz. Kein melancholisches Lied über Ostseestrände oder Danziger Brücken erreichte Kinder, die die Heimat ihrer Eltern nur aus Erzählungen kannten. Lediglich der Märchenerzähler hatte es leicht, Jakob auch in diesem Jahr wieder zum »Tag der Danziger« zu locken. Nadja hatte beschlossen, wieder nicht mitzukommen.

Der Junge war bereits vorausgelaufen zu dem alten Mann mit seinem weißen Vollbart. Auch in diesem Jahr lagen alle seine Puppen auf dem dicken grünen Tuch zum Einsatz bereit: das Silber-Elfchen, die Gnome, die Seejungfrauen und selbstverständlich auch der Riese Tullatsch. Manchmal zeichnete der Alte mit den Kindern auch, sie malten alte, kolorierte Fotos nach. Dann zeigte er Bilder der Marienkirche mit ihrem Turm ohne Spitze und erzählte seinen Zuhörern, wie gern der Riese Tullatsch durch die Ostsee und nach Danzig stiefelte. Vor allem, weil er sich auf der flachen und gemütlichen Turmspitze ausruhen konnte.

Jakobs Interesse war also wieder geweckt. Diese Besuche bei den Sommerfesten des Bundes der Danziger sollten ja helfen, dem Kind eine Vorstellung von der fernen, verlorenen Heimat seiner Eltern zu vermitteln. Die Heimatstube des Bundes der Vertriebenen, die sich das ganze Jahr als Treffpunkt anbot, taugte dazu nicht. Kein Wunder bei den kleinen Kellerräumen, vollgestellt mit Erinnerungsstücken und manchmal leicht muffig riechend.

Erst einmal einen Kaffee trinken. Aber diesmal mit einem richtigen Stück Kuchen und ohne die süßen Pfannkuchen dazu. Obwohl er das Wort »Flinsen« so sehr mochte. Und dann? Vielleicht mal wieder zu den beiden Ständen mit Flohmarktartikeln? Viel hatten Mutter und er ja nicht mitnehmen können auf der Flucht. Im letzten Jahr hatte er hier ein Kissen mit dem Danziger Stadtwappen gekauft. Neu und frisch bestickt. Nicht so fleckig wie Mutters Kissen aus der alten Zeit.

Ein Mann klopfte ihm von hinten heftig auf die Schulter. Zum Glück stand die Kaffeetasse sicher auf dem Tisch. Malgo drehte sich um. Es war Augustyn. Mit ihm hatte er hier gerechnet. Sie trafen sich schließlich fast jedes Jahr beim Sommerfest der Danziger.

»Guten Tag, Augustyn.«

»Hallo, Thomas.«

Augustyn sah sich nach Jakob um, entdeckte ihn in der Menge von Kindern, die vor der Puppenbühne saßen. »Schön, dass du ihn wieder mitgebracht hast. Hast du deinem Sohn eigentlich mal erzählt, dass wir ganz besondere Sandkastenfreunde sind? Weil wir nicht nur mit Sand gespielt haben, sondern auch mit alten Gewehren?« Augustyn bewegte seinen rechten Zeigefinger, als läge er am Abzug. »Erinnerst du dich, wie wir sie im Wald gefunden haben?«

Seine Augen. Das war es. Seine Pupillen. Heute wirkten sie wie verschleiert. Malgo trat einen Schritt zurück, nahm seine Kaffeetasse. »Alles so lange her, Augustyn. Eine andere Zeit. Gibt's etwas Neues bei dir und ihr?«

Augustyn schob die Hände in seine Hosentaschen und wirkte dabei wie ein beleidigter kleiner Junge. »Ich weiß, dass du mich für einen Versager hältst. Aber ich habe eine neue Arbeit gefunden. Stell dir vor.«

»Du willst mich wohl neugierig machen. Soll ich raten, was und wo?«

Augustyn wandte sich ab, holte sich auch einen Kaffee und nahm an dem breiten Tisch unter dem Sonnendach Platz. Bei den dunklen Wolken am Himmel würde es später vielleicht als Regenschutz dienen. »Setz dich doch, Thomas.«

Um der alten Zeiten willen. Vielleicht auch, um etwas von Alina zu erfahren. »Also, Augustyn …?«

»Ich bin Hausmeister, seit zwei Tagen. Das passt doch gut für jemanden, der Mechaniker gelernt hat. Findest du nicht?«

»Du hast Landmaschinen repariert. Arbeitest du jetzt als Hausmeister auf einem Bauernhof? Oder wo bist du gelandet?«

»Das wirst du mir jetzt wirklich nicht glauben.«

»Raus mit der Sprache.«

»Ich bin Hausmeister beim Papst. Also, natürlich bei seinem Botschafter in Bonn. Die Päpstliche Nuntiatur in Godesberg. Ihr bewacht die doch.«

Die Kaffeedamen auf der anderen Seite des Tisches waren bereits beim Goldwasser angekommen, unter der Wirkung des Likörs tief versunken in ihre Erinnerungen. Augustyns Glück.

»Kerl, hast du vergessen, was ich dir gesagt habe? Mein Beruf geht niemanden etwas an.«

Augustyn reagierte beleidigt. »Diese Predigt ist wirklich unnötig. Ist sie heute und war sie schon immer. Ich habe nie etwas über dich verlauten lassen. Nur Alina gegenüber, ab und zu. Wenn sie gefragt hat.«

Wie wohl die Verwaltung der päpstlichen Botschaft auf Augustyn Nowak gekommen war? Zu den fleißigen Kirchgängern zählte er. Gläubig, wie die meisten aus ihrem Dorf. Auch wenn manche ihre ganz eigenen Hausgötter anbeteten. Malgo musste an seine Frau denken. Hoffentlich hieß Nadjas Hausgott nicht Mammon. Aber nein. So konnte sie sich unmöglich verändert haben.

»Du, Hausmeister. Da hast du dir ja eine ruhige Anfangszeit ausgesucht. Eure Straße ist ja seit heute gesperrt. Weißt du, oder?«

Augustyn nickte. »Natürlich wissen wir das. Wir haben ja alle Lieferungen vorgezogen, Getränke und Essen. Aber zu uns kommt der Präsident ja sicher nicht, oder?«

Er quatschte zu viel, wie immer. Es war besser, das Thema zu wechseln. Seine Plastiktüte hatte er gleich unter dem Tisch abgestellt. Etwas Großes zeichnete sich darin ab.

»Schon was erstanden, auf dem Flohmarkt?«

Er griff zu der Tüte, aber öffnete sie nicht. »Für jemanden, der mir wichtig ist.«

Auch dieser Herr wollte also ausgefragt werden. »Etwas Geschnitztes? Eine Figur? Für sie?« Alinas Eltern hatten so etwas gesammelt. Die Regale im Wohnzimmer und im Flur des Elternhauses von Augustyn und Alina waren damit so vollgestellt wie die Regale eines Großhändlers. Fast immer religiöse Motive, Madonna mit Kind und so was.

Er antwortete nicht. »Das kannst du selbst überlegen. Du kanntest sie ja.«

Alina. Was sie wohl jetzt arbeitete? Gelernt hatte sie Schneiderin.

»Aber sag mir eins, Thomas. Warum hältst du keinen Kontakt mit der Heimat?«

»Ich lebe in der Gegenwart, Augustyn. Und das sehr gerne. Im Gegensatz zu euch.«

Das Puppenspiel war offenbar beendet. Nebenan auf der kleinen Bühne machte sich ein Chor bereit. »Und jetzt muss ich zu Jakob. Ich grüß ihn von dir. Bis zum nächsten Jahr ...«

Keinen Gruß an Alina. Besser so. Ihr Foto im Schreibtisch zu Hause gehörte eigentlich schon lange in den Keller, zu den wenigen Papieren von früher. Die Liebesbriefe von ihr an ihn hatte er bereits damals in Asche verwandelt. Obwohl sie schrieb wie eine junge Dichterin. Oder gerade weil ...

6.

*Montag, 17. Juni 1963. Nationaler Feiertag zur Erinnerung
an den Arbeiteraufstand vor genau zehn Jahren in der DDR.
Bad Godesberg. Noch sechs Tage bis zur Landung.*

»Papa, wollen wir nicht vielleicht heute erst an der Bäckerei
am Friedhof anhalten? Und danach fährst du mich zu Simon?
Heute ist doch Feiertag, oder? Dann ist das bestimmt nicht
wichtig, wann du im Büro ankommst …«

Malgo sah Jakob an und musste schmunzeln. »Mein Sohn,
der Hobbydetektiv. Und wer sagt dir, dass die Bäckerei heute
aufhat?«

»Das weiß ich noch von Ostern. Du fährst doch sonst auch
jeden Morgen zum Bäcker.« Er kratzte ein paar braune Krümel von der Fußmatte ab, zerrieb sie und präsentierte das
Ergebnis: eine Art brauner Farbe zwischen Daumen und Zeigefinger. »Ganz eindeutig Überreste von Schokolade. Fester
als bei Schokokuchen. Schogetten, würde ich vermuten. Der
Verdächtige ist schließlich polizeibekannt.«

Auf den Kopf gefallen war der Junge mit seinen neun Jahren wirklich nicht. Schön, dass er Spaß am Beruf seines Vaters
hatte. »Der junge Herr Nachwuchsdetektiv irrt sich. Die
Indizien beweisen keinesfalls den Kauf in einer Bäckerei. Da
sind mir die Schogetten zu teuer …«

Jakob ließ die Krümel in den Aschenbecher fallen. »Machen
wir einen kleinen Abstecher? Bitte, Papa. Es geht auch schnell.

Versprochen. Ich weiß auch schon, was ich will: zwei von den großen Sandplätzchen. Die mit den dicken Zuckerstückchen oben drauf.«

»Das nennt sich Hagelzucker. Hast wohl nicht richtig gefrühstückt. Du kannst das haben, was ich auch morgens im Büro esse: ein Rosinenbrötchen. Für jeden von uns eins.«

Der Junge nickte etwas enttäuscht, nahm die Münzen entgegen und stieg aus. Kurz darauf kam er in bester Laune zurück, mit zwei Tüten in der Hand. Bevor er einstieg, wischte er sich noch schnell den Schokoladenrest vom Mund, und zwar mit dem Ärmel seiner hellen Jacke. Seine Mutter hätte einen Tobsuchtsanfall bekommen. »Papa, für jeden eine Tüte. Ein Rosinenbrötchen und ein großes Schokoplätzchen.«

»Das gehörte nicht zur Bestellung. Und wem verdanken wir deinen Schokomund? Beziehungsweise jetzt den braunen Fleck auf dem Ärmel?«

Offensichtlich durch die Überführung überrascht, entschied er sich blitzschnell, zum Tatvorwurf zu schweigen und die Angelegenheit zu überspielen.

»Papa, stell dir vor: Sie haben mir eine Praline geschenkt. Von denen mit der Walnuss oben. Vom Silbertablett. Oma Hedwig hat die Pralinen doch immer selbst gemacht. Sagt Mama.«

Oma Hedwig, Nadjas Mutter. Die Dame hatte sich einen beruflich erfolgreicheren Sohn an die Seite ihrer Tochter gewünscht, am liebsten mit Doktortitel, und rief dies auch gerne bei fast jeder Begegnung in Erinnerung. Nach dem erzwungenen Namenswechsel, in den beiden Jahren während des Kontaktverbots, hatte er sie beileibe nicht vermisst.

»Siehst du, Papa. Nicht nur von dir hab ich meinen süßen Zahn geerbt.«

Die fünf Minuten Fahrtzeit bis zu Jakobs Freund reichten für das große Schokoplätzchen.

»Mein Sohn, bitte mach dir mal Gedanken, was wir diese

Woche noch unternehmen können. Denn am Wochenende kann ich ja nicht.«

Jakob nickte, stieg aus und hielt die Tür noch einen Augenblick fest. »Dann kommt Kennedy. Ich weiß. Übrigens, Montag werde ich ihn vielleicht auch sehen. Wir haben schulfrei und stehen am Straßenrand, wenn er durchfährt.«

»Es hat schon seine Vorteile, wenn man Schüler in einer Hauptstadt ist, oder? Letztes Jahr de Gaulle, in diesem Jahr Kennedy, vielleicht nächstes Jahr dann die Queen. Und alle kannst du aus nächster Nähe sehen.«

»Wir bekommen sogar amerikanische Fähnchen.«

»Von wem? Von der Schule?«

»Ich weiß nicht, wer sie uns gibt. Die Fähnchen kriegen wir jedenfalls, wenn wir angekommen sind. Friedrich-Ebert-Allee, am Montag. Alle Schulen aus Godesberg gehen an die Strecke. Dann kommt ein Wagen und verteilt die Fähnchen. Sagt unsere Lehrerin. Also bis morgen.«

Ein privates Fahrzeug auf einer abgesperrten Strecke, unmittelbar vor Durchfahrt der Kolonne eines hoch gefährdeten Staatschefs? Deckte hier etwa ein neunjähriger Schüler kurz vor Ankunft des Staatsgastes eine Sicherheitslücke auf? Auch diese Woche fing ja gut an.

Im Gegensatz zu normalen Arbeitstagen präsentierte sich Beckmann an diesem Morgen alles andere als aufmerksam. Es war ohnehin erstaunlich, dass er an einem Feiertag Dienst schob. Offiziell hieß es in der Dienststelle immer, ein Pförtner sei an solchen Tagen nicht erforderlich. Beckmann brauchte wohl das Zubrot. Vielleicht hatte ihm Karla Buchner die Sondergenehmigung erteilt. Selbstverständlich im Auftrag des Alten. Was aber niemand nachprüfen würde.

»Guten Morgen, Malgo. Müssen wir uns eigentlich gleich die Ansprache des Bundeskanzlers anhören?«

»Auf jeden Fall, Beckmann. Sie besonders. Weil Sie ja nur deswegen heute arbeiten. Sie spekulieren doch auf den Feiertagszuschlag, oder? Den müssen Sie sich aber erst erarbeiten.«

Beckmann nickte gut gelaunt. »Deckert und seine Leute arbeiten ja auch. Sind bei der Feierstunde, drüben im Bundestag. Zehnter Jahrestag des Volksaufstands – da ist natürlich das gesamte Kabinett versammelt.«

Eine typische Antwort für ihn. Er ließ gern mal kurz aufblitzen, dass er auf seinem Posten überqualifiziert war und über die aktuellen Dienstgeschäfte sowie die politischen Geschehnisse Bescheid wusste. Aber dann verschwand der kluge Kopf auch wieder. Nicht selten hinter der Zeitung mit den großen Buchstaben. »Schock für Kölner: FC auswärts schwach!« Wie viele Fußballfans teilte Beckmann sein Leid gern mit, unabhängig vom Grad des möglichen Mitgefühls des anderen.

»Malgo, Sie Sportskanone. Schon gehört?«

Heute hatten offenbar alle viel Zeit. »Nein, Beckmann. Klären Sie mich bitte auf: Was ist denn passiert?«

Beckmann hielt die erste Seite kurz hoch, knüllte sie dann zusammen und warf sie hinter sich auf den alten braunen Aktenbock. »Die Kölner haben Samstag in Kaiserslautern nur unentschieden gespielt. Wenn wir das Heimspiel gegen Nürnberg nicht gewinnen, dann ist der Ofen aus. Das letzte Endspiel um die Deutsche Fußballmeisterschaft, und der FC wäre nicht dabei. Stellen Sie sich das bitte vor …«

»Unvorstellbar. Wer soll die Dortmunder denn dann aufhalten?«

Beckmann schaute leicht irritiert. »Malgo, Sie erstaunen mich. Seit wann kennen Sie sich aus mit Fußball?«

»Seit mein Sohn das Thema entdeckt hat.«

»Ein guter Junge, hab ich Ihnen immer gesagt. Bringen Sie ihn mal wieder mit am Wochenende. Was ist eigentlich heute los? Die Buchner ist auch schon oben.«

»Ich brauche gleich einen Dienstwagen. Muss zum Flughafen.«

Oben, auf dem Flur der Abteilung Ermittlungen, schon wieder ein Beinahezusammenstoß mit Deckert. Er war bereits am frühen Morgen auf hundertachtzig. Dabei kam er doch gerade erst aus seinem Kurzurlaub. Besser erst einmal in aller Ruhe die Jacke in den Schrank hängen.

»Endlich auch eingetroffen, unser neuer Vordenker. Der kleine Mann mit seiner großen Aufgabe.«

Deckert knallte seine Mappe so heftig auf den Schreibtisch, dass die Klingeln in beiden Telefonapparaten anschlugen.

»Was ist los, Deckert? Dachtest du vielleicht, ich hätte mich um die Sache gerissen? Ich konnte bisher noch nicht einmal mit dem Chef sprechen. Hast du ihn ans Telefon bekommen?«

Deckert schüttelte den Kopf. Er war ganz offensichtlich weder gefragt noch eingeweiht worden.

»Blöde Sache, für uns beide. Aber eigentlich müsste doch schon alles abgeklärt sein, auch mit den Amis, oder? Kennedy landet ja übernächsten Sonntag.«

Deckert hörte bereits nicht mehr richtig zu, sondern sah sich im Zimmer um. »Natürlich, wir wissen, was zu tun ist.«

»Na also. Deine Arbeit muss dir hier doch niemand erklären.«

Er zeigte auf die Buchregale hinter dem kleinen Besprechungstisch und die Zeitungsstapel auf dem Boden. »Du solltest wirklich langsam aus deinem schöngeistigen Buchklub austreten und auch mal dein Altpapier wegbringen.«

»Deckert, du weißt, dass das alles Fachbücher sind. Ich kann nichts dafür, wenn du meinst, dass Druckerschwärze an den Fingerkuppen einen qualvollen Tod einleitet.«

Er stichelte nicht weiter, weil er Schreibtischarbeit hasste und bei wirklich wichtigen Berichten hin und wieder einen

Formulierungshelfer brauchte. Deckert klappte die Aktenmappe in seiner Hand auf und faltete ein längeres Telegramm
auseinander.

»Hast du die Liste gesehen? Die Kräfteaufstellung für den
Kennedy-Besuch: zweitausendfünfhundert Mann Schutzpolizei, mehr als vierhundert Mann Kriminalpolizei. Und
dazu noch alle meine Leute. Das ist einfach verrückt viel
Aufwand.«

Die Telegramme hatten zum Glück bei der Buchner griffbereit gelegen. »Hab ich gelesen, ja. Fünfzig bis sechzig Kri-
po-Leute aus jeder Großstadt. Nicht grade wenig. Da können die Kollegen nur hoffen, dass sich ihre Stammkunden
für Glanz und Gloria interessieren und vor dem Fernseher
sitzen. Wo siehst du ein Problem?«

»Wenn man zusammenrechnet, sind es fast dreitausend
Mann. Der Innenminister will trotzdem, dass auch wir uns
beteiligen.«

»Von unseren Leuten würden viele freiwillig kommen,
um den Anführer der freien Welt zu erleben. Das komplette
Kabinett wird am Flughafen antreten. Da sparst du ein paar
deiner Cowboys ein.«

Deckert hob die Hände, als wollte er alle germanischen
Gottheiten gleichzeitig anklagen, weil sie so viel Unwissen-
heit zuließen. Niemand wusste, wie weit seine Bewunderung
für die Bezwinger der Römer wirklich ging. Angeblich trai-
nierte er Speerwurf.

»Malgo, um Himmels willen! Ich rede nicht von tagsüber.
Ich rede von nachts, von der Bewachung der amerikanischen
Siedlung und des gesamten Rheinufers in Höhe Bad Godesberg. Und zwar auf beiden Seiten. Die Residenz, in der Kennedy schläft, kann auch von der anderen Rheinseite unter
Beschuss genommen werden. Dazu noch von den Hügeln
rechtsrheinisch, bis rauf zum Petersberg. Genauso wie das

Wohnhaus des Botschafters, wo der Außenminister schlafen wird.«

Deckert hatte tatsächlich nicht unrecht.

»Lieber Kollege, ich treffe gleich den Regierungspräsidenten am Flughafen. Werde ihn fragen, wie viele unserer Leute wirklich auf dem Rollfeld nötig sind. Wenn die Zahl geringer wird, dann können wir die freien Kräfte für die Bestreifung nachts benutzen.«

»Ich kenne schon die Antwort ...« Deckert machte eine wegwerfende Geste und wandte sich zum Gehen.

»Deckert, einen Moment noch. Ist da wirklich ein Feuerwerk geplant? Auf dem Weg der Kolonne vom Flughafen nach Köln?«

Er nickte. »Wir reden lediglich von Blitzböllern am Anfang und Ende und in der Mitte Raketen mit zwei Fahnen des Gastes und zwei deutschen Fahnen. Das machen wir jetzt immer so. Seit de Gaulle im letzten Jahr.«

»Wenn ich Attentäter wäre und schießen wollte, das wäre die Gelegenheit. Keiner hört, woher die Schüsse kommen. Ich wäre weg, bevor ihr wisst, in welche Richtung ihr rennen sollt.«

»Die Knallerei, das ist doch nur ein kurzer Moment. Unsere Leute sind darauf vorbereitet.«

Da war noch etwas anderes. Das Gespräch mit Jakob. »Und was ist mit diesen Werbefritzen?«

»Welchen Werbefritzen?«

»Die die Fähnchen an die Schulkinder verteilen sollen. Auf der abgesperrten Strecke. Kurz vor Durchfahrt der Kolonne.«

Deckert machte eine Handbewegung, als wolle er eine lästige Fliege vor seinem Gesicht verscheuchen. »Keine Sorge, Malgo. Das ist nur der Skibowski. Der ist in Ordnung. Sein Bruder war früher mal bei uns. Die Leute vom Protokoll im Auswärtigen Amt wollten das so. Sechs Lautsprecherwagen für Durchsagen und ein Führungsfahrzeug. Die verschwinden eine Stunde vor der Kolonne. Danach fährt einer von uns noch mal durch.«

»Wir machen also jetzt Sicherheitsüberprüfungen nach Familienstammbuch?«

»Willst du jetzt wirklich den großen Chef markieren, oder was?«

»Ach was. Ich will euer System nur verstehen. Wer kontrolliert denn die Leute in den Lautsprecherwagen?«

»Die müssen sich natürlich ausweisen, und die Namen werden mit unserer Liste abgeglichen. Aber es gibt noch ein viel wichtigeres Problem: Die Amis haben die Strecke noch immer nicht abgenickt. Adenauers Sohn wollte ja, dass die Kolonne über die Ringe in Köln zu seinem Rathaus fährt.«

»Und? Hat der Herr Oberstadtdirektor mit dem großen Namen seinen Willen bekommen?«

Deckert freute sich über die Frage wie Kinder über Kekse. Also war die Antwort klar. Der hohe Herr hatte sich nicht durchsetzen können. Je schneller es auf seine Pensionierung zuging, desto häufiger ließ der schweigsame Ritter Charakterzüge erkennen, die er viele Jahre zurückgehalten hatte. Eigensinnig und zuweilen sogar unbotmäßig zu sein, gehörte dazu. Das hatte selbst der Chef schon zu spüren bekommen.

»Die Amerikaner haben die Bitte abgelehnt. Die Strecke führt in Köln über zu breite Straßen. Zu freies Schussfeld für mögliche Scharfschützen. Tja, da war dann auch für Herrn Adenauer junior leider nichts mehr zu machen.«

»Das bedeutet, die Kolonne fährt durch kleinere Straßen?«

Deckert nickte wieder. »Die vorgeschriebene Mindestbreite sind allerdings neun Meter.«

Er hatte die Erfahrung und kannte die Details. Vielleicht keine schlechte Idee, ihn mitzunehmen. »Willst du mitfahren zum Flughafen?«

»Nein. Ich habe hier zu tun. Angeblich hat sich der Chef gemeldet. Du sollst zu Karla kommen.«

Der schweigsame Ritter durfte die Prinzessin also duzen. Welchen Dienst hatte er ihr erwiesen, welchen Unhold mit seinem Speer erlegt?

Schon auf der Treppe zur fünften war eine angeregte Plauderei aus dem Vorzimmer zum Chef zu hören. Die Tür zu Karla Buchners Reich stand wieder weit offen. In den bequemen Lederstühlen aus der Besucherecke des Chefzimmers saßen zwei Frauen, direkt vor Buchners großem Schreibtisch. Beide setzten schnell ihre Kaffeetassen neben ihrer Schale mit Gebäck ab und drehten sich um. Fast wie ertappt.

»Ich hoffe, ich störe nicht.«

Die Buchner wirkte keinen Deut irritiert. »Nein, nein, Herr Malgo. Die beiden sind Kolleginnen aus dem Innenministerium. Wir diskutieren grade über Kontaktkarteien. Dr. Dickopf sammelt ja Visitenkarten.«

»Der Chef wirft ja auch sonst nichts weg. Ich weiß nicht, ob man das Sammeln nennt. Ich weiß nur, dass ich gleich zum Flughafen muss.«

»Gleich. Einen Moment, bitte. Die Damen müssen ohnehin jetzt los, nicht wahr?« Die beiden Frauen nickten, nahmen ihre Sommermäntel von der Garderobe und verabschiedeten sich.

»Frau Buchner, ich muss wirklich jetzt los. Bitte geben Sie mir die Unterlagen. Ich sehe sie mir am Flughafen durch, vor der Besprechung mit dem Regierungspräsidenten.«

Karla Buchner setzte ihr gewinnendes Lächeln auf. »Sie könnten mich mitnehmen. Ich kann Ihnen die neuen Fernschreiben auf der Fahrt vorlesen.«

»Und hier oben ist niemand? Das geht nicht. Was ist überhaupt mit dem Chef?«

»Seine Mutter ist leider noch immer nicht über den Berg.

Er kommt frühestens Freitag. Ich habe ihm erzählt, dass Sie hier alles im Griff haben.«

»Was offensichtlich nicht zutrifft. Dieser Staatsbesuch wächst uns über den Kopf. Er sollte mich doch anrufen.«

»Hat er Sie noch nicht erreicht? Das tut mir leid. Ausgerichtet hatte ich Ihre Bitte.« Sie hatte den Telefonhörer schon in der Hand. »Ich rufe schnell im Schreibbüro an. Eine der Stenotypistinnen kann mich für die kurze Zeit vertreten. Deren Sicherheitsfreigabe reicht. Sie muss ja nur die Anrufer notieren.«

Eine Autofahrt mit ihr, das würde Gerede im Haus geben. Aber sie kannte einen Teil der Unterlagen. In die vertiefte sie sich sogar in dem engen Fahrstuhl. Ungewohnt, ihr so nahe zu kommen. Aber nicht unangenehm. Auf der Chef-Tour gewissermaßen, von ganz oben direkt in die Tiefgarage.

Beckmann hatte den weißen BMW 1500 schon bereitgestellt. Nachdem sie eingestiegen war, klappte sie sofort die dicke Mappe auf.

»Herr Malgo, haben Sie eigentlich mitbekommen, dass der Chef schon Anfang Mai am Flughafen zu einer Vorbesprechung mit den Amerikanern war?«

»Nein, davon weiß ich nichts. Anfang Mai hatten wir mit dem Diebstahl und Weiterverkauf von Panzerfäusten aus einem Bundeswehrdepot in Baden-Württemberg zu tun. Aber das darf ich Ihnen eigentlich gar nicht erzählen.«

Karla Buchner schmunzelte. »Glauben Sie mir: Ich erfahre so allerlei.« Sie klappte die Sonnenblende herunter und zog ihren Lippenstift aus der Handtasche. »Waren die Drahtzieher nicht Jugoslawen im Dunstkreis der Bonner Botschaft, die an die Russen verkauft haben? Die sollen sich doch über unsere alten Dinger kaputtgelacht haben …«

Sie kannte ihre Wirkung auf Männer und fühlte sich offenbar in ihrer Stellung unangreifbar. Vielleicht war sie es ja auch. Den Chef jedenfalls wickelte sie nach Belieben um jeden Finger.

»Themenwechsel, Frau Buchner. Was war mit der Besprechung mit den Amerikanern? Wer von denen hat daran teilgenommen?«

Sie zog eine Protokollnotiz aus der Mappe. »Die Air Force One ist in Köln-Wahn probegelandet. Das machen die sechs Wochen vor einem Staatsbesuch immer so, hat der Chef gesagt. Zwanzig Leute sind ausgestiegen. Unter ihnen war General Freeman, der Chef der US-Truppen in Europa. Dazu der Chef des Secret Service, der Chef des Protokolls, der persönliche Referent des Präsidenten und eine Menge Techniker. Funktechniker.«

Funktechniker. Vielleicht nicht nur für die Verbindung nach Washington, sondern auch zum Mithören. Für den Funk der deutschen Dienststellen.

Verdammte Skepsis. Malgo rief sich zur Ordnung. Die achtzig Pferdchen des BMW galoppierten schließlich in Höchstgeschwindigkeit. Bei Tempo hundertvierzig.musste man sich auf den Verkehr konzentrieren.

»Was ist bei der Besprechung des Chefs mit der Vorhut der Amerikaner herausgekommen?«

»Sie haben die geplante Hauptroute abgelehnt. Mit der Ausweichstrecke wollten sie sich erst später befassen. Und von jedem Ort, an dem Kennedy redet oder Station macht, wollen sie zwei Standleitungen zur Air Force One. Deshalb die Techniker.«

»Wir sind übrigens da. Da vorne ist schon die Kaserne der Flugbereitschaft, und gegenüber geht's zum militärischen Teil.«

Karla Buchner nickte und klappte die Aktenmappe zusammen. »Ich weiß. Ich habe angerufen und uns angemeldet.«

Was wusste sie eigentlich nicht? Vermutlich war sie nach

dem nächsten Samstagseinkauf mit Nadja nicht nur dienstlich im Bilde. Dagegen war über ihr eigenes Privatleben sehr wenig bekannt. Angeblich nahm sie am Wochenende an Wettbewerben in Maschineschreiben und Stenografie teil. Nadja gefiel das. Sie selbst hatte als OP-Schwester ihren Karrieregipfel allerdings bereits erreicht. Und das machte Nadja unzufrieden. Ob sie bereit war, neu anzufangen? Angeblich wurden händeringend Berufsberaterinnen gesucht. Kein Wunder, wo doch alle Branchen Arbeitskräfte suchten.

Vielleicht lohnte sich darüber mal ein Gespräch mit der Buchner. Sie schien ja in Sachen berufliches Fortkommen ziemlich beschlagen zu sein. Aber das war auf jeden Fall Zukunftsmusik.

Schon vom Parkplatz aus sah man den Regierungspräsidenten mit seinem Gefolge am Rollfeld stehen. Bereits im Gehen begann die Buchner auf einmal zu flüstern. »Kennen Sie Dr. Grobben?«

»Nein. Sollte ich?«

»Was ich Ihnen jetzt sage, das haben Sie nicht von mir: Sein Name steht in der Kartei. Paragraf hundertfünfundsiebzig.«

»Das ist nicht Ihr Ernst.«

Karla Buchner zuckte mit den Achseln. »Es tut mir leid. Aber es gibt sie wirklich, die Homosexuellenkartei. Sie wussten das nicht?«

»Wir führen so eine Kartei nicht. Vielleicht die Ordnungsämter oder die Polizei vor Ort. Aber als Sicherungsgruppe sicher nicht.«

Karla Buchner sah zu Grobben hinüber. Er und seine Leute standen nicht mehr weit entfernt. Sie flüsterte wieder. »Doch. Der Chef persönlich hat vor zwei Jahren damit angefangen, die Polizeibehörden nach solchen Informationen auszufragen. Weil Leute in Führungspositionen erpresst werden könnten.«

Sie legte eine kurze Kunstpause ein. Hatte sie sich das von Beckmann abgeschaut?

»Auch die verheirateten Männer in unserer Dienststelle hat er mit den Hundertfünfundsiebziger-Karteien abgleichen lassen, Herr Malgo. Homosexuelle in Scheinehen soll es ja auch geben.« Sie blieb stehen und sah ihn lächelnd an. »Sie bevorzugen Frauen. Das weiß ich aus sicherer Quelle.«

»Aha. Schön, das von Ihnen zu erfahren.«

Wusste sie auch, wie viele Romeos die DDR im Einsatz hatte? Bettgeflüster für den Weltfrieden. Eine Masche, die erstaunlich oft erfolgreich war. Wenn er gründlich sein wollte, dann musste sich das »Schlossgespenst« auch für die Schlafzimmer unverheirateter Mitarbeiterinnen in Bonner Vertrauensstellungen interessieren. Also auch für die Buchner.

Aber jetzt erst mal Kennedy – und Grobben. Auf den ersten Blick wirkte der Kölner Regierungspräsident eher unauffällig. Ein gepflegter älterer Herr, um die sechzig vielleicht. Stoppelkurzes Haar, heller, gut sitzender Anzug, feine Krawatte. Vielleicht etwas zu extravagant, die Krawatte.

Grobben hatte seine Gesprächspartner bereits entdeckt. Der Chef der Kölner Bezirksregierung kam sofort zur Sache. »Herr Malgo, Sie haben sicher das Fernschreiben des Innenministers gelesen. Dann wissen Sie ja, dass er mich persönlich für die Sicherheit des amerikanischen Präsidenten verantwortlich macht. Zumindest im Regierungsbezirk Köln. Und ich bin entschlossen, nichts dem Zufall zu überlassen. Für wie viele Personen ist die Sicherungsgruppe Bonn beim Empfang des Präsidenten zuständig?«

Einfache Frage, glücklicherweise. »Uns sind zwölf Herren angekündigt worden, die in Begleitung des Herrn Präsidenten Kennedy reisen werden. Für uns zählen nur Kennedy und sein Außenminister. Das sind die offiziellen Staatsgäste. Und damit unsere Schutzpersonen.«

»Und auf deutscher Seite?«

»Wie Sie wissen, Herr Regierungspräsident, wird das gesamte deutsche Kabinett auf dem Flughafen zugegen sein. Der Bundeskanzler und seine zwanzig Bundesminister. Mit unterschiedlichen Schutzstufen. General Foertsch als Chef der Streitkräfte hat seine eigenen Sicherheitsleute dabei. Für die amerikanische Delegation mit Ausnahme des Präsidenten und seines Außenministers ist der Secret Service zuständig.«

Grobben sah seine persönliche Referentin an und schüttelte den Kopf. »Es ist also genau so, wie wir intern befürchtet haben. Jeder Dienst hat seine eigene Zuständigkeit, und keiner hat den Überblick. Das fängt schon bei der Zutrittskontrolle an. Herr Malgo, hat die Sicherungsgruppe inzwischen geklärt, wie wir die Probleme im Zusammenhang mit den Ansteckern lösen?«

»Wie meinen Sie das?«

Grobben wurde spürbar ungehalten. »Lesen Sie die Fernschreiben und die Eilbriefe des Innenministers? Oder lesen Sie sie nicht? Die Sicherungsgruppe ist doch eindeutig als Adressat erwähnt.«

Karla Buchner mischte sich ein. »Es tut mir leid, aber unser Chef ist aus privaten Gründen heute verhindert. Er hat die Vorarbeiten geleitet. Könnten Sie uns freundlicherweise aufklären, worum es geht?«

Grobben holte tief Luft. »Die Amerikaner verlangen, dass jeder zum Schutz des Präsidenten eingesetzte Polizist einen besonderen Anstecker trägt. Und zwar am Sonntag, also am Tag der Ankunft einen anderen als am Montag.«

Karla Buchner nickte. »Natürlich. Wir haben zwei verschiedene Anstecker. Die von de Gaulle, vom letzten Jahr.«

Für einen Moment schien es, als wolle Dr. Grobben laut werden. Er schloss stattdessen für einen kurzen Moment demonstrativ die Augen. »Sehr verehrte Dame, Sie lesen den Schriftverkehr offensichtlich auch nicht. Die Amerikaner verlangen, dass es neue Anstecker sind. Also auch nicht die, die unsere Schutzpolizei sonst bei Einsätzen dieser Art verwendet.«

Nun erkannte auch Grobbens Assistentin eine Gelegenheit, sich aufzuplustern. »Wie Herr Dr. Grobben schon gesagt hat: Die Sicherungsgruppe ist aufgefordert worden, entsprechende Vorkehrungen zu treffen und neue Anstecknadeln fertigen zu lassen. Sie dürfen, darauf bestehen die Amerikaner, erst am Tag vorher ausgeteilt werden.« Sie blätterte in ihren Unterlagen. »Ich kann Ihnen das Schreiben zeigen.«

Karla Buchner versuchte es mit ihrem Ich-bin-ein-scheues-Reh-Blick. In der Dienststelle war jeder inzwischen immun dagegen. »Bitte verzeihen Sie, aber die Information ist uns offensichtlich nicht korrekt weitergegeben worden. Wir werden uns sofort darum kümmern.«

»Ich hoffe wirklich, das werden Sie«, entgegnete Grobben, der sich etwas beruhigt hatte. »Eine Stunde vor der Air Force One landet der Flieger mit den amerikanischen Journalisten. Die werden vom Secret Service mit Ansteckern versorgt. Aber die deutsche Presse muss auch ihre Zugangsberechtigungen bekommen. Der gesamte Zugang zum Rollfeld soll in diesem Fall durch die Sicherungsgruppe Bonn kontrolliert werden. Das haben wir im Vorfeld vereinbart. Ich muss Sie also an Ihre Verantwortung erinnern.« Der Regierungspräsident trat gern schneidig auf. »Ich erwarte schnellstmöglich Ihre Vollzugsmeldung, Herr Malgo.« Grobben nickte seiner Mitarbeiterin zu und wollte losgehen.

Malgo trat ihm in den Weg. »Herr Dr. Grobben, Sie sind doch Jurist, nicht wahr?«

»Selbstverständlich.« Grobben schien sich zu wundern.

»Dann darf ich dem Juristen folgenden rechtlichen Hinweis geben: Sie dürfen gern das Jüngste Gericht erwarten. Von mir aus auch gleich morgen. Aber erwarten Sie nicht von mir die Ausführung Ihrer Anweisungen.«

»Herr Malgo, ich mache Sie darauf aufmerksam, dass der Herr Landesminister des Innern mir die Aufgabe übertragen hat, seine Verantwortung für die Sicherheit unseres Staatsgastes wahrzunehmen.«

Malgo nickte. »Mag sein. Aber ich bin Beamter des Bundeskriminalamtes. Wir sind zuständig für den Personenschutz. Nur dafür. Alle Sicherungsmaßnahmen vor Ort, die Kolonnenfahrten, das ist alles Ländersache. Also Ihr Beritt. Das wissen Sie genau.«

Grobben wollte es nicht widerspruchslos hinnehmen. »Ich darf Sie daran erinnern, dass die Absprache im Vorfeld anders …«

»Nichts weiter als freundliches Entgegenkommen, aus praktischen Gründen. Kann aus wichtigem Grund jederzeit widerrufen werden.« Malgo reichte Grobben seine Visitenkarte. »Ich werde mir Gedanken machen, ob wichtige Gründe vorliegen. Einen schönen Tag noch, Herr Dr. Grobben.«

Karla Buchner hatte die kleine Auseinandersetzung beobachtet, enthielt sich aber anschließend eines Kommentars. Sie genoss die Gelegenheit, bei einem Außentermin dabei zu sein, und war schon vor Ende des Disputs mit Grobben bis zum Zaun des Rollfeldes vorgegangen. Als Malgo zu ihr kam, krallte sie sich gerade ein wenig theatralisch in die Maschen. Dann stieß sie sich ab und sah ihn an wie ein pubertierendes Mädchen ihren Klassenlehrer.

»Es muss aufregend sein, unseren festen Boden zu verlassen. Nicht wahr, Herr Malgo?«

»Fragen Sie Deckert. Der begleitet unsere Schützlinge auf Flugreisen häufiger als ich.« Was versprach sie sich von diesem Theater?

»Ich bin noch nie geflogen. Ihre Frau ja auch nicht.«

Jetzt war die Buchner auch noch über Nadjas Wünsche im Bilde. »So teuer ist das sicher bald nicht mehr, Frau Buchner. Die Spanier bauen auf Mallorca ein Hotel nach dem anderen. Irgendwie müssen die vielen Leute ja dorthin gelockt werden.«

Karla Buchner tat beeindruckt. »Sie sind ja gut informiert. Das freut mich für Ihre Frau.« Sie wartete, bis der startende Flieger außer Hörweite war. »Im Gegensatz zu Ihnen sieht Ihre Frau ja den ganzen Tag nur das Krankenhaus.«

»Ich werde mein Privatleben nicht mit Ihnen diskutieren, Frau Buchner.«

Malgo dachte, dass Nadjas Arbeitsplatz ihr bereits gewisse Möglichkeiten eröffnet hatte. Keine Reisen, aber Ausflüge – zum Beispiel ins Kino mit ihren Chefs. »Haben wir eigentlich Rückmeldung von den Krankenhäusern in Bonn und Köln? Sind die vorbereitet?«

»Ja. Die an der Route der Kolonne halten die Chirurgie besetzt und haben Kennedys Blutgruppe AB negativ vorrätig.« Das wusste sie sogar auswendig.

»Gut. Es gibt also Themen, die wir von unserer Liste streichen können. Da wir hier sind, können wir uns auch gleich die Vorbereitungen für die Absperrungen am Rollfeld ansehen. Vielleicht bekommen wir von den Militärs sogar einen Kaffee.«

Sie nickte erfreut, konnte sich aber nicht sofort vom Zaun losreißen. Auch Malgo sah einen Augenblick Richtung Landebahn. Grobben hatte das Thema Luftüberwachung glücklicherweise nicht erwähnt und damit nicht ein weiteres Durcheinander angesprochen. Vermutlich, weil es bisher eine unbekannte Dimension war. Der Bundeswehrarzt und die Sanitäter würden in einem Hubschrauber in der Nähe der Kolonne sitzen. Der Kolonne unmittelbar voraus flögen der Hubschrauber der Post, mit den Verstärkern für die Direktübertragung der Signale der Fernsehkameras. Reine Routine in den USA, aber eine Premiere im deutschen Fernsehen. Neben dem fliegenden Rettungsarzt und den Fernmeldetechnikern schwirrte da ja auch noch der Hubschrauber der Verkehrsüberwachung herum. Zudem waren alle drei Hubschrauber verpflichtet, den vorgeschriebenen Sicherheitsabstand von sechshundert Metern zur fahrenden Kolonne einzuhalten.

Alles nicht gerade ungefährlich. Aber es war besser, sich auf die wirklichen Risiken zu konzentrieren. Das sah der Chef meistens genauso. Wenn allerdings mehrmals etwas so richtig danebengegangen war und er schlechte Laune hatte, dann verurteilte er die Verantwortlichen durchaus zu längerer Verbannung. Das hieß zum Dienst auf der wirklichen Baustelle der Sicherungsgruppe, dem Regierungsbunker in Ahrweiler. Da durfte der Sünder dann Bauarbeiter und Bauern kontrollieren. Beim bisher erkennbaren Baufortschritt konnte das schlimmstenfalls sogar lebenslänglich bedeuten.

*

Am Nachmittag desselben Tages. Bad Godesberg.

Acrobat sah seinen jungen Fahrer an. »Okay, die Straßen sind hier etwas kleiner, als du es gewohnt bist. Gleich kommt das Dreesen. Wir können da auf dem Parkplatz unseren Wagen loswerden. Dann gehen wir ihr am Rhein entgegen.«

»Haben sie Bodyguards? Sind sie zu zweit, oder wird sie allein sein?«

Acrobat lächelte. »Keine eigenen Muskelmänner. Ihr Mann ist auch nicht da. Untergetaucht. Deshalb muss ich mit seiner Ehefrau sprechen. Im Amt hat er verbreiten lassen, seine Mutter sei krank geworden.«

Auf dem Parkplatz des Rheinhotels Dreesen waren an diesem Samstagvormittag nur noch wenige Plätze frei. Die große Terrasse direkt am Rhein zog die Besucher ebenso an wie die beeindruckende Geschichte des Hotels. Acrobat hatte unzählige Berichte über Treffen in diesem Hotel gelesen. Selbst Eisenhower hatte hier mal gewohnt. Der große Kasten war eben nicht nur berühmt dafür, als Treffpunkt zwischen Hitler und Chamberlain gedient zu haben.

Sie gingen die paar Schritte zum Rheinufer und wandten sich dann nach links. Ein leichter Wind wehte über den breiten Fluss und fächerte ihnen willkommene Kühle zu. Ein voll beladenes Frachtschiff mit Seitengängen nur knapp über der Wasserlinie kämpfte mühsam gegen die starke Strömung an. Dagegen schien das weiße Ausflugsschiff auf Talfahrt geradezu über das Wasser zu fliegen. Viele Passagiere in den Liegestühlen des Oberdecks sahen auf die andere Rheinseite, hinauf zum Petersberg.

»Woher wissen wir eigentlich, dass sie diesen Weg nimmt und heute auch spazieren geht?«

Acrobat sah dem Ausflugsschiff nach, als hätte er einen Bekannten entdeckt. »Sie macht immer Spaziergänge am Wochenende. Auch an Feiertagen, also auch heute. Zieh deine Uniform glatt, Junge. Da ist sie schon. Denk dran, nach der Hunderasse zu fragen.«

Die Frau in dem hellblauen Sommerkleid kam ihnen entgegen. Sie führte einen weißen Hund an einer langen Leine. Den Hund interessierte das steile Rheinufer mehr als die breiten Grasflächen auf der rechten Seite des Weges. Sie lief ihnen also direkt in die Arme. Der gut aussehende junge Mann in der Uniform musste nur den Einstieg finden. »Ein sehr willensstarker Hund …«

Sie lächelte. »Oh ja. Fast ein Jagdhund.«

Die beiden waren stehen geblieben. Es schien, als hätte Miss Sommerkleid Spaß an einer kleinen Konversation. Sie warf den Kopf zurück und strich eine Strähne hinter ihr Ohr. »Was macht ein Offizier in Ausgehuniform an diesem Teil des Rheinufers?«

»Sie kennen sich mit Uniformen aus?«

»Ich hatte mit Uniformträgern zu tun, eine Menge sogar.« Sie lächelte. »Sind Sie an der Residenz Ihres Botschafters? Lateinamerika?«

Acrobat schien der Moment gekommen, in das Gespräch einzugreifen. Er sprach sie auf Deutsch an. »Guten Tag, Madam. Mein Mitarbeiter stammt tatsächlich aus Mittelamerika. Aber darf ich fragen, verreist Ihr Mann morgen für ein paar Tage?«

Sie trat einen kleinen Schritt zurück und sah ihn erstaunt an. »Wer sind Sie, und woher wissen Sie das?«

»Nun, Madam, im überschaubaren Bonn gibt es nur wenige Geheimnisse. Ich war lange hier stationiert. Ich wollte Ihren Mann kurz sprechen. Ohne Aufsehen zu erregen und die offiziellen Wege zu gehen. Ihr Mann arbeitet seit Langem verdeckt für uns. Für die CIA. Ich bin sicher, das wissen Sie.«

Die Frau nickte und überlegte kurz. »Mein Mann will am frühen Nachmittag fahren. Vielleicht gegen fünfzehn Uhr. Offiziell ist er noch in München, bei seiner Mutter.« Sie sah Acrobat an und dann, einen Augenblick länger, auch den jungen Mann in der Uniform. »Wenn Sie beide morgen um diese Zeit in der Nähe unserer Haustür wären, dann könnte einer von Ihnen vielleicht ein kurzes Stück mit meinem Mann fahren.« Sie legte eine Kunstpause ein. »Und der andere könnte mich auf meiner nächsten Runde mit dem Hund begleiten.«

Beide Männer nickten. Als hätte der Hund mitgehört, zog er an der Leine. Die Frau hob die Hand zum Gruß und ging weiter.

Der Jüngere in Uniform wartete nur einen kurzen Moment. »Wir haben immer noch keinen Zugang zur Residenz. Warum können wir uns nicht einfach durch die Botschaft auf die Liste für den Empfang setzen lassen?«

»Die Einsatzplanung hier mache ich.« Acrobat sprach weiter, ohne den Jüngeren anzusehen. »Die Botschaft ist keine Hilfe. Aber die Frau ist eine. Sie ist die engste Freundin der Frau unseres Vizebotschafters. In dessen Residenz wird Kennedy wohnen. Beide bewundern Kennedy. Also wird sie ihre Freundin bedrängen, sie auf die Gästeliste für den Begrüßungsempfang des Präsidenten zu setzen. Du wirst ihr charmanter Begleiter sein.« Acrobat ging zum Rheinufer und sah einem Ausflugsschiff nach.

»Sie wussten das mit ihr?«

»Es gab die Möglichkeit, ja. Ihr Mann verreist dreimal häufiger als sein Vorgänger.«

»Der Grund ist blond und hat zwei lange Beine …?«

»Normalerweise ja. Diesmal nicht. Ich steige zu unserem Mann ins Auto. Und du zu seiner Frau ins Bett. Bin sehr gespannt, wer mehr zu erzählen hat …«

7.

Dienstag, 18. Juni 1963. Maria Laach, Rheinland-Pfalz. Noch fünf Tage.

Am Straßenrand standen zwei Männer in schwarzen Kutten mit einem weißen Gürtel um den Bauch gebunden. Der größere der beiden Männer winkte und gestikulierte. Der andere hatte die Hände auf dem Rücken verschränkt. Paul Dickopfs Fahrer wandte sich nach rechts. »Soll ich anhalten, Chef?«

Dickopf schüttelte den Kopf. »Fahren Sie einfach weiter. Diese Herren glauben im Gegensatz zu mir, dass es Heilige und den Teufel wirklich gibt.«

Der Kuttenmann mit den Armen auf dem Rücken hielt plötzlich einen kurzen dicken Ast in den Händen. Mit einer schnellen Bewegung warf er ihn auf die Straße. Überrascht bremste der Fahrer. Ohne sich um den übrigen Verkehr zu kümmern, lief der große Mann sofort zur Fahrerseite.

»Nicht!«, rief der Ältere, aber sein Fahrer hatte das Fenster schon geöffnet und den Kopf hinausgestreckt. Er wollte den Kuttenmann offensichtlich rüffeln. Doch plötzlich wurde ihm von hinten ein Tuch fest auf seine Nase gedrückt. Augenblicklich sackte der Fahrer in seinem Sitz zusammen. Die Tür wurde von außen geöffnet und der Fahrer auf der durchgehenden Sitzbank nach rechts gedrückt. Der größere der beiden Kuttenmänner stieg ein und setzte sich ans Steuer.

Jetzt erkannte er ihn. »Ich habe Sie lange nicht gesehen, Mr Weston. Oder soll ich noch Mr Acrobat sagen?«

Weston nickte. »Keine besonderen Umstände, bitte. Aber ja, sechs Jahre haben wir uns nicht gesehen. Ich lese noch immer jeden Ihrer Berichte.«

»Darf ich fragen, was Sie hier machen? Doch nicht Ihren Präsidenten beschützen. Denn der ist noch nicht angekommen, soweit ich weiß. Warum sagen Sie nicht einfach, dass Sie gerne mit mir persönlich reden wollen? Als alte Freunde hätten wir sicher einen Termin gefunden. Ganz offiziell.«

»Ja, Dickopf. Es passte wirklich immer so gut. Wir konnten unsere Treffen perfekt tarnen. Denn das Bundeskriminalamt und der Sicherheitsdienst der amerikanischen Botschaft müssen doch regelmäßig über mögliche Gefahren für US-Bürger in Bonn sprechen.« Weston lächelte und fuhr los. Er steuerte den großen Bauernhof direkt hinter dem Ortseingangsschild an. »Heute sind wir mal Mönche auf dem Land. In unserer Branche geht alles so nüchtern zu, Herr Dr. Dickopf. Dabei haben wir doch alle Spaß an kleinen Rollenspielen, nicht wahr?«

Dickopf versuchte, seinen Ärger zu kontrollieren, und schwieg.

Weston dagegen hatte seinen Spaß. »Finden Sie nicht, unsere Mönchskleidung passt zum Kloster Maria Laach? Sie passt sogar zum Ziel Ihrer Reise, nicht wahr?«

Weston fuhr durch das Tor in den großen Innenhof. Als er den Wagen so an die Stallmauer setzte, dass die Beifahrertür nicht mehr zu öffnen war, verlor Dickopf die Beherrschung. »Was soll das, Weston? Was fällt Ihnen ein? Haben Sie vergessen, wer ich bin?«

Der Amerikaner schaltete ruhig den Motor aus und drehte sich dann betont langsam zum Beifahrersitz um. »Nein, wir haben es nicht vergessen, Herr Dickopf. Sie sind unser Mann.

Ihr Arsch gehört uns. Uns Amerikanern im Allgemeinen und der CIA im Besonderen. Aber auf der anderen Seite des großen Teichs hat man den Eindruck, dass Sie das vergessen haben.«

Dickopf blickte sich um. Der Bauernhof schien unbewohnt zu sein. Aber der Kerl war sicher nicht allein. Er verschränkte seine Arme. »Meine Schuld ist beglichen. Was ich tue, tue ich aus Überzeugung.«

Weston schüttelte den Kopf. »Haben Sie wirklich vergessen, was Sie uns verdanken?« Er beugte sich herüber und zeigte auf Dickopfs Hals. »Sie verdanken uns zum Beispiel, dass dieses Stück Haut über Ihrem Kragen nach dem Krieg unversehrt geblieben ist. Bei uns waren damals einige der Meinung, als Agent für Hitlers Vertrauten Bormann hätten Sie den Galgen verdient. Ihre hilfreichen Hinweise auf Hitlers Ostagenten hätten wir uns möglicherweise auch anderswo beschaffen können.«

»Große Rede, kleine Wirkung. Denken Sie wirklich, Sie könnten einem alten Mann wie mir drohen?« Dickopf sah Weston voller Verachtung an.

Weston nickte. »Ja, das denke ich. Oder wollen Sie Ihren Kindern erläutern müssen, warum ihr tapferer Papa seit achtzehn Jahren sein Vaterland verrät?«

»Ich verrate mein Land nicht. Wir Deutsche und ihr Amerikaner, wir haben schließlich einen gemeinsamen Gegner, die Russen. Aber diese Plauderei führt zu nichts. Ich bin auf dem Weg zu einer Besprechung. Wenn ich dort zu spät eintreffe, erfahre ich wichtige Dinge nicht. Dann kann ich darüber auch nicht berichten.«

Weston lehnte sich entspannt zurück. »Ihre Besprechung im Freundeskreis Himmerod, die ist der Anlass für unsere kleine Unterhaltung.«

»Was wollen Sie?«

»Vor allem wollen wir diesmal nicht nur einen Bericht. Wir wollen, dass Sie eine Mitteilung überbringen. Und zwar an die Richtigen.«

»Na, dann ist ja alles klar.« Er verzog seine Lippen zu einem übertriebenen Grinsen. »Die Details wird mir dann ja wohl der diensthabende Klosterengel von Himmerod zuflüstern, nicht wahr?«

Weston griff über den leblosen Fahrer auf Dickopfs Schoß hinweg nach dessen Krawatte und zog ihn zu sich heran. »Sie haben großes Glück. Sie haben den Überbringer der Mitteilung vor sich.«

Dickopf versuchte einen schnellen Griff zum Handschuhfach, aber der Amerikaner schlug ihm auf den Arm. »Sie setzen sich jetzt auf Ihre Hände. Dann hören Sie einfach zu. Verstanden?«

Dickopf wusste, dass er dem anderen an Kraft und Schnelligkeit unterlegen war.

»Nimmt General Hövener an dem Treffen des Freundeskreises teil? Er ist aus Washington zurückgekommen.«

»Dreimal dürfen Sie raten, warum.«

Weston nickte. »Natürlich, er kommt zum Staatsbesuch nach Bonn. Er macht als Militärstratege bei der NATO einen guten Job. Aber wir wissen, dass er immer noch Atomwaffen für die Bundeswehr will.«

»Er ist nicht der Einzige. Auch Adenauer hat seine Meinung seit seiner Rede im Bundestag nicht geändert. Für den Bundeskanzler ist noch immer klar, dass auch wir Deutsche von den modernen atomaren Waffen Gebrauch machen sollten.«

»Aber er verkündet es seit Längerem nicht mehr öffentlich. Das gefällt unserem Präsidenten und unserem Verteidigungsminister. Doch ihr Deutsche müsst noch lernen, die Strategie der NATO wirklich zu akzeptieren. Wir schützen euch mit unseren Atomraketen. Ihr haltet eure Starfighter bereit, und wir haken im Konfliktfall unsere Bomben ein. Aber ihr baut keine eigenen Atomwaffen. Weder allein noch mit den Franzosen. Aus Dankbarkeit liefern wir euch moderne Atomreaktoren.«

»Mr Weston, Sie langweilen mich. Kennen Sie das Sprichwort: Die Langeweile ist die getreue Freundin der Phrase?«

»Wir hören immer wieder, dass einflussreiche Leute bei Ihnen diese NATO-Strategie nicht hinnehmen wollen.«

Dickopf schüttelte den Kopf. »Ich muss zugeben: Das ist für mich jetzt wirklich neu.«

Weston sah ihn lange an. »Sie sind kein guter Schauspieler, Dickopf. Und Sie sollten wissen, dass wir zwei und zwei zusammenzählen können.«

»Hat es sich auch bis zu Ihnen herumgesprochen, dass Franz Josef Strauß nicht mehr Verteidigungsminister ist?«

»Er hat seine atomaren Pläne nicht aufgegeben.«

»Adenauer stützt ihn nicht mehr.«

»Wir trauen Strauß nicht. Auch nicht nach seinem Rücktritt.«

»Seit wann habt ihr Amerikaner Angst vor Frührentnern?«

»Er ist nicht allein. Einige Ihrer alten Haudegen im Generalsrang sind auf seiner Seite.«

»Halten Sie es nicht für möglich, dass hier eine Missdeutung vorliegt?«

»Die Fakten sind eindeutig. Vor acht Jahren gaben wir Ihrem Land seine Souveränität zurück. Ihr durftet sogar wieder Atomforschung betreiben. Und was macht ihr Deutschen? Nur fünf Monate vergehen, dann habt ihr wieder ein Atomministerium. Und wer wird erster Amtschef? Franz Josef Strauß, ein Besessener. Besessen von der Atomwaffe.«

»Ihr Amerikaner habt ihm den ersten Forschungsreaktor doch selbst geliefert. Als Garching dann ins Laufen kam, war Strauß nicht mehr im Amt.«

»Stimmt. Er war schon Verteidigungsminister, hatte aber noch vor seinem Amtswechsel entschieden, dass auch das erste Atomkraftwerk in Bayern gebaut wird.«

»Der Reaktor in Gundremmingen ist noch lange nicht fertig. Es dauert Jahre, bis die Brennelemente gewechselt werden müssen. Natürlich, in den abgebrannten Brennelementen befindet sich Plutonium. Aber wir Deutsche haben keine Wiederaufarbeitungsanlage. Wir können also kein spaltbares Material für eine Bombe herstellen. Nicht einmal theoretisch.«

»Habt ihr nicht eure Industrie gedrängt, den Reaktor in Gundremmingen zu bauen? Und denen zugesagt, die Bundesregierung würde mögliche Verluste übernehmen?«

»Ja, das haben wir. Atomenergie ist die Energie der Zukunft. Unsere eigene Steinkohle ist schon heute zu teuer. Wir wollen nicht die Sklaven der Ölländer werden.«

»Die Franzosen planen eine Wiederaufarbeitung. Versteht sich Adenauer nicht außerordentlich gut mit de Gaulle?«

Dickopf schüttelte den Kopf. »Es gab Pläne für eine gemeinsame Atomwaffenforschung. Aber de Gaulle hat das beendet. Sie wissen das alles besser als ich. Die Franzosen wollen ihre Bomben mit niemandem teilen. Nicht mit Ihnen und der NATO. Auch nicht mit uns.«

Weston nickte. »Davon haben wir gehört. Ob wir es glauben, ist eine andere Sache. Vor allem wenn wir sehen, wie verbittert manche eurer Generäle sind.«

»Das ist doch kein Wunder. Ihr Amerikaner berauscht euch an euren eigenen Reden. Aber kein Zauberspruch kann den russischen Bären in ein Kuscheltier verwandeln. Man muss ihm auf die Tatzen hauen. Nur das versteht er. Nur dann lässt er West-Berlin leben.«

»Dickopf, ich will nur, dass Sie den Mitgliedern dieses sogenannten Freundeskreises im Kloster Himmerod mitteilen: Die Amerikaner haben euch während des Kennedy-Besuchs im Blick. Und zwar alle.« Weston verzichtete auf ein Wort zum Abschied und stieg aus. »Ihr Fahrer wird bald wieder aufwachen. Genauso wie der Bauer, den wir kurz aus dem Verkehr gezogen haben.« Er schlug die Fahrertür zu, drehte sich um und gab seinem Kollegen ein Zeichen. Dickopf drehte sich um, als der Motor des Traktors startete und die Maschine auf seinen Dienstwagen zufuhr. Für einen kurzen Moment fürchtete er, die große Gabel mit ihren beiden langen stählernen Zinken vorn würde ihn aufspießen. Doch der Fahrer senkte die Gabel ab und stieß sie unter den Mercedes. Mit einem Ruck wurde Dickopfs Dienstwagen angehoben, bis er von oben auf das Dach des Traktors sehen konnte. Als der Motor abgestellt wurde, stieß Dickopf seinen Fahrer von sich und fluchte leise.

*

Donnerstag, 20. Juni 1963. Vater Rhein im Blick, die Weichsel im Herzen.

Liebe Mama, lieber Papa,
ich hoffe, ihr könnt spüren, wie gut wir es bisher hatten. Aber vielleicht geht diese Zeit bald zu Ende. Deshalb will ich Euch wie so oft noch einmal im Stillen Danke sagen.
Auch wenn wir nicht Tür an Tür leben, mein geliebter Zwilling und ich, so kann ich mir keinen besseren Beschützer vorstellen als ihn. Obwohl ich es mir für ihn gewünscht habe, hat er sein Herz nicht für eine andere Frau geöffnet. Seine Aufgabe im Leben, so sagt er, sei es, sich um mich zu kümmern. Und das tut er auf eine Weise, die ich kaum beschreiben

kann. Nicht viele Worte verliert er darüber, aber er hat sich noch eine andere Aufgabe gesucht. Rache will er üben für das, was Dir, Mama, und mir von den russischen Soldaten angetan wurde. Dabei habe ich ihn nie darum gebeten.

Tante Elisabeth und Onkel Ernst sind mir eine große Stütze, und natürlich sprechen wir auch viel von Euch. Gleich als wir dem großen Gefängnis entkommen waren, da haben wir vieles ersonnen und manches versucht. Doch das Treffen der beiden Täter in Wien, es kam zu früh für unsere Pläne. Aber Zaudern kann es für uns nicht geben, sehen wir doch eine gute Möglichkeit. Er will es zuerst alleine versuchen. Denn sollte es nicht gelingen, so hätten wir durch mich noch eine zweite Chance, sagt er. Tatsächlich aber ist er sich seiner Sache sicher und will gewiss nur Sorge tragen für mein weiteres Wohlergehen.

Warum konnten wir nicht das unbeschwerte Leben auf dem Dorf weiterführen? Die Idylle, in der wir groß geworden sind? Auch wenn wir nur eine Minderheit waren, so waren wir doch die Überlegenen. Und ihr wisst genau, dass wir schon so gedacht haben, bevor unsere neuen Lehrer die neuen Bücher vorlegten.

Wir sind wirklich nicht dazu gemacht, unser Schicksal nur zu erdulden. Die neuen Wege wiesen weit. Aber nie wäre mir eingefallen, dass diese Wendung der Geschichte nur wenige Jahre später wieder Vergangenheit sein könnte. Dabei gab es doch auch für uns Frauen so viele neue Möglichkeiten. Wir haben immer an eine Zukunft im Reich für uns geglaubt, suchten nur den richtigen Zeitpunkt für die große Reise. Doch dann änderten sich die Zeiten, und wir mussten uns *verstecken. All die Hoffnung, die Unbeschwertheit aus dieser Zeit war doch bald wieder dahin. Mehr als zehn Jahre nach Eurem Tod noch mussten wir sie verleugnen, unsere Ideen, mussten wir die Begeisterung verbergen, die wir verspürten.*

Und auch nach unserer Flucht war dafür kein Raum. Als wir ankamen, im Aufnahmelager, da erhielten wir viel Unterstützung. Sicher, wir wurden auch ausführlich und streng befragt. Der Kontakt zu manchen unserer Helfer ist nie abgerissen. Liebste Mama, so konnten wir auch Deine Schwester und ihren Mann wiedersehen, und ich fand bei ihnen ein neues Zuhause.

Aber eines muss ich gestehen: Eine echte Heimat ist dieses neue Zuhause nicht geworden, konnte es wohl auch nicht werden. Denn diese liegt doch weiter im Osten, da wo wir noch Familie gewesen waren. Da wo Eure Gräber liegen.

Mein geliebter Zwilling und ich werden weit von Euch entfernt zur letzten irdischen Ruhe kommen. Aber hoffentlich verbunden in dem Bewusstsein, dass wir erreicht haben, was wir uns vorgenommen hatten. Ich umarme Euch,
Eure Alina.

8.

Freitag, 21. Juni 1963. Bad Godesberg. Noch zwei Tage bis zur Ankunft der Air Force One auf dem Flughafen Köln-Wahn.

Es war ein schöner Abend gewesen. Auch wenn er anschließend schlecht geschlafen hatte. Jetzt zwang er sich, halbwegs aufrecht am Küchentisch zu sitzen. Dabei hätte er an diesem Morgen seinen Kopf sogar auf das hellgraue, leicht verkratzte Resopal des Küchentischs legen können. Schließlich war Jakob bereits auf dem Weg zur Schule. Und Nadja, die sehr munter gewirkt hatte, zumindest als er sie noch sehen konnte, hatte bereits wieder abgeräumt. Alles bis auf ihre beiden Kaffeetassen und die üblichen Jakob-Überbleibsel: eine kleine Tüte mit vergessenem Pausenbrot und ein halb volles Glas Milch. Endlich die Gelegenheit für das Gespräch. Nadja saß schließlich am Tisch, wenn auch hinter der Zeitung verborgen.

»Ich finde es gut, dass du diesen Cabrio-Kerl nicht mehr triffst …«

Sie senkte den General-Anzeiger für einen Augenblick. »Wie kommst du denn darauf? Hab ich das gesagt?«

»Willst du ihn wirklich wiedersehen?«

Sie verschwand wieder hinter der Zeitung. »Das ist ein netter Kollege, nichts weiter. Ein Kinoliebhaber, so wie ich. Das hab ich dir schon früher gesagt: Auch wenn wir im Kino nebeneinandersitzen«, sie sah jetzt rechts an der Zeitung vorbei, »Grabbeln gibt es nicht. Kann es auch nicht geben. Ich

du damals schon ausgegangen bist? Diese Bohnenstange? Walter hieß er …«

Sie griff zur Thermoskanne. Der Inhalt reichte noch für eine Tasse. Früher hätte sie diesen geteilt. »Damals war er nur Oberarzt. Heute ist er Chefarzt.«

»Aha. Freut mich, dass du mich auf den aktuellen Stand bringst, was seine Karriere betrifft. Wieso taucht Walter plötzlich hier in Bonn auf?«

»Er war den Frankenwein eben leid und hat sich ins Rheinland beworben.« Sie versuchte, gelassen zu wirken.

»Nach Bonn, ausgerechnet?«

»Seine Klinik ist in Köln.«

»Und er hat noch immer Zeit für dich.«

»Mehr als du.«

»Verstehe ich nicht. Chefärzte sind doch so viel beschäftigte Leute.«

»Seine Frau bleibt vorerst in Würzburg. Wir mögen einfach beide Gangsterfilme und Spionagesachen. Du weißt, ich will immer in den neuesten mit Belmondo. Und dich krieg ich da ja nicht rein.«

»Weil der Kerl eine Witzfigur ist. Fuchtelt mit einem Papierlocher herum und hält sich für dreimal klüger als die Polizei. Klar.«

Nadja schüttelte den Kopf und las weiter. Malgo stand auf und ging zum Küchenfenster. Unten auf der Straße sah die Welt ganz normal aus. Ein Mann von der Müllabfuhr rollte die großen Mülleimer an den Straßenrand. Immer freitags? Er wusste es nicht. Nadja würde es wissen, sogar Jakob vermutlich. Vielleicht sollte er wirklich weniger arbeiten. Andererseits …

»Nadja, du weißt genau, dass ich so gut wie jeden Abend zu Hause bin. Die meisten meiner Kollegen sind häufiger auf Dienstreise. Ich schaffe es fast immer, einen Vertreter zu schicken.«

»Das ist mir aufgefallen, ja.«

»In unserer Zeit in Würzburg war ich viel mehr weg.«

»Du warst so oft nicht da, das war eigentlich gar nicht unsere gemeinsame Zeit zu dritt, sondern die von Jakob und mir. Mit einem Vater, der ab und an überraschend auftauchte und genauso plötzlich wieder verschwunden war.«

Malgo setzte sich wieder an den Tisch und nahm ihre linke Hand in seine beiden Hände. »Nadja, ich habe es doch zu erklären versucht. Es gab einen wichtigen dienstlichen Grund. Der hatte sich plötzlich ergeben. Und für mich war es eine Chance, um voranzukommen.«

Sie zog ihre Hand nicht zurück. Immerhin.

»Du warst wochenlang weg. Einmal fast drei Monate am Stück. Selbst als Jakob kam, warst du nicht da.«

»Du weißt, ich kann darüber nicht sprechen. Aber ich hab mir den Zeitraum nicht ausgesucht, das kannst du mir glauben. Du hattest doch deine Mutter als Unterstützung.«

»Aber nur so lange, bis wir umziehen mussten. Neue Stadt, neuer Familienname. Wie im Film war das. Und du hast immer so getan, als wäre das ganz normal.«

»Unvermeidbar. Das habe ich gesagt.«

»Nur gut, dass Jakob noch ein Baby war.«

Malgo sah auf seine Armbanduhr. Sie waren abgekommen von seinem ursprünglichen Thema. Irgendwann würde er Nadja erzählen können, wo er gewesen war, in diesen langen Monaten bis kurz vor Weihnachten 1955. Jakobs Geburtstag am 21. Dezember hatte er aber nicht verpasst. Nach dem Ende des Einsatzes war er befördert worden. Allerdings hatten sie den Umzug und die Namensänderung verlangt. Zur Sicherheit. Die übrigen Familienmitglieder hatten sie zurücklassen müssen. Erst zwei Jahre später war der Kontakt wieder erlaubt worden. Dass Nadja ab und an mit jemandem im Kino war, das war ihm berichtet worden. Sie hatte es nicht bestritten, und er hatte es gebilligt. Aber warum tauchte dieser Walter jetzt wieder auf? Das war auf jeden Fall ein Thema für die Zeit nach Kennedy. Er sah wieder auf die Uhr über der Küchentür. Es war langsam Zeit, zur Dienststelle zu fahren. Dabei fühlte er sich schon wieder müde. An einem gewöhnlichen Freitag stellte das kein Problem dar. Schließlich konnte man am Wochenende ausschlafen. Nur war das kommende kein gewöhnliches Wochenende. Er hatte Dienst, auch am Sonntag. Erst wenn Kennedy nach Hessen abgeflogen war, hatte die Sicherungsgruppe zumindest die erste Hälfte des Staatsbesuchs überstanden.

Beckmann stand wieder grinsend vor seiner Pforte und sah hinüber zum Parkplatz am Bahndamm, wo die meisten Mitarbeiter parkten. Seine linke Hand lag auf dem Griff der weit geöffneten Doppeltür, die laut Dienstanweisung immer geschlossen bleiben sollte. Die rechte hielt die Zigarette, ein wenig affektiert. Peter Stuyvesant, für die geworben wurde mit der Zeile: »Der Duft der großen weiten Welt«. Jede Zigarettenmarke beschreibt denjenigen, der sie raucht. Bei Beckmann symbolisierte die Marke seinen übergroßen Drang nach Selbstdarstellung.

»Guten Morgen, Malgo, Sie Spürnase. Ich nehme an, Sie haben schon gleich nach dem Aussteigen Witterung aufgenommen.« Das war es diesmal. Beckmann schien sich wie immer einen Text überlegt zu haben und war dann wie ein Kleindarsteller nach seinem kurzen Auftritt zur Seite getreten.

»Wenn Sie damit meinen, Beckmann, ob ich Ihren Glimmstängel schon drüben am Bahndamm gerochen habe, dann muss ich Sie enttäuschen. Sicher stinkt er. Aber nicht über diese Entfernung.«

Beckmann war bereits in seinem Glaskasten. Er hätte den Schlüssel durch die offene Sprechklappe reichen können. Doch er kam wieder zur Treppe. »Sie werden es nicht glauben, Malgo. Der Chef ist wieder da.«

Endlich eine gute Nachricht. Das bedeutete, die Unterlagen zusammenzusammeln, einen Überblick vorzubereiten und dann die Verantwortung an das »Schlossgespenst« zu übergeben.

Von oben kam der Chef des Archivs die Treppe herunter, blieb aber auf dem letzten Absatz vor dem Foyer stehen. Offenbar um Beckmanns großen Ohren zu entgehen. Also musste man zu ihm kommen.

»Guten Morgen, Herr Malgo.« Er sprach jetzt deutlich leiser. »Wir haben da doch noch was gefunden über den Mann letztens …«

»Über meinen verschwundenen Besucher? Den von der Bundeswehr, Abteilung Sicherheit?«

»Genau über den. Sein Name wurde aussortiert bei der letzten Kartenbereinigung. Warum, weiß ich bisher nicht.«

Ein weiterer Selbstdarsteller. Statt die Pointe mitzuliefern, wollte er danach gefragt werden. »Sie haben trotzdem etwas gefunden?«

»Zum Glück sortieren wir zwar aus, behalten aber alle Karten. Sie lagern im Keller, in alphabetischer Gliederung.«

Kein Wunder. Schließlich warf der oberste Chef ja auch nie etwas weg. Als Archivar dachte man vermutlich ohnehin nicht in Jahren, sondern in Karteiformatszyklen.

»Geschätzter Kollege, wie Sie wissen, ist unser Keller auch nicht unbegrenzt aufnahmefähig. Was haben Sie denn nun an neuen Erkenntnissen?«

»Er ist nicht mehr im Dienst. Freiwillig ausgeschieden. Schon letztes Jahr.« Der Archivar reichte eine abgegriffene blassblaue Karteikarte. Postkartenformat. Es handelte sich also um ein Opfer der Archivumstellung auf DIN-A5.

»Hier ist eine Abschrift seines Eintrages.«

Der Mann war ausgeschieden, hatte sich aber mit einem gültigen Ausweis legitimiert. Also war der Dienstausweis gefälscht. Gut genug immerhin, um Beckmann, den geschulten Türdrachen, zu täuschen.

»Vielen Dank. Ich nehme den Hinweis zu den Akten. Sobald es Gelegenheit gibt, erwähne ich Ihre Gründlichkeit beim Chef. Aber der Fall hat sich inzwischen für uns erledigt.« Ein kurzes Nicken, ein paar schnelle Schritte bis zum nächsten Treppenabsatz. Wie ein enttäuschtes Gesicht aussieht, lernt man hier schon nach ein paar Tagen.

Später, oben beim Chef, die Schlussbesprechung. Auf den ersten Blick schien alles wie immer: die Tür zum Chefbüro geschlossen, die kleine Runde am Konferenztisch im Chefzimmer. Das »Schlossgespenst« natürlich distanziert, drei Schritte entfernt hinter seinem Mahagoni-Schreibtisch. Wie immer in einem seiner karierten Jacketts. Ernst, unnahbar und hinter den Papierstapeln nicht leicht zu erkennen. Leicht vornübergebeugt, in Lauerstellung. Spielte mit seiner Zigarettenspitze. Karla Buchner wie immer ständig in Bewegung um ihn herum. Deckert gewohnt breitbeinig, aber unruhig auf der Vorderkante des Sessels. Ein Fuß permanent wippend, mit beiden Händen seine ordentlich gestapelten Unterlagen ordnend. Auch der Leiter der Abteilung Technische Dienste saß unruhig auf seinem Sessel, wie ein Kommunionskind, das Angst vor der Frage des Pfarrers nach den Zehn Geboten hat. Eröffnung nach dem Blick des Chefs zur Uhr.

»Meine Herren, ich freue mich, wieder hier zu sein. Meine Abwesenheit aus familiären Gründen ist seit gestern nicht mehr erforderlich. Meine Mutter ist jetzt in einem Altenheim gut untergebracht.«

Dickopf ließ sich Feuer geben, zog genüsslich an seinem Zigarillo und lehnte sich zurück. Was rauchte er eigentlich für eine Marke? Angeblich Montecristo. Es hieß, sie schmecke wie Peter Stuyvesant, nur teurer. Er griff zu einem Blatt, das vor ihm auf dem Schreibtisch lag, nahm es kurz in die Hand, schaute drauf und legte es wieder weg.

»Wie wir alle wissen, hat mich Herr Malgo dankenswerterweise während meiner Abwesenheit vertreten. Und jetzt sehen wir uns mal an, ob wir gut vorbereitet sind. Herr Malgo, das gesamte Lagebild bitte.«

»Wollen wir nicht mit Abteilung Schutz beginnen? Kollege Deckert kann uns am besten sagen, wie gut die gefährlichen Punkte abgedeckt sind.« Deckert hörte sowieso nicht zu, wenn er bei Lagevorträgen nicht dran war. Er blieb ruhig, wenn er eine Waffe in der Hand hielt, verwandelte sich aber in ein nervöses Hemd, sobald er einen Papierstapel vor sich sah und reden sollte. Deckert räusperte sich zu Beginn, so wie immer.

Sogar der Chef wurde ungeduldig. »Kollege Deckert, bitte beginnen Sie direkt mit den ersten beiden Tagen hier in Köln und Bonn. Wir müssen alles in unseren Kräften Stehende unternehmen, um Gefahren abzuwehren. Aber die uns zur Verfügung stehende Zeit ist knapp bemessen. Sie alle kennen vielleicht das Sprichwort: Es stirbt ein großer Plan an keinem Übel leichter als am Verlust der Zeit.«

Dickopf ließ eben nur ungern eine Gelegenheit verstreichen, ein Sprichwort zum Besten zu geben. Eine Angewohnheit, die Beckmann von ihm übernommen hatte.

»Herr Deckert, haben wir die geplante Fahrtroute überprüft?«

Deckert nickte. »Ja, Chef, das haben wir. Ich bin die Strecke vom Flughafen zum Rathaus und zum Dom nach Köln selbst abgefahren, auch die Rückfahrt nach Bonn. Der Montag ist überhaupt kein Problem. Wir bleiben schließlich in Bonn. Es geht nur von der Residenz in Godesberg zum Bundeskanzler und dann wieder zurück nach Godesberg in die amerikanische Siedlung. Alles bei uns vor der Haustür.« Deckert begann, sich zu entspannen. Aber die Fragestunde war noch nicht beendet.

»Welche Problembereiche sehen Sie?«

»Es sind vor allem die beiden öffentlichen Reden, die uns Sorgen machen. Zumindest dann, wenn es während der Autofahrten keine Störungen gibt und die Kolonne wie vorgesehen schnell vorankommt. Kennedy redet Sonntag erst vor dem Rathaus in Köln und dann vor dem Rathaus in Bonn.«

»Ausweichroute?«

»Sie wurde geprüft, und die Bestreifung in die Kräfteaufstellung eingerechnet.«

Dickopf zog zufrieden an seinem Zigarillo und lehnte sich zurück. »Sehr gut. Was die Autofahrten angeht, da haben die Amerikaner wirklich einen Sicherheitsfimmel. Warum nehmen die nicht den Hubschrauber, wie Eisenhower und Adenauer vor vier Jahren? Wir hätten damit weniger Probleme. Die Kölner würden gewiss auch einen Landeplatz in der Nähe ihres geliebten Doms finden.«

Deckert war jetzt sichtlich besserer Stimmung. »Chef, Sie erinnern sich bestimmt noch, dass die Air Force One vor ein paar Wochen zum Probeanflug da war. Auf dem Rückflug haben sich die Amis mal eben den Ausweich-Flughafen angesehen. Den beim Regierungsbunker. Dabei ist die Autobahn noch gar nicht fertig.«

»Das ist denen schnurzpiepe. Für die ist die Hauptsache, sie haben drei Kilometer ohne Mittelstreifen und Brücken vor ihrem Bugrad. Was die Scharfschützen in Köln und Bonn angeht, da bleiben wir bei der Planung wie bei de Gaulle?«

»Alle Dächer in der Nähe der Rathäuser sind besetzt. Das Problem sind alle Langsamfahrten, besonders bei dem offenen Wagen. Der Secret Service fürchtet Kennedys Eigenwilligkeit. Er könnte zum Beispiel unterwegs anhalten lassen, um Hände zu schütteln.«

»Das wäre in der Tat unangenehm. Aber in der Situation hat damit zuallererst der Service zu tun. Die haben Kennedys Leibwächter auf dem Beifahrersitz und vielleicht sogar auch noch zwei Leute hinten auf der Stoßstange. Unsere Männer in Kennedys Kolonne sitzen bei einem plötzlichen Halt natürlich auch ab. Aber vor allem, um den äußeren Ring zu bilden.«

Jetzt war vielleicht die Gelegenheit gekommen, es anzusprechen. Obwohl sie es vermutlich schon bei de Gaulle so gemacht hatten. Aber die Sache mit den Feuerwerkskörpern und den Fähnchenverteilern auf der Strecke direkt vor der Durchfahrt der Kolonne blieb ein offensichtliches Risiko.

»Chef, vor der Kolonne fahren Männer durch, die amerikanische und deutsche Fähnchen an die Schaulustigen verteilen. Die haben jede Menge Kisten dabei. Die können wir mit Sicherheit nicht alle vorher gründlich überprüfen.«

Der Chef winkte ab. »Der Inhaber der Firma ist uns verbunden, von früher noch. Von ihm haben wir keine Eskapaden zu befürchten. Die Fähnchen selbst sind eine Idee des Auswärtigen Amtes, Abteilung Protokoll. So entstehen angeblich großartige Bilder im Fernsehen. Meine Herren, was haben wir sonst noch?«

»Die Zugangsberechtigungen. Die Amerikaner haben uns verboten, die Anstecker von de Gaulle aus dem letzten Jahr zu nehmen.«

Jetzt kam Karla Buchner von nebenan, blieb in der Tür stehen und schaltete sich ein. »Wir haben alles versucht, Chef. Aber zwei verschiedene Sätze konnten so kurzfristig nicht mehr produziert werden. Also tragen unsere Leute an beiden Tagen den gleichen Anstecker. Er ist rund und blau-weiß.«

Paul Dickopf lächelte sie hinterhältig an. Manchmal gefiel

es ihm, sie ein wenig vorzuführen, damit es so wirkte, als hätte sie ihn nicht im Griff. »Warum blau-weiß? Weil Sie neuerdings die schneebedeckten Alpen so lieben?«

Das hier war allerdings harmlos für seine Verhältnisse. Aber die Frage überraschte sie. Das sah man.

Deckert fühlte sich berufen, ihr ritterlich beizuspringen. »Es wird so für die Werbefritzen einfacher gewesen sein. Sie brauchten nur die übrig gebliebenen Anstecker von de Gaulle zu nehmen und von der Trikolore das Rot abzuschneiden.«

Der Chef tat so, als habe er nichts davon mitbekommen. Er warf der Buchner einen väterlichen Blick zu. »Liebe Frau Buchner, bitte machen Sie sich keine Sorgen. Ich treffe die Amerikaner morgen in der Residenz. Wir haben genügend wichtigere Sachen zu besprechen. Wenn Kennedy am Dienstag nach Hessen fliegt, sind wir zumindest die Zugangskontrollen ohnehin los. Dann übernehmen andere. Erst das Landeskriminalamt Hessen und später die Polizei Berlin.«

Dickopf machte wirklich einen entspannten Eindruck. Und das zwei Tage vor der Landung Kennedys. Gut, bei de Gaulle gab es konkrete Hinweise auf einen Anschlag, den Franzosen aus Algerien angeblich planten. Bei Kennedy existierte diese Gefahr bisher nicht. Da war allerdings noch die Liste des Secret Service mit Weltkriegsgegnern und Kennedy-Hassern.

»Chef, wir haben die Männer aus Puerto Rico, Kuba und der Dominikanischen Republik überprüft. Sie wissen, die Liste, die uns die Amerikaner übermittelt haben. Natürlich kurz vor knapp.«

Dickopf nickte. »Kann ich mir vorstellen, Herr Malgo. Die Amis benehmen sich noch immer, als wären sie hier Besatzungsmacht und wir hätten zu gehorchen. Sie haben die Namen auf der Liste überprüfen lassen. Mit welchem Ergebnis?«

»Bis auf zwei Männer keiner bekannt. Beide aus Puerto Rico. Brüder. Sollen früher in Köln gearbeitet haben. Wohnsitz überprüft anhand des Ausländerregisters. Der Vermieter gab an, sie seien vor drei Monaten ausgezogen. Weil sie zurückwollten. Angeblich Erkrankung der Eltern.«

Das klang nach einer eher banalen Erklärung wie beim Chef. Aber das »Schlossgespenst« ließ sich nichts anmerken. »Sind die Grenzstellen informiert? Wurde eine Wiedereinreisesperre erlassen?«

Karla Buchner rief erleichtert von nebenan: »Selbstverständlich, Chef.« Sie hörte alles mit, die Tür stand ja offen. Der Chef duldete es.

»Wo befindet sich das Codewort für die Grenzsperre, Frau Buchner?«

»Es liegt im Tresor im Fernschreibraum bereit. In einem verschlossenen markierten Umschlag. Müssen wir wirklich mit einem Anschlag rechnen?«

Was wusste sie eigentlich nicht? Aber jetzt wirkte sie wirklich bedrückt.

Der Chef stand auf und ging zu ihr. »Bitte machen Sie sich keine Sorgen, Frau Buchner. Der amerikanische Präsident wird hier auf Hunderttausende Rheinländer treffen, die ihm einen begeisterten Empfang bereiten werden. Wie vor ihm schon General Eisenhower. Das einzige Mündungsfeuer beim Besuch von Eisenhower war der Salut zu seiner Begrüßung auf dem Flughafen.«

»Aus amerikanischen Haubitzen.« Deckert war auch schon damals an den Vorbereitungen beteiligt gewesen.

»Sehr richtig, Deckert. Sie alle erinnern sich sicher noch an den Besuch von Präsident Eisenhower?«

Jeder wusste, dass die Frage nur den Auftakt bildete zu einem von Dickopfs gefürchteten Ausflügen in die Vergangenheit. So auch diesmal. »Ein amerikanischer Korrespondent schrieb damals, wir Bonner hätten dem General einen Empfang beschert, der vermutlich nur einmal in der Geschichte übertroffen worden sei: durch die Begrüßung Cäsars beim Besuch seiner rheinischen Legionen.« Er legte eine seiner gewohnten Kunstpausen ein. »Auch wenn ich diesen Vergleich natürlich nicht bestätigen kann, weil sich das Ganze vor rund zweitausend Jahren abgespielt hat: Bei Eisenhower jedenfalls ist alles störungsfrei verlaufen. Es wird dieses Mal nicht anders sein. Dank Ihrer Arbeit, meine Herren. Wenn nichts Außergewöhnliches geschieht, sehen wir uns hier morgen wieder. Zur gewohnten Zeit.«

Malgo fiel eine andere Anekdote zum Eisenhower-Besuch ein, die der Leiter des Archivs auf einer Feier zum Besten gegeben hatte. Sie lief auf einen Vergleich mit der Hitler-Begeisterung der Deutschen hinaus, in diesem Fall beim Besuch des Führers im Februar 1933 in Köln. »Niemand jubelt so gut wie die Deutschen«, soll Eisenhower gesagt haben. Wie sie Kennedy empfingen, würde sich bald zeigen.

Auf dem Weg nach unten, auf der Treppe, tauchte eine weitere Erinnerung auf: an den Besucher mit dem gefälschten Ausweis. Das Rätsel um den Mann selbst konnte vielleicht vorläufig ungelöst bleiben. Aber was war mit diesen Sperreinrichtungen an den Brücken? Das waren Bombenschächte, um den Vormarsch der Russen zu stoppen. Wieder so ein unberücksichtigtes Detail. War von diesen Schächten bei der Überprüfung der Fahrstrecke de Gaulles überhaupt die Rede gewesen? So viele Brücken zwischen Bonn und Köln kamen ja schließlich nicht infrage. Am Ende fiel die Sache in Deckerts Bereich. Merkwürdig nur, dass der Kerl von der Bundeswehr nicht Deckert oder den Chef hatte sprechen wollen, sondern ihn.

9.

Samstag, 22. Juni 1963. Bad Godesberg. Einen Tag vor der Landung der Air Force One auf dem Flughafen in Köln-Wahn.

Türklingeln. Wer konnte das sein? Hatten Nadja und Jakob auf ihrem Weg in die Stadt etwas vergessen? Der obligatorische Blick durch den Türspion brachte Klarheit: Augustyn. Ein ungebetener Besuch. Er klingelte erneut. Warum stand er vor der Wohnungstür? Irgendjemand musste ihn an der Haustür reingelassen haben.

Zur Begrüßung hielt er eine Flasche Rotwein hoch. Am Vormittag.

»Augustyn, was verschafft mir die Ehre? Wir sehen uns doch nur einmal pro Jahr. Und unsere Begegnung 1963 hat bereits stattgefunden. Du erinnerst dich? Am letzten Sonntag, auf dem Münsterplatz, beim ›Tag der Danziger‹.«

»Willst du dein Herz mir schenken, so fang es heimlich an. Dass unser beider Denken niemand erraten kann.«

Er hatte nicht wirklich zugehört, sondern nur darauf gewartet, zu Wort zu kommen. Ein schwieriger Satz, in seiner Stimmung. Aber er brachte ihn über die Lippen. Selbst wenn er bereits getrunken hatte – wenigstens war das Gastgeschenk noch verschlossen.

»Wen meinst du mit ›uns‹?«

Augustyn grinste und versuchte, sich in die Wohnung zu

drängeln. »Du weißt, wen ich meine. Ich will anstoßen. Auf alte Zeiten, unsere gemeinsamen alten Zeiten.«

»Was soll das, Augustyn? Du kommst hierher und sprichst in Rätseln. Ich bin beschäftigt. Adenauer spricht im Radio. Ich will hören, was der Kanzler zu sagen hat.«

»Warum hörst du dir das an? Der Kerl lässt Kennedy machen, was er will. Die machen doch sowieso alle, was sie wollen. Weißt du eigentlich, warum wir dreiundfünfzig geflohen sind?«

»Natürlich. Weil dein Vater zu alt war, um mit euch zu fliehen. Die Russen brauchten ihn, um das Gut zu verwalten. 1953 ist er gestorben. Da war für euch der Weg frei.«

Jetzt schwieg er. Währenddessen tönte aus dem Wohnzimmer Adenauers Rheinländer-Deutsch. »... *kaum war der Lärm der Waffen verstummt, da haben uns die Amerikaner mit dem Nötigsten ...*«

»Komm rein, setz dich endlich. Aber ich will das hören.«

»Wo ist dein Flaschenöffner?«

»Küche. Rechts vom Herd. Zweite Schublade.«

»*... er geht auch nach Berlin, um diese Verantwortung der Vereinigten Staaten ...*«

»Kennedy ist ein Feigling. Keine Reaktion von ihm beim Bau der Mauer vorletztes Jahr. Gläser?«

»Im Eckschrank. Mach doch erst mal die Flasche auf.«

»*... dass nur die Führung durch die Vereinigten Staaten die freie Welt, und damit auch uns, vor der Sklaverei schützen ...*«

Er ließ sich auf die Couch fallen. Mit der Flasche, dem in dem Korken steckenden Korkenzieher und zwei Gläsern.

»Kann ich auch hier machen.«

»Ich möchte zuhören ...«

»*... weiß, dass er nicht nur politische Probleme mit uns erörtern will. Er will auch das neue Deutschland sehen. Er*

wird uns mit dem Eindruck verlassen, dass zwischen Deutsch-
land und Amerika enge Bande der Freundschaft ...«

»Was für eine Freundschaft denn?«

»Gleich.«

»Bande, die jeder Bedrohung der Freiheit trotzen werden.
Ich danke Ihnen für Ihre Aufmerksamkeit.«

Schnell das Radio ausschalten. Denn für den Deutschland-
funk gab es an Feiertagen nur eine Musik: Klassik.

»Augustyn, was willst du hier?«

»Mit dir trinken will ich. Das ist alles. Und mich erinnern.
An unsere gemeinsame Zeit, auf unserem Gutshof.«

»Es war nicht euer Hof.«

»Aber mein Vater war der Verwalter. Die Russen haben
uns fünfundvierzig auf der Flucht einkassiert. Und gezwungen, zurückzukehren.«

»Genau wie meinen Vater.«

»Aber ihr konntet entkommen. Du, deine Mutter und dein
Onkel. Meine Mutter und meine Alina haben sie vergewaltigt. Mama anschließend erschossen. Das weißt du alles.« Er
schenkte die Gläser ein.

Ein Glas war in Ordnung. Und wenn Augustyn mal einen
Moment abgelenkt war, dann landete der Inhalt ohnehin in
Nadjas großem Gummibaum. Der hatte schon vieles erlebt
und klaglos ertragen.

»Warum hast du mich nie nach deinem Vater gefragt, Thomas? Er war ja noch da, als wir über die Ostsee abgehauen sind.«

»Er hat Mutter und mir nie geschrieben.«

»Anfangs ging das nicht. Das weißt du genau. Fünf Jahre
haben sie uns gewissermaßen im Dunkeln gehalten. Alle deutschen Schulen geschlossen. Und die Polen aus dem Osten
nahmen sich, was sie wollten.«

»Warum hat er euch keinen Brief mitgegeben, als ihr abgehauen seid?«

»Ich weiß es nicht, Thomas.«

»Ich bin jetzt hier. Uns geht es gut.«

»Thomas, mir auch. Aber manchmal fahre ich in Gedanken durch unser geliebtes Dorf. Oder ich sitze am Klavier, die Russen sind noch nicht da, aber im Keller stehen unsere gepackten Koffer.«

In was für einer Stimmung war der Kerl? Jedenfalls in einer, in der er reden wollte. Das hatten sie seit Langem nicht mehr getan. Nicht nachdem er seine letzte Arbeit geschmissen hatte. »Augustyn, ich denke auch manchmal an mein Elternhaus. An unseren Garten und den großen Apfelbaum mit der Schaukel dran. Aber das ist einfach zu lange her. Wir sind rausgekommen.«

Er nickte erwartungsgemäß. »Ihr ja. Wir zu spät.«

Wollte er darauf hinaus? Wollte er an ihre Wut erinnern? Die ohnmächtige Wut, als die die Geschwister erfuhren, dass die Russen der Mutter das Gleiche angetan hatten wie Alina? »Du hast recht. Es war eine grausame Zeit. Wild und ohne Gesetze, ohne Schutz.«

Er konnte die Tränen kaum noch zurückhalten. »Vielleicht bist du ja auch deshalb Polizist geworden ...«

Da war etwas Wahres dran. So betrunken war er also nicht.

»Thomas, weißt du noch, was unser Lehrer immer gesagt hat? ›Fort mit allen, die noch klagen, die mit uns den Weg nicht wagen. Fort mit jedem schwachen Knecht. Nur wer stürmt, hat Lebensrecht.‹«

Diesen braunen Quatsch hatte er schon lange nicht mehr wiedergekäut. Es hörte sich nach Alina an. »Hör auf damit, Augustyn. Ich kann das nicht hören.«

»Aber Adenauer, den hörst du dir an. Und Kennedy.«

»Warum nicht? Außerdem muss ich arbeiten. Morgen auf dem Flugplatz zum Beispiel.«

»Bist du jetzt beim Personenschutz?«

»Nein, das weißt du. Ich bin Kriminalist. Ich bin bei den Personenkontrollen. Als Reserve.«

»Wofür?«

»Trink deinen Wein aus.«

»Denkst du nicht mehr an Alina?«

»Nein.«

»Thomas, ich hätte gern Kinder um mich gehabt. So fröhlich, wie wir es waren. Alinas und deine Kinder vielleicht.«

»Du hättest selbst heiraten können. Als du deine erste Arbeit gefunden hattest. So wie Nadja und ich.«

»Das ging nicht. Und das weißt du. Ich musste mich um sie kümmern. Was deine Pflicht gewesen wäre.«

Was für ein Unsinn. Jetzt lehnte er sich zurück und schloss die Augen. Er würde doch hoffentlich nicht einschlafen.

»Auch wenn von unserem Dorf wohl nicht mehr viel übrig ist. Die Welt ist in unserem Inneren. Und darin ist sie unzerstörbar.«

Es reichte jetzt wirklich. »Augustyn, du wirst jetzt gehen. Ich habe morgen einen langen Tag.«

»Wir haben doch gemeinsam gelernt in der Schule. Für eine große Sache zu leben.«

Wenn Trinker melancholisch werden, werden sie schnell unerträglich. »Deine große Sache, das ist deine neue Arbeit. Sieh zu, dass du sie möglichst lange behältst.« Er ließ sich überraschend einfach zur Tür hinausschieben. Hatte offenbar gesagt, was er sagen wollte. Lächelte die ganze Zeit.

TAG EINS

10.

Sonntag, 23. Juni 1963. Kabine der Air Force One. Eine Stunde vor der Ankunft in Köln-Wahn.

Ted Sorensen blieb stehen. Die kleinen Turbulenzen machten ihm nichts aus. Er vertraute den Piloten der Air Force One vollkommen. Zudem war der Vogel erst drei Jahre alt, also genau zu Kennedys Amtsantritt in Dienst gestellt worden. Das vermutlich am besten gewartete System, das er in seinem Leben benutzen würde. Unruhig machte ihn nur, dass die Piloten vermutlich schon bald den Landeanflug einleiten würden. Dabei hatte der Präsident die neue Dolmetscherin, die er direkt nach der Landung brauchen würde, noch nicht einmal kennengelernt. Sorensen selbst allerdings auch nicht. Er wusste erst seit gestern Abend ihren Namen und seit knapp einer Stunde zwanzig Zeilen über sie. Diane Leatons Lebenslauf war nach dem Start an das Schreibbüro an Bord geschickt worden, während fast alle schliefen, bis auf die diensthabende Sekretärin natürlich. Die hatte das lange Fernschreiben mit einer Büroklammer um eine handschriftliche Notiz ergänzt: »Milken operiert. Blinddarm bestätigt.«

Damit war zweierlei klar. Erstens: Der Bordarzt der Air Force One hatte die unklaren Bauchschmerzen Richard Milkens richtig diagnostiziert. Zweitens: Sie würden auf dieser Reise mit einem neuen Dolmetscher arbeiten müssen. Mit einer Person, von der man zwar wusste, dass sie über hervorragende Deutschkenntnisse verfügte. Aber nicht, ob sie auch die deutsche Politik gut genug kannte. Denn das war Richard Milkens großer Vorzug gewesen. Sein Vater hatte, noch während der Nazi-Diktatur, als Korrespondent der amerikanischen Nachrichtenagentur Associated Press aus Berlin berichtet. Richard Milken war daher in Berlin aufgewachsen. Er leitete seit zwei Jahren den RIAS, den amerikanischen Hörfunk in der Stadt. Jetzt lag er im Krankenhaus in Washington. Vermutlich frisch operiert. Ganz sicher verärgert. Verärgert darüber, den Deutschlandbesuch seines Präsidenten nur im Fernsehen verfolgen zu können. Und nicht an Kennedys Seite.

Sorensen fragte sich, wie Kennedy ihn ersetzen würde, wenn er ernsthaft erkranken würde. Falls es auch dafür einen Plan B gab – der Präsident hatte ihn nie erwähnt. Auffällig war allerdings, dass sich Kennedy hin und wieder Gedanken über sein Privatleben machte. Vorwiegend am Abend. Nach größeren Empfängen erkundigte sich der Präsident gerne, welchen Eindruck sein engster unverheirateter Mitarbeiter von mancher neuen unverheirateten Angestellten des Weißen Hauses hatte. Manchmal zitierte Kennedy bei solchen Gelegenheiten lachend seine Ehefrau. Jeder wusste, dass sie Frankreich über alles liebte. »Ich soll dir von Jackie ausrichten, du sollst dir einfach mal ein paar Tage freinehmen und nach Paris fliegen«, hieß es dann.

Eine Stewardess schob einen Rollwagen heran. Sie stellte zwei Thermoskannen mit Kaffee und eine Schale mit Keksen auf den großen Besprechungstisch. Teller mit dem Siegel des Präsidenten wurden eingedeckt. Die Stewardess nahm den weißen Telefonhörer und bestellte in der Bordküche Sandwiches. Offenbar hatte man vor, den Präsidenten gleich zu wecken.

Sorensen fragte sich, ob die Dolmetscherin überhaupt ein Auge zugetan hatte, nachdem man sie mit einem Hubschrauber von zu Hause abgeholt und zur Air Force One gebracht hatte. Immerhin war man im Außenministerium professionell genug gewesen, an eine Ersatzperson zu denken. Nur ausreichend vorbereitet auf diesen Einsatz konnte sie nicht sein. Sie würden vielleicht häufiger improvisieren müssen, was Kennedy gern vermied. Alle engen Mitarbeiter des Präsidenten wussten, dass John Fitzgerald Kennedy nur in der Öffentlichkeit locker und unkompliziert wirkte. Tatsächlich aber ließ Kennedy vor Reden oder Pressekonferenzen immer Sprechzettel zu wirklich jedem denkbaren Thema vorbereiten. Dies natürlich zusätzlich zu den Zusammenfassungen der drei zentralen Themenfelder Wirtschaft, Innen- und Außenpolitik. Die mussten ohnehin jeden Morgen vorliegen und wurden nach Lage der Dinge am Nachmittag überarbeitet oder ergänzt. Genau diese Papiere dienten als Grundlage der internen Generalproben. Eine Übung, für die sich der Präsident vor Ereignissen, die live im Fernsehen übertragen wurden, unter allen Umständen Zeit nahm. Und dies mit seinen engsten Mitarbeitern in der Rolle von äußerst kritischen und gut informierten Journalisten.

Ein Steward begleitete eine groß gewachsene, sportliche Frau zu dem Besprechungstisch. Freundliche und sehr aufgeweckte Augen. Eine Frau, die selbstbewusst genug war, trotz einer Aufforderung zum Weitergehen zunächst stehen zu bleiben und sich umzusehen. Sorensen empfand plötzlich, dass ihn seine Krawatte und sein Hemdkragen einengten. Er hatte – wohl ganz in Gedanken – bereits den obersten Knopf geschlossen. Seine spezielle Art von Vorbereitung auf das große Begrüßungszeremoniell direkt nach der Landung in Köln-Wahn. Aber jetzt musste eine viel wichtigere Vorbereitung erfolgen. In ziemlicher Eile.

Mit langen Schritten ging er auf die Frau zu.

»Mrs Leaton. Willkommen in unserem Team. Ich habe gelesen, dass Sie eine passionierte Tennisspielerin sind. Daher wird Ihnen ein gewisses Tempo auf kurzen Distanzen durchaus vertraut sein.«

Sie nickte, offenbar überrascht und amüsiert, dass sogar ihre Lieblingssportart bekannt war. Sorensen wusste, dass diese Information nicht in ihrem offiziellen Lebenslauf beim Außenministerium stand. Er hatte einen seiner Freunde angerufen. Um ihr zu demonstrieren, dass ihm seine Position als Präsidentenberater besondere Möglichkeiten bot. Nach seinen Erfahrungen half das manchen Gesprächspartnern, nicht zu weit von der Wahrheit abzuschweifen.

Unter ihrem Arm hielt Diane Leaton eine Mappe. Sie bemerkte seinen Blick. »Hat mir mein Mann gestern Abend noch mitgegeben. Er war der Ansicht, ich könne meinem Präsidenten nicht mit abgegriffenem Leder gegenübertreten.« Sie hielt die Mappe mit drei Fingern hoch. »Ist noch nicht viel drin außer einem Schreibblock und ein paar Stiften.« Dann deutete sie auf die Brusttasche seines Sakkos. »Aber ich sehe schon, Schreibzeug könnte ich ja wohl auch von Ihnen ausborgen.«

Charmant und nicht auf den Mund gefallen, dachte Sorensen. »Mrs Leaton, wir landen gleich. Wir müssen noch kurz Ihr erstes Gespräch mit dem Präsidenten durchgehen.«

Sie nickte. Dann ging die Tür zu den Ruheräumen des Präsidenten auf, und John F. Kennedy erschien. Erheblich früher als erwartet. Er war offensichtlich gerade aufgestanden. Seine beiden oberen Hemdknöpfe noch offen, ohne Sakko, seine Krawatte in der Hand. Er warf sie routiniert über die Lehne seines großen Sessels und trat an den Tisch.

»Ted, guten Morgen. Du willst mich doch sicher vorstellen.«

»Sicher, Mr President. Das ist Mrs Leaton. Diane Leaton. Sie arbeitet in der Europa-Abteilung des Außenministeriums. Deutsch-Amerikanerin, seit Langem mit einem Amerikaner verheiratet.« Er legte eine Pause ein. »Und nun unsere, Ihre neue Dolmetscherin, Mr President.«

John F. Kennedy deutete auf die drei mit grauem Leder bezogenen Sitze seinem Sessel gegenüber. »Bitte nehmen Sie beide doch Platz.« Er griff zu dem weißen Telefon und sprach mit den Piloten. »Wann landen wir? – Fünfzig Minuten? – In Ordnung.«

Dann stand er auf, ging zu seinem Schreibtisch auf der anderen Seite des Ganges, nahm sich die schwarze Mappe mit dem Siegel des Präsidenten, zog ein einzelnes Blatt heraus und überflog es. Sorensen wunderte sich immer wieder, wie schnell er lesen und den Inhalt verarbeiten konnte.

»Mrs Leaton, wann sind Sie aus Deutschland nach Washington gezogen?«

»Vor drei Jahren, Mr President. Als der deutsche Dienst der Voice of America eingestellt wurde.«

Kennedy nickte und wirkte plötzlich ernst. »Ich kann mich erinnern. Wir brauchten das Geld für neue Sendeanlagen.« Er beobachtete sie genau. Als er ihren skeptischen Gesichtsausdruck sah, war er sichtlich erleichtert. »Ein Scherz, Mrs Leaton. Nur ein Scherz, verzeihen Sie. Aber ganz richtig erkannt von Ihnen.« Er sah kurz zu Sorensen herüber und wandte sich wieder an sie. »In Wahrheit dachte mein Amtsvorgänger wohl, wir bräuchten den deutschen Dienst nicht mehr. Vielleicht kam diese Entscheidung ein bisschen voreilig, mit Blick auf den Osten Europas.«

Kennedy beugte sich vor, nahm einige Blätter aus seiner Mappe und reichte sie ihr.

»Das ist meine Rede bei der offiziellen Begrüßung auf dem Rollfeld in Köln. Ich werde ausreichend Pausen machen.«

Sie blätterte die Papiere rasch durch und schaute dann wieder auf. »Mr President, die Übersetzung ist ja schon vorbereitet. Ich dachte … Man hat mir gesagt, ich solle simultan übersetzen, Sir.«

»Das sollen Sie auch, Mrs Leaton. Manchmal ändere ich etwas. Dann notieren Sie bitte die Abweichungen am Rand Ihres Redetextes und übersetzen Sie genau das, was ich wirklich gesagt habe. Sollte ich etwas Scherzhaftes sagen oder Ironie verwenden«, er sah Sorensen an, »was durchaus vorkommen kann, dann erkennen Sie das ganz sicher an meinem Gesichtsausdruck.«

Sorensen räusperte sich. »Wir wollten doch noch … also … Mrs Leaton, sie war für Osteuropa zuständig, Mr President.«

Kennedy sah kurz auf seine Uhr. »Mrs Leaton, stimmt es, dass sich die Deutschen in Osteuropa von uns abwenden?«

»Nun …« Diane Leaton war offensichtlich von der Frage überrascht.

Sorensen versuchte ihr zu helfen. »Diane, die Grundstimmung ist uns nicht unbekannt. Unsere Botschaft in Warschau wertet die Post der Leute aus, die in Polen leben und an die Voice of America schreiben.«

Leaton blieb zurückhaltend. »Nun – wir haben die Reichweite unserer Stationen in Osteuropa tatsächlich deutlich erhöht. Das ist wahr. Und wir bekamen auch viel Hörerpost.«

»Trifft es zu, was unser Botschafter aus Polen berichtet?«

Leaton fühlte sich jetzt offensichtlich unwohl. Sie hob und senkte die Schultern, als drücke sie die Jacke ihres Kostüms. »Lassen Sie es mich so sagen, Mr President: Jeder, der in Polen leben muss und keine Verwandten im Westen hat, darf nicht ausreisen. Und wie wollen Sie fliehen, wenn Sie Familie, vielleicht sogar kleine Kinder haben? Also hoffen alle, dass die Russen irgendwann den Eisernen Vorhang hochziehen.« Kurzes Schweigen. »Mr President, da die Russen das wohl kaum freiwillig tun werden, muss sie jemand dazu drängen. Nach Lage der Dinge können das nur wir Amerikaner sein. Aber viele Menschen in Osteuropa sind enttäuscht. Und wenn Sie mir gestatten, das zu sagen, Sir: auch von Ihrer Politik, Mr President. Wohl vor allem, weil wir vor zwei Jahren den Bau der Berliner Mauer hingenommen haben.«

Kennedy schwieg, machte aber keine Anstalten, aufzustehen. Sorensen interpretierte das als Einverständnis, das Thema fortzusetzen. »Uns wird berichtet, Mrs Leaton, dass Sie besonders viel Post von verbitterten Deutschen bekommen, aus Polen beispielsweise. Aus den früheren deutschen Gebieten dort ...«

Leaton hob die Hände, als wollte sie sich für diese Mitteilungen entschuldigen. »Ja. Unter den Briefeschreibern sind natürlich einige, die Hitler immer noch nachweinen. Es sind Verblendete, die in ihrer Schule nur Nazi-Lehrer hatten.«

Kennedy legte seine Papiere zusammen und nahm sich ein Sandwich. Er wirkte offensichtlich doch etwas bedrückt und sah an Sorensen vorbei den Gang herunter. Niemand in Sicht. Nur der Diensthabende des Secret Service vor der Tür zum hinteren Teil der Maschine. Der Mann spielte mit seiner Armbanduhr. Der Präsident sprach jetzt leiser. »Einige von denen glauben wahrscheinlich, ich sei wie ein Kind, oder? Mit einem goldenen Löffel im Mund geboren und von seinem schwerreichen Vater durch jüdisches Geld und Mafiabeziehungen ins Präsidentenamt gehoben. Dazu mangels Lebenserfahrung unfähig, mich wirklich durchzusetzen gegen die Russen.«

Leaton nickte. »Ja. Auch solche Briefe haben wir erhalten. Leider, Sir.«

»Ich danke Ihnen für Ihre Offenheit. Bitte entschuldigen Sie mich jetzt.« Kennedy stand auf und ging zurück in seine Suite.

Sorensen wartete, bis er die Tür geschlossen hatte. »Mrs Leaton. Es tut mir leid. Sie kommen in einer schwierigen Situation an Bord. Schlechte Nachrichten haben wir wahrlich im Moment genug. Und damit meine ich nicht nur die Reaktion auf unser Teststopp-Angebot.«

»Davon habe ich gelesen, ja.«

»Es gibt leider noch mehr Problemfelder, mit denen wir uns auf dieser Reise auseinandersetzen müssen. Die deutschen Generäle beispielsweise. Einige trauen uns keinen Millimeter über den Weg. Sie befürchten, dass wir in Verhandlungen mit den Russen West-Berlin aufgeben könnten.« Leaton hatte aufmerksam zugehört. Es waren Interna, aber keine Staatsgeheimnisse gewesen. Sorensen fragte sich, warum er ihr so viel erzählte. Weil er im Verlauf der Reise vielleicht einmal eine Meinung von außen brauchen würde? Er konnte es sich nicht erklären. Aber Diane Leaton besaß ganz offenbar den Mut, unangenehme Dinge anzusprechen. Sicherlich war sie als Mitarbeiterin des Außenministeriums zur Verschwiegenheit verpflichtet.

»Mrs Leaton, auch die verdammten Franzosen machen uns zu schaffen. De Gaulle akzeptiert die Führung seiner Truppen durch die NATO schon länger nicht mehr. Und die Deutschen bejubeln ihn trotzdem. Zumindest letztes Jahr, bei seinem Besuch. Eigentlich kein Wunder.« Er schüttelte den Kopf. Es wirkte, als wolle er sich selbst widersprechen. Dabei war ihm nur grade aufgefallen, dass er sie bereits mit ihrem Vornamen angesprochen hatte. »Diane? Ich darf Sie doch Diane nennen? Haben Sie de Gaulles Rede in Erinnerung? Die in Bonn, meine ich?«

Leaton nickte, aber Sorensen war zu sehr in Fahrt, um sich noch stoppen zu lassen. Er stand auf, straffte sich, als könne er de Gaulles Gardemaß von einem Meter fünfundneunzig erreichen, und zitierte: »›Ich beglückwünsche Sie. Ich beglückwünsche Sie, junge Deutsche zu sein, das heißt Kinder eines großen Volkes! Jawohl! Eines großen Volkes …‹« Sorensen setzte sich wieder. »Ein wirklich langes Loblied de Gaulles, und das ausgerechnet auf die Barbaren. Teile seiner Rede sogar auf Deutsch. Dabei war de Gaulle vor ein paar Jahren vermutlich noch überzeugt, alle Deutschen beteten jeden Abend für Hitlers Auferstehung.«

Sorensen bemerkte, dass Diane Leaton seinen Gefühlsausbruch als etwas unangenehm empfand. Ganz die Mitarbeiterin des Außenministeriums hatte sie bereits wieder zu neutraler Haltung und diplomatischem Ton zurückgefunden. »Mr Sorensen, ich bin mir sicher, Sie werden unserem Präsidenten auch bei dieser Reise ein paar gute Reden schreiben.«

Sorensen nickte. »Und Sie, Diane, Sie werden gleich mit ihm rausgehen und ihn in seiner Hoffnung bestärken, dass die Deutschen ihn bejubeln werden. Auch ohne seine Ehefrau an seiner Seite.«

11.

Sonntag, 23. Juni 1963. Bad Godesberg, Sicherungsgruppe Bonn. Funk- und Fernschreibzentrale.

Der Chef war heruntergekommen in die Fernschreibzentrale. Ein Kapitän, der seinen Maschinenraum inspiziert. Ein klein wenig aufgekratzt, weil er wegen dieser seltenen Gunstbezeugung Begeisterung bei den Mitarbeitern erwartete. Gleichzeitig schien er entspannt zu sein. Dickopfs glückseliges Lächeln signalisierte das ebenso wie der Hauch von Rotwein, den er verströmte. Kennedys Fahrt im offenen Wagen durch Köln und Bonn war ohne Störungen verlaufen. Nun blieb nur noch die kurze Fahrtstrecke vom Bonner Zentrum zur Nachbarstadt am Rhein, nach Bad Godesberg. Fast bis vor die Haustür der Sicherungsgruppe Bonn.

Der braune Kasten am Fenster zwischen der langen Reihe von Fernschreibern stand auf vier zierlichen Beinen. Deren goldfarbene Messingauflage glänzte warm, selbst im Licht dieser kühlen Deckenleuchten. Der Apparat war ohne Zweifel entführt worden. Fortgerissen aus seinem behaglichen Zuhause auf einem Extra-Teppich in einem altdeutsch eingerichteten Wohnzimmer. Verfrachtet in diesen kühlen Technikraum, dessen weiße Bodenfliesen an eine Bordküche erinnerten.

Der Auftraggeber der Entführer verkündete seine erste Forderung. »Malgo, bitte drehen Sie bei meinem Gerät mal den Ton lauter.«

Nun war zumindest die Herkunft klar. »In Ordnung, Chef.«

Den Alten irritierte offenbar die Lautstärke, mit der die Typenhebel der Fernschreiber fast unentwegt auf das Endlospapier hämmerten. Wie riesige Schreibmaschinen. Nur ferngesteuert.

Es reichte, das Bild der Direktübertragung zu verfolgen. Auch so konnten alle sicher sein, dass Adenauer und Kennedy sich gut beschützt bewegten. Viel ließ sich zeitweise allerdings nicht erkennen. Vor allem dann nicht, wenn die Kolonne in schneller Bewegung war, wie jetzt auf der Fahrt vom Bonner Rathausplatz nach Bad Godesberg. Zur Residenz in der Turmstraße vierundvierzig, wo Kennedy Quartier nehmen und sich bis zum Abend ausruhen würde. Die Übertragung des Fernsehsignals aus dem Relais-Hubschrauber war absolutes Neuland, zumindest für die deutsche Seite. Deshalb wirbelte auf dem Fernsehgerät manchmal mitten im Sommer weißer Schnee vor grauschwarzem Hintergrund herum. Der Chef, an großflächige Sendeausfälle nicht gewohnt, begann sich Sorgen zu machen. Er stand auf, drehte am Fernseher das Rauschen leiser, griff zum Mikrofon auf dem Tisch vor ihm und rief Deckert. Laut Plan sollte dieser mit seinen Leuten in der Turmstraße Position beziehen. In der Nähe der Einfahrt zu Kennedys Residenz.

»Zentrale für Klara einundzwanzig, bitte kommen.«

Deckert meldete sich sofort. »Hier Klara einundzwanzig. Sprechen Sie, Zentrale.«

»Positionsmeldung.«

»Sind vorausgefahren. Position K zwei eingenommen. Blickrichtung Einfahrt Adlerhorst.«

»Lagebild?«

»Straße für Fahrzeuge abgesperrt. Vier Limousinen der Botschaft, zwei Krankenwagen am Straßenrand. Etwa hundertfünfzig Schaulustige. Zurückgedrängt durch Schutzpolizei, hinter unsere Barrieren. Secret Service auf der Straße, vor der Einfahrt. Unsere Jungs auf beiden Seiten der Einfahrt, hinter der Schutzpolizei. Zentrale, Moment bitte.«

Deckert legte eine kurze Pause ein. Man hörte ein Funkgerät rauschen, ohne die Mitteilung verstehen zu können.

»Erwarten jeden Augenblick Ankunft der Kolonne.«

»Verantwortung für Zufahrt und Gebäude?«

»Secret Service. Angebot zur Überprüfung Adlerhorst wurde abgelehnt.«

»Klara einundzwanzig, danke und Ende.« Der Chef setzte sich wieder. »Bisher haben wir ja alles unter Kontrolle. Hoffentlich bleibt es so. Die Amis lassen keinen von uns in die Residenz. Das war klar. Damit haben wir gerechnet. Schon die Zufahrt ist ihr Gelände.« Er zog sein Zigarettenetui aus seinem Jackett, zündete sich ein Zigarillo an, nahm einen ersten tiefen Zug und lehnte sich zurück. »Sobald Kennedys Kolonne auf die Zufahrt einbiegt, haben wir das Schlimmste überstanden. Zumindest für heute.« Dann schloss er die Augen und war froh, so manche Blicke seiner Leute nicht zu sehen. Denn Rauchen war im Fernschreibraum verboten – aus Sorge, die Asche könnte zu einem Kurzschluss in der empfindlichen Elektrik der Maschinen führen.

Eine der Stenotypistinnen sprang auf. »Herr Dickopf, das Bild ist wieder da.« Sie griff zur Fernbedienung mit ihren drei Drehreglern für »Ein/Aus«, »Lautstärke« und »Helligkeit«. Schließlich lag das graue, rechteckige Kästchen am Ende des dicken Kabels genau vor ihr. Sie drehte den Ton wieder an. Von einem etwas erhöhten Standort sah man die Turmstraße, Blickrichtung Nord. Im Vordergrund eine leere Fahrbahn. Auf der Straße Männer in dunklen Anzügen mit noch dunkleren Sonnenbrillen. Am Straßenrand Schaulustige. Mehrere Reihen, dicht gedrängt. Nirgendwo Absperrgitter zu sehen.

Alle in Sommerkleidung. Manche Damen mit Sommerhut. Zwei schwarze amerikanische Limousinen parkten am Straßenrand. Beide mit laufendem Motor.

Die Kamera schwenkte von der Straße auf einen Mann mit Mikrofon. Der Reporter stand auf einer Art Podest.

»Meine Damen und Herren, der erste Besuchstag neigt sich fast dem Ende zu. Fast vier Stunden haben wir, hat das deutsche Fernsehen bereits berichtet über den Besuch des Führers der freien Welt. Eine Übertragung, die das deutsche Fernsehpublikum so noch nicht gesehen hat. Über viele Stationen haben wir ihn mit unseren Übertragungswagen und Kameras begleitet. Und Sie an den Empfangsgeräten waren direkt dabei, haben alles sofort sehen können. Angefangen um neun Uhr zweiundvierzig mit der Landung der Air Force One auf dem Flughafen Köln-Wahn, dann mit der Fahrt der Kolonne, zunächst nach Köln, mit der Übertragung seiner ersten großen Rede vor dem Kölner Rathaus und mit den bewegenden Bildern seines Besuches im Kölner Dom. Hier in Bad Godesberg, in der amerikanischen Siedlung, warten wir nun auf die Ankunft des Präsidenten. Gleich, in wenigen Minuten, wird er in seinem offenen Lincoln hier in die Einfahrt direkt vor uns einbiegen, zu einer verdienten ersten kurzen Pause in seinem langen Besuchsprogramm. Darin wird es erst heute Abend wieder weitergehen, mit einem festlichen …«

Der Chef verdrehte demonstrativ die Augen. »Hoffentlich spult er nicht jetzt noch das ganze Programm bis übermorgen ab …«

»… und zwar alles im Hause des Bundeskanzlers. Hier direkt am Rhein, in dieser wunderschönen Residenz, die Sie hinter mir sehen am Ende der langen Zufahrt, mit der Fassade aus braunrotem Backstein und den großen weißen Fensterrahmen, ganz im amerikanischen Stil, in der Turmstraße also, inmitten der amerikanischen Siedlung, nur hun-

dert Meter entfernt von der Botschaft des Papstes in der Bundesrepublik Deutschland, da wird John F. Kennedy für zwei Tage Quartier nehmen. Wenn ich das Geräusch hinter mir richtig deute, das Dröhnen der Motorräder, der sogenannten weißen Mäuse, Sie kennen diesen Begriff für die offizielle Polizeieskorte, die vielen Motorräder, die der Kolonne des Präsidenten vorausfahren ... Wenn ich diese Zeichen also richtig deute ...«

Der Monitor in der Fernschreibzentrale zeigte plötzlich wieder Winterwetter. Dichter Schnee fiel, dann wurde es dunkel, anschließend sogar flächendeckend schwarz. Auch der Kommentarton verwandelte sich in weißes Rauschen. Der Chef griff wieder zum Mikrofon des Sprechfunks.

»Klara einundzwanzig für Zentrale, sofort kommen.«

»Zentrale, hier einundzwanzig, Kolonne jetzt eingebogen, Straße zum Adlerhorst.«

»Einundzwanzig, Zentrale hat totalen Bild- und Tonausfall. Erwarten laufenden Bericht.«

»Verstanden. Ordner am Straßenrand rücken enger zusammen. Versuchen, die Schaulustigen im Zaum zu halten. Alles Nachbarn der Residenz, weil Zugang nur für Anwohner und Angestellte der Botschaften. Eskorte hält am Straßenrand vor Einfahrt. Präsidentenlimousine in Langsamfahrt. Biegt jetzt auf Zufahrt zu Adlerhorst. Der Wagen bremst ... hält an ... Nein. Das sollte er nicht ... Kennedy ... dreht sich, winkt zum Bürgersteig. Steht sogar auf. Will er aussteigen? Der Service hält ihn zurück. Auf dem Bürgersteig ein Paar, beide schwarz. Er in Uniform. Sie hält ein Baby auf dem Arm. Ein Fotograf kommt dazu. Natürlich. Weißer Präsident und schwarze Familie. Die Frau, ja, sie lassen sie. Sie darf vortreten. Kennedy beruhigt seine Leute, gibt ihnen Zeichen. Was macht er? Lässt sich das Baby reichen. Oha. Er dreht sich zu den Fotografen, es sind jetzt mehrere.«

Der Chef vergaß in seiner Aufregung die Funkdisziplin. »Deck... äh, Klara, ist er ausgestiegen? Es hieß immer, er macht das nicht.«

»Secret Service direkt da. Stehen vor Tür, verhindern Ausstieg. Unsere Jungs daneben. Das schwarze Baby noch in seinen ausgestreckten Armen. Ein Mann drängt vor, ein Priester. Hebt die Hand, ruft etwas, drückt gegen die ... Moment ...«

»Was ist mit dem Mann?«

»Der Service. Sie treten etwas zur Seite, damit der Priester den Präsidenten sehen kann. Aber was macht ... der Priester... er zieht etwas hervor ... hinter seinem Rücken. WAFFE. Achtung: Waffe! Will die Hand heben. Ein Schuss. Das war ein Schuss. Der Präsident offenbar unverletzt. Das Baby, seine Leute, sie reißen es aus seinem Arm. Zeichen an den Fahrer. Der gibt Gas, Kennedy fällt zurück in seinen Sitz. Dreht sich zurück, winkt noch einmal. Scheint unverletzt. Wiederhole: Kennedy offensichtlich unverletzt. Limousine rast Richtung Residenz ...«

»Deckert, der Attentäter ...«

»Secret Service überall an der Zufahrt. Mann nicht zu sehen. Liegt vermutlich am Boden. Der Schuss. Für mich keine Pistole. Eher ein Gewehr.«

»Zustand des Mannes?«

»Unklar. Zwei Sanitäter jetzt auf dem Bürgersteig, auf dem Boden, wohl bei ihm ... Noch zwei Sanitäter, mit Trage. Service schirmt ab. Hält auch unsere Jungs zurück. Jetzt – sie tragen den Priester zum hinteren der beiden Krankenwagen.«

»Verletzungen erkennbar?«

»Nein. Großes Tuch über ihm. Kopf verdeckt durch Sanitäter.«

»Ist der Mann tot?«

»Unklar. Wird gleich in den Krankenwagen geschoben. Eilig.«

Der Chef sprang auf. »Malgo, machen Sie hier weiter. Ich muss mit dem Generalbundesanwalt sprechen …« Dann ging er in die Telefonkabine mit der sonderverschlüsselten Verbindung nach Karlsruhe.

Die Fernsehkameras zeigten, wie die Bonner Schutzpolizei auf Anweisung des Secret Service die Schaulustigen zurückdrängte. Agenten des Service versuchten, auf der Straße Kameras von Fotografen zu beschlagnahmen. Nicht mehr durch Besatzungsrecht gedeckt, dachte Malgo.

»Klara einundzwanzig, hier ist Malgo. Welcher Krankenwagen?«

»Der zweite. Herkunft unklar. Weder Feuerwehr noch Rotes Kreuz. Kein Zeichen von Krankenhaus oder Organisation.«

»Wohin fährt er?«

»Verlässt Position K zwei südlich. Richtung Mehlem.«

Ein unbekannter Krankenwagen? Das konnte nicht sein. »Verfolgung aufnehmen. Ich wiederhole: unbedingt Verfolgung aufnehmen. Weitere Kräfte mitziehen.«

Das nächste Krankenhaus war das der Johanniter. Das lag in nördlicher Richtung. Wohin war der Krankenwagen unterwegs? Nur ein Ziel Richtung Süden ergab Sinn.

»Deckert, die Botschaft. Die wollen den Kerl auf ihr Gelände bringen.«

Deckert war nur noch schwer zu verstehen. »Karla einundzwanzig für Zentrale. Verfolgung aufgenommen. Krankenwagen durch zwei US-Fahrzeuge abgeschirmt.«

Der Chef kam zurück von seinem Telefonat mit Karlsruhe. »Lagebild, Malgo.«

»Mutmaßlicher Attentäter jetzt im Krankenwagen. Fahren südliche Richtung. Vermutlich zur Botschaft. Deckert kommt wohl nicht mehr ran. Nicht bis zur Deichmannsaue.«

Deckert meldete sich wieder. »Karla einundzwanzig für

Zentrale. Wir haben doch unseren Sicherheitsdienst. Vor der Botschaft.«

Dickopf war jetzt hellwach und wütend. »Karla einundzwanzig, was sollen die machen? Den Krankenwagen rammen?«

»Zumindest ein Foto machen.«

»Was nützt uns ein Bild? Es gab vor Ort genügend Zeugen.« Der Chef versuchte, sich zu beruhigen. »Karla einundzwanzig, der Generalbundesanwalt hat uns beauftragt. Er will genau wissen, was da los war, wer der Mann ist. Wir befragen die Schaulustigen.«

»Verstanden, Zentrale.«

»Klara einundzwanzig, Positionsmeldung.«

»Ubierstraße südliche Richtung. Krankenwagen weiter mit Blaulicht. Überfährt alle Ampeln.«

»Sie berichten an Malgo und mich. Er leitet unsere Ermittlungen.«

Schon wieder ein Klarname. Dann Funkstille. Der Chef stand auf und ging zu der Dienstleiterin im Fernschreibraum. »Nehmen Sie ein Fernschreiben auf. An den gesamten Verteiler Kennedy. Haben Sie verstanden? Der gesamte Verteiler Kennedy.«

Die Frau nickte angespannt und griff zu ihrem Block.

»Überschrift: Kennedy – offenbar Attentatsversuch in Godesberg. Der Text: Amerikanischer Präsident offenbar unverletzt. Bedrohung durch Schusswaffe. Tatzeit: etwa 1505. Tatort: Einfahrt US-Residenz Turmstraße. Jetziger Ermittlungsstand: Einzeltäter. Festnahme durch Secret Service. Abtransport im Krankenwagen. Fahrtziel zurzeit nicht bekannt. Sicherungsgruppe Bonn ermittelt im Auftrag Bundesanwaltschaft.«

Der Chef drehte sich um, dachte einen Moment nach. »Malgo, das ist Paragraf hundertzwei Strafgesetzbuch:

Angriff gegen einen Vertreter eines ausländischen Staates. Aber auch wenn sie das Ziel des Angriffs waren, dürfen die Amerikaner den Tatverdächtigen nicht entführen. Ich telefoniere noch einmal mit Karlsruhe.« Er wandte sich an den diensthabenden Funkoffizier. »Erneut abhörsichere Leitung in Kabine nebenan aufschalten. Sofort. Malgo, Sie fahren zum Tatort. Deckert wird Sie dort treffen.«

Die große Uhr über der Tür zeigte viertel nach drei. Noch keine sechs Stunden seit Beginn des Staatsbesuches und schon der erste Vorfall. Dreieinhalb Tage standen noch bevor. Das konnte ja heiter werden.

Der weiße BMW parkte bereits einsatzbereit vor der Tür. Beckmann hatte offenbar wie immer seine Ohren überall.

*

Die Kontrolle an der Einfahrt in die amerikanische Siedlung war verstärkt worden. Hinter dem ersten Sperrring der deutschen Schutzpolizei standen genügend amerikanische Radpanzer und Soldaten mit Maschinenpistolen, um eine kleine Armee aufzuhalten. Immerhin akzeptierte der verantwortliche Offizier die Ausweise und Anstecknadeln. Erst morgen würden die Amerikaner feststellen, dass die Deutschen nicht gehorchten – und von Sonntag bis Dienstag mit dem gleichen blau-weißen Ding am Revers herumliefen.

Nach dem amerikanischen Wachhäuschen nur eine kurze Fahrt Richtung Rhein, an der Kirche vorbei und dann rechts in die Turmstraße. Deckert wartete hinter der zweiten Absperrung. Die Anspannung war ihm anzusehen. Seine Augen wanderten unruhig von einer Straßenseite zur anderen.

»Deckert, schau mich an. Ist Kennedy wirklich unverletzt? Weißt du was darüber?«

»Ja, Kennedy ist nichts passiert. Bestätigung vom Service.« Er sah wieder zu den Männern mit den Sonnenbrillen an der Einfahrt zur Residenz. »Aber mehr ist aus den Jungs nicht rauszuholen.«

»Und der Krankenwagen?«

Deckert begann zu flüstern. »Der ist tatsächlich zur Botschaft gefahren. Mich haben sie abgedrängt. Aber die Verkehrsüberwachung hat es aus dem Hubschrauber bestätigt.«

»Und gesehen habt ihr nichts mehr?«

Deckert schüttelte den Kopf. »Nur die Hecktüren. Später noch nicht mal mehr die. Eine Limousine der Amis hat uns ausgebremst, vor einer Ampel.«

»Die hatten kein Recht dazu.«

»Natürlich nicht. Das war eine Straftat, ausgeführt vom Bürgersteig aus, also vom Boden der Bundesrepublik. Auch wenn Kennedy vielleicht schon auf der Auffahrt der Residenz stand.«

Diese Debatten halfen jetzt nicht weiter.

»Was wissen wir noch?«

»Nicht viel, Malgo. Der Tatort wurde stark verändert.«

Tatsächlich – auf dem Bürgersteig war nichts mehr zu sehen. Keine Kreidezeichnungen am Boden, keine Zeugen am Straßenrand. Nur das Blau des Rheins schimmerte unverändert durch die Bäume. Schutzpolizisten standen vor der Botschaft des Papstes neben ihren Mannschaftswagen, ein paar Meter die Turmstraße nach Süden herunter.

»Wir müssen die möglichen Zeugen vernehmen, Deckert.«

Er zuckte mit den Schultern. »Der Polizeipräsident wird jeden Moment hier sein. Die Mordkommission der Polizei Bonn wird uns unterstützen.«

Trotz des Ermittlungsauftrags vom Generalbundesanwalt bestand weiter das alte Dilemma: Die Sicherungsgruppe durfte nicht ohne die örtliche Polizei handeln. »Deckert, du weißt, der Chef hat mich mit den Ermittlungen für uns beauftragt. Ich möchte nicht warten, bis der Polizeipräsident eintrifft.«

Deckert nahm es ohne sichtbare Reaktion. »Die Schutzpolizei hat den Bürgersteig hier geräumt und alle möglichen Zeugen eingesammelt. Du siehst ja, die sind beim Papst, in der Botschaft. Die bleiben auch da, bis die Mordkommission kommt. Keiner darf vorher nach Hause.« Deckert hatte alle Vorschriften im Kopf.

»Beim Papst, sagst du. Der mutmaßliche Attentäter – war der nicht gekleidet wie ein Priester?«

Deckert nickte. »Er trug einen schwarzen Umhang. Ich habe den für eine Soutane gehalten. Lange Ärmel – und das im Sommer.«

»Hast du die Knöpfe nachgezählt?«

»Spaßvogel.«

»Und seine Waffe?«

»Eine Pistole. Das Modell konnte ich so schnell nicht erkennen.«

»Aber der Schuss, den du gehört hast. Im Funk hast du von einem Gewehrschuss gesprochen.«

»Ja. Das war keine Pistole, sondern ein Gewehr. Ein eindeutiger Mündungsknall.«

»Woher?«

Deckert trat einen Schritt zurück und sah sich um. »Schwer zu sagen. Sicher eine höhere Position. Der Schuss könnte praktisch von jedem Dach gekommen sein. Von den Mietshäusern auf der anderen Straßenseite, auch von gegenüber, aus irgendeinem Baum in dem Park da Richtung Rhein.«

Alles nur Vermutungen, aber keine Indizien. Sicher war nur, dass es hier auf den Dächern keine Scharfschützen zur Sicherung der Kolonne gegeben hatte. Ein Halt der Kolonne hier war nie geplant gewesen. Aber wer Schaulustige zuließ, konnte das eigentlich nicht ausschließen. Vor allem bei Langsamfahrten vor bekannten Hindernissen oder während des Einbiegens. Dazu kam Kennedys bekannte Begeisterung für ein Bad in der Menge.

»Wie haben die Zeugen den Mann beschrieben? Hast du etwas gehört? Auch über die Zeugen?«

Er nickte und sprach wieder leiser, obwohl die Posten des Service vor dem Tor zur Einfahrt eigentlich weit genug entfernt standen. »Da war was. Auf der Rückfahrt, im Funk der Schutzpolizei. Ein Zeuge hat angeblich gehört, wie der Attentäter Kennedy ›Verräter‹ zugerufen hat.«

»Aha. ›Verräter‹. Das hilft uns jetzt nicht weiter. Was ist mit seiner Verletzung? Der Mann war doch verletzt, oder?«

»Ja. Obwohl ihn der Service so schnell zu Boden gerissen hat. Aber es ist unklar, ob es jemanden gibt, der das genau gesehen hat. Der oder die müsste schon sehr nah an der Einfahrt gestanden haben.«

Das war zu befürchten gewesen. Der Attentäter hatte einfach so weit vorn gestanden, dass er umgeben war von Agenten des Service. Vor ihm, neben ihm, später über ihm.

»Spurensicherung?«

»Auch noch unterwegs. Hat vermutlich keinen Sinn.« Er zeigte zur Einfahrt. »Ich habe keinen Blutfleck auf dem Boden gesehen. Alles, was der Kerl vielleicht angefasst hat, das haben die Amis vermutlich längst eingesammelt.«

»Und keiner von den Amerikanern aus der Kolonne ist noch hier?«

Deckert zeigte auf die Anzugträger an der Einfahrt. »Vom Service nur die kleinen Jungs. Die sagen nichts. Die großen, die sind mit Kennedy in der Residenz.« Er zögerte einen Moment. »Da ist noch eine Frau. Angeblich die Dolmetscherin. Sie sitzt bei denen vom Fernsehen.«

Presseleute zählte Deckert zu den Plagegeistern. Man sprach nicht mit Plagegeistern, man schüttelte sie ab. Wenn er sich mit ihnen beschäftigte, dann nur, weil sie seinen Schutzpersonen im Weg standen und abgeräumt werden mussten.

»Was ist mit ihr?«

»Keine Ahnung.«

»War sie dabei?«

»Möglich. War wohl in einem der Fahrzeuge der Kolonne.«

»Hat sie was gesehen?«

»Keine Ahnung.« Er sah auf seine Uhr. »Die Kollegen der Kripo Bonn kommen sicher bald.«

Deckert wollte wieder nichts falsch machen. Er machte manchmal den Eindruck, als beeindruckten ihn schriftliche Dienstanweisungen mehr als drei Angreifer mit Messern in der Hand.

»Malgo, du hast doch das Fernschreiben in Erinnerung. Über die Sondereinheit der Mordkommission, die in Bereitschaft sein sollte. Rund um die Uhr.«

»Natürlich. Jedes Wort.«

»Als du zum offiziellen Vertreter des Chefs ernannt wurdest, musstest du nicht unterschreiben, dass du alle Dienstanweisungen zum Kennedy-Besuch gelesen hast?«

»Ist mir nicht in Erinnerung. Und ›ernannt‹ wurde ich auch nicht. Die Buchner hat es mir ausgerichtet. Nach einem angeblichen Telefonat mit dem Chef, vor knapp zwei Wochen. Das war alles.«

»Aber der Chef hat es doch bestätigt. Auf unserer letzten kleinen Morgenlage.« Er kam zurück zum Thema. »Die Kollegen von der Bonner Kripo, die sind bei einem Einsatz am Sonntag bestimmt voller Begeisterung.« Deckert lächelte ein wenig und zeigte mit einer Kopfbewegung zu dem großen Übertragungswagen. »Überlassen wir die doch auch der Kripo. Ich muss mich um den Abendempfang beim Bundeskanzler kümmern. Wir werden die Zugangskontrollen verstärken.«

Mit »die« meinte er die Leute vom Fernsehen. Drei Fahrzeuge – riesig wie Möbelwagen – standen hintereinander auf dem Gehweg vor dem Park, alle verbunden mit vielen Kabeln. Und vielen offenen Klappen an beiden Seiten. So wie bei Reisebussen vor der Abfahrt. Zwei Männer hockten in weißen Kitteln zwischen den Klappen und hantierten mit dicken Kabeln. Man sah ihren Generator nicht, aber man hörte ihn deutlich. War die Übertragung unterbrochen worden, weil sie keinen Strom hatten? Jedenfalls bauten sie nicht ab. Sie hatten sich sogar einen Sonnenschirm und einen Tisch mitgebracht. Sie warteten. Denn irgendwann würde Kennedy ja wieder auftauchen. Am frühen Abend, auf der Fahrt zum Abendempfang beim Bundeskanzler.

Diese Leute waren vermutlich an Ausnahmesituationen gewöhnt. Auch daran, mit Vertretern von Behörden zu verhandeln. Über Gesprächstermine von jetzt auf gleich, Drehgenehmigungen und Sonder-Parkplätze. Ein Trupp Kripobeamter würde sie nicht einschüchtern, sondern eher einsilbig machen. Man konnte es aber versuchen.

»Guten Tag, mein Name ist Thomas Malgo. Bundeskriminalamt. Ich bin Ermittler bei der Sicherungsgruppe Bonn.«

Einer der Männer richtete sich langsam in seinem Stuhl auf. Groß, prägnantes Gesicht, ruhige Stimme. »Guten Tag. Wir sind schon vernommen worden. Vom Service.«

Nach der Stimme zu urteilen konnte er der Reporter gewesen sein. Ein Lob erleichterte immer den Einstieg. »Meine Kollegen und ich haben in der Zentrale Ihre Übertragung gesehen. Wirklich eine tolle Sache.«

Der Reporter antwortete nicht freundlicher. »Danke. Auch für uns.«

»Ist Ihr Generator ausgefallen, am Schluss?«

Er sah einen seiner Techniker an. »Unser Schiffsdiesel kennt keine Aussetzer. Nicht wahr, Helmut?«

Helmut nickte stumm. Der Reporter streckte den Zeigefinger aus und deutete nach oben. »Probleme am Himmel, die hatten wir. Die Funkverbindung zu unserem Relais-Hubschrauber ist zeitweise zusammengebrochen. Die Direktübertragung hat euch Sicherheitsfritzen wohl gestört, oder?«

»Wie kommen Sie darauf? Der Sicherheitsabstand zur Kolonne war seit Köln vollkommen in Ordnung. Mindestens sechshundert Meter zu jeder Seite.«

»Aha. Und die Regel galt auch für die anderen Vögel am Himmel?«

»Die Ärzte der Bundeswehr mussten ohnehin nicht so nah ran.«

»Aber die Verkehrsüberwachung.«

»Die schon. Doch die Störung hätte dann schon früher auftreten müssen. Es ist ja auch nicht geprobt worden. Als unsere Leute die Einweisungsfahrten für die Kolonne gemacht haben, waren Sie nicht dabei.«

Er nickte. »Das war am Wochenende. Da hatten wir Fußball. So viele von diesen Elefanten haben wir nicht.«

»Also am Ende alles ein technisches Rätsel?«

»Vielleicht. Die ersten amerikanischen Kollegen haben sich schon bei unserem Intendanten beklagt.« Er sah zu dem mittleren der drei großen Fahrzeuge und überlegte kurz. Wie um eine Entscheidung zu treffen. »Eine von den Amerikanern ist übrigens wiedergekommen.«

»Eine Frau? Sie ist wiedergekommen?«

»Ja. Sie gehörte zur Kolonne. Sitzt in dem Wagen mit der Plattform oben drauf.«

»Ist sie noch da?«

Er verschränkte die Arme. »Sie verhören mich. Dazu haben Sie kein Recht. Schreiben Sie unserem Justiziariat – mit einer rechtsgültigen Vorladung zu meiner Zeugenvernehmung. Dann reden wir vielleicht weiter.«

»Ich möchte ein Gespräch. Nichts weiter.«

»Dann führen Sie es auch so.«

»Darf ich fragen, was sie macht, die Amerikanerin?«

Anstelle einer Antwort sah der Reporter seine Kollegen an. Sie nickten ermunternd. »Sie hat grade angefangen, sich die Aufzeichnung anzusehen.«

»Die Aufzeichnung? Welche Aufzeichnung?«

»Die Bilder unserer Führungskamera, der auf der Plattform. Unsere Technik hier hat funktioniert. Das sagte ich ja schon.«

Ein Mitschnitt. Unglaublich. Die Bilder von dem Attentat waren also nicht verloren. Sie waren nur nicht gesendet worden. Wusste der Secret Service davon?

»Sie haben die Ereignisse tatsächlich auf Band? Hier?«

Der Reporter tat so, als könne er die ganze Aufregung nicht verstehen. »Wir haben die Ankunft übertragen. Und natürlich eine Magnetaufzeichnung gemacht. Klar, für unsere Abendzusammenfassung.« Er sah einen seiner Techniker an.

»Wann begann die Aufzeichnung?

»Na, natürlich ab da, als wir die Bilder für die Zwischenschnitte gemacht haben. Also ein paar Minuten vor dem Zeitpunkt, als wir hörten, dass die Kolonne näher kommt und uns die Kölner auf den Sender genommen haben.«

Wunderbar. Das würde die Ermittlungen voranbringen. Es gab einfach zu viele offene Fragen.

»Aber das Band haben die Amerikaner beschlagnahmt.«

Erst den Tatverdächtigen entführt und sich dann die Aufzeichnung unter den Nagel gerissen?

»Das haben Sie tatsächlich zugelassen?«

»Der Polizeichef hat mich gedrängt, das Band herauszugeben. Er hat behauptet, mit dem Innenminister telefoniert zu haben. Angeblich liegt eine Art Notstand vor. Wir seien zur Zusammenarbeit verpflichtet, nach dem NATO-Statut. Unsere Juristen prüfen das grade. Natürlich im Nachhinein. In dem Moment, als die Bonner Polizei mit den aufgeregten Amis vor uns stand, da habe ich keinen Grund für eine Eskalation gesehen. Unsere Berichte waren durch die Beschlagnahme ja nicht gefährdet.«

Der Innenminister trug die Verantwortung für die Sicherheit des Staatsgastes. Wollte er wirklich ermitteln lassen oder wollte er die Sache unter der Decke halten? Der Kennedy-Besuch als großes deutsch-amerikanisches Fest der Harmonie. Ohne Zwischenfälle. Nur Beifall und Lächeln überall. Würde diesem Ziel alles untergeordnet werden?

»Wir haben das Material übrigens zweimal.« Jetzt grinste er ganz offen. Wusste genau, auf welche Achterbahn der Empfindungen er seinen Gesprächspartner gesetzt hatte.

»Wieso zweimal? Heißt das, die Aufzeichnung ist doch noch verfügbar? Auch jetzt?«

Er bestätigte mit einem kurzen Nicken. »Von dem zweiten Band haben wir der Polizei und den Amis nichts erzählt. Das war der Mitschnitt für die Neuen, vom ZDF. Den kopieren wir grade und geben ihn dem Kradfahrer aus Mainz. Keine Ahnung, was die damit machen. Üben wahrscheinlich. Sind ja erst vor knapp drei Monaten gestartet.«

»Ist der Moment des Attentats dokumentiert?«

Er schüttelte langsam den Kopf. »Machen Sie sich keine großen Hoffnungen. Viel ist nicht zu sehen. Im entscheidenden Moment sind zu viele Leute auf einem Fleck.«

»Weiß der Secret Service von Mitschnitt Nummer zwei?«

»Nein. Wir sind nicht danach gefragt worden.« Er grinste.

»Das ist gut.«

Musste man Deckert dazuholen? Trotz seiner Abneigung gegen Journalisten? Besser nicht. Sonst wäre die amerikanische Journalistin wohl nicht gesprächig.

»Wie gesagt, ich bin der leitende Ermittler der Sicherungsgruppe. Kann ich die Aufzeichnung sehen?«

»Sonst hätte ich Ihnen wohl kaum davon erzählt. Kommen Sie mit.«

Er stieg die kleine Treppe in der Mitte des zweiten Lkw rauf und klopfte an die Tür. Ein Mann im weißen Kittel mit deutlich gerötetem Gesicht öffnete.

»Manfred, hübsch warm bei uns, oder? Hier ist noch jemand, der sich für unsere Bilder interessiert.« Der Reporter ging die Treppe wieder runter und trat einen Schritt zur Seite. »Mach mal Pause, Manfred. Ich komm schon zurecht.«

Der Techniker schien überrascht. Er nickte, sah sich kurz um und stieg dann die Treppe herunter. Der Reporter nahm zwei Stufen auf einmal und vollführte eine einladende Handbewegung. »Na dann mal los, Mr Holmes.«

Drei Drehstühle standen vor einer schmalen Tischplatte. Dahinter, schräg aufgestellt, große graue Schaltelemente mit vielen Dreh- und Schiebereglern und drei Bandmaschinen. An der Wand dahinter mehrere Bildschirme, verschraubt in einem offenen Regal. Auf einem der Bildschirme schwenkte die Kamera über die Reihe der Schaulustigen, die auf dem Bürgersteig direkt an der Zufahrt zur Residenz standen. Auf einem anderen war die Turmstraße zu sehen, Blickrichtung päpstliche Botschaft. Die Frau saß ganz außen. Sie hatte ihre Kostümjacke ausgezogen und über die Stuhllehne gelegt. Jetzt stand sie auf, griff nach ihr und warf sie sich trotz der Wärme im Wagen über die Schultern.

»Frau Leaton, wir haben noch einen Besucher. Der Mann hier ist Polizist.« Sie nickte, nicht gerade begeistert. Der

Reporter sah zu dem Monitor und drückte einen Knopf. Das Bild stoppte. Das Gerät zeigte nur noch flimmernde Streifen. »Ich habe auch ihm erlaubt, sich die Bilder anzusehen.«

Sie wartete offensichtlich darauf, dass er sich vorstellte.

»Guten Tag, Frau Leaton. Mein Name ist Malgo. Thomas Malgo. Ich leite die Ermittlungen der Sicherungsgruppe Bonn. Wir sind so etwas wie der deutsche Secret Service.«

Ein formell wirkendes Lächeln. »Sehr angenehm. Diane Leaton.« Kurze Pause. Und dann, sehr bestimmt: »Ich bin die Dolmetscherin des Präsidenten.«

»Und da sitzen sie ganz allein in einem Übertragungswagen des deutschen Fernsehens?«

Sie hielt sich kerzengerade, als säße sie auf einer Bühne. »Rundfunktechnik ist mir durchaus vertraut, Herr Malgo. Allerdings eher Hörfunk. Meine Neugier hat mich hergeführt. Ich möchte wissen, was geschehen ist. Die Männer vom Service sagen uns fast nichts.«

Im Auftreten sehr entschieden. Nicht unfreundlich. Doch ihr Gesichtsausdruck hatte etwas Strenges, die straff nach hinten gekämmten Haare unterstrichen dies.

»Darf ich mich neben Sie setzen? Ich würde gerne die entscheidenden Minuten mehrmals ablaufen lassen.«

Sie stand auf und schob ihren Stuhl noch weiter nach links. »In Ordnung. Sehen wir uns den Ablauf gemeinsam an. Zwei Köpfe sehen mehr als einer.«

Der Reporter beugte sich vor. »Ich nehme an, sie beide brauchen mein Gerede nicht. Sie wollen sicher nur sehen, was unsere Kamera gesehen hat.« Niemand äußerte Widerspruch. Er zog den Schieberegler für den Ton nach unten und schob einen anderen Regler nach oben. Die große Bandmaschine startete sofort wieder.

Man sah aus der Ferne die Motorradeskorte und dann die folgenden Fahrzeuge der Kolonne. An zweiter Stelle das

Cabrio mit dem Präsidenten. Diane Leaton deutete auf die schwarze Limousine dahinter. »Ich bin mit dem Außenminister gefahren.«

Die ersten Fahrzeuge der Eskorte fuhren an der Einfahrt vorbei, hielten kurz dahinter. Der offene Lincoln mit dem Präsidenten bog in die Auffahrt ein. Die Kamera, die bisher mitgeschwenkt hatte, blieb jetzt bei den vielen Schaulustigen zu beiden Seiten der Zufahrt. John F. Kennedy auf dem Rücksitz des Cabrios bildete zwar den Mittelpunkt des Bildes, war aber nicht so nah zu sehen.

Der Reporter schien Gedanken lesen zu können. »Natürlich hatten wir auch ein Teleobjektiv auf dem Drehkranz. Aber über diese Kamera lief ja die Direktübertragung. Da konnten wir natürlich nicht wechseln.«

Man sah dennoch deutlich, wie einige der Schaulustigen nach vorn drängten. Unter ihnen der Mann, der wie ein Priester aussah. Er wurde vorgelassen. Dann zog er etwas hinter dem Rücken hervor. Zwei Agenten, die vor dem Fahrzeug gestanden hatten, stürzten sich auf ihn. Anschließend war er nicht mehr zu sehen. Erst wieder, als ihn die Sanitäter wegtrugen, zum zweiten Krankenwagen. Tatsächlich – ein unmarkiertes Fahrzeug. Nummernschild nicht zu erkennen. Auf jeden Fall kein VW-Bus, eher ein Opel. Davor der Wagen der Feuerwehr Bonn. Typ VW-Bus. Vermutlich mit Blutkonserven der Blutgruppe Kennedys an Bord.

»Können wir noch einmal zurück? Ab dem Zeitpunkt, als Kennedy aussteigen will.«

»Aber er ist nicht ausgestiegen«, widersprach die Dolmetscherin. »Shakehands nur vom Auto aus. Das war vereinbart, wurde mir gesagt. Und er hat sich daran gehalten.«

Der Reporter startete neu. Es musste doch einen Moment geben. Einen Moment, in dem man das Gesicht des Priesters erkannte.

»Stopp!« Der Zeigefinger des Reporters zuckte nach vorn. Das Band war ein wenig weitergelaufen. Der Moment, bevor er seine Hand hinter dem Rücken hervorgeholt hatte. Noch war keine Gefahr in Sicht. Noch verdeckte keiner der Anzugmänner den Blick. Der Priester und neben ihm ein Junge mit einer amerikanischen Flagge in der Hand. Dieses Gesicht. Das konnte, das durfte einfach nicht sein. Der Mann sah aus wie Augustyn. Augustyn Nowak. Der leicht angetrunkene Überraschungsbesucher von gestern.

»Können wir noch einmal zwei Minuten zurückspulen, bitte? Ich würde gern die ganze Szene noch einmal sehen.«

Schweigen. Der Reporter sah die Dolmetscherin an. Sie nickte zustimmend. So wurde zurückgespult und neu gestartet. Wieder der angebliche Priester, der eine Waffe zieht. Tatsächlich Augustyn. Was hatte ihn nur dazu getrieben? Sein Hass auf Politiker war zwar nicht neu. Er hatte ihn noch gestern Abend vorgeführt. Aber ein Attentat auf den amerikanischen Präsidenten? »Nur wer stürmt, hat Lebensrecht«? Der Nazi-Mist, den seine Zwillingsschwester früher immer verbreitet hatte? Hatte er sich deshalb in die Botschaft des Papstes eingeschlichen? So planvoll? Und er allein? Woher hatte er gewusst, dass Kennedy in der Turmstraße wohnen würde?

Malgo bemerkte das Erstaunen am Regietisch. Sie hatten etwas bemerkt und erwarteten eine Erklärung. Er musste eine liefern.

»Für einen Moment war ich schockiert. Ich dachte erst wirklich, mein Sohn stünde neben dem Mann. Die Kinder haben morgen schulfrei, um dem Präsidenten zuzuwinken.«

Die Dolmetscherin wirkte nachdenklich. »Ich würde doch gern den Ton hören. Und zwar ab der Stelle, wo der angebliche Priester ins Bild kommt.«

Der Reporter wurde sofort munter. »Wissen Sie schon, wer der Mann ist? Haben Sie etwas gehört?«

»Denken Sie etwa, der Service spricht mit mir? Ich vermute allerdings, dass kein Mann der katholischen Kirche auf den ersten katholischen Präsidenten Amerikas schießen würde ...«

Noch einmal das Gesicht. Augustyn, ein Attentäter? Ein Großschnauz vielleicht, das passte eher. Leicht zu beeinflussen vielleicht auch. Aber jemand, der sein Leben riskiert, um den Präsidenten Amerikas anzugreifen? Den bestgeschützten Politiker dieser Welt? Dahinter konnte unmöglich Augustyn stecken. Zumindest nicht er allein.

Die Dolmetscherin hielt ihre Kostümjacke fest und stand auf. Sie zeigte auf das Magnetband, das so breit wie drei Finger war, und sah den Reporter an. »Sie hatten doch bestimmt ein Außenmikrofon, nicht wahr?«

Der Reporter nickte. »Wir haben den Ton auch auf einer eigenen Spur. Also nicht gemischt mit meinem Kommentar.«

Er drehte einen großen schwarzen Regler auf die Zahl drei und spulte zurück. Das Bild lief mit, aber zu hören war nur, wie die Motorräder heranrauschten und eine Menge Leute »Mr President« riefen. Dann Beifall, einzelne kurze, unverständliche Kommandos und dann ein Schuss. Ein einzelner Schuss. Dann einzelne Schreie. Wieder Kommandos. Und ein Gewirr vieler Stimmen.

Der Reporter schaltete die Aufzeichnung aus. »Wir haben keine Pistole gesehen«, sagte er. »Der angebliche Priester hat etwas hinter dem Rücken hervorgeholt, aber wir haben nicht gesehen, was es war. Zwei Leute vom Secret Service haben sich sofort auf ihn geworfen.«

Es war ganz offensichtlich. Irgendetwas stimmte an diesem Ablauf nicht. Und die beiden hatten es auch gesehen. Der Schuss war gefallen, als der Priester grade seine Waffe zog. Genauer gesagt, bevor der angebliche Priester, also Augustyn, seine Waffe direkt auf Kennedy richten konnte. Hatte er zu früh abgedrückt? Oder einer der Männer des Secret Service? Das konnte er nicht klären. Das war Gegenstand der Ermittlungen.

»Die Aufzeichnung lässt für mich keinen eindeutigen Schluss zu.«

Der Reporter setzte sich auch. »Das habe ich Ihnen ja vorhergesagt, Herr Malgo. Man kann nicht erkennen, ob es wirklich der Priester war. Bilder sind nicht alles.«

Die Dolmetscherin schien gedanklich schon weiter. »Keineswegs leicht, die Ermittlungen jetzt weiterzuführen, nicht wahr, Herr Malgo?«

Gute Frage. Unangenehme Frage. Konnte sie helfen, etwas von den Amerikanern zu erfahren?

»Ich weiß nur, wohin man den Attentäter gebracht hat. In Ihre Botschaft. Und das, Frau Leaton, macht es wirklich nicht leicht. Das war eindeutig unrechtmäßig.«

Der Reporter sprang ihr sofort bei, noch bevor sie zu einer Antwort ansetzen konnte. »Die Dame ist dafür wohl kaum verantwortlich. Und Sie, Herr Malgo, können von Glück sagen, dass ich Sie überhaupt hier hereingelassen habe. Ohne Durchsuchungsbeschluss.«

»Der wäre nicht schwer zu bekommen. Es liegt ja eine schwere staatsgefährdende Straftat vor. Das sieht der Generalbundesanwalt auch so. Unsere Aufgabe ist es, die Beweismittel zu sichern.«

Der Reporter lächelte. »Aber so ein Beschluss, hätte der Ihnen wirklich geholfen? Muss man nicht wissen, wonach man sucht?«

Malgo spürte, dass er mit einem Einlenken mehr erreichen würde. »Ich gebe zu, bei uns wäre kaum jemand auf den Gedanken gekommen, nach einem zweiten Mitschnitt zu suchen. Aber Sie verstehen sicher, dass wir das Material brauchen.«

»Einigen wir uns darauf, dass Ihnen das Material hier jederzeit zur Verfügung steht.«

Malgo war irritiert. »Aber ich brauche eine Kopie.«

»Die würde Ihnen nichts nützen, glauben Sie mir. Sie haben keine Bandmaschine, um dieses Format abzuspielen. Und mit unserer Technik hier laufen wir vorläufig nicht weg.«

»Gut. Ich nehme das zur Kenntnis. Einer unserer Leute wird dann hoffentlich bald hier anklopfen und die Aufnahmen im Detail auswerten. Danke für den Einblick in Ihre Aufzeichnung. Auf Wiedersehen, Frau Leaton. Hat mich gefreut, Sie kennenzulernen.«

»Ich würde mich freuen, vom Ergebnis Ihrer Ermittlungen zu erfahren«, antwortete sie.

»Es tut mir leid, aber es ist nicht meine Entscheidung, wie die amerikanische Seite informiert wird.«

Sie deutete mit einer Hand auf die Technik und den Reporter. »Dies hier war aus meiner Sicht eine informelle Besprechung. Es wäre schön, wenn Informationen nicht nur über die offiziellen Kanäle fließen würden.«

Nach der langen Zeit in der abgedunkelten Regie blendete das Sonnenlicht. Am Tatort sah einiges anders aus als vorher. Die Schutzpolizei hatte ihren zusätzlichen Sperrring aufgelöst. Schräg gegenüber von Kennedys Domizil, bei der Botschaft des Papstes, war das Tor zum Garten wieder geschlossen worden. Alle Augenzeugen, alle Schaulustigen, die den Attentatsversuch gesehen haben mussten, waren offenbar nach Hause geschickt worden. Auch von Deckert fand sich keine Spur mehr. Nur die Wachen vor der Einfahrt zur Residenz waren verstärkt worden. Das einzige sichtbare Zeichen, dass etwas geschehen war. Aber um das zu bemerken, musste man wissen, wie es heute Morgen ausgesehen hatte. Aus welcher Richtung war der Schuss gekommen?

Richtung Osten, zum Rheinufer hin, standen nur die beiden rot geklinkerten Villen. Am Ende der langen Einfahrt die Residenz und rechts daneben das Haus des amerikanischen Militärattachés. Die oberen Stockwerke boten zwar ein gutes Schussfeld, konnten als Standort des Schützen aber eigentlich ausgeschlossen werden. Von wo war Augustyn getroffen worden? Die Fernsehbilder hatten darüber keinen Aufschluss gegeben. Der Kameramann hatte sich selbstverständlich auf Kennedy im Cabrio konzentriert. Nur das Außenmikrofon hatte den Augenblick des Schusses festgehalten. Ein Gewehr, ganz offensichtlich. Also ein Schuss aus größerer Distanz. Augustyn hatte ganz nah an der Einfahrt gestanden, auf dem Bürgersteig. Von der anderen Straßenseite wäre das Schussfeld frei gewesen: links der Garten der päpstlichen Nuntiatur, rechts ein einzelnes Mietshaus mit drei Stockwerken. In jeder Etage lagen vier Fenster zur Straßenseite. Es gab keine Balkone, nur ganz oben zwei kleine Dachluken. Die Bewohner mussten vernommen worden sein. Das ergaben Nachfragen bei der Kripo Bonn. Aber erst war das Rätsel Augustyn zu lösen. Er konnte das unmöglich allein geplant haben.

*

Der schwarze Funkhörer auf dem Armaturenbrett klapperte wie immer während der Fahrt. Angeblich hatte die Dienststelle kein Geld für gummierte Klemmhalter. Immerhin funktionierte der Kontakt über die sonderverschlüsselte Frequenz.

»Klara drei für Zentrale. Habe Tatort verlassen. Fahrtziel jetzt Innenstadt Bonn. Kontaktaufnahme mit Verdächtigem bereits erfolgt? Bitte kommen ...«

Der Dienstleiter Fernschreib- und Funkzentrale hatte die Eigenart, sich zu räuspern, bevor er sprach. »Mphmppmm.

Zentrale für Klara drei. Negativ. Alle Versuche bisher ohne Erfolg.«

»Klara drei verstanden. Ende.«

»Klara drei?«

Was wollten die denn noch? »Klara drei hört.«

»Rückkehr zum Standort dringend erforderlich. Kommen.«

Das konnte auch etwas warten. Zumal die Amerikaner niemanden auf ihr Gelände ließen. »Verstanden, Zentrale. Rückkehr nach Sicherheitsüberprüfung Rheinbrücke. Ende und aus.« So, das mussten sie schlucken. Immerhin konnte es als Begründung der Dienstfahrt gelten. Kennedys Kolonne würde die Rheinbrücke schließlich auch morgen benutzen. Allerdings gab es Wichtigeres, als sich die Brückenpfeiler anzusehen. Sogar direkt nebenan: die Wohnung von Augustyn. Wenn er noch da wohnte. Erzbergerufer, kaum zweihundert Meter von der Rheinbrücke entfernt.

Von außen betrachtet sah alles aus wie an einem späten Nachmittag im Sommer. Die weißen Parkbänke waren fast alle besetzt durch Spaziergänger, die den Tag am Rheinufer ausklingen lassen wollten. Darunter viele junge Paare mit Kinderwagen und patrouillierende Eisverkäufer mit großen Handkarren. Ganz nah am Steilufer die kleinen Kioske der Schifffahrtsgesellschaften, die Verkäufer auf wackeligen Klappstühlchen davor, ihre Fahrkartenrolle und die schwarze Schaffnertasche auf dem Schoß. Und glücklicherweise nirgendwo Männer mit dunklen Sonnenbrillen in dunklen Anzügen.

Der Name »A. Nowak« prangte noch immer auf dem Klingelbrett. Die Haustür wurde wie auf Bestellung geöffnet. Eine junge Mutter erschien mit Kinderwagen und einem Kleinkind auf dem Arm.

»Junge Frau, darf ich Ihnen mit der Tür helfen?«

Zum ersten Mal seit Jahren stieg Malgo wieder hinauf zu Augustyns Wohnung in der vierten Etage. Schon auf der zweiten kamen die Erinnerungen in ihm auf. Anfangs hatte Augustyn hier mit seiner Schwester Alina gewohnt und ab und an Freunde eingeladen. Vertriebene wie sie, Nicht-Angekommene, Menschen, die Verlorenem nachtrauerten und es vorzogen, in ihrer Erinnerung zu leben. Nadja hatte diese Heimattreffen von vornherein gemieden. Er hatte Augustyns Einladungen später ebenfalls ausgeschlagen. Aber vor allem weil er Alina nicht mehr begegnen wollte.

War es schon früher so still gewesen im Hausflur? Vielleicht. Augustyn hatte das alte Buntbartschloss in seiner Wohnungstür jedenfalls noch immer nicht ausgewechselt. Auch der Türschmuck war unverändert: Neben dem Türspion hing das Foto eines alten Gemäldes. In den kräftigen Rottönen des Sonnenuntergangs glänzte der Danziger Fischmarkt. Doch wirkte der so übertrieben idyllisch, dass man als Betrachter Fischgeruch und Gestank auf den engen Wegen entlang der Kais geradezu zwangsläufig hinzudachte.

Malgo holte aus der Jackentasche seinen Schlüsselbund mit dem kleinen Dietrich, früher die Eintrittskarte zum Sommerhäuschen seines Onkels. Verblüfft stellte er fest, dass Augustyns Wohnungstür nicht abgeschlossen war. Augustyn war immer ein ängstlicher Mensch gewesen, hatte jeden Schlüssel in jedem Schloss zweimal umgedreht. Dagegen schien im Flur der Wohnung alles unverändert: oben auf der kleinen Kommode die große, stark verstaubte Madonna und unten, zwischen den zierlichen Füßen, leere Weinflaschen.

Malgo lehnte die Wohnungstür nur an und blieb für einen Moment stehen – ohne die gerahmten Schwarz-Weiß-Fotos an den Wänden anzusehen. Er kannte die Motive: die Apfelbäume im Garten von Augustyns Elternhaus. Nein, sichtbar verändert hatte sich hier nichts, vielleicht nur der Geruch:

Waren das feine Duftspuren von Rasierwasser? Ausgerechnet in der Wohnung eines Mannes, der nach dem Auszug seiner Schwester mehr und mehr das Leben eines weltabgewandten Sonderlings führte?

Plötzlich Schritte im Hausflur. In Malgos Rücken wurde die Wohnungstür aufgestoßen. Ein sportlich wirkender Mann postierte sich selbstbewusst im Türrahmen, als lebender Sperrriegel, mit einem Schlagstock in der Hand. Ohne sich umzudrehen, schloss der Kerl die Wohnungstür hinter sich. Ein kurzer Schwung auf und ab, dann hatte der Schlagstock die doppelte Länge. Besser zurückweichen und sich nach einer Abwehrwaffe umsehen. Der Stockschirm im Ständer neben der Kommode war zu leicht, aber in Griffweite. In diesem Moment drang das Geräusch von Schritten aus Augustyns Wohnzimmer. Zwei Männer in dunkelblauen Trainingsanzügen bauten sich an der Zimmertür auf wie Wachposten. Hatten sie Augustyns Schreibtisch nach Unterlagen durchsucht, mit dem Kerl im Hausflur als Rückendeckung? Wie gut kannten sich die drei in Augustyns Wohnung aus? Wussten sie von dem Balkon und der Außenleiter aufs Dach? Die beiden an der Wohnzimmertür warteten leicht vornübergebeugt, ohne Waffen in ihren Händen. Sie schienen sich auf ihre Fäuste zu verlassen. Also erst einmal umdrehen. Vom Schlagstock drohte die größere Gefahr. Dann die linke Schulter nach vorn und mit schnellen Schritten auf den Kerl an der Wohnungstür zu. Er wirkte von dem Angriff überrascht, holte viel zu weit aus. Nahkampf mit Stock, das war Stoßen, nicht Schlagen. Noch bevor sein Arm mit dem Schlagstock eine gefährliche Geschwindigkeit erreichte, blockte ihn die Schulter ab. Die rechte Faust mit dem Schlüssel traf seine ungedeckte Schläfe. Der Kerl klappte zusammen, blockierte aber die Tür.

Die anderen? Waren nicht stehen geblieben, sondern vorgerückt. Der Erste traf die Niere, mit einem Schlagring, nicht mit der Faust. Heftiger, heller Schmerz. Aber keine Pistolen, zum Glück. Denn die Dienstwaffe lag in der Schublade seines Schreibtischs. Also Straßenkampf im engen Flur. Nachteil der Angreifer: Sie konnten nicht nebeneinander attackieren. Der größere ging vor, schwang seine rechte Faust Richtung Magen. Aber Magenhaken waren leicht zu blocken. Eine kurze Drehung in der Hüfte, dann flog als Antwort ein angewinkelter Ellenbogen an seinen Schädel. Er blieb einen Moment stehen, dann sank er auf seine Knie und fiel vornüber. Ein schneller Griff zum Regenschirm, ein Stoß mit der Spitze dürfte schmerzhaft sein. Nummer drei, der Kleinere, stand noch immer an der Tür zum Wohnzimmer, entschied sich dann gegen Angriff, schlug die Wohnzimmertür von innen zu und schloss ab. Auch das war in Ordnung. Schnell in Augustyns Schlafzimmer. Auf seinem Nachttisch standen noch immer die beiden Fotos: die Geschwister im Garten, als Hintergrund die Schaukel. Daneben die Eltern, im Wohnzimmer vor dem riesigen Eichenschrank. Keine Zeit, darüber nachzudenken. Der Blick nach oben. Ja, da war sie noch, die Besonderheit dieser Häuser, die Sicherung bei Hochwasser. Die Außentreppe zum Dach, von jeder Wohnung über den Balkon erreichbar. Die Balkontür ließ sich fast geräuschlos öffnen. Ein verrosteter Balkontisch stand im Weg. Die ersten drei Stufen geschafft. Aber da war eine Hand am linken Knöchel, der Kerl aus dem Wohnzimmer. Ein Tritt, der Griff lockerte sich. Ein weiterer Tritt erledigte den Rest. Schnell die letzten Stufen nehmen, über das Dach bis zur Tür in der Trennmauer zwischen den Flachdächern. Die Tür bestand zwar aus massivem Stahl, war aber nicht verschlossen. Keine Schritte von hinten.

Nun den Atem beruhigen, die Dachluke Josefstraße öffnen. Ausgerechnet jetzt musste die Nachbarin im oberen Stockwerk ihre Tür aufmachen.

»Junger Mann, woher kommen Sie denn? Was machen Sie auf unserem Dach?«

Der Dienstausweis des Bundeskriminalamtes schaffte Vertrauen. »Sie haben doch vom Besuch des amerikanischen Präsidenten gehört?«

Sie nickte.

»Wir überprüfen die Dachflächen. Das sind mögliche Standorte für Scharfschützen. Aber bei Ihnen ist alles in Ordnung. Auf Wiedersehen.«

*

Der Bundeskanzler hatte abends für seinen Staatsgast zum großen Empfang ins Palais Schaumburg geladen. Paul Dickopf wartete allein in einer Sitzecke neben der Garderobe. Er hatte seine Frau nicht mitgebracht. Der Grund war nicht, dass er vertrauliche Gespräche zu führen hatte und er sie immer mal wieder hätte allein lassen müssen. Diesmal lagen die Dinge anders. Dabei zu sein, hätte sie in Gefahr bringen können.

Dickopf war angespannt. Das ärgerte ihn genauso wie dieses Herumsitzen. Jeder seiner Leute wusste, wie er es hasste, sich gedulden zu müssen. Aber Weston befand sich zurzeit am längeren Hebel. Dickopf zwang sich, ruhig zu bleiben. Er wusste, wie schnell sich Machtverhältnisse verschieben konnten.

Ein Saaldiener in dunkelblauer Livree mit Goldknöpfen öffnete die große Tür zum Speisesaal. Eine Frau trat heraus. Durch den geöffneten Türflügel hörte man Kennedys Tischrede, er stand und stützte sich während seiner Rede auf ein kleines Pult. »… your freedom is our freedom, and every attack on your soil is an attack on …« Der Saaldiener schloss die Tür wieder. Die Frau ging auf einen großen schlaksigen

Mann zu, der ein Klemmbrett in der Hand hielt und sich Notizen machte. Die beiden unterhielten sich.

Deckert beugte sich zu Dickopf hinüber: »Chef, das ist die Dolmetscherin von Kennedy. Und der Kerl, das ist sein engster Berater.« Dickopf nickte leicht, hielt aber weiter nach Weston Ausschau. Die Tür wurde erneut geöffnet. Heraus traten zwei Männer, einer davon sehr groß und schlank.

»Alfried Krupp von Bohlen und Halbach, Chef. Kennedy spricht grade mit den ganzen Wirtschaftsleuten. Von Siemens …«

»Danke, Deckert. Ich kenne die Leute. Und die Gästeliste.« Schließlich kam er über die Treppe zum Souterrain, wo die Funkräume lagen. Dickopf ging direkt auf Weston zu. »Diesmal folgen Sie mir, verstanden?«

Weston nickte, forderte allerdings mit einer kurzen Handbewegung einen seiner Agenten auf, ihm zu folgen.

Dickopf blieb stehen. »Sie brauchen keine Verstärkung, Mr Weston. Wir werden ein Gespräch unter vier Augen führen. Bitte kommen Sie mit. Ich weiß, wo wir Ruhe finden.«

Weston überlegte kurz, schickte dann seinen Mann zurück. Sie bogen vor dem Speisesaal links ab und gingen eine kleine Treppe nach unten. An der Wand hingen Zeichnungen und Schwarz-Weiß-Fotos aus vergangenen Jahrzehnten, als die Villa von anderen Eigentümern genutzt worden war.

Weston bemerkte verwundert, dass das Gebäude Hauptquartier einer Armee gewesen war. Unten auf der linken Seite standen mehrere Türen offen, die Deckenleuchten waren eingeschaltet. Man konnte große Schaltschränke erkennen. In Augenhöhe waren auf jeder Tür Aufkleber angebracht: schwarze Blitze auf gelbem Grund. Also Warnungen vor Hochspannung. Die nächste Tür hatte eine Art Bullauge. Bevor Weston hindurchsehen konnte, schlug jemand heftig und schmerzhaft gegen seinen rechten Oberschenkel. Weston knickte ein und klammerte sich sofort an den Türgriff. Ehe er sich umdrehen konnte, warf ihn ein Fußtritt nach vorn in das Innere des Raumes. Er stürzte vornüber auf den gefliesten Boden. Ein weiterer Tritt, diesmal gegen seine rechte Niere, danach wurde er entwaffnet.

Beckmann sprach kein Wort. Er ging nur rückwärts, Weston immer im Blick und seine eigene Waffe in der Hand. Die schwere Tür knallte ins Schloss. Weston richtete sich mühsam auf.

»Dickopf, was soll das? Öffnen Sie sofort die Tür.«

Entspannt lächelnd nahm Dickopf an dem Tisch auf dem Gang Platz. Er nickte Beckmann zu. Der schaltete die Gegensprechanlage ein. »Mr Weston, hier hört Sie niemand. Auch nicht unsere Funker.«

Beckmann war offenbar der Meinung, ein kleiner Hinweis zur Geschichte des Gebäudes sei jetzt angebracht.

»Mr Weston, es wird Sie vielleicht interessieren, dass dieses schöne Haus Mitte des letzten Jahrhunderts einem Landsmann von Ihnen gehörte. Aber leider hinterließ er in dreißig Jahren nicht viel von Dauer. Ganz im Gegensatz zur belgischen Armee. Ihr verdanken wir diesen sehr praktischen Bunker.«

Weston kam ganz nah an das Bullauge heran. »Dickopf, was wollen Sie? Das ist unsere Party hier.«

»Mr Weston, ich will, dass Sie uns unsere Arbeit machen lassen. Es dürfte außer Zweifel stehen, dass dazu die Ermittlungen nach einem Attentatsversuch zählen. Kernstück von Ermittlungen ist das Verhör des Hauptverdächtigen. Doch Sie haben ihn uns bedauerlicherweise entzogen. Wie ist der Zustand des Verdächtigen?«

»Stabil. Durchschuss in der rechten Schulter. Von unseren Ärzten bestens versorgt. Noch nicht vernehmungsfähig. Öffnen Sie sofort die Tür.«

»Das wird erst dann geschehen, wenn Sie zusagen, uns den Verdächtigen zu überstellen.«

»Machen Sie sich nicht lächerlich, Dickopf. Der Angriff hat auf unserem Territorium stattgefunden. Das wissen Sie.«

Paul Dickopf ließ das Mikrofon eingeschaltet, trat aber zwei Schritte zur Seite und sah Beckmann an, als sei er der Schüler bei einer Fortbildung für junge Kriminalisten. »Sehen Sie, Beckmann. Das ist genau das, wovor ich immer warne. Sicher, wir können alle aus der Vergangenheit lernen. Aber Mr Weston hat bedauerlicherweise vergessen, dass sein Land nicht mehr Besatzungsmacht in Deutschland ist. Bad Godesberg ist nicht amerikanisches Territorium. Das beweist das, was ich immer sage: Vergangenem nachtrauen heißt Gegenwärtiges versäumen.«

Beckmann hatte erkennbar Freude an diesem Spiel, mit einem Zuhörer wider Willen. Er ließ das Mikrofon bewusst eingeschaltet.

»Wollen wir ihn mitnehmen, Chef? Wir betäuben ihn, und ich trage ihn durch den Tunnel. Bei uns daheim haben wir doch noch andere Möglichkeiten ...«

»Ich hoffe, das wird nicht nötig sein, Beckmann.«

Dickopf räusperte sich, als bereite er sich für eine offizielle Ansprache vor. »Mr Weston, ist Ihnen bekannt, dass das Besatzungsstatut für die Bundesrepublik Deutschland seit 1955 nicht mehr gilt?«

Weston schwieg.

»Ich darf das als ein Ja werten. Mr Weston, ist Ihnen auch bekannt, dass die amerikanische Siedlung in Bad Godesberg seitdem Teil der Bundesrepublik Deutschland ist?«

Weston stand weiter stumm direkt vor dem Bullauge, mit vor Wut stark geweiteten Pupillen.

»Ganz sicher haben Sie aber nicht vergessen, dass der Attentäter auf dem Bürgersteig stand, als er zu schießen ver-

suchte oder schoss. Der Bürgersteig gehört nicht zur Auffahrt. Er ist demzufolge weder Teil der Botschaft noch der Residenz.«

Weston trat einen Schritt zurück. »Dickopf, lassen Sie die juristischen Spitzfindigkeiten.«

»Aber Sie sind doch Jurist, Weston. Ich habe das Fach auch einmal studiert. Deshalb weiß ich, dass ich Sie festnehmen kann. Sie haben bewusst verhindert, dass wir einen Straftäter dingfest machen können. Das ist Strafvereitelung. Freiheitsstrafe bis zu fünf Jahren.« Dickopf drehte sich zu Beckmann. »Unser Freund hier ist vermutlich nicht mehr wie zu seiner Zeit in der Bonner Botschaft durch diplomatische Immunität geschützt. Weston? Sagen Sie es uns.«

Weston trat wieder dicht an das Bullauge und lachte schallend. »Mann, ist Ihre Theateraufführung jetzt vorbei? Sie brauchen mich noch.«

Dickopf spielte aus, was er für seinen höchsten Trumpf hielt. »Mr Weston, der Generalbundesanwalt hat offiziell noch keine Ermittlungen begonnen. Aber wenn er sie beginnt, dann gilt die höchste Gefahrenstufe. Und das bedeutet, wir wären verpflichtet, bei öffentlichen Reden Ihres Präsidenten sehr viele Vorfeldkontrollen durchzuführen. Als Erstes müssten Sie sich darauf einstellen, dass die Pressekonferenz im Auswärtigen Amt morgen möglicherweise nur mit erheblicher Verzögerung stattfinden kann. Im schlimmsten Fall beginnt sie erst dann, wenn der Satellit die Fernsehbilder leider nicht mehr in die USA übertragen kann, weil er seine günstige Position verlassen hat. Eine vergleichbar unangenehme Situation könnte natürlich auch übermorgen entstehen, vor Kennedys Rede in der Frankfurter Paulskirche. Und ganz schwierig wird es, das Gefühl habe ich heute schon, am Donnerstag. Sie wissen ja, die große Kundgebung in Berlin, unter freiem Himmel vor dem Schöneberger Rathaus. Zu viele Menschen, eine unkontrollierbare Menge, freies Schussfeld. Sehr gefährlich. Da stimmen Sie mir sicher zu.«

Weston ging zur Rückwand des Kellerraums und lehnte sich an. Bemüht, entspannt zu wirken. »Dickopf, Sie wissen ganz genau, dass Sie keine rechtliche Handhabe besitzen, eine Veranstaltung des amerikanischen Präsidenten in Deutschland zu verhindern. Wir können uns Räume mieten. Und selbst wenn wir keine finden, könnten wir immer noch in unsere Botschaft einladen, in ein Amerika-Haus oder in eines unserer Konsulate.«

Dickopf antwortete sofort. »Das könnten Sie, sicher. Aber leider bevorzugt Ihr Präsident ganz eindeutig symbolträchtige, historische Orte. Wie zum Beispiel die Frankfurter Paulskirche. Wie Sie wissen, ist das ein sehr altes Gebäude. Sollten wir davon ausgehen müssen, dass es einen konkreten Plan für einen Anschlag gibt, dann müssten Bauingenieure der Stadtverwaltung Frankfurt das Gebäude erneut untersuchen. Etwa nach versteckten Sprengladungen auf dem Dach. Vielleicht entdecken die Experten, dass Teile des Daches einsturzgefährdet sein könnten. Niemand kann Ihnen dann zusagen, dass wir die technischen Prüfungen rechtzeitig abschließen.«

»Und wie wollen Sie es auf dem Platz vor dem Schöneberger Rathaus anstellen? Wie wollen Sie da eine Gefährdung vortäuschen?«

Dickopf wandte sich im Plauderton an Beckmann. »Wir haben das schon praktiziert, nicht wahr, Beckmann? Wir sperren einfach weiträumig ab und unterziehen jeden und jede einer peniblen persönlichen Überprüfung. Person, mitgeführte Gegenstände, Ausweis. Das dauert seine Zeit. Aber das ist nicht zu ändern, denn es besteht Gefahr für Leib und Leben unseres Staatsgastes. Genügend ernst zu nehmende

Drohbriefe von Gegnern des amerikanischen Präsidenten, die diese Gefahreneinschätzung begründen, sind bis dahin sicher bei uns eingegangen. Was sagen Sie, Beckmann? Könnten uns solche Briefe vorliegen?«

»Natürlich, Chef. Mr Kennedy könnte allerdings seinen Rückflug verschieben. Aber haben Sie mir nicht gesagt, dass der amerikanische Präsident bei seiner Europareise einen engen Zeitplan hat?«

Dickopf nickte und wandte sich wieder an Weston. »Selbstverständlich könnte Ihr Präsident seine Rede auch schriftlich verteilen lassen. Die Berliner Senatsverwaltung wird bei der Vervielfältigung sicherlich helfen.« Beckmann grinste. Weston trat langsam nach vorn.

»Okay. Sie haben gewonnen, Dickopf. Zumindest diesmal. Sie bekommen Zugang zu dem Mann. Einer von Ihnen. Aber erst morgen. Und es wird nicht Malgo sein.«

»Warum nicht Malgo? Er leitet unsere Ermittlungen.«

»Weil er mit dem Attentäter verbunden ist. Und jetzt öffnen Sie die Tür.«

»Wir entscheiden selbst, wer unsere Ermittlungen führt, Weston. Warum sollten wir Ihre Anschuldigung ernst nehmen? Woher kam der Schuss, Mr Weston? Alles deutet auf das Dach Ihrer Residenz.«

»Ich weiß es nicht. Wir arbeiten daran.«

»Sie beeilen sich besser.« Dickopf erlaubte sich ein breites Grinsen. »Im Übrigen würde mich interessieren, was Kennedy senior mit Ihnen macht, wenn sein Sohn in Deutschland keine großen öffentlichen Reden halten kann. Ich bin sicher, er mag keine Leute, die seinem Sohn die Chance auf Wiederwahl erschweren. Denken Sie darüber nach, Weston.« Er schaltete die Gegensprechanlage aus und drehte sich zu Beckmann. »Sie kommen mit nach oben und bleiben, bis ich bei Deckert bin. Dann verschwinden Sie durch den Kanal, durch den Sie gekommen sind. Aber informieren Sie vorher den Hausmeister. Hier unten ist offenbar die Tür zum Bunker zugefallen. Sie haben Schreie gehört.«

Beckmann nickte. »Und was machen wir mit Malgo, Chef?«

»Rufen Sie ihn zu Hause an. Er soll morgen um sieben Uhr im Büro sein. Wir fahren ins Innenministerium.«

»Die Ministerrunde für besondere Lagen, Chef?«

Dickopf schüttelte den Kopf. »Noch nicht die Minister, Beckmann. Vorläufig nur die Abteilungsleiter. Die ganze Bande der hauptberuflichen Bedenkenträger.« Dickopf stapfte schweigend die Treppen hoch. In der Eingangshalle angekommen, nickte er Deckert zu und drehte sich um. Mit einem Schulterklopfen verabschiedete er Beckmann. »Denken Sie an den Hausmeister. Morgen werden wir wissen, ob sich Weston an seine Zusage hält. Bisher waren diese Herrschaften unberechenbar.« Er ging vor bis zur überdachten Vorfahrt und winkte. Eine graue Limousine mit breiten Scheinwerfern löste sich langsam aus der Reihe der wartenden Fahrzeuge und zog vor. Dickopf sah den Fahrer auf der rechten Seite sitzen und stellte fest, dass er einen Bentley nicht von einem Rolls-Royce unterscheiden konnte. Der Fahrer sprang heraus und öffnete ihm die hintere Tür. Das Licht im Fond war eingeschaltet. Dickopf konnte das heftig gerötete Gesicht des Generals sehen. Er wusste, dass diese Rötung nicht von dem hervorragenden Wein herrührte, den man zum Abendessen mit Kennedy gereicht hatte. Dickopf nahm auf dem Rücksitz Platz, ohne den üblichen Handschlag. Der General drückte den Knopf für den Motor, der die Trennscheibe hochfuhr.

Der Wagen hatte die Auffahrt des Palais Schaumburg noch nicht verlassen, da platzte es aus dem General heraus: »Dickopf, Sie sind dem Freundeskreis Himmerod einen unverzüglichen Bericht schuldig. Das wissen Sie. Sie hätten zu einem Treffen heute Abend einladen müssen.«

Dickopf sah den General an. Die Orden auf der linken Brust der Ausgehuniform wippten, als der Fahrer in die Koblenzer Straße einbog, den Absperrungen auswich und dabei ein Stück des Bordsteins mitnahm.

»Ich muss unsere Interessen schützen, General. Und das bedeutet, ich darf mich nicht auffällig verhalten.«

»Die Mitglieder des Freundeskreises haben ein Recht darauf, unverzüglich informiert zu werden.«

Dickopf sah aus dem Fenster. Der Wagen passierte gerade das Naturkundemuseum. »Das sagten Sie schon. Das Wichtigste wissen Sie selbst: Unser Mann hat es nicht geschafft.«

Der General beugte sich vor. »Sprechen Sie gefälligst leiser, Mann. Wir sind nicht unter uns. Was ist geschehen?«

»Es gibt viele Fragen, die ungeklärt sind.«

»Wir wissen, dass der interministerielle Krisenstab für morgen früh einberufen wurde. Aber wir erwarten vorher Antworten. Was ist mit unserem Mann? Lebt er noch, könnte er die Amerikaner auf unsere Fährte setzen?«

»Er weiß nur, dass eine Gruppe freiheitsliebender Deutscher ihn unterstützt.«

»Aber noch bevor unser Mann handeln konnte, wurde er angeschossen. Ein Gewehrschuss. Woher kam der?«

»Ich war nicht vor Ort. Und die Fernsehbilder zeigen es nicht eindeutig. Meine Leute sagen mir, der Schuss kann eigentlich nur aus der Residenz gekommen sein.«

»Ein Scharfschütze des Secret Service?«

Dickopf lächelte. »Möglicherweise. Eine Absicherung dort war nicht mit uns vereinbart.«

Der General klopfte an die Trennscheibe. Dickopf sah, wie der Fahrer im Rückspiegel den General ansah. Der nickte zur Bestätigung. Der Fahrer fuhr rechts ran, an einer Bushaltestelle. Der General stieg aus. »Wir gehen ein Stück.«

Dickopf suchte im Gehen die Umgebung ab. Keine Wohnbebauung, nur Büros. Fast alle Fenster waren dunkel. »Vergessen Sie nicht, ich bin nicht einer Ihrer Befehlsempfänger. Wir haben lediglich gemeinsame Interessen.«

Der General nickte. »Es geht uns allen um unser Land. Um unsere Fähigkeit, uns selbst zu verteidigen. Wir brauchen ein eigenes atomares Schwert.« Er blieb stehen und sah Dickopf mit aggressivem Blick an. »Sie haben eingewilligt, unseren Kreis zu unterstützen. Wir haben Sie gefördert, dorthin gebracht, wo Sie jetzt sind. Obwohl wir wussten, dass Sie mit den Amerikanern …«

»Sprechen Sie es ruhig aus. Für manche aus dem Kreis bin ich ein Verräter. Ich habe mich den Amerikanern verpflichtet. Aber das war in einer anderen Zeit. Mit einem anderen Präsidenten. Mit Männern, die wussten, wie man mit Feinden umgeht.«

»Also was ist geschehen?«

Dickopf nahm seine Zigarettenspitze und einen Zigarillo aus dem Etui. »Wir haben Monate daran gearbeitet, unseren Mann zum rechten Zeitpunkt in Stellung zu bringen. Wir haben den Hausmeister der päpstlichen Nuntiatur aus dem Verkehr gezogen und ihn installiert. Einen Schläfer, den wir seit vielen Jahren führen. Einen Mann aus dem Osten, mit starkem Hasspotenzial. Eine Waffe, die man auf ein Ziel richtet.«

Der General wurde wieder wütend. »Geschwätz. Ich will kein Geschwätz hören, Dickopf. Nur Ergebnisse zählen. Wenn alles so gut vorbereitet war, warum hat er dann nicht geschossen?«

Die Dickopf zündete den Zigarillo an. »Vielleicht hat er geschossen. Ich weiß es nicht. Noch nicht. Sicher ist nur, dass der Secret Service einen Scharfschützen auf dem Dach postiert hatte. Dabei war vereinbart, dass es in der Turmstraße keine Scharfschützen braucht ...«

»Gibt es in unseren Reihen einen Verräter? Hat jemand unseren Plan verraten?«

»Möglich, aber unwahrscheinlich. Es muss eine andere Erklärung geben.«

Der General zog ihn zu sich heran. »Finden Sie es heraus. Selbstverständlich bleiben wir bei unserem Vorhaben. Vergessen Sie nicht: Kennedy verstößt gegen den NATO-Vertrag. Paragraf fünf, der gegenseitige Beistand. Er wird uns nicht verteidigen. Aber wir haben feierlich geschworen, Recht und Freiheit Deutschlands gegen alle Feinde tapfer zu verteidigen. Dies nicht zu tun, wäre Landesverrat. Und sollten wir Anhaltspunkte dafür finden, dass Sie uns nicht mit aller Kraft unterstützen, dann bringen wir Sie vor Gericht, Dickopf. Denn was auch immer Sie den Amerikanern erzählen, auch wenn es nur Informationen wären, die unserer Sache nicht schaden, Verrat bleibt es dennoch. Vergessen Sie das nicht.«

»Das wagen Sie nicht, General. So ein Aufsehen würden Sie nicht riskieren.«

»Wenn Sie sich da nicht irren, Dickopf. Prozesse gegen Landesverräter können durchaus unter Ausschluss der Öffentlichkeit durchgeführt werden. Vor allem nach Militärrecht. Einen schönen Abend noch ...« Der General wies auf seinen wartenden Wagen. »Und lassen Sie sich zurückbringen, Dickopf. Sie hören von uns.«

*

Die Küchenhilfe der Residenz war an Arbeitszeiten nach Mitternacht nicht gewöhnt. Ihr fielen fast die Augen zu. Aber der Küchenchef hatte offensichtlich Erkundigungen über die Vorlieben des Präsidenten eingezogen und das Mädchen mit einer Bloody Mary in die Bibliothek geschickt. Sorensen kannte Kennedy besser. Er wollte noch eingreifen, doch der Präsident in seinem Schaukelstuhl war bereits wieder hellwach. »Oh girl, why don't you simply bring me a goddamned beer?«

»Heineken«, flüsterte Sorensen ihr hinterher.

Kennedy richtete sich im Schaukelstuhl auf und fuhr mit dem Finger an der langen Reihe von Büchern eines Konversationslexikons entlang. Mit einer Handbewegung forderte er Sorensen auf, zu ihm zu kommen. »Sehen Sie hier, Ted. Das ist ein Brockhaus.« Er bückte sich und hielt seine Nase an die Rücken der schweren Bände. »Riechen Sie. Es riecht feucht, finden Sie nicht?«

Sorensen zog einen der Bände heraus und hielt ihn sich an die Nase. »Mr President, diese Bücher haben tatsächlich Feuchtigkeit abbekommen.«

Kennedy nickte und ging wieder zu seinem Schaukelstuhl. Inzwischen war das Mädchen zurückgekehrt, mit einer Flasche Heineken und einem Glas auf einem Tablett. Kennedy griff sich im Vorbeigehen die Flasche und ließ sich in den Schaukelstuhl fallen. Er bedankte sich und wartete, bis die Küchenhilfe die schwere Doppeltür von außen zugezogen hatte.

»Ted, was würden Sie sagen? Was bedeutet diese Feuchtigkeit? Dieser Raum ist doch nicht feucht.«

»Man hat die Bücher irgendwo gekauft und sie vor Kurzem in die Regale gestellt. Vermutlich, um dieses Wohnzimmer für Ihren Besuch zu dekorieren.«

Kennedy schlug mit dem rechten Arm auf die Armlehne des Schaukelstuhls wie ein Auktionator bei der Entscheidung für einen Bieter. »Ganz genau. Aber was bedeutet es, dass sie mir diese alten Bücher ins Regal gestellt haben?«

Sorensen zuckte mit den Schultern und hatte Mühe, das Buch wieder in die Lücke zwischen die anderen Bände zu pressen.

Kennedy nahm einen tiefen Schluck. »Unser Botschafter denkt, mir fällt es nicht auf und er kann mich durch seine prächtigen alten Bände beeindrucken.« Er stellte die Bierflasche ab. »Ich wundere mich immer wieder, wie wenig Lebenserfahrung die Leute ihrem Präsidenten zutrauen. Dabei bin ich doch weiß Gott oft genug das Publikum einer genau geplanten Inszenierung.« Sorensen sah, wie Kennedy seinen Ärger zu bändigen versuchte. »Holen Sie mir Weston. Mir ist egal, wo er steckt. Schaffen Sie ihn her.«

Während Sorensen durch die Tür verschwand, stand Kennedy erneut auf und ging noch einmal zu dem Lexikon. Er zog den Band »CHOD bis DOL« heraus, legte das schwere Buch auf den geschlossenen Flügel und blätterte, bis er auf Seite sechzig den Artikel über Cicero fand. Noch bevor er die ersten Zeilen lesen konnte, klopfte es. Er ließ das Buch liegen und kehrte zu seinem Schaukelstuhl zurück. Weston öffnete die Tür. Hinter ihm Sorensen.

»Guten Abend, Mr President.«

Kennedy sah demonstrativ auf seine Armbanduhr. »Ich gebe Ihnen recht, Weston. Für uns ist es kaum acht Uhr abends.« Er deutete auf das Sofa in der Kaminecke. »Setzen Sie sich.«

»Danke, Mr President. Geht es um morgen, um unseren Terminplan?«

»Nein, Weston. Sorensen und ich sind noch bei gestern.« Er lächelte etwas. »Gestern, local time.«

Weston sah etwas irritiert zu Sorensen herüber. Der tat so, als interessierte er sich mehr für das aufgeschlagene Lexikon.

»Ich kann Sie aufklären, Weston. Ich meine den Vorfall an der Einfahrt zur Residenz am Nachmittag.« Kennedy schwieg einen Moment, Weston dagegen schien auf eine Frage zu warten.

»Waren Sie nicht der Meinung, man sollte mich noch einmal ausführlich informieren, was in Bonn auf der Auffahrt zur Residenz geschehen ist?«

Weston rückte auf die vordere Kante des Polsters. »Sir, meine Kollegen und ich waren uns sicher, dass unser erstes Gespräch nach unserer Ankunft ausreichte, weil Sie alles genauso gesehen haben wie wir. Mehr wissen wir bislang nicht. Wir wollten Ihre Zeit nicht in Anspruch nehmen, solange unklar ist, wer dieser Mann ist und was seine Motive waren.« Er lehnte sich ein wenig zurück.

»Es war ein Gewehrschuss.«

Sorensen sah erstaunt auf. Kennedy war nach vielen Gesprächen voller diplomatischer Floskeln nun offenbar entschlossen, direkt auf sein Ziel vorzustoßen.

»Was genau meinen Sie, Mr President?«

Kennedy stand auf und ging zu der Sitzgruppe am Kamin und nahm Weston gegenüber Platz. »Mr Weston, wenn ich richtig informiert bin, waren Sie bereits während des Zweiten Weltkrieges beim Secret Service.«

Weston bestätigte mit einem Nicken.

»Sie waren also nie Soldat?«

»Ich habe Präsident Roosevelt während des Krieges zu Konferenzen begleitet, Sir. Darunter waren auch Reisen in frühere Kriegsgebiete.«

»Beantworten Sie meine Frage.«

»Mr President, ich war nie Soldat im Fronteinsatz. Das ist richtig.«

Kennedy beugte sich nach vorn. »Ganz sicherlich sind Sie über meine Zeit an der Front im Pazifik informiert, nicht wahr?«

»Das bin ich, Sir. Sie haben ein Schnellboot kommandiert.«

»Dann wissen Sie sicher auch, dass wir bei meinem letzten Nachteinsatz unter Gewehr- und Artilleriefeuer gerieten.«

Weston nickte erneut. »Ihr Boot sank, Sir, und Sie retteten einen Kameraden. Auch das ist mir bekannt.«

Weil Kennedy schwieg, rutschte Weston auf seinem Sitz ein wenig vor und zurück. Er sah zu Sorensen herüber, der nach wie vor wie unbeteiligt am Flügel stand. »Ich verstehe nicht ganz, Mr President. Worauf wollen Sie hinaus?«

Kennedy ging zurück zu seinem Schaukelstuhl, setzte sich und begann, ihn langsam vor- und zurückzubewegen.

»Mr Weston, ich stelle Ihnen die folgende Frage nur einmal. Und ich möchte darauf eine ehrliche Antwort.«

»Selbstverständlich, Mr President. Was ist Ihre Frage, Sir?«

»Warum hatten wir vorhin, während des Abendempfangs beim Bundeskanzler, auf dem Dach seines Amtssitzes nicht einen Posten?«

»Wir waren wie die Deutschen der Ansicht, dass die weiträumige Absperrung genügend Sicherheit bot.«

»Aber warum hatten wir dann einen Scharfschützen auf dem Dach dieser Residenz, in der wir uns gerade befinden?«

»Es tut mir leid, Sir. Ich kann es Ihnen wirklich nicht sagen. Durch unsere Absprachen mit den Deutschen hatten wir bewaffnete Posten auf den Dächern in Köln und Bonn bei jeder Ihrer öffentlichen Reden. Möglicherweise wurde die Gefahr hier am Haus später neu beurteilt. Hier gibt es in der Nachbarschaft mehrstöckige Gebäude und zudem hohe Bäume, die ein gegnerischer Scharfschütze nutzen könnte.«

»Aber diese Residenz, in der wir uns gerade befinden, liegt abseits. Am Ende einer langen Zufahrt, umgeben von Bäumen, die Sie sehen, wenn Sie hier aus dem Fenster schauen. Das Haus direkt gegenüber gehört auch zu unserer Botschaft. Der Militärattaché wohnt darin. Sollte mich der Scharfschütze vor unserem Militärattaché schützen? Doch wohl kaum, Mr Weston.«

Sorensen glaubte, Weston anzusehen, wie ärgerlich er diese Befragung fand. Obwohl man ihm früher, zu seiner aktiven Zeit als Personenschützer, seine Gefühle nicht hatte ansehen können.

»Es tut mir leid, Mr President. Ich weiß es nicht.«

»Dann finden Sie es heraus! Gute Nacht, Mr Weston.«

Weston zog die Tür nach einem fast unhörbaren »Gute Nacht, Mr President« hinter sich zu.

»Was für ein Kerl. Ted, was glaubt er, wer er ist?«

Sorensen stellte das Lexikon zurück ins Regal. »Diese Leute glauben einfach, dass sie jedes Detail besser beurteilen können als wir, Mr President. Einfach alles.«

Kennedy schloss die Augen. »Ja, dem ist wohl so … Ted, was haben wir morgen? Also, heute?«

Sorensen hatte sein Klemmbrett bereits in der Hand und blätterte in der Übersicht des Protokolls. Er räusperte sich. »Da sind die beiden Vieraugengespräche beim Bundeskanzler. Zwei Stunden am Vormittag, zwei Stunden am Nachmittag. Dann …«

»Ted?«

»Ja, Mr President?«

»Ted, die Begrüßung auf dem Flughafen heute Morgen. Erinnern Sie sich?«

»Sicher, wenn auch nicht an alles. Was meinen Sie?«

»Adenauers Begrüßung …«

»Natürlich. Er hat Ihre letzte Rede in Washington zitiert.«

Kennedy sprang aus dem Schaukelstuhl auf und setzte sich auf den Sessel, Sorensen direkt gegenüber. »Und was hat er gemacht, Ted? Rhetorisch. Sagen Sie es mir als mein Redenschreiber …«

Sorensen zögerte etwas. »Nun, wenn man jemanden zitiert, dann will man sich entweder davon abgrenzen oder es ganz besonders betonen. Das Wichtigste für Adenauer war Ihre Zusicherung, dass wir uns nicht auf Kosten anderer mit der Sowjetunion einigen. Also etwa die Teilung Deutschlands akzeptieren. Das wollte er betonen und seine Besorgnis ausdrücken, Mr President.«

Kennedy nickte. »Dieser Bursche wollte mich festnageln, Ted. Und zwar sofort. Noch auf dem Flugplatz, in den ersten fünf Minuten nach meiner Ankunft.« Kennedy lehnte sich zurück und schmunzelte. »Haben Sie seinen Gesichtsausdruck gesehen, als ich unser Gastgeschenk überreicht habe?«

»Nein, Sir. Vor dem Herrenessen war ich eine Zeit lang draußen. Sind wir bei der Mappe geblieben?«

»Ja, die braune Ledermappe. Bestes texanisches Rindsleder. Mit beiden Adlern vorne, unserem und ihrem. Für seine private Sammlung. Für Fotos oder Zeitungsausschnitte vielleicht …«

»Und, wie hat er reagiert?«

»Er hat sich höflich bedankt, ohne sie auch nur anzusehen. Er wollte sie nicht mal aufklappen. Tat es dann nur für die Fotografen, aber mit spitzen Fingern.«

Sorensen nickte. »Es tut mir leid, Sir. Die Deutschen hatten uns geschrieben, dass er die Mappe nicht will. Aber es war zu spät. Wir hatten keine Zeit mehr, uns über ein anderes Gastgeschenk auszutauschen.«

Kennedy wirkte nicht verärgert, eher belustigt. »Das ist ja nur eine Kleinigkeit, Ted. Aber Adenauer ist schwierig, und es wird schwierig. Nur wir werden unsere Punkte machen.«

»Die erste Gelegenheit ist am Nachmittag, Sir. Unsere große Pressekonferenz im Außenministerium. Und unsere Wähler zu Hause können dabei sein, zumindest zu Beginn.«

Kennedy nickte. »Behalten Sie nur Weston im Auge.«

Sorensen fragte sich, wie er das anstellen sollte. Er beschloss, das Thema zu wechseln. »Mr President, bevor ich mich verabschiede: Gibt es irgendwas Neues von der First Lady? Wie geht es dem Kind?«

»Alles bestens, Ted. Alles bestens. Jackie wäre liebend gern mitgeflogen, vor allem nach Rom. Aber für sie als schwangere Frau wäre es wirklich zu belastend geworden. Wir haben vorhin telefoniert. Schlafen Sie gut, Ted.«

*

Sonntag, 23. Juni 1963. Vater Rhein im Blick, die Weichsel im Herzen.

> *Liebe Mama, lieber Papa,*
> *denkt nicht, ich lebte in der Feuerzone. In meiner kleinen Welt hier abseits der großen Stadt herrscht himmlischer Friede. Aber da draußen, bei meinem geliebten Zwilling, da sprechen die Waffen.*
> *Heute war der Tag, den wir herbeigesehnt haben, an dem es gelingen sollte. Aber nun ist schon tiefschwarze Nacht und noch immer fehlt mir jede Nachricht von ihm. Ich sehe oft zur Uhr, so eine Wanduhr mit einem geschnitzten Rahmen, wie sie bei uns im Wohnzimmer hing, direkt über dem kleinen Tischchen mit dem Telefon. Und wieder bin ich bang um ihn und frage mich, wann mein Augustyn sich melden wird. Bitterschwer wird mir das Warten mit jeder neuen Stunde. Nun ist schon Nacht, und ich bin noch immer ohne Nachricht. Aber dieser Tag, das ist ein neuer Höhepunkt unseres Lebens. So viele Vorbereitungen, so viele Hindernisse. Aber wer hier durchbricht, der zieht weiter.*

Unser Schicksal, das ist unsere eigene Wahl. Wie gerne würde ich Euch erzählen von den letzten Nächten, die Augustyn und ich zusammen verbrachten, Pläne schmiedend und so voll und bewusst lebend, unserer Aufgabe gewiss. Ihr seid es, an die wir denken und für die wir Rache nehmen. Ich bin mit dem Herzen so fest bei Euch, dass es wehtut. Und seid gewiss: Er ist es auch. Überlebende sind wir, und so soll es auch bleiben.
Mit dem Herzen geschrieben,
Eure Alina.

TAG ZWEI

12.

Montag, 24. Juni 1963. Bonn.

Frühes Aufstehen war wirklich eine Quälerei nach einer Nacht fast ohne Schlaf, dafür mit Albträumen. Nadja hatte gestern sofort gespürt, dass etwas passiert war. Aber ihr zu erzählen, dass der gesuchte Attentäter Augustyn war, das war nicht möglich. Die ersten Berichte würden ohnehin erst morgen oder übermorgen in den Bonner Zeitungen zu lesen sein. Er konnte natürlich von einem seiner neuen Kollegen aus der Botschaft des Papstes gesehen worden sein. Die Augenzeugen, die Schaulustigen auf der Straße, waren ja schließlich gestern noch bis in den späten Abend vernommen worden.

Malgo verspürte ein ungutes Gefühl wie selten auf dem Weg in die Zentrale. Immerhin lauerte der Türdrachen Beckmann noch nicht in seiner Höhle. Aber dafür musste man vor sieben Uhr morgens den Dienstausweis zücken. Denn Beckmanns Vertreter im Nachtdienst wechselten und kannten daher fast niemanden.

Ungewohnte Stille im Haus. Auf der Treppe zur dritten Etage dann das erste Geräusch. Der Fahrstuhl. Noch jemand war sehr früh da und fuhr nach oben. Handelte es sich um Karla Buchner oder um das »Gespenst«?

Die Tür zum Chefbüro stand offen. Karla Buchner sortierte Post, mit dem Rücken zur Tür.

»Guten Morgen, Frau Buchner.«

Wie erschrocken drehte sie sich blitzschnell um. »Herr Malgo, wer hat Sie denn so früh aus dem Bett geworfen? Ihr Sohn?«

»Nein, der schlief noch, als ich ging. Der muss heute auch nicht zur Schule. Die Schüler haben Kennedy-frei.«

»Dann geht er also jubeln, wie alle hier?« Sie sortierte weiter Umschläge in die offenen Eingangskästen. Wenige landeten in der großen schwarzen Chefmappe. Bereits geöffnet natürlich. Es roch nicht nur nach verletztem Briefgeheimnis, sondern auch verlockend nach Kaffee.

»Frau Buchner, wer hatte eigentlich die Idee mit den Fähnchen? Die müssen doch heute Morgen noch verteilt werden. Da fahren also Leute unkontrolliert über die abgesperrte Strecke. Was hält Deckert davon?«

Ihr Gesichtsausdruck lieferte keinen Hinweis auf ihre Gedanken. »Hat er mir nicht verraten.«

»Laden Sie mich zu einem Kaffee ein?«

Sie zeigte auf die Post. »Tut mir leid, Herr Malgo, ein anderes Mal gerne. Aber ich muss arbeiten. In einer halben Stunde kommt der Chef.«

»So früh? Mich hat er auf sieben Uhr herzitiert.«

»Er will das Protokoll sehen. Deckerts Protokoll. Ich muss die Reinschrift machen.«

»Das wird bestimmt viel Arbeit. War ja schließlich viel los.«

Sie nickte nur kurz, legte konzentriert drei weiße Blätter übereinander, jeweils durch ein Blatt Kohlepapier getrennt, und spannte den kleinen Stapel in die Schreibmaschine.

»Frau Buchner, wie Sie vielleicht wissen, will der Chef mich heute Morgen mitnehmen zur Sitzung im Innenministerium.«

»Auch das hab ich gehört.« Sie blickte nicht mehr auf.

»Aber ich hatte gestern Abend keine Gelegenheit mehr,

den Kollegen Deckert zu fragen. Lassen Sie mich einen Blick in seine Notizen werfen?«

Sie sah erstaunt von ihrer Schreibmaschine hoch. »Natürlich nicht.«

»Aber Sie könnten mir doch eines der Blätter Kohlepapier geben. Ich kann lesen, was sich durchgedrückt hat. Und Sie könnten bei der Wahrheit bleiben und sagen, dass niemand eines der drei Exemplare gesehen hat – weder das Original noch die beiden Kopien.«

»Malgo, Sie kennen die Vorschriften. Jeder vertrauliche Schriftsatz mit sämtlichen Durchschriften landet auf dem Schreibtisch des Chefs. Jedes verwendete Blatt Kohlepapier wird angeheftet. Der Chef wirft es dann in seinen VS-Papierkorb.« Sie machte eine Handbewegung, als würde sie Fliegen verscheuchen wollen, und lächelte dabei. »Deckerts Bericht habe ich übrigens schon längst fertig. Das Einzige, was ich Ihnen geben kann, ist diese Aktennotiz hier. Lesen Sie sie auf dem Weg nach unten. Der Chef erwartet Sie. Und jetzt will ich loslegen.«

Schon wieder Lesestoff für den Weg nach unten. Diesmal nur eine Seite.

Erlass über die Bildung eines Ministergremiums für besondere Lagen

I. Für Krisensituationen bildet die Bundesregierung auf Abteilungsleiterebene einen interministeriellen Krisenstab beim Bundeskanzleramt.

II. Als Krisen im Sinne dieses Erlasses sind Ereignisse anzusehen,

1. welche die äußere Sicherheit der Bundesrepublik ernsthaft gefährden könnten (politisch-militärische Krisen);

2. welche den Bestand oder die freiheitliche demo-
kratische Grundordnung des Bundes oder eines
Landes ernsthaft gefährden könnten (innere Unru-
hen);

3. welche das Gebiet mehr als eines Landes der
Bundesrepublik gefährden und bundesweite Aus-
wirkungen haben (Katastrophen).

III. Der Krisenstab wird auf Anordnung des Bundeskanzlers einberufen.

IV. Aufgabe des Krisenstabes ist es, zur wirksamen
Krisenbewältigung

1. bei den beteiligten Ressorts die Einleitung ent-
sprechender Maßnahmen anzuregen;

2. die von den beteiligten Ressorts zu treffenden
Maßnahmen zu koordinieren;

3. durch sonstige vorbereitende Handlungen die
Bundesregierung und die beteiligten Ressorts in
die Lage zu versetzen, Entscheidungen beschleu-
nigt zu treffen.

V. Bei einer politisch-militärischen Krise setzt sich
der interministerielle Krisenstab wie folgt zusammen:

1. Bundeskanzleramt (Vorsitz)

2. Auswärtiges Amt (Leiter des politischen Krisenstabes)

3. Bundesministerium des Innern (Abteilungsleiter
zivile Verteidigung)

4. Bundesministerium der Verteidigung (Führungs-
stab der Streitkräfte)

5. Bundesministerium für Verkehr (der für die Vertretung im Alarmfall/Verteidigungsfall zuständige
Abteilungsleiter)

6. Presse- und Informationsamt der Bundesregie-

rung (der für die Vertretung im Alarmfall/Verteidi-
gungsfall zuständige Abteilungsleiter)
Soweit erforderlich, wird der Krisenstab durch Vertreter anderer Ressorts erweitert.
VI. Die Ressorts sowie Bundeskanzleramt und
Bundespresseamt treffen alle organisatorischen
und personellen Vorkehrungen, um sicherzustellen, dass der interministerielle Krisenstab jederzeit
zusammentreten kann.
Bonn. Der Bundeskanzler.

Das war wirklich eine Überraschung. Eine Regierung für
Notfälle. Was war wohl der Anlass gewesen? In jedem Fall
eine Aktennotiz, die als vertraulich eingestuft war.

*

Ein seltenes Bild um sieben Uhr morgens im Eingangsbe-
reich der Dienststelle: Das »Schlossgespenst« begrüßte Mitarbeiter, einige sogar per Handschlag. Beckmann, selbst grade
erst angekommen, wies durch die Glastür nach draußen, wo
ein Taxi vor dem Eingang hielt. Auch Paul Dickopf schien
am Hinterkopf Augen zu haben, so wie seine Sekretärin.
Obwohl er im Gespräch gewesen war, hatte er offenbar auch
die Treppe nach oben im Blick. »Guten Morgen, Herr Malgo.
Gut geschlafen?«
   So förmlich heute, mit einem »Herr« davor? Das war bei
ihm sonst nicht üblich. Vielleicht, weil es zu einer sehr förm-
lichen Sitzung ging.
   »Guten Morgen, Chef. Wir beide nehmen also ein Taxi.«
   Er nickte, verabschiedete sich von Beckmann und setzte
sich auf den Beifahrersitz. »Rheindorfer Straße bitte.«
   Diese drei Worte blieben während der Autofahrt quer

durch die Stadt die einzige Äußerung von ihm. So gab es Gelegenheit genug, an den gestrigen Abend zu denken, vor allem an den Hinterhalt in Augustyns Wohnung. Noch immer fehlte jede Information von ihm. Auch der Inhalt der Zeugenaussagen war bisher ein Geheimnis, das nur Deckert, die Buchner und der Chef miteinander teilten. Und dies, obwohl keiner der drei die Ermittlungen leitete.

Der Chef ließ das Taxi einen Block vom Innenministerium entfernt an der Alten Apotheke anhalten. »Raus mit Ihnen, Malgo. Wir machen noch einen kleinen Spaziergang. Tut immer gut.« Direkt nach dem Aussteigen verwandelte Paul Dickopf sich plötzlich in eine Art Fremdenführer. Er zeigte nach vorn, auf die lange Reihe der weißen Gebäude mit den roten Dächern entlang der Straße. »Man erkennt sie gleich, die alte Düppel-Kaserne. Nicht wahr, Malgo? Dieses Gebäude hier war der letzte Neubau der Preußen vor dem Ersten Weltkrieg. Für die Artillerie.« Er grinste. »Es ist damals aber nicht rechtzeitig fertig geworden. So wie manches hier in Bonn.«

Erwartete er eine Nachfrage? »Chef, wir sollten vor der Sitzung noch über gestern sprechen. Mir ist das Lagebild nicht klar. Sie haben mir Deckerts Bericht noch nicht gegeben. Wie soll ich da die Gesamtlage beurteilen?«

Er ging unbeirrt weiter, wenn auch etwas langsamer. Dann wandte er sich um. »Der Generalbundesanwalt hat uns mit den Ermittlungen beauftragt. Sie leiten diese Ermittlungen. Aber wir stehen noch am Anfang.«

»Wie soll ich ermitteln, wenn ich weder den Tatortbericht noch die Zeugenaussagen kenne?«

»Malgo, die Gefahr ist vorüber. Das ist das, was zählt, was wir verkünden werden. Der Mann, der den Attentatsversuch unternommen hat, ist in Gewahrsam. Wir werden ihn heute vernehmen können.«

»Warum sind Sie sich da so sicher?«

»Glauben Sie mir einfach.«

Der Haupteingang der ehemaligen Kaserne war bereits in Sicht – die einzige Lücke in einer Gebäudefront von mehreren Hundert Metern. Eine unverkennbare Struktur: die Ein- und Ausfahrt besonders gesichert, doppeltes Wachhäuschen, schweres Sperrtor, doppelte Sperrschranken.

»Chef, wofür brauchen Sie mich eigentlich wirklich bei dieser Sitzung?«

»Sie werden Auskunft geben über den Stand Ihrer Erkenntnisse. Aber nur dann, wenn Sie gefragt werden.«

Irgendetwas war merkwürdig. Der alte Geheimniskrämer nahm nie jemanden mit, wenn es nicht unbedingt erforderlich war.

Die Torwache salutierte. Dickopf war offensichtlich gut bekannt. Er ging weiter in den Innenhof, bis zu einer Art Doppelgarage, sah auf seine Uhr und machte dann eine einladende Geste, als wolle er sein Eigenheim präsentieren. »Wir sind noch zu früh. Ich zeige Ihnen die neue Leitstelle.«

Wieder die Fremdenführer-Attitüde. Als wollte er von etwas ablenken und gleichzeitig Zeit gewinnen. Er holte eine kleine Karte aus seinem Jackett und zog sie durch den grauen Kasten neben dem rechten Türflügel. Ein leises Vibrieren. Die Tür konnte geöffnet werden. »So, nur ein paar Treppen noch, dann sind wir im Allerheiligsten. Der Befehlsbunker ist allerdings noch nicht einsatzbereit.«

Neben dem großen Treppenhaus führte ein breites Loch in die Tiefe. An der Decke hingen schwere Motorwinden. Er hatte den Blick bemerkt.

»Der Transportschacht. Er führt bis in die dritte Etage.«

Überall lagen Bündel von Elektroleitungen, dicke graue Rohre aus Stahlblech, dazu ein schwacher Geruch nach Farbe.

»Warum ist denn die Leitstelle noch nicht einsatzbereit?«
Beim nächsten Zwischengeschoss hielt er an, offensichtlich
erfreut über die Frage. »Es gab Streit über den Tiefbrunnen.
Mit dem Nachbarn, der rumänischen Botschaft. Die haben
schon länger einen Bunker. Im Krisenfall würden wir denen
das Wasser gewissermaßen wegsaufen. Die Rumänen haben
ihre Juristen in Stellung gebracht.« Er lächelte. »Es wird aber
schwer für die.«

Vor der nächsten Doppeltür stand eine Wache. Dickopf
zeigte seinen Ausweis, gab dann einen Zahlencode ein. Der
Türflügel ließ sich offensichtlich nicht leicht öffnen. Zwei
weitere Türen lagen gleich dahinter. »Immer hereinspaziert.
Dies ist unsere Druckschleuse, gegen radioaktiven Staub und
biologische Kampfstoffe.« Er zeigte nach rechts. »Darf ich
vorstellen: der Funkraum. Rund um die Uhr besetzt. Zwei
Mann in Zwölf-Stunden-Schichten. Natürlich nicht nur
Funk. Gesicherte Nachrichtenleitungen, Behördennetz, Telefon und Fernschreiber. Übrigens bombensicher.«

Er grüßte die beiden Beamten, ging an ihnen vorbei, öffnete eine weiter hinten gelegene Tür und schlug mit der Faust
gegen die Rückwand des fast leeren Raumes. »Was denken
Sie, was sich hier dahinter befindet?«

»Erdreich. Scherben aus der Römerzeit. Keine Ahnung.«

Er zog die Manschette seines Hemdes wieder glatt. »Hinter
dieser Wand liegt ein Hohlraum. Vierzig Zentimeter nichts
als Luft. Das ganze Bauwerk steht auf einer Betonplatte, verstehen Sie?«

»Klar, das Fundament.«

»Nein. Nicht nur das Fundament. Der gesamte Kern des
Bunkers, jedes Stockwerk ist Teil eines riesigen Kastens aus
Beton. Verstärkt nach innen, mit Abstand nach außen. Bei
einer Atombombe rappelt es gewaltig im Karton. Aber dieser Karton kann sich bewegen, kann fast einen halben Meter

seitlich versetzt werden. Man kann so den Druck abfangen. Genial, oder?«

»Ich möchte hier trotzdem nicht wochenlang gesiebte Luft atmen. Aber danke für die Führung.«

Er sah auf eine der Wanduhren im Bahnhofsformat. »Geht gleich los. Der Krisenstab. Heute nur die Abteilungsleiter.«

Ein überraschend hoher, großer Konferenzraum, fast taghell erleuchtet. Der ovale Tisch in der Mitte bestuhlt für vielleicht dreißig Personen, schwarze Telefone und ein Mikrofon an jedem Platz. Weitere Stühle standen wie klappbare Kinostühle an den Wänden. An der Rückwand, an Boden und Decke, war ein breites Schienensystem befestigt, offensichtlich gedacht für große verschiebbare Karten.

Dickopf setzte sich in die erste Reihe hinter das Schild mit den Buchstaben »BKA« und wies auf den Stuhl hinter ihm. Langsam füllte sich der Raum. Die Männer sahen sich ähnlich. Schwarze oder braune Aktenmappen, ernste Gesichter. Die Hornbrille hinter den Buchstaben »BMI« hob die linke Hand, sah zu dem Techniker hinter der großen Glasscheibe und räusperte sich.

»Meine Herren. Ich begrüße Sie im Lagezentrum des Bundesministers des Innern. Wie Sie alle wissen, ist dies keine ordentliche Sitzung des Ministergremiums für besondere Lagen. Ich habe Sie im Auftrag des Bundesinnenministers dennoch für heute eingeladen, weil wir ...«

Das schwarze Gestell neben ihm hob die Hand.

»Herr Ministerialdirigent Braunhage, wir sind doch noch nicht ...«

Der Mann namens Braunhage nickte. »Genau. Nach Auffassung des Bundeskanzleramtes sind wir nicht ordnungsgemäß zusammengekommen.« Er sah zu dem Techniker hinter der Glasscheibe. »Der Protokollmitschnitt läuft doch, nicht wahr?«

Der Techniker nickte.

Braunhage wirkte zufrieden. »Wie wir alle wissen, ist im Ministererlass vorgesehen, dass diese Sitzungen auf Einladung des Bundeskanzleramtes erfolgen sollen.«

»Herr Dr. Braunhage, bitte. Wir wissen auch alle …«

»Sicherlich, Herr Dr. Wirsch. Sicherlich haben wir eine besondere Situation. Und daher ist dies auch keine ordentliche, sondern eine außerordentliche Sitzung.«

»Sie sagen es, Herr Kollege. Aber …«

»Verzeihen Sie. Nur eine Kleinigkeit noch. Das Bundeskanzleramt ist sehr gerne zu Gast im Bundesministerium des Innern. Aber ich bitte doch eines festzuhalten: Wir – als eigentlicher Gastgeber – behalten uns vor, ein eigenes Bauwerk für Krisenfälle zu errichten. Nach Fertigstellung …«

»Werden wir dort tagen. Aber natürlich, geschätzter Kollege. Können wir jetzt?«

Braunhage nickte Wirsch zu. »Bitte sehr, Herr Dr. Wirsch.«

»Danke. Grundlage der heutigen Sitzung ist eine Bitte des Generalbundesanwalts. Dieser Bitte ist das Bundesministerium des Innern als zuständige oberste Bundesbehörde selbstverständlich gerne nachgekommen. Es besteht der begründete Anfangsverdacht, dass es gestern zu einem versuchten Angriff auf einen Vertreter eines ausländischen Staates gekommen ist.« Er griff zu seiner Aktenmappe. »Ihnen allen liegt der Bericht der Sicherungsgruppe Bonn vor, nehme ich an.«

Nicken bei den Vertretern der übrigen Ministerien.

»Herr Dr. Dickopf, bitte.«

Der Chef, Abteilungsleiter einer dem Innenministerium nachgeordneten Bundesbehörde, stand auf. »Ich habe meinem Bericht nichts hinzuzufügen. Bisher war es uns nicht möglich, den Verdächtigen zu vernehmen. Aber ich hege die Hoffnung, dass es heute im Laufe des Tages möglich sein wird.«

»Ärgerlich, wirklich ärgerlich, die ganze Angelegenheit.«
Dr. Wirsch sah zu seinen Kollegen. »Bei uns im Innenministerium besteht die Besorgnis, die Amerikaner könnten Entscheidungen treffen oder bereits getroffen haben, die zu einer Behinderung unserer Ermittlungen führen. Oder bereits geführt haben. Gibt ihnen der NATO-Vertrag das Recht dazu?«

Der Vertreter des Justizministeriums, ein recht junger Mann, schüttelte den Kopf. »Nun, das müsste bei uns im Hause im Detail geprüft werden. Aber da Sie sicher sofort eine vorläufige Beantwortung wünschen, würde ich meinen: nein. Meines Wissens gibt ihnen der NATO-Vertrag dieses Recht nicht. Nicht in der Fassung, die uns vorliegt.«

Dr. Wirsch schien es nicht dabei belassen zu wollen. »Dennoch ärgerlich, nicht wahr? Herr Dr. Dickopf?«

Der Chef nickte. »Meine Herren, lassen Sie uns nüchtern und sachlich an diese schwierige Aufgabe herangehen. Wir erwarten, heute mit der Vernehmung beginnen zu können. Die Zusage wurde mir gestern vom Secret Service mitgeteilt.«

»Gibt es Erkenntnisse, ob es sich um einen Einzeltäter handelt?«

»Nach unserem derzeitigen Wissensstand handelt es sich vermutlich um einen Einzeltäter.«

Wie konnte der Chef da so sicher sein?

Der Mann hinter den drei Buchstaben »BND« hob erstmals seine Hand.

»Herr Bergkamp, Sie haben das Wort.«

»Danke, Dr. Wirsch. Eine Frage an die Sicherungsgruppe. Wer führt die Ermittlungen?«

»Thomas Malgo, der Gruppenleiter unserer Abteilung Kriminalistik. Er sitzt hinter mir und steht für Fragen selbstverständlich zur Verfügung.«

»Sie erlauben, dass ich Ihren Mitarbeiter direkt befrage?«

Nicken des Chefs.

Bergkamp blätterte kurz in seinen Unterlagen und sah dann wieder auf. »Herr Malgo, in welchem Verhältnis stehen Sie zu einem gewissen Nowak, Augustyn?«

Um Himmels willen. Wie war das möglich? Sie konnten einfach nichts über Augustyn wissen. Und jetzt? Das Offensichtliche zugeben. Einen geordneten Teilrückzug planen. Mit einer Verteidigungslinie, die halten würde.

»Ich bin mit Augustyn Nowak bekannt.«

Bergkamp blätterte erneut in seinen Papieren. »Nach Informationen, die dem Bundesnachrichtendienst vorliegen, stammen Sie aus demselben Ort wie Herr Nowak. Das Dorf befindet sich zurzeit unter polnischer Verwaltung. Ist dies richtig?«

Nicken reichte als Antwort. Nicht noch mehr Munition liefern.

»Sie müssen sprechen, damit der Protokollmitschnitt Ihre Antwort erfassen kann.«

»Ja, wir sind beide aus Tiegenhof bei Danzig.«

»Sie sind also mit ihm seit Langem befreundet. Ist das richtig?«

»Wir sind nicht befreundet. Aber wir kennen uns. Von früher, aus unserer Kindheit, ja.«

»Das sagten Sie schon.« Bergkamp legte bewusst eine Pause ein. Er gefiel sich in der Rolle des Chefanklägers. »Ist es für Sie üblich, in die Privatwohnung eines Jugendfreundes einzubrechen?«

Also das war es. Eine Art öffentlicher Hinrichtung, in Scheibchentaktik. Sie wussten alles vorher.

»Ich bin nicht eingebrochen.«

Bergkamp stand auf. Er verteilte Exemplare eines Fotos, aber nur an die Herren in der ersten Reihe. Auch der Chef bekam eines. Vermutlich eine Aufnahme im Zusammenhang mit Augustyns Wohnung, vom Abend des Attentats. Mit einem Teleobjektiv geschossen, vielleicht von einer Wohnung im Hinterhaus gegenüber. Bergkamp hielt das Bild hoch. Ein Mann hinter einem Fenster. Mehr war auf die Entfernung nicht zu erkennen.

»Herr Malgo, erkennen Sie die Person auf dem Bild?«

Es reichte jetzt. »Nein, ich erkenne diese Person von meinem Platz aus nicht. Aber ich erkenne auch nicht den Sinn dieser Fragen, deren Antworten man bereits zu kennen scheint. Eine Inszenierung, einzig und allein zu dem Zweck, einen Verdächtigen zu produzieren. Mich. Dabei stellen weder die Fragen noch meine Antworten einen Beweis dar oder begründen nachvollziehbar einen Verdacht.«

Bergkamp wandte sich jetzt an den Chef. »Herr Dickopf, im Namen des Bundesnachrichtendienstes verlange ich, dass der Beamte Thomas Malgo von diesem Fall abgezogen wird. Er ist unter Hausarrest zu stellen.« Er sah zu den Posten an den Sicherheitstüren. Sie nickten. »Der Hausarrest soll bestehen bleiben, bis weitere belastbare Ermittlungsergebnisse vorliegen. Sind Sie einverstanden, Herr Dr. Dickopf?«

Stille. Für eine längere Zeit. Alle sahen Paul Dickopf an. Es schien, als überraschte ihn die Frage nicht. Der Chef blickte geradeaus und nickte nur.

Nun ergab alles Sinn. Die Aufforderung, ihn zu dieser Sitzung zu begleiten. Seine Weigerung, ihm Deckerts Bericht mit den Zeugenaussagen auszuhändigen. Offenbar war Augustyn von einem Kollegen erkannt worden. Sie hatten die Adresse ermittelt, die Wohnung durchsucht und weiter beobachtet. Auf der Suche nach Komplizen des mutmaßlichen Attentäters. Einfach, vorhersehbar und aus ihrer Sicht effektiv. Nur über das Motiv hatten sie sich keine Gedanken gemacht. Warum sollte ein leitender Mitarbeiter der Sicherungsgruppe Bonn einen Attentäter unterstützen? Sprach nicht sogar die plumpe Ausführung der Tat dagegen?

Bergkamp hatte inzwischen einfach weitergeredet. »... aus den genannten Gründen schlage ich vor, wir kommen wie vorgesehen am frühen Abend wieder zusammen. Bis dahin haben wir ein besseres Lagebild. Dann können wir weitere Maßnahmen besprechen.«

Dr. Wirsch sah seinen Kollegen aus dem Kanzleramt an. »Einverstanden? Können wir so verfahren?«

Braunhage wirkte unentschlossen. »Vorsorglich weise ich darauf hin, dass nach unseren Richtlinien im Krisenfall auch Vertreter der Oppositionsparteien im Bundestag einbezogen werden müssen.«

Dr. Wirsch nickte kaum sichtbar. »Noch haben wir keinen Krisenfall. Das wird doch auch im Kanzleramt so gesehen, nicht wahr, lieber Kollege Braunhage?«

Braunhage nickte. Dr. Wirsch nahm es dankbar zur Kenntnis. »Der amerikanische Präsident ist unverletzt und kann seinen Deutschlandbesuch ohne Einschränkung fortsetzen. Aber ich nehme Ihren Hinweis auf. Das Innenministerium wird prüfen, ob wir am frühen Abend wieder zusammenkommen müssen.« Er wandte sich jetzt Dickopf zu. »Dr. Dickopf, wir werden Ihren Mitarbeiter zu seiner Wohnung bringen lassen. Können Sie garantieren, dass er im Hausarrest verbleibt?«

Der Chef nickte, wieder ohne ein weiteres Wort. Weil die Amis den Täter unter Verschluss hatten, sperrten die Deutschen einfach willkürlich jemand anderen weg. Sie gaukelten sich selbst einen schnellen Erfolg vor. Und der Welt, dass alles sicher und unter Kontrolle war.

*

Für Deckerts Geschmack kam die Maschinenpistole des Militärpolizisten dem Lack seines neuen Opel deutlich zu nahe. Aber die Handbewegung war eindeutig. Die Aufforderung auch.

»Get out of your car«, wiederholte er.

Der Posten an der Einfahrt war ganz offensichtlich nicht in Diplomatie geschult. Deckert sah in den Rückspiegel. Ein anderer Uniformierter öffnete bereits seinen Kofferraum. Deckert stieg aus. Der Posten streckte seinen rechten Arm aus. »Passport.«

Deckert hatte seinen Personalausweis griffbereit. »Ich habe eine Verabredung mit Officer Weston, Secret Service.«

»Wait here.«

Der Militärpolizist nahm den Ausweis und verschwand in dem großen Wachhaus in der Mitte zwischen Zufahrt und Ausfahrt. Deckert sah, dass hinter seinem Kapitän bereits eine Reihe anderer Fahrzeuge auf die Zufahrt zum Botschaftsgelände warteten. Die Militärpolizei begann, einzelne Autos herauszuwinken. In allen saßen offenbar Angestellte der Botschaft. Die Fahrer mussten lediglich einen Ausweis aus dem Fenster halten und wurden ohne weitere Überprüfung durchgewinkt. Deckert wunderte sich einmal mehr, wie leicht Kontrollen zu überwinden waren. Vorausgesetzt, man fiel nicht auf und zählte nicht zu den Fremden. Zumindest nicht auf den ersten Blick. Es reichte, sich ein Fahrzeug mit Diplomatenkennzeichen und einen amerikanischen Ausweis zu besorgen.

Im nächsten Moment dachte er an den getarnten Krankenwagen, mit dem die Amerikaner den Verdächtigen entführt hatten. Hier waren sie durchgefahren und sicher sofort durchgewunken worden. Das war erst gestern gewesen. Und heute Morgen hatte er noch angenommen, dass Malgo vom Chef hierhergeschickt worden wäre. Aber Karla hatte ihm mitgeteilt, dass er die Vernehmung durchführen sollte. Malgo war offensichtlich mit dem Chef noch unterwegs.

Der Militärpolizist kam mit dem Ausweis zurück. »Get into your car and follow the motorcyclist.«

Die Handbewegung war erneut eindeutig. Der Polizist mit dem Motorrad startete seine Maschine bereits. Sie fuhren geradeaus bis fast zu der hohen Mauer, die das gesamte Gelände vom Rheinuferweg trennte, und bogen dann scharf nach links. Nach der Durchfahrt durch Stahltore unter zwei hohen Gebäude gelangten sie auf einen kleinen Innenhof. Die Motorradstreife hielt an dem Eingang mit dem großen roten Kreuz. Der Mann bevorzugte wie sein Kamerad am Eingang eine sehr knappe Ausdrucksweise.

»Wait here.«

Er stieg ab und ging zu dem Treppenhaus. Das gesamte Gebäude stand wie alle anderen auf hohen Stelzen. Das Tor an der letzten Durchfahrt war inzwischen geschlossen worden. Er betrachtete den Lack an seiner Fahrertür. Das wunderschöne Cremeweiß wirkte unversehrt.

»Herr Deckert, willkommen in Little America.«

Sofort als Deckert den Mann sah, stieg der Ärger wieder in ihm hoch. Dies war zwar das Gelände der amerikanischen Botschaft. Aber er war schließlich kein Diplomat. »Ich will Ihren Ausweis sehen.«

Weston wirkte überrascht, griff zu seiner Brieftasche und zog eine kleine Karte heraus. »Sie werden mit meiner Visitenkarte vorliebnehmen müssen. Aber dafür dürfen Sie sie auch behalten.«

Deckert überlegte einen Moment und nahm die Karte an sich. »Ich bin Beamter des Bundesinnenministeriums. Ich bin hier im Auftrag des deutschen Generalbundesanwalts, um einen Verdächtigen zu vernehmen. Anschließend werden wir entscheiden, wohin der Verdächtige gebracht wird.«

Weston grinste. »Ich weiß, wer Sie sind, Deckert. Und ich darf Ihnen sagen, hier sind Sie gar nichts. Doch, etwas sind Sie schon. Sie sind hier angewiesen, und zwar auf unser Wohlwollen.«

»Sie hatten kein Recht, den Verdächtigen zu entführen. Er befand sich auf dem Boden der Bundesrepublik Deutschland.«

Anstelle einer Antwort zeigte Weston auf ein älteres Gebäude. »Sehen Sie die Villa Deichmann dort hinten?«

Mit seinem kleinen Türmchen und der hohen Mauer wirkte das große Gebäude aus der Ferne wie eine kleine Festung. Deckert nickte.

»Wissen Sie, was vor acht Jahren in dem Haus geschehen ist?«

Deckert hasste Fragespiele. Er kannte zwar die Antwort. Aber er hätte sich eher auf die Zunge gebissen, als ein Wort zu sagen. Weston schien keine andere Reaktion erwartet zu haben.

»In diesem Haus haben unsere Leute im Mai vor acht Jahren das Besatzungsstatut aufgehoben. Deckert, wir haben Ihnen und Ihren Leuten die Währung gegeben, die bundesstaatliche Ordnung und jede Menge Unterricht in Demokratie. Ich bin Jurist und Sie kaum mehr als ein angelernter Muskelmann. Glauben Sie wirklich, ich brauche von Ihnen eine Belehrung über Rechtsstaatlichkeit?«

Deckert sah Weston verächtlich an. Er fragte sich, ob diese Typen religiös verblendet waren oder auf eine andere Art glaubten, die Rasse der weißen Amerikaner sei allen überlegen. Noch bevor er für sich eine Antwort gefunden hatte, hupte es vor dem Stahltor an der Zufahrt. Eine Frau stieg aus einem großen Ford. Dann diskutierte sie mit dem herbeigeeilten Wachsoldaten. Nach einem kurzen lautstarken Wortgefecht öffnete der Soldat das Tor zum Innenhof. Die Frau stieg ein und parkte direkt hinter Deckerts Wagen. Als sie ausstieg, erkannte er sie wieder. Es war die Dame von gestern. Sie hatte in einem der Fahrzeuge der Kolonne des Präsidenten gesessen. In Nummer drei, dem Wagen der Außenminister. Heute trug sie ein ähnliches Kostüm wie an Kennedys Ankunftstag: elegant und sehr formell.

Die Frau nickte Deckert kurz zu, hatte sich als Ziel jedoch Weston ausgesucht. Sie sah ihn an, ebenso ernst wie entschlossen, sich nicht abwimmeln zu lassen. »Mr Weston, mein Name ist Diane Leaton. Ich komme im Auftrag von Ted Sorensen. Er möchte Sie bitten, mich über den Zustand des Verdächtigen zu unterrichten. Unser Präsident hat Mr Sorensen danach gefragt, wie es dem Mann geht.«

Weston sah sie an, als müsse er sich zwingen, als Ober-Hofmarschall mit niederem Dienstpersonal zu sprechen. »Guten Tag, Mrs Leaton. Sie waren doch die, die im letzten Moment zugestiegen ist vor unserem Abflug. Das waren bisher bestimmt aufregende Stunden für Sie, nicht wahr?«

Diane Leaton ignorierte die Frage. »Mr Weston. Ich schlage vor, wir gehen ein paar Schritte.« Sie ging voraus in Richtung der Pforte, Weston folgte langsam.

Nach ein paar Schritten und einem kurzen Blick zu Deckert blieb sie stehen und sah auf ihre Uhr. Sportlich, großes Zifferblatt. »Mr Weston, möchten Sie, dass ich gleich hier Ted Sorensen anrufe? Damit eine schriftliche Anordnung des Präsidenten erstellt und Ihnen übermittelt werden kann?«

Weston setzte ein Grinsen auf, das überlegen wirken sollte. »Mrs Leaton, ich muss etwas missverstanden haben. Sie wollen mir sicherlich nicht drohen, nicht wahr?« Er legte eine Pause ein. »Weil Sie noch neu sind, verrate ich Ihnen ein großes Geheimnis des Secret Service. Wir sind dem Präsidenten nicht zum Gehorsam verpflichtet. Nicht in Fragen seiner Sicherheit. Da hat er unseren Empfehlungen zu folgen.«

Deckert sah, dass es Diane Leaton nicht leichtfiel, diplomatisch kühl zu bleiben. Sie vertrat hier schließlich das Außenministerium. Weston schien ebenfalls nicht an einer Eskalation interessiert zu sein. »Mrs Leaton, wir vom Service wollen doch auch herausfinden, was geschehen ist und wer diesen Kerl beauftragt hat. Oder ob er allein arbeitete.«

Sie nickte ein wenig erleichtert. »Dann lassen Sie uns doch hineingehen in die Krankenstation, Mr Weston. Und Ihren anderen Besucher nehmen wir mit.«

Weston winkte Deckert heran. »Mrs Leaton, Herr Deckert, warum haben Sie beide eigentlich jetzt Zeit, hier zu sein? Die Gespräche des Präsidenten mit dem Bundeskanzler laufen doch noch.«

Deckert reagierte mit seinem Standardsatz. »Ich schlage vor, Sie lassen meine Arbeit meine Sorge sein.« Zu seiner Überraschung wehrte Diane Leaton den Angriff anders als er nicht ab, sondern verteidigte sich. »Im Moment wird dem Präsidenten das Bundeskabinett vorgestellt. Ihm reicht es, wenn der Dolmetscher des Kanzlers ihm die Namen nennt. Er wird diese Herren ohnehin sofort wieder vergessen.«

Deckert fand eine kleine Korrektur erforderlich. Es ging schließlich um seine Schutzpersonen. »Es sind nicht nur Herren im Bundeskabinett.«

Sie drehte sich zu ihm um. »Was sagen Sie? Ich habe keine Frau gesehen.«

»Es gibt aber eine. Elisabeth Schwarzhaupt, Ministerin für Gesundheit. Schutzstatus drei. Begleitung nur bei Auslandsreisen.«

»Oh. Verzeihen Sie. Sie ist mir auf dem Flughafen nicht aufgefallen.«

»Vielleicht erinnern Sie sich. Ihre Seite wollte keine Begrüßung des Kabinetts, Mrs Leaton.«

Sie nickte wieder. »Allerdings. Keine receiving line bei einem Arbeitsbesuch.«

»Sind wir uns eigentlich bereits vorgestellt worden?«

»Nein, noch nicht. Ich bin Diane Leaton, die persönliche Dolmetscherin des Präsidenten.«

Deckert entschied sich für seine vollständige Dienstbezeichnung. »Alfons Deckert, Abteilungsleiter Personenschutz der Sicherungsgruppe Bonn. Bundeskriminalamt. Innenministerium.« Er reichte ihr die Hand. »Mein Auftrag ist, den Verdächtigen zu vernehmen.«

Sie lächelte Weston an. »Prima, dann lohnt es sich ja erst recht für den ehrenwerten Mr Weston, uns beide in die Krankenstation zu führen.«

*

Der Mann riss die hintere Tür auf und knurrte: »Raus mit dir.« Sein eher freundlicher Gesichtsausdruck entschärfte den ruppigen Ton. Besser gute Miene zu bösem Spiel machen, dachte Thomas Malgo. Tatsächlich hatten ihn die beiden Unteroffiziere spüren lassen, dass diese Fahrt auch für sie keine gewöhnliche war. Der Beifahrer war vorn eingestiegen. Normalerweise hätte er sich neben ihn gesetzt. Das zumindest gab die Dienstvorschrift beim Transport eines Gefangenen vor. Zudem hatte ihr Chef auch keine Uniformierten ins Bundesinnenministerium geschickt, sondern zwei Männer in Zivil, ausgestattet mit einem neuen dunkelgrünen Mercedes 190.

»Kerl, du bist der Erste, den wir zu einem Hausarrest einkassieren. Was hast du denn ausgefressen?«

»Keine Ahnung, was mir vorgeworfen wird.« Das stimmte nicht ganz.

Der Ältere, der gefahren war, grinste. »Auf jeden Fall unschuldig, klar.«

»Aber keine kleine Nummer.« Seinem Kollegen war der schwarze Zweitapparat an der Wand vor der Wohnungstür aufgefallen, Malgos Direktleitung zur Dienststelle. Sie verabschiedeten sich erst nach einem kurzen Rundgang durch die komplette Wohnung, selbst durch Jakobs Zimmer. Zum Glück waren weder Nadja noch sein Sohn zu Hause. Der Ältere strich im Vorbeigehen über das Telefon im Wohnzimmer. »Immer schön die Finger von der grauen Maus lassen. Wir warten ganz in Ruhe ab, was die hohen Herren mit dir vorhaben. Wir draußen in unserem schönen Wagen und du hier drinnen in deiner schönen Wohnung. Wir finden schon raus.«

Diesen Auftrag hatten sich die beiden sicher nicht ausgesucht. Sie halfen sich mit Sarkasmus. Kein Wunder bei Hausarrest für einen mutmaßlichen Einbrecher. Nicht überraschend, dass man im Bundesinnenministerium keine Lust hatte, den offiziellen Dienstweg einzuhalten. Denn der hätte über Düsseldorf geführt, den Landesinnenminister von Nordrhein-Westfalen. Dieser hätte Befehl geben müssen, die Bonner Schutzpolizei in Marsch zu setzen. Bei einem Dienstweg mit so vielen Stationen wäre auf jeden Fall etwas an die Presse durchgestochen worden, da hätte man den Fotografen des Bonner General-Anzeigers auch gleich einladen können. Die vorhersehbare Bildunterschrift lief vor Malgos Augen von links nach rechts: »Sicherungsgruppe lässt eigenen Ermittler festnehmen«.

Erst einmal einen Kaffee aufbrühen. Das machten die Kollegen in der Dienststelle vielleicht auch. Wussten sie schon Bescheid? Eigentlich kaum vorstellbar, dass Dickopf sie bereits informiert hatte. Er würde vermutlich Deckert die Ermittlungen übertragen.

Irgendwie war es plötzlich kalt in der Wohnung. Auf dem Sofa befand sich noch Jakobs bunte Decke, auf der er lag, wenn er auf dem Boden seine Schallplatten hörte.

Warum klingelte jetzt der Privatanschluss? Die Leitung war doch vorhin noch tot?

»Malgo am Apparat.«

»Beim nächsten Ton des Zeitzeichens ist es … elf Uhr, dreißig Minuten und null Sekunden.«

Was sollte das? Wer hatte die Nummer der Zeitansage gewählt? Nadja tat das manchmal, weil sie Angst hatte, zu spät zum Dienst zu kommen. Ein teurer Anruf. Jedes Mal sechzehn Pfennig, eine Gebühreneinheit.

Erneutes Klingeln. »Malgo.«

Diesmal keine Zeitansage. Nur ein Rauschen. Wie beim Radio, wenn man einen Sender suchte.

»Ist da jemand? Was soll das?«

»Nehmen Sie Apparat und Schnur. Gehen Sie vom Fenster weg. Gehen Sie ins Schlafzimmer.«

Ein Mann mittleren Alters, vielleicht vierzig. Klare, akzentfreie Stimme. Befehlsgewohnt.

War es nur eine Vermutung oder wusste er tatsächlich von der überlangen Telefonschnur? Sieben Meter anstelle von drei. Aufpreis eine Mark zwanzig. Jeden Monat, zusätzlich zur Grundgebühr von zwölf Mark. Direktabzug vom Gehalt bei einer Dienstwohnung.

»Ich bin jetzt im Zimmer meines Sohnes. Das liegt auch nach vorne raus.«

»Nicht ans Fenster treten. Beide Grenzschützer sitzen noch im Wagen.«

War er wirklich in der Nähe? Wo war die nächste Telefonzelle? »Was wollen Sie?«

Kurzes Rauschen. »Sie beruhigen. Menschen in Ausnahmesituationen reagieren außergewöhnlich.«

»Danke, ich komme zurecht. Wer sind Sie?«

»Ein Freund.«

»Wir kennen uns nicht. Und meine Freunde suche ich mir selber aus.«

»Wir haben uns noch nie getroffen. Aber wir hatten indirekt Kontakt. Beckmann hat Sie angerufen bei meinem Besuch.«

Also das war der unbekannte Besucher. Der Mann, der wieder verschwunden war. Dieser angebliche Offizier der Bundeswehr. »Wann genau waren Sie bei uns und welchen Namen haben Sie angegeben?«

»11. Juni, vormittags.«

»Name?«

»Tut nichts zur Sache. Sie haben ihn hoffentlich überprüft …«

»Selbstverständlich. Der Ausweis, den Sie unserem Pförtner gezeigt haben, ist nicht echt.«

»Natürlich nicht. Aber an Ihrer Stelle würde ich meinen Hinweis ernst nehmen. Ist der angekommen?«

»Kann sein. Wo war die Dienststelle, die Sie angeblich erwähnt haben?«

»Friedland. Grenz-Durchgangslager.«

»Die Mitteilung ist angekommen. Aber sie hilft uns nicht weiter. Warum sind Sie wieder gegangen?«

»Nicht erforderlich, dass wir uns begegnen.«

Die beiden Kerls vom Grenzschutz saßen tatsächlich noch in ihrem dunkelgrünen Mercedes auf der gegenüberliegenden Straßenseite und wirkten nicht grade aufmerksam. Der ältere saß hinter dem Lenkrad, eine Zeitung vor der Nase. Der jüngere schien etwas zu notieren.

»Noch da?«

»Ja.«

»Haben Sie die Sprengschächte überprüft?«

»Nein.«

»Sollten Sie. Hanau, Frankfurt, Wiesbaden, Berlin. Die Gruppe hat ihre Pläne nicht aufgegeben.«

»Die Hauptroute Hanau führt nicht über eine Brücke. Von welcher Gruppe sprechen Sie?«

»Die, die Leute in Friedland ausgesucht hat. Woher besaß der Bundesnachrichtendienst Fotos von Ihrem Kurzbesuch in der Wohnung von Augustyn Nowak?«

»Ich weiß es nicht. Woher wissen Sie davon?«

»Denken Sie nach. Warum versuchte Nowak, den amerikanischen Präsidenten zu töten? Über welche Stationen kam er nach Deutschland? Handelte er wirklich freiwillig?«

»Viele Fragen. Was wissen Sie?«

»Er war registriert als möglicher Schläfer. Denken Sie nach …«

Ein Klicken und dann wieder die Ansage vom Band. »Beim nächsten Ton des Zeitzeichens ist es elf Uhr, dreiunddreißig Minuten und null Sekunden.«

Der Kerl redete wie eine Wahrsagerin, hinterließ mehr Fragen als Antworten. Ein Witzbold würde das vielleicht als Idee für eine neue Zusatzleistung der Deutschen Bundespost verkaufen: »Sprechen Sie mit dem Orakel von Bonn. Haben Sie anschließend viel Freude beim Rätseln – über den Spruch des Orakels und über die Zusatzkosten auf Ihrer monatlichen Gebührenrechnung.« Malgo war verwirrt. Wo war er da nur wieder hineingeraten?

*

»Dann lassen Sie uns reingehen.«

Weston drückte auf den Klingelknopf neben dem großen roten Kreuz. Eine lange Treppe führte nach oben, an den Wänden hingen Bilder von Ärzten in Uniform. Rechts neben der Treppe befand sich ein Fahrstuhl mit breiten Türen, wohl zum Transport von Krankenbetten. Die untere Etage schien tatsächlich nur aus Abstellräumen zu bestehen. Hochwasserschutz, so nah am Rhein bestimmt berechtigt. Oben, am Ende der Treppe, war das Foto eines großen Hubschraubers zu sehen. Bildunterschrift: »Helicopter Ambulance Unit, Corea 1951«. Anschließend die Sicherheitsschleuse: zwei große Doppeltüren, nach der ersten die Ausweiskontrolle.

Weston nickte dem Uniformierten hinter dem Panzerglas zu. »Two visitors: one German, my guest. The lady is American, with our President.«

Der Mann salutierte und öffnete die zweite Schleusentür. Vor der nächsten Doppeltür blieb Diane Leaton kurz stehen, holte einen Spiralblock und einen Stift aus ihrer Handtasche.

Weston legte seine Hand auf den Block. »Auch wenn Sie vielleicht ein väterliches Erbe haben, Mrs Leaton, und Sorensen immer mit seinem Klemmbrett unterwegs ist – Sie sind nicht als Reporterin hier. Sie werden sich einen Eindruck verschaffen und den in Erinnerung behalten. Und ihn nur mit dem großartigen Berater unseres Präsidenten oder seinem Chef teilen. Haben wir uns verstanden?«, knurrte er. »Jedes andere Verhalten betrachte ich als Geheimnisverrat, der die Sicherheit unseres Präsidenten gefährdet.«

Leaton blieb stehen, zeigte zu dem Wandtelefon neben der Tür. »Mr Weston, wenn Sie glauben, mir Anweisungen erteilen zu können, dann können wir diesen Irrtum in zwei Minuten aufklären. Ich rufe die Botschaft an, die verbindet mich mit der Air Force One und der Operator schaltet mich über die Standleitung zu unseren Leuten im Bundeskanzleramt ...«

»Sie überschätzen sich und Ihre Position. Dabei hat unsere gemeinsame Reise gerade erst angefangen.« Weston trat gegen den rechten Flügel der Schwingtür und ging weiter. Am Ende eines weiteren langen Ganges saßen zwei Uniformierte, rechts und links neben einer breiten Glastür. Weston blieb stehen. »Mr Deckert, dort hinten sehen Sie unsere Intensivabteilung. In einem Bereich liegt der Attentäter von gestern. Aber bevor Sie mit ihm sprechen können, will ich Ihnen eines sagen.«

Deckert, der die Wortwechsel zwischen Leaton und Weston mitgehört hatte, verspürte sofort wieder Wut im Bauch. »Mr Weston, Sie wollen mich sicher bitten, von einem Ermittlungsverfahren wegen Strafvereitelung gegen Sie persönlich und zwei Ihrer Mitarbeiter Abstand zu nehmen?«

Diane Leaton schmunzelte. »Ein Strafverfahren? Aber Mr Deckert. Doch nicht gleich so schweres Geschütz. Unser lieber Mr Weston ist schließlich nicht durch Diplomatenstatus geschützt.«

Weston plusterte sich vor Leaton auf und sah Deckert an. »Wir beide handeln im Auftrag der Sicherheitsdienste unserer Regierungen. Wir haben ein gemeinsames Interesse.«

Deckert nickte. »Ich will nur wissen, wer der Attentäter ist und ob er allein arbeitete. Wie weit sind Sie bei den Vernehmungen gekommen?«

»Noch nicht sehr weit. Nur ein kurzer Wortwechsel auf der Fahrt hierher. Mehr nicht. Der Mann erlitt einen starken Blutverlust durch den Lungenschuss. Bei der Ankunft wurde sofort Blut abgesaugt und der Lungenflügel stabilisiert. Unter Narkose selbstverständlich.«

»Was hat er gesagt?«

»Was er auch gerufen hat. Der Präsident sei ein Verräter. Wir Amerikaner würden die Menschen in Osteuropa opfern. Den Russen zum Fraß vorwerfen, so hat er sich wörtlich geäußert.«

»Sie waren also im Krankenwagen?«

»Unsere Militärstation hier in der Botschaft war die nächstgelegene Ambulanz. Mit nur einem funktionierenden Lungenflügel wäre er bei einer längeren Anfahrt entweder erstickt oder verblutet.«

Deckert sah Leaton an und zeigte auf den Eingang zur Intensivstation. »Gehen wir. Der Märchenonkel langweilt mich.«

Weston griff an Deckerts Schulter, um ihn zurückzuhalten. Nur einen Augenblick später spürte er, wie etwas Hartes gegen seinen Bauch gedrückt wurde. Ein eindeutiges Gefühl und wohlbekannt. Die Mündung einer Waffe. Er biss die Zähne zusammen. »Deckert, ich habe Sie hier ohne Kontrolle reingenommen. Sorgen Sie dafür, dass ich es nicht bereue.«

Deckert bewegte seine hundertzehn Kilogramm langsam nach vorn. Westons Bauchmuskulatur, obwohl trainiert, war diesem Druck nicht gewachsen. Deckert spürte, dass er zu weit ging. Doch von einer guten Zusammenarbeit mit dem Secret Service konnte niemand mehr reden. Die Amerikaner hatten schließlich nicht nur geltendes Recht gebrochen. Sie hatten ihn und seine Kollegen wie Anfänger aussehen lassen, vor deren Augen man ungestraft einen Verdächtigen entführen konnte.

»Weston, wir gehen jetzt zu dem Attentäter. Ich befrage ihn und Sie bleiben draußen.« Er zog Weston zur Seite und schob ihn rückwärts den Gang entlang. »Und während wir hier so gelassen spazieren, fällt mir doch tatsächlich noch etwas ein. Weston, Sie holen mir die Gewehrkugel, ja?«

Weston streckte den rechten Arm aus, um sich an einem Fensterrahmen festzuhalten. Deckert wies sofort nach draußen. »Gute Idee, hier kurz zu halten, Mr Weston. Einen wunderbaren Blick haben Sie hier.« Er stieß Weston gegen das breite Fensterbrett. »Da drüben, auf der anderen Rheinseite, das ist Königswinter. Da gibt es Leute, die Sie nicht sehen können. Aber diese Leute, meine Leute, die haben Sie im Blick, Mr Weston. Durch ihre Zielfernrohre.«

Leaton stieß Deckert an. »Die Tür …«

Ein Arzt kam auf den Gang, ging grußlos an den beiden Wachen vor der Tür vorbei. Deckert löste seinen Griff. Weston sah, wie der Arzt mit erstauntem Blick die beiden Besucher betrachtete. »Doc, wie geht es unserem Patienten heute?«

»Unverändert, Mr Weston. Er ist noch nicht über den Berg. Ich vermute, er war früher Sportler. Sonst hätte er es mit nur einem Lungenflügel wohl nicht bis hierher geschafft.«

Deckert streckte seine rechte Hand aus. »Herr Doktor, ich bin Alfons Deckert. Bundeskriminalamt. Ich muss den Verdächtigen sprechen. Er ist doch vernehmungsfähig?«

Der Arzt trat einen Schritt zurück und sah Weston an. Als der nickte, ging er mit schnellem Schritt voran wie alle diensthabenden Ärzte auf langen Gängen. »Folgen Sie mir und sehen Sie selbst.«

Er trat an die große Scheibe neben der Glastür zur Intensivstation. Die Wache rechts stand auf und rückte ihren Stuhl zur Seite. Weston war an dem Fenster mit Blick auf den Rhein stehen geblieben. Deckert und Leaton sahen einen hellgrün gefliesten Raum, zwei Rolltische, einige kleine Monitore mit Tragegriff oben, farbige Schläuche, graue Kabel und vor der weißen Trennwand einen schlafenden Patienten in seinem Bett.

Der Arzt deutete nach unten auf die große Maschine. »Noch atmet er selbst. Aber wir sind auf alles vorbereitet. Die Gefahr einer Lungenentzündung ist noch nicht gebannt.«

»Wann wird er wieder aufwachen?«

»Er ist immer mal wieder für kurze Zeit bei Bewusstsein.«

»Ich vermute, Sie haben seine Fingerabdrücke abgenommen …«

Weston ging dazwischen. »Haben wir. Sie können später eine Kopie bekommen. Vielleicht findet sich der Kerl ja in Ihrer Kartei.«

Deckert wusste, dass aus ihm kein Diplomat werden würde. »Aha. Also Mr Unbekannt. Wie heißt so jemand bei Ihnen? John Doe?«

»Sie sind ja wirklich gut informiert, Deckert.« Weston klang so, also würde er einen Schüler loben. »Aber John Doe heißt jemand, der tot ist. Der Attentäter ist nicht tot.«

Deckert verschränkte die Arme vor seiner Brust. »Vielleicht lebt er. Mal sehen wie lange noch. Was ist mit Washington? Haben die seine Abdrücke?«

»Dafür ist es noch zu früh. Wir erwarten keine Ergebnisse vor morgen.«

Deckert wurde erst jetzt bewusst, dass der Arzt noch immer neben ihnen stand. »Haben Sie eine Kugel in seiner Lunge gefunden?«

Der Mediziner nickte. »Haben wir. Hohe Aufschlagsenergie, weiches Projektil. Aber wir mussten sie suchen. Nur durch Stereoröntgen haben wir die drei Teile gefunden.«

»Wo ist das Projektil jetzt?«

Der Arzt zuckte mit den Schultern und sah zu Weston. »Fragen Sie den Service. Ich muss mich um meine Patienten kümmern. Auf Wiedersehen.«

Weston sah dem Arzt nach, ging dann auf Deckert zu und zog einen kleinen braunen Umschlag aus der Innentasche seines Jacketts. »Die Kugel, in Einzelteilen. Ein Zeichen unseres guten Willens, Deckert.«

Deckert riss ihm den Umschlag aus der Hand. »Guter Wille? Sie haben hier kein Labor, das ist alles.« Er wandte sich zum Gehen. »Glauben Sie mir, Weston: Ich komme wieder. Und immer schön freundlich, wenn Sie vor die Tür gehen.

Unsere Jungs auf der anderen Rheinseite mögen es, wenn ihre Zielpersonen lächeln.«

Deckert drehte sich um und entdeckte Leaton direkt hinter sich. Sie hatte die ganze Zeit aus sicherer Entfernung zugehört. »Und, Mrs Leaton, haben Sie, was Sie brauchen?«

Sie steckte ihren Notizblock ein. »Der Mann lebt. Das ist aus meiner Sicht das Wichtigste und lässt uns alle Möglichkeiten. Nur eine Frage noch, Mr Weston: Der Präsident möchte sich bei unserem Scharfschützen persönlich bedanken. Stimmen Sie den Termin bitte mit Mr Sorensen ab. Morgen nach dem Frühstück und vor unserem Flug nach Hanau, das wäre eine gute Zeit. Auf Wiedersehen.«

*

Vater Rhein im Blick, die Weichsel im Herzen.

Liebe Mama, lieber Papa,
wie gut, dass Ihr mich nicht so unruhig am Radio sitzen seht, noch immer ohne Nachricht von meinem geliebten Zwilling. Ich fühle nun, wie Ihr in unseren Kindertagen fühltet. Wie damals viehische Horden aus dem Osten unser Glück in Scherben schlugen, so bedrohen auch diesmal dunkle Reiter Eure Kinder und ihr kleines Heim. Ich zergrübele mir den Kopf, und mein Herz tut weh. Gewissheit habe ich keine. Doch eine böse Ahnung, allein zurückzubleiben, die trübt beständig mein Gemüt. Wie Euch in Euren letzten Tagen, so sind auch mir die großen deutschen Dichter ein wahrlich guter Halt.
»Zum Hassen und zum Lieben, ist alle Welt getrieben. Es bleibt ihr keine Wahl, nur der Teufel ist neutral.«
So schreibt Brentano. Auch seine nächsten Zeilen tref-

fen mein innerstes Empfinden. »Wer fällt, der bleibet liegen. Wer steht, der kann noch siegen.« *Und auch Schillers »Tell« ist immer wieder eine Freude meiner stillvergnügten Stunden. Vor allem die Gertrud hat es mir angetan. »Ertragen muss man, was der Himmel sendet. Unbilliges jedoch erträgt kein edles Herz.« Und wahrlich Unbilliges ist Euch und uns widerfahren. Doch die Unschuld hat im Himmel einen Freund, und nicht nur Männer wissen die Axt zu führen. Nicht alles gelingt allen, auch meinem geliebten Zwilling und unserer guten Sache nicht. Jedoch wünsche ich mir so sehr, zumindest Abschied nehmen zu können von ihm. Aber weinen werde ich nicht. Solange nur einer von uns lebt, ist nichts verloren. Und dass wir mitgestalten dürfen, ist jeden guten Einsatz wert. Ich denke jeden Tag an Euch.*
Alina.

*

Alfons Deckert war zufrieden mit seiner Position. Er stand auf dem breiten Podest direkt an der mahagonivertäfelten Eingangstür zum großen Sitzungssaal des Auswärtigen Amtes. Von da aus hatte er einen guten Überblick über die Stuhlreihen vor ihm. Rechts, in engen Reihen an der langen Fensterfront, saßen die mehr als hundert Presseleute aus den USA, die ihren Präsidenten begleiteten. Jeder, dessen Revers Deckert sehen konnte, trug den offiziellen Anstecker – »White House Press«. Den hatten sie bereits gestern auf dem Flughafen Köln-Bonn bekommen, beim Verlassen ihres Sonderfluges. Das war eine Stunde bevor die Air Force One gelandet war. Der gut organisierten »White House Press« gegenüber, auf der anderen Seite des Mittelgangs, hatten die mehr als hundert beim Bundespresseamt akkreditierten Journalisten Platz genommen. Sie berichteten für Auftraggeber aus Deutschland, aber auch aus Frankreich und England. Deckert sah, dass nicht alle den offiziellen, vom Bundespresseamt auf dem Flughafen verteilten Anstecker »Presse Kennedy« trugen. Auch war es einigen offenbar gelungen, sich den blau-weißen Anstecker der deutschen Polizei zu beschaffen, woher auch immer. Deckert sah zu Weston hinüber. Immer wieder fasste sich dieser an sein linkes Ohr, an den Ohrhörer für den Funkverkehr. Er wirkte angespannt, genau wie seine Kollegen vom Service. Mit denen hatte Deckert bereits vor einer Stunde den Saal überprüft und freigegeben. Weston hatte sich beklagt, dass der Mittelgang nur ein Meter sechzig breit war. Also deutlich schmaler als die ursprünglich geforderten zwei Meter Mindestbreite. Den Streit entschieden hatte Kennedys Berater Sorensen. Der war vorzeitig aus den Beratungen beim Bundeskanzler in das benachbarte Auswärtige Amt gekommen, um die Örtlichkeit der Pressekonferenz zu überprüfen. Es hatte ihm wütende Blicke Westons eingetragen. Sorensen hatte den Service gebeten, die engere Bestuhlung ausnahmsweise zu akzeptierten – wegen der Fernsehkameras. Ein fast bis auf den letzten Meter gefüllter Saal stand symbolisch für das große Interesse an dieser Pressekonferenz. Die Bilder aus Bonn würden live im amerikanischen Fernsehen übertragen werden – für vermutlich nicht mehr als zwanzig Minuten. Diese enttäuschende Mitteilung hatte Sorensen bereits in Washington zur Kenntnis nehmen müssen, denn anschließend würde die veränderte Position des Satelliten eine Direktübertragung nicht mehr zulassen.

Ein kleinerer, älterer Herr im Frack betrat das Podium vor der großen Wandkarte. »Meine Damen und Herren, wir alle erwarten mit Spannung die Pressekonferenz des amerikanischen Präsidenten. Es ist, das darf ich Ihnen sagen, während seiner Präsidentschaft erst seine zweite im Ausland. Wir vom Bundespresseamt sind stolz, dass wir dazu heute einladen durften.« Er machte eine Pause und sah zu seinen Leuten an der Eingangstür. Eine große Frau im dunklen Kostüm schüttelte den Kopf. »Ich muss Sie leider darüber informieren, dass sich der Beginn um wenige Minuten verzögern wird. Ich bitte um Ihr Verständnis. Vielen Dank.«

Deckert sah auf seine Uhr. Dreißig Sekunden vor halb sechs. Oben auf der Empore wurden die Scheinwerfer für die Live-Kameras eingeschaltet. Die Reporter würden pünktlich um siebzehn Uhr dreißig auf Sendung gehen und erzählen, was hier zu erwarten war. Selbst wenn es nicht viel zu berichten gab.

Noch standen die Türen der beiden Tonkabinen für die Dolmetscher offen. Die Standleitungen zur Air Force One und zur Botschaft waren auf die Telefone in diesen beiden Kabinen aufgeschaltet worden, mit je einer Sonnenbrille auf zwei Beinen zur Bewachung neben jeder Tür. Aber von Diane Leaton war nichts zu sehen. Deckert hoffte, im Anschluss mit ihr sprechen zu können. Er wollte ihr zu ihrem bemerkenswerten Auftritt in der Botschaft gratulieren. Und er war natürlich neugierig, etwas mehr von ihr zu erfahren. Denn ihr Name war in seiner Liste der Delegationsmitglieder Kennedys nicht erwähnt worden. Dazu kam, dass er eine Frau als Dolmetscherin in seinen Dienstjahren nur selten erlebt hatte. Dazu noch eine mit einem fast akzentfreien Deutsch. Es würde jedoch eine Zeit dauern, bis sie hier im Saal eintraf. Das wusste er aus dem Funk. Diane Leaton wartete mit der gesamten Kolonne vor dem Haupttor des Auswärtigen Amtes. Denn der Parkplatz vor dem großen Sitzungssaal musste von zwei Begleitfahrzeugen des Fernsehens geräumt werden. Ohne eine sichere Möglichkeit zu haben, bei Gefahr wenden zu können, durfte keine Kanzler- oder Präsidentenlimousine in ein umzäuntes Gelände einfahren. Deshalb hatte Adenauer vor Jahren verfügt, dass seinem Dienst-Mercedes 300 immer ein Porsche vorausfahren sollte. Offiziell als eine Art Vortrupp. Deckert argwöhnte wie viele seiner Kollegen, dass Adenauer vor allem das Fahrzeug einsetzte, weil es der Kolonne des alten Mannes einen Hauch von Kraft und Sportlichkeit verlieh. Das machte sich vor allem auf Wahlkampfreisen gut. Als ehemaliger Automechaniker wusste er allerdings, dass der Dienst-Mercedes dem Porsche an Pferdestärken deutlich überlegen war.

Plötzlich entstand Unruhe im Saal. Alle Anwesenden erhoben sich. Alfons Deckert sah zur Tür. Tatsächlich. Ein lächelnder John F. Kennedy betrat den Raum, dessen komplette Stirnseite eine große Weltkarte einnahm. Sein Personenschützer und Diane Leaton folgten direkt hinter ihm. Leaton erkannte Deckert an der Tür. Sie flüsterte ihm im Vorbeigehen zu. »Sorry. Er wollte erst noch sein weißes Hemd wechseln.«

Kennedy hatte sich inzwischen in den Stuhl links hinter dem Rednerpult gesetzt, vor die riesige Wandkarte, den Kopf noch über Paraguay, mit seinem Körper Argentinien und Chile vollständig verdeckend. Diane Leaton stellte sich in die Mitte des Südatlantiks, begrüßte auf Deutsch im Namen der US-Regierung und eilte dann zu ihrem Standmikrofon in der Nähe von Australien, Block und Kugelschreiber in ihrer Hand. Kennedy sprang sehr schnell und ohne ein Manuskript in seiner Hand ins tiefe, an seinen Füßen sicher antarktisch-kalte Wasser. Nach einem freundlichen Dank für den Empfang durch die deutsche Bevölkerung und die Einladung durch das Bundespresseamt – alles in einem Satz – erteilte Kennedy dem ersten Frager das Wort. Einem Amerikaner. Die Deutschen hatten offenbar zu Beginn ein längeres Statement erwartet. Viele trugen zwar bereits den Kopfhörer für die Übersetzung. Doch sie sahen nicht nach vorn, sondern nach unten auf ihre Notizblöcke, wie um sich schnell noch einmal ihre erste Frage in Erinnerung zu rufen.

»Warum machen Sie diese lange Europareise? Wird der Präsident nicht zu Hause gebraucht angesichts der heftigen Auseinandersetzungen zwischen Schwarzen und Weißen?«

Antwort John F. Kennedy: »Weil ich das Verhältnis zwischen den Vereinigten Staaten und Westeuropa für unsere gemeinsame Sicherheit als lebenswichtig betrachte. Der Bundeskanzler hat mich schon mehrmals in Washington besucht. Ich halte es daher für überaus angemessen, dass der Präsident der Vereinigten Staaten nach Westeuropa kommt.«

Deckert nickte. Vier USA-Reisen des Kanzlers hatte er begleitet. Sie waren beinahe alle in recht kühler Atmosphäre verlaufen, vermutlich nicht nur durch den Altersunterschied von mehr als vierzig Jahren zwischen Adenauer und Kennedy. Im letzten Jahr war der Kanzler allerdings von seiner jüngsten Tochter Libet Werhahn nach Washington begleitet worden. Zumindest bei der Aufstellung für das Abschiedsfoto mit der First Lady war so etwas wie Nähe zu spüren gewesen.

Die deutschen Journalisten hatten inzwischen offenbar ihre Schrecksekunde überwunden. Deckert sah, dass Kennedy als Erstes dem Korrespondenten der Deutschen Presseagentur das Wort erteilte.

»Welche Bedeutung haben für Sie die Beziehungen zwischen Ihrem Land und Deutschland zurzeit?«

Der Präsident antwortete: »Das Verhältnis zwischen unseren beiden Ländern ist meiner Meinung nach heute noch wichtiger als nach dem Ende des Zweiten Weltkrieges. Die Sicherheit Westeuropas gegen einen militärischen Angriff ist zwar infolge unserer gemeinsamen Anstrengungen gewährleistet. Aber die Bundesrepublik und Berlin stehen in der Frontlinie dieser Auseinandersetzung.«

Sieben Kilometer entfernt saß ein Mann mit Hausarrest vor seinem Radioapparat und nickte. Frontlinie, das war das richtige Wort. Nur dass sie nicht nur in Berlin stattfand. Die DDR und Russland setzten jedes Jahr mehr Spione auf Ziele im Westen an. Besonders in Bonn. Wie sollte man Hoch- und Landesverrat erfolgreich bekämpfen mit Dutzenden offener Stellen für Ermittler?

»Sehen Sie eine konkrete Aussicht, die Teilung Deutschlands zu beseitigen?«

Offenbar die Frage eines Deutschen. Deckert dachte an Diane Leaton, die in diesem Moment für ihren Präsidenten übersetzte.

John F. Kennedy sagte: »Es ist seit vielen Jahren die Politik der Vereinigten Staaten, die Teilung Deutschlands im juristischen Sinne nicht anzuerkennen. Ganz offenbar wünscht das deutsche Volk die Wiedervereinigung. Eine unmittelbare Lösung gibt es aber, wie wir alle wissen, derzeit nicht. Doch in den vergangenen achtzehn Jahren sind in der Welt so große Veränderungen vor sich gegangen, dass meiner Ansicht nach niemand zu verzweifeln braucht.«

Deckert dachte daran, wie viele verzweifelte Menschen es in Osteuropa gab. Seine Kollegen im Sicherungsdienst der deutschen Botschaften konnten wahrlich ein Lied davon singen. Gehörte der Mann, der im Militärhospital in der amerikanischen Botschaft lag, auch dazu? Und wo war die Verbindung zu Malgo? Er musste unbedingt mit ihm sprechen. Vielleicht fand sich heute Abend während des Dinners im Club der amerikanischen Botschaft die Gelegenheit dazu. Da war ohnehin der Secret Service federführend. Deckert sah auf seine kleine Übersicht über die weiteren heutigen Termine.

Plötzlich ein scharfer Knall, kurz und hell wie ein Pistolenschuss. Deckert sprang auf, zog seine Dienstwaffe und sah nach vorn. Der Präsident stand noch am Rednerpult, den Blick allerdings nicht mehr nach vorn, sondern nach oben gerichtet. Die Männer des Secret Service, die sofort ihre Waffen gezogen hatten, sahen ebenfalls nach oben. Deckert drehte sich um. Einer der Fernsehtechniker stand am Rand der Empore. Beide Arme gehoben, als wolle er sich ergeben. Dann kam die Entwarnung über die Funkstrecke im Ohr. Irgendetwas war mit einem Tonbandgerät geschehen. Deckert erkannte, wie auch die Männer des Service nickten. Sein Mann auf der Empore kam nach vorn, blickte ihn an. Deckert malte ein Fragezeichen in die Luft. Die Antwort erfolgte sofort: Der Knall kam angeblich von einem Tonband, betrieben nur durch ein Federwerk. Die Sicherung der Feder sei übergesprungen. Ein Mann des Secret Service trat ans Podium und flüsterte Kennedy etwas ins Ohr. Kennedy nickte, bat um Entschuldigung für die Unterbrechung durch eine technische Störung und zeigte auf den nächsten Frager. Der Techniker auf der Empore hatte sich längst wieder zurückgezogen.

Nur wenige Kilometer vom Ort der Pressekonferenz entfernt war auch Thomas Malgo in seiner Wohnung aufgesprungen und setzte sich nun wieder in den Sessel neben seinem Radiogerät. Allerdings so ganz ohne eine Ahnung, was wirklich geschehen war. Eine technische Störung? Alles höchst rätselhaft, so wie Augustyns Schicksal. Was um alles in der Welt hatte ihn zu dieser Tat getrieben? Lebte er noch?

Es war einfach nicht akzeptabel, mit vorgeschobenen Argumenten in der Wohnung festgehalten zu werden. War nicht Einbruch ohne Diebstahl ein Antragsdelikt? Für die Strafverfolgung brauchte es also eine Strafanzeige des Betroffenen. Die hatte Augustyn sicher nicht gestellt. Er sah durch die Gardine nach draußen. Der dunkelgrüne Mercedes war noch da, und die restlichen Familienmitglieder waren weiterhin unterwegs. Irgendwann mussten sie kommen und die Wahrheit erfahren, auch über Augustyn. Jetzt hatte Verschwiegenheit keinen Sinn mehr.

*

Der junge Kubaner setzte sich auf, schenkte sich etwas Weißwein nach, der in dem Sektkühler neben dem Bett stand, und beobachtete, wie die Ruderer auf dem Rhein in der Nachmittagssonne gegen die Strömung ankämpften. Dann blickte er nach links. Die Lady neben ihm hatte ausreichend Aufmerksamkeit erhalten und sich ihrer Müdigkeit ergeben. Er entdeckte ihre Handtasche auf dem kleinen Tischchen vor dem Spiegel im Goldrahmen und sah dann zu dem großen Wandschrank, hinter dessen oberem Fach er seine Ausrüstung zwischen Wolldecken versteckt hatte. Am heutigen Abend würde er das Gewehr sicher noch nicht brauchen.

Es klopfte an der Tür. Mit kleiner Verzögerung stand er auf, etwas unschlüssig, was er sich überziehen sollte, entschied sich dann für den Bademantel, den er im Wandschrank gesehen hatte. Vor der Tür stand der Botenjunge. Der junge Mann, ausstaffiert wie ein Diener in einem Kostümfilm, trat einen Schritt ins Zimmer und hielt ein silbernes Tablett mit einem gefalteten Blatt Papier darauf hoch. Wortlos nahm er den Zettel, nickte und wartete, dass sich der Junge zurückziehen würde. Als dieser stehen blieb, verstand er und suchte in der Geldbörse der Lady nach ein paar Münzen. Wie erwartet leitete die Geldübergabe den geordneten Rückzug ein. Er schloss die Tür wieder, setzte sich auf den großen Sessel direkt an der Balkontür und las das Wort »Lobby« vom Zettel ab. Er erkannte die Handschrift und zog sich an.

Die Lady setzte sich auf, das Laken mit beiden Händen über ihre Brüste gezogen, aber straff genug, um ihre Formen in Erinnerung zu bringen. »Wollten wir nicht heute Abend gemeinsam in den Embassy-Club gehen? Ich möchte dich unbedingt zwei anderen Freundinnen vorstellen.«

»Sicher. Ich muss nur kurz nach unten. Einen Freund begrüßen.« Er ging zum Bett und küsste sie auf die Wange. »Bestell uns bitte etwas Obst.«

Im Treppenhaus auf dem Weg nach unten rief er sich noch einmal die Ereignisse von gestern in Erinnerung. Er hatte richtig gehandelt, seiner Ausbildung entsprechend. Sie hatten ihn schließlich darin trainiert, eine Schutzperson zu verteidigen. Unter allen Umständen.

Weston erwartete ihn am Fuß der Treppe, neben der großen Standuhr. Er trug kurze Hosen, eine Schirmmütze und hielt zwei Fahrkarten hoch. Durch die Eingangstür sah man, dass am Anleger ein Schiff der weißen Flotte festgemacht hatte. »Machen wir einen kleinen Ausflug.«

»Sie ist noch oben.«

»Natürlich. Sie wird auf dich warten. Gerne sogar, nehme ich an. Wir unterhalten uns auf dem Schiff.«

Direkt nachdem er an Bord gegangen war, steuerte Weston das kleine Treppenhaus an und ging wortlos die Stahltreppe nach unten. Die Luft im Treppenhaus war stickig und roch unangenehm nach Diesel.

Der junge Kubaner folgte Weston, protestierte aber. »Warum gehen wir nicht zum Heck? Da sitzt auch niemand.«

Von oben waren jetzt weitere Schritte zu hören. Es war noch jemand auf dem Weg nach unten.

In der ersten Ebene unter Deck klopfte Weston dreimal an eine schwere, offenbar gedämmte Tür. Als sie von einem Mann in einem Overall geöffnet wurde, schwappte Motorenlärm ins Treppenhaus. Weston sah an dem Kubaner vorbei zur Treppe nach oben. Ehe der junge Soldat sich umdrehen konnte, umklammerten kräftige Hände seine Ellenbogen und rissen sie nach hinten.

»Was soll das?« Da er seinen Angreifer nicht sehen konnte, schrie er Weston an. »Sofort aufhören! Mit einem ausgerenkten Arm bin ich nicht einsatzbereit.«

Weston trat dicht an ihn heran, zog mit einer tausendfach trainierten Handbewegung Handschellen heraus und fixierte damit die Hände des Kubaners. »Du hast versagt. Dabei war alles vorbereitet.«

Der Kubaner versuchte vergeblich, seine Ellenbogen aus dem festen Griff zu befreien. »Das schwarze Baby. Es war direkt vor seinem Kopf, in der Schusslinie. Meine Urgroßeltern waren Negersklaven. Ich konnte einfach nicht.«

»Deine Kugel wäre durch das Kind nicht aufgehalten worden. Du hättest schießen sollen. Aber du hast versagt. Dein Vater wäre nicht stolz auf dich. Er war ein amerikanischer Freiheitskämpfer. Gestern auf der Auffahrt, das war deine Gelegenheit, seinen Tod zu rächen. Eine andere Möglichkeit gibt es für dich nicht.«

»Was ist mit heute Abend? Sie wird mich doch mitnehmen, zu Kennedys Empfang im Club.«

Weston grinste höhnisch. »Die Jungs hier, die nehmen dich auch gerne mit. Und glaub mir, bei denen geht es auch heiß her.« Er nickte dem Maschinisten zu. Der Mann versetzte dem Kubaner zwei harte Haken in den Magen. Dann stülpte er ihm einen Sack über den Kopf. Die Schreie des Kubaners gingen im Motorenlärm unter.

Weston lief zurück nach oben und über die Gangway ans Ufer, weil er das Signal zum Ablegen vernommen hatte. Auf der Promenade sah er dem Ausflugsschiff nach, das Kurs auf Koblenz nahm. Zeit und Wasser genug, den Jungen loszuwerden. Weston fragte sich, warum der Bursche bis zum

Schluss so arglos gewesen war. Selbst bei einem erfolgreichen Attentat stellte der Schütze, sein Wissen um die Tat, seine bloße Existenz eine Bedrohung seiner Auftraggeber und Unterstützer dar. War das nicht logisch und damit vorhersehbar? Offenbar nicht für den Kubaner. Ein Amateur. Einer von vielen.

Weston sah nach oben zu den Balkonen der zur Rheinseite gelegenen Zimmer des Hotels Dreesen. Er musste sich noch um Dickopfs Frau und das Gewehr kümmern. Sie würde das Verschwinden ihres Liebhabers nicht einfach hinnehmen. Sie wusste schließlich von den langjährigen Spitzeldiensten ihres Ehemanns für die CIA als Einflussagent im deutschen Bundeskriminalamt. Weston verstand, dass Dickopf seine Frau hatte einweihen müssen. Nur mit seinem Gehalt als hoher Beamter wäre die Villa hoch über dem Rhein mit ihren versenkbaren Panoramascheiben schließlich nicht zu finanzieren gewesen. Also aufräumen. Nach einem Misserfolg eine noch unangenehmere Aufgabe als sonst. Zumindest konnte er ihre Leiche im Zimmer liegen lassen. Einen möglichen Verdächtigen gab es ja, auffällig durch seine Hautfarbe und dazu praktischerweise für immer verschwunden.

Wirklich schade. Denn der Besuch in Deutschland hätte in den Geschichtsbüchern landen können. Einen ernst zu nehmenden Angriff auf einen amerikanischen Präsidenten bei einem Auslandsbesuch hatte es bisher noch nicht gegeben. Eventuell bot das restliche Besuchsprogramm ja noch eine weitere Chance. Darüber konnte man nachdenken. Ein Scharfschütze war schließlich nicht die einzige Möglichkeit zur Erfüllung des Ziels. Aber für exakte Vorbereitungen blieb nicht viel Zeit. Das würde man in Washington einsehen müssen.

*

Das Wohnzimmer, nach Norden ausgerichtet, war wie immer der kühlste Raum. Auf dem Beistelltisch auf Rollen unter dem Fenster stand das Diensttelefon. Aber die graue Maus war tot. Sie hatten ihr den Saft abgedreht, so wie der Direktleitung zur Dienststelle im Flur. Eine absurde Situation: Noch vor einer Woche war er nicht nur stellvertretender Dienststellenleiter gewesen, sondern auch der viel beschäftigte Verantwortliche für den Kennedy-Besuch. Und jetzt stand er unter Hausarrest und unter Verdacht. Verdammt dazu, still zu sitzen, zu warten und alles nur am Radio mitzuhören. Alleingelassen mit der Wut über so viel Ungerechtigkeit. Ohne die Hoffnung, dass einer seiner Kollegen aus der Dienststelle nach Beweisen suchte, diesen Verdacht zu entkräften. Noch nicht einmal die Schachtel »Pea« Katzenzungen, die hauchdünnen mit dem aufwendigen Papier, lachte ihn an. An süßem Vorrat mangelte es ihm nicht, er hatte auch noch drei Dosen Butterkeks. Fast unbegrenzt haltbar. Sie konnten heruntergespült werden mit Wasser oder Pfefferminztee. Oder mit dem angebrochenen Eierlikör im Kühlschrank, den er Ostern geöffnet hatte. Hinter dem Vorhang vor dem schmalen Regal in der Küche befand sich sonst nur noch die große Dose Pfirsiche. Wie alt diese war, ließ sich nicht abschätzen. Nadjas Mutter hatte sie vor Jahren mitgebracht.

Nadja fuhr mit Jakob gerne mal einen Nachmittag zu ihrer Mutter nach Aachen. So wie heute, wo der Junge nach dem Fähnchenschwingen bei Kennedy schulfrei hatte. Jakob liebte Oma Hedwig. Die trieb sicher von irgendwoher Printen auf. Sogar im Sommer.

Plötzlich zum ersten Mal seit Stunden eine Störung. Ein Klingeln. Bei zwei stillgelegten Telefonen kam nur die Tür in Betracht. Sieh an, der Chef. Da die Haustür langsam zufiel, war gegenüber der dunkelgrüne Mercedes zu sehen.

Der Chef hatte den Blick bemerkt. »Sind wohl besonders an guter Bewachung interessiert, die Herren vom BND.«

Er hielt eine Dose Kaffeebohnen hoch. »Kleines Gastgeschenk von mir. Eine Mühle haben Sie doch, oder? Frau Buchner war sich nicht sicher.«

»Habe ich nicht. Wir kaufen gemahlenen Kaffee. Aber ich kann Pfefferminztee anbieten.«

Er winkte erwartungsgemäß ab. »Ich brauche nur einen Moment. Aber den in Ruhe.«

Er nahm seinen Panamahut ab, strich mit dem Zeigefinger wie zufällig über den Rand der Hutablage, fand keinen Staub, vertraute der Garderobe seine Kopfbedeckung an, ging anschließend unaufgefordert ins Wohnzimmer, setzte sich aufs Sofa und hob zunächst Jakobs Kuscheltiere, Giraffe und Krokodil, auf die Fensterbank, um sie vor seinem Zigarilloqualm zumindest ein wenig in Sicherheit zu bringen. Dann zog er den blauen Aschenbecher aus Murano-Glas zu sich heran.

»Ein schönes Stück, Malgo.«

»Ein Geburtstagsgeschenk der Schwiegermutter.«

»Aber Sie rauchen doch nicht.«

»Sie wussten wohl nicht, was sie mir schenken sollten. Meiner Frau gefällt er und sie nutzt ihn.«

»Ihre Frau raucht?«

»Nur auf dem Balkon. Ein Rauchopfer darbringen nennt sie es.«

Er zündete sich seinen ersten Zigarillo an. »Ich darf doch, oder muss ich auch auf den Balkon?«

Sein Gestank war zwar ärgerlich, aber nicht so sehr wie die andere Sache. »Chef, ich will eine Erklärung. Warum haben Sie mich nicht verteidigt? Warum haben Sie nicht verhindert, dass ich unter Hausarrest gestellt werde? Obwohl Sie doch ganz genau wissen, dass ich nicht gemeinsame Sache mit einem Attentäter mache.«

Paul Dickopf lehnte sich zurück, zog an seinem Zigarillo und sah zum Fenster. »Man setzt mich unter Druck. Das ist nur möglich durch Ihr eigenes Verhalten, Malgo. Woher wussten Sie, wen die Amerikaner hopsgenommen hatten? Man hat mich gefragt, wo Sie zum Zeitpunkt des Attentats waren.«

Diese Antwort war einfach. »Ich war mit Ihnen in der Dienststelle. Das wissen Sie doch.«

»Aber wir hatten im Moment des Attentats Bildausfall. Sie konnten den Attentäter nicht gesehen haben. Das hat Sie noch mehr in Verdacht geraten lassen.«

»Ich bin anschließend zum Tatort gefahren und konnte da eine Aufzeichnung ansehen. Bei den Fernsehleuten. Da habe ich Augustyn Nowak erkannt.« Von dem Kontakt zu Kennedys Dolmetscherin Leaton brauchte er nichts zu wissen.

Dickopf beugte sich mit einem Gesichtsausdruck vor, als würde er zu einem Kind sprechen. »Um Himmels willen, Malgo. Warum haben Sie mir nicht berichtet? Die gesamte Dienststelle rätselt, wer der Angreifer war. Sie wissen es und schweigen? Warum nur?«

Es war kein Ergebnis langer Überlegung, sondern eine spontane Entscheidung gewesen. Bauchgefühl, wie bei einem guten Ermittler eben. Aber war es der wirkliche Grund? Er hatte eigentlich genügend Zeit gehabt, darüber nachzudenken, es aber nicht getan. War es, um Augustyn zu schützen, weil Dickopf den Amerikanern die Information zukommen lassen würde? Gerüchte über die sehr engen Verbindungen des Chefs zur US-Botschaft machten schon länger die Runde. Oder doch wegen Alina? Weil sie der Kopf hinter dem Tatplan gewesen sein konnte? Zumindest schmiedete Alina früher immer die Pläne für sich und ihren Zwillingsbruder.

Dickopf stand auf und ging zu den gerahmten Familienfotos neben der Vitrine. »Herr Malgo, wir sind allein. Noch ist es nur Hausarrest, keine Festnahme. Denken Sie an Ihre Angehörigen. Ist es wirklich sinnvoll, immer noch zu schweigen?«

»Dass eine Aufzeichnung existiert, das habe ich Deckert berichtet.« Was nicht ganz zutraf, aber von Dickopf jetzt nicht überprüft werden konnte.

»Mann, Sie haben den Attentäter erkannt. Sie haben als Erster gewusst, um wen es sich handelt. Aber Ihren Kollegen Deckert haben Sie im Dunkeln gelassen.«

»Ich war mir nicht sicher und bin es noch immer nicht. Schließlich zeigten die Fernsehbilder den Verdächtigen nicht deutlich. Deswegen der Besuch in der Wohnung.«

»Der Einbruch.«

»Als Jurist wissen Sie verdammt genau, dass es kein Einbruch war. Nicht ohne Strafanzeige. Und die muss der Mieter der Wohnung stellen. Was er sicher nicht getan hat und auch nicht tun wird.«

»Der BND verdächtigt Sie der Unterstützung eines Angriffs auf Leib und Leben eines ausländischen Staatsoberhauptes. Sie können sich freuen, dass Sie nicht in U-Haft sitzen.«

»Die Bilder von mir in diesem Wohnzimmer, die beweisen das? Kompliment an die Kriminaltechniker. Muss ich schon sagen.« Sarkasmus half in der Sache zwar selten. Aber aus irgendeinem Grund fühlte er sich in dem Moment besser.

»Man will weiter ermitteln. Das muss ich Ihnen mit allem gebotenen Ernst mitteilen.«

»Und mein Hausarrest? Wie lange soll der dauern?«

»Mindestens bis zum Abflug von Kennedy.« Er versuchte ein kleines Lächeln. »So verstehen Sie doch. Die vom BND wollten Sie einsperren. Ich habe sie davon abgehalten, zum Haftrichter zu rennen.«

Hausarrest bis zu Kennedys Abflug? Das durfte nicht wahr sein. Dann wäre es unmöglich, die Wahrheit herauszufinden.

»Was glauben Sie, Chef? Denken Sie, ich wollte Kennedy tot sehen? Was wäre mein Motiv?«

Er zuckte mit den Schultern. »Ich sehe kein Motiv, natürlich nicht. Nur kann ich mir Ihr Verhalten genauso wenig erklären, Malgo. Warum haben Sie uns nicht gesagt, dass Sie Kontakt mit Augustyn Nowak hatten?«

»Woher wusste der Mann vom BND seinen Namen?«

»Sie haben seine Fingerabdrücke. Die Amerikaner haben sie freundlicherweise Deckert übergeben. Wir hatten einen Treffer in unserer Kartei. So sind wir auf die Wohnung gekommen. Woher kennen Sie ihn?«

»Wir sind zusammen aufgewachsen. Das wissen Sie inzwischen doch.«

»Nowak wurde erstmals im Grenzdurchgangslager Friedland erfasst. 1953, als Ostflüchtling, mit seiner Schwester zusammen. Kennen Sie Alina Nowak?«

»Ich kannte sie, ja.«

Er zog einen Notizblock und einen silbernen Füllfederhalter aus seiner Manteltasche. »Wann haben Sie sie zum letzten Mal gesehen?«

»Vor einigen Jahren.«

»Wirkten Augustyn und Alina Nowak gesund auf Sie?«

»Körperlich oder geistig?«

»Sie wissen, was ich meine.«

»Darüber geben die Protokolle der Befragung aus Friedland sicher Auskunft.«

»Ich möchte Ihre Einschätzung hören.«

»Alina und ihre Mutter wurden vergewaltigt, von russischen Soldaten. Auf dem Gutshof, den ihr Vater verwaltet hat.«

»Was geschah mit der Mutter?«

»Sie wissen doch alles. Die Mutter wurde erschossen, als sie die Tochter schützen wollte. Den Vater hat man gezwungen, weiterzuarbeiten, sonst wäre er als Nazi zum Tode verurteilt worden.«

Malgo musste an Alinas Vater denken: im Kaiserreich groß geworden, den adligen Eigentümern des Gutes treu ergeben, den Hitler-Schergen nie gefolgt. Im Gegensatz zu seiner Tochter.

»Schreckliche Zeiten damals, Malgo. Haben Sie es miterleben müssen?«

»Um Gottes willen, nein. Es wurde uns später erzählt.«

»Wo war Augustyn Nowak zur Tatzeit?«

»Er war mit mir im Wald. Schießübungen von Kriegskindern, mit alten Gewehren.«

Er nickte. Auch dieser Teil der Geschichte war ihm offenbar nicht unbekannt. »Also waren Sie beide Freunde aus Kindertagen. Sie selbst fliehen früh mit Ihrer Mutter. Auch Ihren Vater halten die Russen zurück, wie den von Augustyn und Alina.«

»Mein Vater wollte, dass wir uns trennten, als die Russen herankamen. Meine Mutter und ich sollten auf jeden Fall weiter nach Westen weiterziehen. Er hoffte, wenn sie ihn erwischten und aufs Gut zurückbrachten, dass er dann später ausreisen und nachkommen könnte.«

»Aber was geschah mit den Geschwistern? Augustyn und Alina entschlossen sich erst acht Jahre später zur Flucht.«

»Der Vater von Alina und Augustyn ist fast verrückt geworden nach allem, was geschehen war. Sie hatten Angst, ihn zurückzulassen. Sie sind erst getürmt, als er gestorben war.«

Dickopf steckte seinen Notizblock wieder ein, ohne etwas notiert zu haben. »Wie haben Sie sich wiedergetroffen, Malgo? Sie und die Geschwister?«

»Purer Zufall. Bei einem Sommerfest der Vertriebenen in Bonn. Seine Schwester habe ich seit vielen Jahren nicht gesehen.«

Dickopf schien die Antwort zu gefallen. »Aha. Sie haben in den letzten Jahren zwar immer mal wieder ihren Bruder getroffen. Aber Alina Nowak nicht.«

Er stand auf, knöpfte sein Jackett zu und ging Richtung Tür. Dabei waren die interessantesten Fragen weder gestellt noch beantwortet worden.

»Tut mir leid, Malgo. Ich werde sehen, was ich für Sie tun kann. Haben Sie erst einmal vielen Dank für die Auskünfte.«

»Herr Dickopf, was ist bei der Durchsuchung der Wohnung von Augustyn Nowak herausgekommen? War es der Bundesnachrichtendienst, der die Wohnung unter Beobachtung hielt?«

»Vielleicht wissen wir mehr, wenn wir den Verdächtigen verhören können.«

»Augustyn Nowak lebt also?«

»Ja. Die Amerikaner haben ihn, und er lebt. Deckert konnte ihn allerdings noch nicht verhören. Das dürfte ich Ihnen eigentlich gar nicht sagen. Aber ich verspreche: Sie erfahren von mir, wenn es neue Erkenntnisse gibt. Hoffentlich ist es etwas, das Sie entlastet, Malgo.«

Er nahm seinen Sommerhut von der Ablage, setzte ihn vor dem Spiegel auf und tippte an die Hutkrempe. Vielleicht sollte es tatsächlich eine Art ironisches Zitat sein, wie aus einem Western. Angeblich sah er Western gerne. Kämpften sie in solchen Filmen nicht ganz offen, Mann gegen Mann, und jeder wusste, wer die Guten waren und wer die Gangster? Bei Paul Dickopf wusste man nicht, auf welcher Seite er wirklich stand. So wie beim Thema Alina heute. Ein Verhalten, durchaus vergleichbar mit Augustyns. Der blieb, zumindest wenn es um seine Schwester ging, auch gern bei Andeutungen. Augustyn hatte beim Sommerfest im letzten Jahr eine Kaufhaustüte mit Schallplatten spazieren getragen, die gut zu Alinas Musikgeschmack passten. Und in diesem Jahr dann die geschnitzten Holzfiguren. Glücklicherweise waren Registerabfragen in der Dienststelle tägliche Routine. Die nach Alinas Wohnort hatte er schon vor mehr als einem Jahr in Auftrag gegeben, aus reiner Neugier, da aus Augustyn nichts herauszuholen war. Die Mitarbeiter im Melderegister brauchten nur den Namen, das Geburtsdatum und den Geburtsort. Natürlich musste man entscheiden, in welcher Stadt oder Region abgefragt werden sollte. Der Auskunft aus dem Melderegister Koblenz zufolge war eine Alina Nowak aus der Kreisstadt Tiegenhof in der Freien Stadt Danzig bis zum Oktober vor fünf Jahren in der Schützenstraße sechzehn in Koblenz gemeldet. Ihre Spur hätte sich anschließend verloren, wenn sich nicht eine Mitarbeiterin des Einwohnermeldeamtes an den Namen und tragische Umstände erinnert hätte. Denn dem Amt war auf dem internen Dienstweg eine Mitteilung der für das Sterberegister zuständigen Kollegen des Standesamtes zugegangen. Eine Alina Nowak aus Tiegenhof sei am 5. Oktober bei einem tragischen Autounfall in der Nähe von Koblenz ums Leben gekommen. Diese Auskunft hatte er schon damals nicht glauben können. Denn zu Alinas Beerdigung hätte Augustyn ihn ganz sicher eingeladen.

*

Weston lehnte an einer der schmalen weißen Säulen vor dem Eingang des American Embassy Club. Er belächelte Sorensen und Leaton aus seiner Lieblingsposition, von hoch oben.

»Wirklich, Sie beide sind ein schönes Paar.«

Die beiden anderen Agenten des Service grinsten wie bestellt. Diane Leaton fasste ihre schwarze runde Handtasche fester. Ted Sorensen stieg die breite Treppe voran und entschied sich, das Reden zu übernehmen.

»Guten Abend, Weston. Bleiben wir bei den Fakten. Wo befindet sich der Präsident in diesem Moment?«

Weston griff Sorensens Revers und zog ihn die letzte Stufe hoch. »Er schwimmt. Er erholt sich. Bis zum Dinner ist noch reichlich Zeit. Wir brauchen alle mal eine Pause. Meine Männer übrigens auch, Sorensen.«

Leaton kam hinzu. »Lassen Sie ihn sofort los, Weston. Auch wir wurden überrascht. Sein Gespräch mit dem Kanzler war auf zwei Stunden angesetzt.«

Weston deutete eine Art kleiner Verbeugung an. Natürlich ironisch gemeint. »Eine wirklich resolute Lady haben wir hier. Ja, Madam, ich kenne die Zeitpläne. Wir haben sie schließlich geprüft.«

Sorensen zog sein Jackett glatt. »Wenn der Präsident meint, die erste Stunde des Vieraugengesprächs mit dem Bundeskanzler reicht ihm, dann ist das seine Entscheidung. Genauso dann, wenn er anstelle einer Fortsetzung lieber mit uns seine große Pressekonferenz vorbereiten und sich anschließend etwas entspannen möchte. Sie wissen, wie dicht gedrängt seine Termine sind. Das war bei seinen Vorgängern nicht anders. Und mit denen vergleichen Sie ihn doch oft.«

»Sie wussten es doch vorher. Sie haben schon am Mittag den Club öffnen lassen, um den Konferenzraum vorzubereiten.«

Sorensen nickte. »Es gab diese Möglichkeit, ja, Weston. Sie sind doch sonst so stolz auf Ihr politisches Verständnis.«

»Was soll diese Bemerkung?«

Sorensen sprach etwas leiser. »Es ist ja wohl auch Ihnen bekannt, dass Adenauer in vier Monaten sein Amt abgeben wird. Der Präsident ist nach Deutschland gekommen, um die Deutschstämmigen bei uns von seiner Politik zu überzeugen. Nicht den Bundeskanzler.«

Weston sah zu seinen beiden Agenten vor der Eingangstür. Sie kontrollierten gerade einen Handkarren mit großen Eimern voller Rosen. »Es sind lange Tage, Sorensen. Nicht nur für den Präsidenten, auch für uns. Wir hatten mit den deutschen Personenschützern abgesprochen, dass unsere Jungs Pause haben können während des Gesprächs mit dem Bundeskanzler.«

Leaton schüttelte den Kopf. »Aber die Limousine stand doch bereit. Es waren genug Leute da, und wir konnten den kurzen Abstecher hierher problemlos machen.« Sie musste schmunzeln. »Die einzige Panne war, dass unser Protokoll nicht aufgepasst hatte und sein weißes Hemd ins Kanzleramt geliefert wurde.«

Weston war für die Situationskomik nicht empfänglich. »Die Jungs vom zweiten Begleitfahrzeug waren nicht schnell genug wieder zurück. Eine Kolonne aus lediglich zwei Fahrzeugen ist nur im Notfall zugelassen.«

Sorensen versuchte zu vermitteln. »Weston, Sie haben mir in Washington selbst gesagt, unser Präsident sei im Ausland sicher. Es war nur eine Fahrt von weniger als zehn Minuten.«

»Haben Sie vergessen, dass gestern auf ihn geschossen wurde?«

Leaton trat einen Schritt auf Weston zu, auf den roten Teppich. Der weiche Bodenbelag tat ihren Füßen gut. »Gutes Stichwort. Was ist eigentlich mit dem Attentäter, Weston? Haben ihn Ihre Leute inzwischen verhört?«

Weston schüttelte den Kopf. »Wir wissen bisher nichts. Die Deutschen haben seit heute Morgen seine Fingerabdrücke. Dazu die Reste der Kugel.«

»Wie sieht Ihre Gefahrenanalyse für den Rest der Reise aus?«

»Wir sind der Meinung, dass unsere bisherigen Vorkehrungen im Grundsatz ausreichend sind. Wir haben auf die

Bedrohung professionell reagiert. Der Attentäter konnte keinen gezielten Schuss abfeuern. Er wurde von einem unserer Scharfschützen unschädlich gemacht und anschließend überwältigt.« Er sah Sorensen an. »So professionell werden wir auch weiter reagieren. Vorausgesetzt, wir werden über Programmänderungen rechtzeitig informiert.«

Sorensen hob seinen Zeigefinger und deutete auf Westons Brust. »Information. Das ist doch Ihr Stichwort, Weston. Haben Sie den Scharfschützen informiert, dass der Präsident ihm danken will?«

»Es war mir leider bisher nicht möglich. Der Mann ist bereits mit unserem Vorauskommando nach Hessen unterwegs.«

Sorensen wandte sich zum Gehen. »Dann gibt es sicher morgen Abend in Hessen Gelegenheit, ihn zu treffen. Wir sehen uns nachher im Club bei der Rede des Präsidenten, Mr Weston.«

»Vermutlich, Sorensen. Wenn ich richtig verstanden habe, ist ein besonders langer Tisch aufgestellt worden. Damit möglichst viele Leute später sagen können, sie hätten beim Dinner am Tisch des Präsidenten gesessen.« Er sah Leaton lange an. »Ich bin gespannt, welche eurer Taschenspielertricks ich auf dieser Reise noch kennenlernen werde.«

Leaton und Sorensen gingen vorbei an langen Reihen weiß gedeckter Tische, präzise geschmückt mit genau platzierten Gläsern und Blumengestecken in der Mitte. Sie steuerten die berühmte Rheinterrasse des Clubs an, die bereits lange Partyabende zuhauf kannte und einen freien Blick auf den Fluss zu Füßen der Gäste bot. Gerade wurden blaurote Fackeln an die weiße Balustrade gebunden.

Sorensen spürte, wie sehr er sich nach einem ruhigen Sommerabend sehnte. Aber auf dieser Reise würde es damit nichts werden, das war schon lange vorher absehbar gewesen. Schöne Sommerabende, die gab es manchmal auch in D. C., im Park am Washington Monument zum Beispiel. Doch wirkliche Ruhe war in der Hauptstadt so gut wie nirgendwo zu finden. Solche Sommerabende hatte er eher aus seiner Kindheit und Jugend in Erinnerung, aus Lincoln, Nebraska.

Plötzlich fiel Sorensen auf, dass er die ganze Zeit nach oben geschaut hatte, Richtung Petersberg. Er sah Leaton an. Sie beobachtete ihn. Wie lange wohl schon?

»Ist alles in Ordnung, Mr Sorensen?«, fragte sie.

»Ich mache mir Sorgen, Diane. Ich habe keine Vorstellung davon, welches Echo die Pressekonferenz heute zu Hause haben wird.«

Leaton schien das Gefühl zu haben, ihn beruhigen zu müssen. Sie, der Neuling. Ihn, den erfahrenen Politikmanager. »Ted, Sie haben doch bisher alles so wunderbar geplant. Die Menschen werden unserem Präsidenten auch weiterhin gerne zuhören.«

»Aber wir sind mit unserer Botschaft noch nicht durchgekommen. Die wichtigsten Reden kommen noch. Vor allem die in der Paulskirche in Frankfurt, aber auch die in Berlin. Ich möchte nicht, dass alles überlagert wird von Berichten über einen möglichen Anschlag.«

Diane Leaton nickte. »Die deutschen Sicherheitsleute ermitteln natürlich weiter. Sie unterrichten aber nicht uns. Und Weston berichtet uns nicht alles, was er weiß.« Leaton sah Sorensen neugierig an. »Wissen Sie eigentlich auch, dass mein Vater Presseoffizier bei der britischen Botschaft in Bonn war? Er hat gute Kontakte. Ich hatte allerdings noch keine Gelegenheit, mit meinen Eltern zu sprechen.«

Sorensen blickte sich auf der Terrasse um. Niemand war in der Nähe. Die Bediensteten des amerikanischen Clubs bereiteten den großen Saal vor. »Es freut mich sehr, dass auch Sie ungefilterte Informationen zu schätzen wissen, Mrs Leaton. Darf ich Ihnen eine Überlegung unterbreiten? Sie werden doch heute Abend hier im Club nicht gebraucht.«

»Da gebe ich Ihnen recht. Hier ist alles auf Englisch. Und die Deutschen, die herkommen, sprechen unsere Sprache. Ich hatte schon überlegt, ob ich heute Abend meine Eltern in Köln besuchen könnte. Aber das ist wohl zu lange und zu weit entfernt.«

Sorensen sah sie verständnisvoll an. »Allerdings. Wir bleiben alle immer in Bereitschaft. Für den Fall, dass uns der Präsident braucht.«

»Ich fürchte nur, dass ich sonst keine Gelegenheit mehr haben werde. Morgen werden wir in Frankfurt und Wiesbaden sein. Und übermorgen in Berlin.«

»Ich verspreche Ihnen, es wird eine Gelegenheit geben, Mrs Leaton. Aber Sie könnten uns hier einen Gefallen tun. Hier, in Bad Godesberg.«

»Tatsächlich? Natürlich gerne.«

»Versuchen Sie, etwas über den Attentäter herauszufinden. Fahren Sie zum Hauptquartier der Deutschen. Deren Pendant zu unserem Service befindet sich nicht weit von hier. Ich habe das in der Vorbereitungsmappe gelesen. Nehmen Sie Kontakt auf mit dem deutschen Ermittler, den Sie in dem Wagen des Fernsehens getroffen haben. Oder mit dem, der bei Ihrem Besuch auf der Krankenstation mit dabei war. Ich habe den Eindruck, von Weston werden wir vor dem Abflug aus Berlin nicht viel erfahren.«

Leaton war die Überraschung anzusehen. »Ich freue mich über jeden Moment, mich in meiner früheren Heimat frei bewegen zu können.«

Sorensen trat jetzt näher an sie heran und flüsterte. »Versuchen Sie, an Weston ungesehen vorbeizukommen. Er und seine Leute schätzen es nicht, wenn der politische Stab des

Präsidenten direkten Kontakt zu anderen Sicherheitsdiensten aufnimmt.«

Auf der kurzen Fahrt im Taxi dachte sie, dass sie am liebsten mit diesem Thomas Malgo sprechen würde. Bei ihrer Begegnung in dem Übertragungswagen hatte er innerlich aufgewühlt gewirkt, aber versucht, das zu verbergen.

Das Taxi bremste. Ganz in der Nähe quietschen die Bremsen eines Zuges. Sie griff zu ihrer Handtasche und sah aus dem Fenster. Das Haus rechts musste es sein. Friedrich-Ebert-Straße einundfünfzig, Bad Godesberg. Sie zahlte und blieb auf der gegenüberliegenden Straßenseite stehen.

Der deutsche Secret Service versteckte seine Bedeutung offenbar hinter einer besonders unauffälligen Fassade. Ihr gegenüber stand ein modernes, aber auf den ersten Blick eher schlichtes Bürohaus: fünf lange Reihen schmaler Fenster, eines direkt neben dem anderen. In der Mitte ein kurzes Vordach, das bei einem heftigen Regen mit etwas Seitenwind vermutlich keinen Schutz bieten würde. Darunter zwei schmale Eingangstüren. Sie konnte keinen Hinweis auf die Nutzung des Gebäudes entdecken und nur einen Eingang. Als eine Art kleiner Extravaganz hatte man sich für eine ziegelrote Fassadenfarbe entschieden. Doch selbst die Lage hatte etwas Gewöhnliches durch den Godesberger Bahnhof gegenüber.

Der Pförtner des Gebäudes schien den gesamten Vorplatz ständig im Blick zu haben. Als sie auf den Eingang zuging, kam er aus seinem Glaskasten heraus.

»Guten Tag. Sie sind offenbar an unserem Gebäude interessiert. Aber sicher nicht an dessen schlichter Architektur, nicht wahr? Eine Dame in dieser festlichen Kleidung?« Er legte eine Kunstpause ein. »Sie brächten sicherlich Glanz in unsere bescheidene Hütte.«

Männer, die sich aufplusterten, hatte sie noch nie leiden können. Nach ihren Erfahrungen waren es die mit unterdurchschnittlichen Leistungen. Sie kümmerten sich mehr um ihre Außenwirkung als um gute Arbeitsergebnisse.

»Mein Name ist Diane Leaton. Ich gehöre zur Delegation des amerikanischen Präsidenten. Ich möchte zu Herrn Malgo. Wenn Sie mich freundlicherweise gleich anmelden würden …«

»Sie haben gewiss einen Ausweis.«

Sie reichte ihm ihren Führerschein und das Akkreditierungsschreiben, das ihr die Sekretärin noch an Bord der Air Force One mitgegeben hatte.

Der Pförtner prüfte beides und ging anschließend etwas enttäuscht zu seiner Telefonanlage. »Prinzessin, hier ist der Drache. Da ist jemand für Krümelmonster. Eine Frau Leaton. Gehört angeblich zu Kennedys Leuten.« Er schüttelte den Kopf. »Nein, das weiß ich nicht.« Er hielt den unteren Teil des Hörers zu und sah Leaton an. »Worüber wollen Sie sprechen?«

»Das würde ich gern mit Herrn Malgo persönlich besprechen. Eine vertrauliche Angelegenheit, da bitte ich um Verständnis.«

Der Pförtner gab die Weigerung weiter, hörte dann wieder zu. »In Ordnung. Sage ich ihr. Bis gleich.« Er legte auf, kam wieder nach vorn und zeigte auf die Sitzgruppe unter den offiziellen Porträts in Schwarz-Weiß. »Nehmen Sie doch einen Moment Platz. Es kommt jemand für Sie herunter.«

Als sie sich gesetzt hatte, holte sich der Mann eine Zigarettenschachtel aus der Schublade unter einem riesigen Schlüsselbrett und ging nach draußen. Im nächsten Moment öffnete sich die Tür des Fahrstuhls.

»Frau Leaton? Es tut mir leid. Unser Chef ist unterwegs. Was kann ich für Sie tun?«

»Ich hätte gern mit Herrn Malgo gesprochen.«

»Kennen Sie ihn?«

Leaton rief sich ins Gedächtnis, wie Geheimdienste arbeiteten. »Nein, sein Name ist mir genannt worden von unseren Leuten.« Sie zögerte. Jeder erfuhr nur das, was er wissen musste. »Ich bin Mitglied der Delegation des amerikanischen Präsidenten.« Das war kein Dienstgeheimnis und bereits dem Pförtner bekannt.

»In welcher Funktion?«

Über ihre eigene Funktion hatte sie diskret geschwiegen. Eine Gruppe von Beschäftigten kam die Treppe herunter und unterhielt sich lebhaft. Der Pförtner verabschiedete sie. »Vorsicht, ihr Archivmäuse. Draußen scheint die Sonne. Also Hüte aufsetzen, sonst verbrennt ihr.« Ein Mann aus der Gruppe warf ihm einen zusammengeknüllten blauen Zettel entgegen. Der Pförtner fing das Geschoss gelassen auf, stellte fest, dass es eine unbeschriebene Karteikarte war, glättete sie und steckte sie ein.

»Frau Leaton?«

»Ja? Ach so, Ihre Frage. Ich bin die Dolmetscherin der Delegation.«

So hatte sie zumindest nicht verraten, dass sie nur für den Präsidenten arbeitete. Die Frau schien sich mit der Antwort zufriedenzugeben.

»Warum möchten Sie Herrn Malgo sprechen?«

»Das würde ich ihm gerne persönlich mitteilen.«

»Herr Malgo ist leider nicht im Haus. Mein Name ist übrigens Buchner. Ich bin die Assistentin unseres Dienststellenleiters.«

»Danke für Ihre Offenheit. Es geht um die Rede des Präsidenten in Frankfurt, in der Paulskirche. Nach dem Plan, der mir vorliegt, stehen die Kabinen für die Übersetzer möglicherweise etwas ungünstig.«

»Was bedeutet für Sie ›ungünstig‹?«

Die Dame schien gewohnt zu sein, umfassend Auskunft zu erhalten.

»Wir müssen den Redner sehen können, seinen Gesichtsausdruck. Damit wir zum Beispiel Ironie schneller erkennen können.«

»Da hat Ihnen leider jemand den falschen Ansprechpartner genannt, Frau Leaton. Unser Leiter Personenschutz heißt Deckert. Er ist auch für Objektschutz zuständig. Die Überprüfung der Räume, die unsere Schutzpersonen betreten, fällt in seinen Bereich. Aber der Mann ist bereits mit unserem Vorauskommando unterwegs. Nach Hessen.«

Schade. Unnötig, ihr mitzuteilen, dass sie Deckert bereits kannte.

»Dann versuche ich, ihn am Morgen in Frankfurt zu sprechen. Danke für die Auskunft, Frau Buchner. Auf Wiedersehen.«

Auf dem Weg zum Taxistand am Bahnhof traf sie die gut gelaunte Gruppe von der Treppe wieder. Die vom Archiv, über die sich der Pförtner lustig gemacht hatte. Sie sprach den Mann an, der ihr in Erinnerung geblieben war, weil er mit Papier geworfen hatte.

»Guten Abend. Ich wollte eigentlich zu Thomas Malgo.« Sie setzte ein etwas verlegen wirkendes Lächeln auf. Ihr Mädchenlächeln. »Beim Pförtner bin ich leider abgeblitzt. Dabei ist es dienstlich. Wirklich.«

Der große Mann mit dem etwas schütteren Haar schaute seine drei Kolleginnen an. Sie kicherten und gingen weiter. Er sah ihnen nach. »Malgo, ja. Wirklich dienstlich?«

Leaton nickte nur. Er überlegte und sah zur anderen Straßenseite. An der Litfaßsäule war ein Mann stehen geblieben. Er schien Konzertliebhaber zu sein und gerne vorauszuplanen. Denn das Plakat, auf das er sich konzentrierte, kündigte die Herbstkonzerte in der Beethovenhalle an. Leaton hatte ihn nur aus dem Augenwinkel gesehen. Der Blick des Mannes aus dem Archiv war allerdings jetzt nicht mehr freundlich-interessiert, sondern abschätzend-kühl.

»Es tut mir leid, ich kann Ihnen nicht helfen. Einen schönen Abend noch.«

*

War die Flucht schon bemerkt worden? Hatten der Bundesnachrichtendienst und die Dienststelle bereits mit der Suche begonnen? Vermutlich noch nicht. Es war ja auch erst sechs Uhr nachmittags. Die Herren im dunkelgrünen Mercedes warteten auf ihren Schichtwechsel um neun, also kurz vor Sonnenuntergang. Sie würden von ihrem Parkplatz auf der gegenüberliegenden Straßenseite feststellen, dass das kleine Licht im Schlafzimmer eingeschaltet war. Der Mühe des Aussteigens unterzogen sie sich ohnehin nur jede halbe Stunde. Dann lief einer von ihnen um das Haus herum und versuchte von hinten durch die Gardinen etwas im Wohnzimmer zu erkennen. Den Balkon zum Garagenhof hielten sie sicher für zu hoch, um darüber zu entkommen. Erst später, auf der Suche nach seinem Fluchtweg, würden sie entdecken, dass der Nachbar seinen Pritschenwagen mit Plane direkt unter dem Balkon abgestellt hatte. Am frühen Nachmittag, wenn er vom Großmarkt kam.

Wie würden Nadja und Jakob nach ihrer Rückkehr aus Aachen reagieren, wenn er nicht da war? Sie wussten weder vom Hausarrest noch von der Flucht über den Rhein. Sie würden sich Sorgen machen, aber von den Bewachern des BND nichts Beruhigendes erfahren. Sein kleiner Zettel mit den dürren Worten »In zwei Tagen bin ich wieder da« half ihnen hoffentlich ein wenig. Nadja würde allerdings sofort an Jakobs Babyjahre denken, als er nach kurzem Aufenthalt ständig verschwinden musste. Nur würde er ihr diesmal bald erzählen können, was geschehen war.

In der Dienststelle dachten sie bestimmt sofort an eine Autofahrt. Sie würden per Funk die Streifen an den Zufahrten zur Autobahn anweisen, die Augen nach seinem Ford 17 M offenzuhalten – natürlich ohne zu wissen, dass Nadja mit dem Wagen zu ihrer Mutter gefahren war. Die mobilen Kontrollstellen an den Fernstraßen rund um Bonn waren ja ohnehin eingerichtet als Vorbereitung auf Kennedy. Auch an die Fußstreifen am Bahnhof würde bald das Bild des Gesuchten verteilt werden. Vielleicht auch am Flughafen. Aber hatte jemand das älteste Transportmittel im Blick? Die große Wasserstraße, allen direkt vor Augen und daher so gut wie unsichtbar? Der Main floss schließlich in den Rhein und verband so Bonn mit Hanau und Frankfurt. Kennedy würde nach zehn Uhr in Hessen ankommen und die kleine Motoryacht hoffentlich nicht viel später.

Der schweigsame Kapitän machte einen ausgeruhten Eindruck. Er würde die Nachtfahrt durchstehen. Bald erreichten sie Rheinkilometer sechshundertsiebenundvierzig, auf Höhe Bad Godesberg. Seit gestern war auf dem linken Rheinufer, unter dem Petersberg, mit Polizeifahrzeugen vor etlichen Häusern zu rechnen. Wer genau hinsah, vielleicht mit einem Fernglas, würde feststellen, dass die Türen der Transporter nie geschlossen blieben und im Inneren Männer mit Gewehren auf den Knien saßen, die Augen auf das gegenüberliegende Flussufer gerichtet. Boote der Wasserschutzpolizei patrouillierten ohnehin in diesem Bereich, seit die Vorbereitungen für die Party in dem amerikanischen Club begonnen hatten.

Jetzt war fast niemand auf der großen Aussichtsterrasse zu sehen. Wurde der Präsident gerade begrüßt? Die dichten Vorhänge vor den großen Fenstern des Saales nebenan waren jedenfalls vollständig zugezogen. Deckert prüfte wohl im Moment mit letztem Blick, ob seine Schutzpersonen weit genug entfernt von den großen Fensterflächen platziert waren und sich nah genug am zweiten Ausgang befanden. Wahrscheinlich wusste er noch nicht von der Flucht Malgos aus dem Hausarrest. Wie würde er reagieren? Glaubte Deckert wirklich, er habe einen Attentäter unterstützt? Vermutlich eher nicht. Aber Deckert glaubte an das Strafrecht. Und dem hatte man als Kriminalbeamter des Bundes zu dienen. Wenn es einen Staatsanwalt gab, der einen Verdächtigen für dringend tatverdächtig hielt, wenn der Staatsanwalt zudem einen Haftgrund wie Verdunkelungsgefahr erkannt und ein Haftrichter diesem Antrag stattgegeben hatte, dann war diese Entscheidung durchzusetzen. Der verlängerte Arm des Rechtsstaates in Aktion. Aber ob sich Deckert an alle Details im Fach Strafverfolgung erinnerte? Auch an die Frage, mit der der pensionierte Jurist am letzten Tag alle Seminarteilnehmer zum Lachen gebracht hatte?

»Aus welchem Grund ist die Flucht eines verurteilten Täters aus der Haft strafbar? Antwort: weil er sich bei erster Gelegenheit umzieht und die Klamotten zurücklässt. Daher liegt Diebstahl von Anstaltskleidung vor.«

Der Gefängnisausbruch selbst, das Verlangen nach Freiheit, das war in Deutschland nicht strafbar. Also konnte das Verletzen des Hausarrests eigentlich erst recht nicht strafbar sein.

Deckerts Kollegen – die Personenschützer bei Rheinkilometer sechshundertdreiundvierzig in Rhöndorf, am Wohnhaus des Kanzlers mit Blick auf den Rhein – saßen vermutlich in ihrem Wachhäuschen und spielten Karten. Ohne die Gefahr, von ihnen entdeckt zu werden, blieb Zeit genug, über alles nachzudenken. Etwa über das Naheliegende, wer dieser geheimnisvolle Anrufer und fremde Freund eigentlich war.

Und dann gab es da noch eine andere Frage: Würde Alina wirklich zu vollenden versuchen, was ihr Bruder vergeblich versucht hatte?

*

Kennedy nickte dem Mann im Flur zu, ging durch die offene Tür in die Bibliothek und ließ sich in seinen gepolsterten Schaukelstuhl fallen. Sorensen wunderte sich zum wiederholten Male darüber, wie dick die cremefarbenen Polster auf den Armlehnen waren. Sie wirkten wie eine exakte Replik des Schaukelstuhls im Oval Office. Kennedy öffnete seinen oberen Hemdknopf, lockerte die Krawatte und griff zu den Heineken in den beiden Sektkühlern. Er reichte eine Flasche hinüber zu Sorensen, der noch vor dem imposanten Gemälde stand. Bewegte See im Halbdunkel. Ein Original, aber auch nur Kulisse wie alles hier, dachte Sorensen. Er wandte sich um. Kennedy hatte ihn die ganze Zeit angesehen.

»Hey, Ted, der Tag ist vorbei. Nehmen Sie schon. Ich wünschte, unsere Jungs würden manchmal auch ein bisschen mehr Kühlung bekommen.«

»Danke. Wie meinen Sie das?«

Kennedy trank einen Schluck. »Ich meine, heute Nachmittag. Als alle ihren Colt gezogen haben nach dem kurzen Knall. Da war doch nichts. Sind alle seit gestern überreizt? Ich nicht.« Er lächelte und beobachtete durch das Fenster den beleuchteten Uferweg. »Mir kann nichts passieren. Mein Bruder betet für mich.«

»Wird Robert noch anrufen?«

»Vielleicht schon. Er wird eine Menge Nachrichtensendungen gesehen haben. Wissen wir schon etwas über die Zeitungen? Die von hier, meine ich.«

»Nein. Es ist wohl noch zu früh.«

»Die tägliche Zusammenfassung zur Wirtschaftslage können Sie übrigens abbestellen. Der Finanzminister kann seine Leute mit etwas anderem beschäftigen. Danach fragt im Ausland niemand.«

»Wollen wir über morgen sprechen?«

»Ist das Ihre Vorstellung von einem entspannten Gespräch? Erzählen Sie lieber, wann Sie heiraten werden.«

»Wenn ich meine Frau gefunden habe.«

»Dann fahren Sie endlich nach Paris. Und lassen Sie sich von Jackie sagen, wo Sie hingehen sollen.«

»Danke für den erneuten Hinweis.«

»Da wir schon bei den guten Nachrichten sind: Was ist mit unserem Scharfschützen, meinem anderen Beschützer?«

»Weston sagt, er sei schon nach Hessen unterwegs.«

»Also verschieben wir das. Den Rest besprechen wir beim Frühstück.« Er zog ein kleines Notizbuch aus seinem Jackett. »Meine Erinnerungen an die Deutschen. Niedergeschrieben während meiner kleinen Rundreise im Sommer 1945, also direkt nach Kriegsende.«

»Haben Sie neue Erkenntnisse gewonnen?«

Kennedy öffnete das Notizbuch an einer Stelle, die er mit einer Visitenkarte markiert hatte. »Vielleicht verstehe ich jetzt besser, warum sie so eine Angst vor den Russen haben.«

Sorensen hatte sich das auch schon gefragt. Er entschied sich dafür, zu schweigen und seinem Präsidenten die Antwort zu überlassen.

»Ted, die Russen sind mit einer solchen Brutalität vorgegangen, haben Frauen vergewaltigt und Fabriken geplündert, dass sogar die deutschen Mitglieder der Kommunistischen Partei protestiert haben sollen.«

»Ändert diese Erkenntnis etwas für uns?«

»Ich werde darüber nachdenken. Aber ich habe auch meine Beobachtungen über das riesige Ausmaß der Zerstörungen

nachgelesen. Der Vergleich mit dem Land, das wir jetzt berei-
sen, lässt nur einen Schluss zu: Es ist bewundernswert, in
welch kurzer Zeit die Deutschen dieses Land wiederaufge-
baut haben.«

TAG DREI

13.

Dienstag, 25. Juni 1963. Hanau, Bad Godesberg, Frankfurt.

Die Visite sollte ein ermunternder Truppenbesuch des Präsidenten werden. An die Gefahr eines Atomkrieges musste
man in Hanau niemanden erinnern. Die Zonengrenze mit
den Panzern der russischen Eliteeinheiten hinter Zäunen und
Minenfeldern war schließlich nur hundert Kilometer entfernt.

Als Kennedys Lincoln Continental durch das Haupttor des
Luftwaffenstützpunktes Hanau einbog, tönte aus den großen Lautsprechern »Moon River«, die Melodie aus dem Film
»Frühstück bei Tiffany«. Der Lieblingsschlager des Präsidenten, das war eine freundliche Geste der Truppe zum Empfang.
Als Kennedys Kolonne die Haupttribüne unter dem riesigen Wappen der US Air Force Europe erreicht hatte, nach
einer Fahrt vorbei an fünfzehntausend Soldaten, fast tausend
Kampfpanzern und Hunderten Jagdflugzeugen, nach einer
Art kleinem Triumphzug durch ein riesiges Tor aus zwei großen Raketen auf ihren mobilen Abschussrampen, da spielten
die Militärmusiker selbstverständlich die Nationalhymne.

Der Präsident stieg aus, winkte wie immer und nickte kurz
Truman H. Dandoc zu, dem kommandierenden General der
Air Force in Europa. Dann trat er ans Rednerpult.

»Ich möchte den Angehörigen dieser Division und ihren
Familien, die weit von zu Hause dienen, den Dank des amerikanischen Volkes aussprechen. Und ich hoffe, dass hun-

dertachtzig Millionen Amerikaner und Millionen Deutsche wissen, dass sie nachts friedlich schlafen können, weil ihr hier seid.« Donnernder Applaus folgte. Der Präsident und Oberkommandierende schien den richtigen Ton zu treffen.

Während Kennedy weitersprach, drehte sich General Dandoc vorsichtig nach links. Er suchte die ersten beiden Reihen der Zuhörer ab. Dort saßen Offiziere seiner US-Luftwaffe in ihren Galauniformen. Zwischen ihnen, mit den obligatorischen Sonnenbrillen, hatten einige Agenten des Secret Service Platz genommen. Auch nach dem Vorfall von Bonn war die Sicherheitseinstufung des Ortes nicht verändert worden. In einer amerikanischen Kaserne galt die Sicherheit des Präsidenten als kaum bedroht. So ruhte sich der Großteil der Personenschützer am Haupttor aus, bei erfrischend kühler Limonade und im Schatten großer Sonnenschirme.

Nach ein paar Augenblicken trafen sich die Blicke von Dandoc und Weston. Weston nahm seine Sonnenbrille ab und setzte sie sofort wieder auf. General Dandoc registrierte das vereinbarte Zeichen. In Gedanken ging er den Ablauf noch einmal durch. Er hatte fast nichts zu verlieren, nur seine Pensionsansprüche. Diesen Betrag betrachtete er als unbedeutend im Vergleich zu seiner patriotischen Pflicht. Natürlich würden sie ihn anschließend seines Kommandos entheben. Aber seine Dienstzeit als Commanding General der US-Luftwaffe endete ohnehin im Dezember. Er würde nur etwas früher zurückkehren in die USA, begleitet von seiner Frau und seinem deutschen Adoptivkind. Doch seine Piloten und ihre Familien würde er zurücklassen müssen, in Reichweite der russischen Panzerdivisionen in Thüringen und ihrer atomaren Vernichtungswaffen. Die Einheiten dieser Divisionen bestanden aus Elitesoldaten der UdSSR, die jeden Tag für ihre Aufgabe als erste Angriffswelle trainierten. Für das offensichtliche Ziel, die Zonengrenze bei

Fulda zu überschreiten, Wiesbaden mit dem Hauptquartier der US Air Force in eine Wüste aus Schutt zu verwandeln und am zweiten Tag ihres Angriffs Frankfurt einzunehmen. Mit der Option, einen Tag später Westdeutschland in zwei Hälften zu teilen.

Dieses Gefühl, der Übermacht des Feindes ohnmächtig ausgeliefert zu sein, brachte Truman H. Dandoc fast jede Nacht um den Schlaf. Er dachte an seine Piloten, für deren Leben er direkt verantwortlich war. Soldaten einer großartigen Streitmacht, die unglücklicherweise von einem naiven Präsidenten und Oberbefehlshaber kommandiert wurde. Von einem Mann, der bewiesen hatte, dass ihm jegliche Entschlusskraft fehlte. Zwar waren an der Zonengrenze amerikanische Einheiten mit Spähpanzern stationiert. Sie würden einen russischen Angriff vielleicht noch rechtzeitig melden können. Doch dann würde die erste Angriffswelle der Russen ihre Stellungen pulverisieren. General Dandoc war überzeugt, dass Washington den nötigen Befehl zum Gegenangriff zu spät erteilen würde. In diesem Teil der Welt konnte man nicht warten bis zum letztendlichen Beweis des Offensichtlichen, bis in Washington jeder geweckt worden war. Die Kommandeure vor Ort mussten handeln können. Und das rechtzeitig, bevor es für Gegenwehr zu spät war. Genau dann, wenn die Angriffsvorbereitungen des Gegners offensichtlich waren, sein Angriff aber noch nicht begonnen hatte. Doch nach allem, was er aus Washington hörte, waren Kennedy und seine Leute ideologisch zu verblendet. Sie erkannten nicht, dass man für den *preemptive strike* vorbereitet sein musste. Dieser Präsident glaubte, er könne einen russischen Staats- und Parteichef in einen Friedensengel verwandeln.

General Freeman, der Kommandeur der US Army in Europa, sprach ihn an. »Tut gut, so eine Rede unseres Präsidenten, nicht wahr?«

Dandoc blickte starr geradeaus. »Paul, er ist der erste Präsident in achtzehn Jahren, der uns hier besucht. Der Bande in Washington sind wir völlig egal.«

Freeman sah ihn verwundert an, schwieg jedoch. Dandoc legte demonstrativ die rechte Hand auf die obere Reihe seiner Orden. Er fühlte den Silver Star, den sie ihm für seine besondere Tapferkeit während des Angriffs der Japaner auf Pearl Harbor verliehen hatten. Damals hatte auch niemand bei der auf Hawaii stationierten Marine damit gerechnet, dass die Japaner die amerikanischen Kriegsschiffe im Hafen angreifen würden. Er sah wieder zum Rednerpult. Kennedy beendete gerade seine Rede und blickte zu seinem offenen Wagen, der ihn nach der Platzrunde zurück in die Offiziersmesse bringen würde. Dandoc trat schnell zwei Schritte vor und zeigte auf seinen Jeep. »Mr President, wären Sie einverstanden, wenn ich Sie in einem Armeefahrzeug zurückfahren würde?«

Kennedy zögerte einen Moment. Dandoc kannte die Berichte über das Rückenleiden seines Präsidenten. »Mr President, die Wege hier sind in gutem Zustand. Das verspreche ich Ihnen.«

Kennedy deutete ein Lächeln an. »Einverstanden, General. Die gesamte Airbase wirkt wie gerade renoviert. Manche Gebäude riechen sogar noch nach frischer Farbe.« Er sah seinen Leibwächter an und hob den Daumen. Dann setzte er seine Sonnenbrille auf. »General, ich hoffe nur, Sie haben nicht auch noch den Rasen grün streichen lassen – nur weil er braun geworden ist durch den heißen Sommer …«

Dandoc schüttelte den Kopf, setzte sich dann ans Steuer und fuhr auf der Landebahn Richtung Tower. Noch vor den großen Hangars für die Transportflugzeuge zog er den Jeep scharf nach rechts und steuerte die Bunker der Bomber am Rand der Landebahn an. Die Fahrer der Kolonne des Präsidenten wurden völlig überrascht. Sie hatten Mühe, die Limousinen mit ihrem großen Wendekreis in die neue Richtung zu lenken. Ihre Überraschung nahm zu, als General Dandoc plötzlich beschleunigte. Kennedy sah ihn an. »General, wohin fahren wir?«

Dandoc schwieg und bremste erst, als er die große Fahrbahnsperre kurz vor der Einfahrt zum Komplex der Hochbunker erreicht hatte. Kennedy stemmte sich gegen die Windschutzscheibe des Jeeps. Dandoc bemerkte, dass der massive Betonblock quer über die Fahrbahn vor ihnen schnell im Boden verschwand. Er fuhr an und Kennedy drehte sich um. Dandoc wusste, dass die Sperre sofort wieder hochgefahren wurde. Die Limousinen des Secret Service und das Begleitfahrzeug mit dem designierten deutschen Kanzler Ludwig Erhard mussten vor der Sperre scharf bremsen. Kennedy schrie Dandoc an.

»Was soll das? Haben Sie den Verstand verloren?«

General Dandoc bog unbeirrt rechts ab und fuhr weiter. Dandoc bezweifelte, dass der Secret Service mit so einem Szenario gerechnet hatte. Es war ihnen nicht möglich, ihn zu stoppen. Vorerst jedenfalls. Dandoc bremste vor einem der hinteren Flugzeugbunker. Der weiße Tower lag in weiter Ferne, nur der doppelte Sicherheitszaun um den Flugplatz war fast zum Greifen nah. Wie auf ein Stichwort schwangen die großen Doppeltore der Bunkerhangars links und rechts auf. Etwa zwanzig Piloten in ihren grauen Einsatzuniformen rannten heraus. Kennedy lehnte sich zurück. Er würde abwarten müssen, was nun geschah.

Dandoc war inzwischen aufgestanden und hielt sich an der Windschutzscheibe des Jeeps fest und sprach so bellend, dass es jeder in der Nähe hören konnte. »Diese Jungs, Mr Präsident, trainieren jeden Tag hart in ihren Bombern. Und sie wissen, wofür. Im hinteren Teil der Hangars lagern Atombomben.« Dandoc machte eine Pause, sah Männer des Secret Service im Vollsprint und schätzte, dass ihm noch höchstens zwei Minuten blieben. »Vor mehr als zwanzig Jahren bin ich nach Pearl Harbor geflogen und in den Angriff der Japaner geraten. In einem unbewaffneten Flugzeug, Mr President. Mit Gottes Hilfe konnte ich im Kugelhagel landen. Und anschließend meinen Kameraden helfen, den Gegner zu bekämpfen.« Er sah seine Leute an und wandte sich wieder Kennedy zu. »Jeder von meinen Jungs will kämpfen, Sir. Und es ist Ihre verdammte Pflicht, Mr President, dafür zu sorgen, dass wir nicht schon wieder überrascht werden von einem Angriff. Unsere Jäger sollen rechtzeitig aufsteigen können, und die Russen …«

Anstelle einer Antwort riss Kennedy mit links sein Hemd unter dem Jackett auf, zog mit der rechten Hand einen kleinen Revolver, der an einer Korsettstange befestigt gewesen war, und zielte gut sichtbar auf das Herz des Generals. »Dandoc, ich habe Ihnen lange genug zugehört. Jetzt rede ich.« Der General machte ein überraschtes Gesicht. »Als Erstes setzen Sie sich vor Ihren Jeep. Die Hände auf den Boden, sodass ich Sie im Blick habe, wenn ich mit unseren Piloten rede.« Dann wandte er sich den Piloten zu. Keiner von ihnen bewegte sich, alle standen mit vor der Brust verschränkten Armen vor dem größten Hangar. »Männer, ihr wisst, dass er mich für einen schwachen Präsidenten hält. Ich kann euch nur empfehlen, den Gegner nie zu unterschätzen. Weder seine Vorbereitungen für einen möglichen Kampf noch seinen Kampfeswillen und auch nicht seine Vernunft. Keiner bei uns oder bei den Russen würde einen Atomkrieg überleben. Vertraut mir darauf, dass auch die andere Seite das weiß.« Er sah sich kurz um. »Und nun, meine Herren, verschwindet dahin, woher ihr gekommen seid.« Er sah Dandoc an. »General, stehen Sie auf. Ich denke, wir werden uns auf der Rückfahrt zum Tower eine Erklärung für dieses kleine Schauspiel einfallen lassen. Und lassen Sie meinen Leuten ausrichten, ich brauche ein frisches Hemd.«

*

Bad Godesberg.

Er hatte sich bei seiner Sekretärin für zwei Stunden verabschiedet. Ohne ihr zu sagen, wohin er wollte. Ihren erstaunten Blick hatte er im Rausgehen noch registriert. Sie würde, sobald er mit dem Aufzug in die Tiefgarage unterwegs war, sicherlich bei Beckmann nachfragen. Aber da er ohne Fahrer unterwegs sein würde, war auch der Pförtner diesmal keine gute Quelle. Beckmann und Buchner nicht im Bilde. So etwas war tatsächlich möglich, registrierte Paul Dickopf zufrieden. Unter normalen Umständen hätte ihn der Gedanke daran schmunzeln lassen.

Er fand direkt vor dem Gemeindebüro einen Parkplatz und sah hinüber zu der weißen Kirche mit ihrem grauen Schieferdach. Hier waren sie getraut worden, Ellen und er. Hier würde nun ihre Totenmesse stattfinden.

Für heute hatte ihn Pfarrer Wilke zum Beerdigungsgespräch eingeladen. Auf seine Bitte und damit sehr schnell. Manchmal wollten Menschen alles Nötige baldmöglichst hinter sich haben, um dann mit ihrer Trauer um den Verstorbenen allein sein zu können. Die Gemeindesekretärin hob den Blick von ihrer Schreibmaschine und sah ihn an.

»Guten Tag, wie kann ich Ihnen helfen?«

»Mein Name ist Paul Dickopf. Ich bin mit Pfarrer Wilke verabredet. Meine Frau ist gestern verstorben.«

»Oh. Mein herzliches Beileid.«

»Ist der Herr Pfarrer schon da? Oder kann ich in seinem Arbeitszimmer warten?«

»Mir ist gesagt worden, Sie möchten bitte im Kaminzimmer Platz nehmen.«

Dickopf kannte das Kaminzimmer nicht. Die Bezeichnung erwies sich als nicht ganz zutreffend. In dem großen Raum befand sich zwar tatsächlich ein alter gemauerter Kamin mit einer kleinen Sitzbank, dazu ein Sessel und ein niedriger Glastisch mit einer Bibel darauf. Doch tatsächlich schien man den Raum weniger für persönliche Gespräche als vielmehr als Arbeitsraum für Gruppen zu nutzen. Darauf deuteten zumindest die schlichten weißen Tische in U-Form und die an der hinteren Wand gestapelten Stühle hin. Als Dickopf dem Kamin näher kam, stellte er zu seinem Erstaunen fest, dass auf der schmalen Sitzbank jemand saß. Ein Mann, den er kannte.

»General, was soll das?«

»Dickopf, ich wollte Sie in dieser schweren Stunde …«

»Hören Sie auf. Sie haben nur Angst, dass ich abspringe.«

Der General wies auf den Sessel ihm gegenüber. »Tatsächlich würden Sie damit unserer gemeinsamen Sache schaden, ja.«

Dickopf setzte sich widerwillig. »Woher wissen Sie überhaupt von meinem Verlust? Und wo ist Pfarrer Wilke?«

»Ich habe den Pfarrer gebeten, uns für einen Moment allein zu lassen.«

Dickopf spielte mit dem Gedanken, einfach aufzustehen und zu gehen. »Wollen Sie vielleicht auch noch theologisch werden? Ich bin der Weg, die Wahrheit und das Leben?«

»Das liegt mir fern.«

»Was wollen Sie dann?«

»Ihnen versichern, dass wir Ihr Pflichtgefühl honorieren werden. Wenn alles vorbei ist.«

»Ich will wissen, wer das getan hat. Es dürfte außer Zweifel stehen, dass der Mann, so wie ihn das Hotel beschrieben hat, keiner ihrer üblichen Liebhaber war.«

246

Der General nickte. »Meine Leute gehen zurzeit davon aus, dass die Amerikaner dahinterstecken. Es spricht einiges dafür, dass dieser Mann auch auf Augustyn Nowak geschossen hat.«

Dickopf schüttelte den Kopf. »Wenn die Amerikaner bei der Ankunft von Kennedy wirklich einen Scharfschützen auf dem Dach der Residenz postiert hatten, warum macht sich dieser Mann dann an meine Frau heran? Und warum sollte er Ellen am Tag töten? In einem Hotel, in dem man beide gesehen hat? Das ergibt doch keinen Sinn.«

»Wir haben seine Fingerabdrücke. Er ist bei uns jedenfalls nicht registriert. Auch nicht bei der Einreise. Offenbar illegal ins Land gekommen. Nach der Beschreibung möglicherweise aus Mittelamerika. Vielleicht aus Puerto Rico. Erinnern Sie sich? Die Leute, vor denen uns der Service gewarnt hat.«

»Das ergibt noch weniger Sinn.« Dickopf stand auf und ging zum Fenster. »Ich weiß nur eines: Da draußen läuft der Mörder meiner Frau frei herum.«

Der General trat neben ihn und legte ihm eine Hand auf die Schulter, so wie es Priester tun. »Das alles ist sicherlich nicht einfach für Sie. Aber da draußen gibt es auch eine Frau, die wir ausgewählt und ausgebildet haben. Sie wird jetzt handeln, entschlossener als zuvor, denn sie muss annehmen, dass ihr Bruder tot ist. Dickopf, sie braucht unsere volle Unterstützung.«

»Was ist mit ihrem Bruder? Wird er reden?«

»Das ist kaum zu erwarten. Er wird wohl an seiner schweren Lungenentzündung versterben, sagt mir mein Kontakt in der Botschaft.«

Dickopf spürte den Wunsch, alles hinter sich zu lassen. »Ich rate dazu, skeptisch zu sein. Das sollte uns unsere Erfahrung lehren. Wir haben uns etwas vorgemacht. Der Bruder war ein Risiko, eine labile Persönlichkeit. Er war von Anfang an ganz anders als sie. Der brave Hausmeister der päpstlichen Botschaft, den wir für seinen Einsatz aus dem Verkehr ziehen mussten, der tat mir immer schon leid. Der Mann hat uns sogar früher hin und wieder etwas zukommen lassen ...«

Der General strich mit beiden Händen sein Haar glatt, als wartete draußen eine Ehrenkompanie auf ihn. Dann ging er zur Tür. »Sie haben ja recht, mein lieber Dickopf. Aber es ändert nichts. Wir müssen unbedingt bei unserem Vorhaben bleiben. Für Deutschland. Der Herr möge Ihre Frau aufnehmen in sein Himmelreich und uns beschützen bei unseren Plänen.«

*

Frankfurt am Main.

Die Schiffstour über Rhein und Main und der anschließende Weg zur Paulskirche hatten einfach viel zu lange gedauert. Doch bevor ihn sein Ärger beherrschen konnte, übernahm sein Verstand wieder die Kontrolle. Niemand versuchte, die Vorwürfe gegen ihn zu entkräften. Nur er selbst konnte versuchen, die Hintermänner des Anschlages zu finden. Und so seine Unschuld zu beweisen.

Ein Kriminalist musste alle wichtigen Informationen sammeln und sie anschließend richtig bewerten. Malgo erinnerte sich an seinen Ausbilder beim Bundeskriminalamt. Der Mann hatte eine Vorliebe für Leitsätze und Überschriften.

»Objektive Fallbedeutung statt subjektivem Fallempfinden.«

Also kein subjektiver Ärger darüber, dass die Bäckerei an der nächsten Straßenecke unerreichbar war angesichts der riesigen, dicht gedrängten Menschenmenge. Dagegen objektive Anerkennung der Tatsache, dass der hessische Staatsschutz seine Kennedy-Kontrollen gewissenhaft erledigt hatte. Die

Schiffsanleger am Main waren weiträumig abgesperrt gewesen. Auch deswegen hatte sein Wassertaxi aus Bonn weit vor der Stadt anlegen müssen.

Der Fenstersims des hohen Rundbogenfensters, auf dem er saß, war auch nicht gerade bequem. Trotzdem wurde er fast neidisch von den unten Stehenden angeschaut.

Der Frau im weißen Kittel langweilte sich. »Sie, junger Mann, mit Ihrem Überblick von da oben … Tut sich schon was?«

»Nein. Ich stehe ja nur ein paar Handbreit höher als Sie. Ich weiß nur, dass Kennedy um drei Uhr auf dem Römerberg angekommen ist. Seine Rede da ist ja wohl vorbei …«

Sie bewegte ihren Kopf Richtung Paulskirche. »Ich habe Sie doch schon drinnen gesehen, nicht wahr?«

Eine aufmerksame Beobachterin. »Kann sein.«

Sie schmunzelte leicht. »Ein Kollege aus unserer Küche sind Sie aber nicht. Die kenne ich. Lieferant?«

Jeder mag es, wenn sich ihre Vermutungen bestätigen. So lassen sich Nachfragen vermeiden. »Bier, wenn Sie es genau wissen wollen. Die Lederschürze liegt im Wagen. Ich komm ja hier nicht weg. Dachte, ich riskier mal einen Blick auf den Führer der freien Welt.«

Sie lächelte. »Wäre schön, wenn Sie eine Flasche mit rausgenommen hätten.« Sie griff in ihre Kitteltasche und zog eine Brötchentüte heraus. »Ich hätt auch zwei Wecken dabei.« Sie hätte gerne geteilt. Das war offensichtlich.

»Tut mir leid. Bier könnte ich höchstens nachher liefern. Muss auch gleich wieder rein.«

Sie bemerkte den hungrigen Blick des Schuljungen neben ihr und reichte ihm ein Brötchen. Seine Mutter bedankte sich für ihn. Sofort kam ihm sein Sohn in den Sinn. Jakob hatte das lange Warten auf Kennedy vorgestern erlebt. Hoffentlich machte er sich nicht zu lange Sorgen. Nadja war daran gewöhnt, dass er ab und an dienstlich kurzfristig verreisen musste.

Gegenüber, vor dem Eingang zur Paulskirche, überprüfte der Secret Service inzwischen an einer improvisierten Kontrollstation jeden Besucher. Die Herren hatten sich ihre Aufgabe allerdings mit einem Sonnenschirm ein wenig angenehmer gemacht. Hoffentlich filzten sie auch die Bedienungen gründlich. Aber würde sich Alina hier einschmuggeln können? Nicht völlig ausgeschlossen. Denn die Paulskirche hatte weder eigene Hausmeister noch hauseigene Küchenkräfte. Jeder Veranstalter buchte sein eigenes Personal und brachte es mit. Und jeder, dem der schlauchartigen Gang zur Eingangsebene freigegeben worden war, hatte direkten Zugang zu den Räumen des Personals. Und die lagen fast direkt unter dem Podium.

Auch hier zeigte sich wieder: Für einen Angriff auf eine sondergeschützte Person brauchte ein Attentäter im Regelfall Spezialwissen. Informationen, die nur ein kleiner Kreis besaß. Wer wusste, dass der amerikanische Präsident nur hier in Frankfurt eine längere Wegstrecke zu Fuß zurücklegen würde? Hatten das hunderttausend Frankfurter heute am Morgen in ihrer Zeitung gelesen, weil ihre Stadtverwaltung das Programm in allen Details veröffentlicht hatte? Oder war es vertraulich geblieben, dass Kennedy vom Frankfurter Rathaus auf dem Römerberg zur Paulskirche laufen wollte? Exakt den Weg, den die Abgeordneten der Nationalversammlung von 1848 gegangen waren? Amerikaner liebten Symbolik.

Die Schutzpolizei hatte größte Mühe, den Fußweg frei zu halten. Eigentlich verlangte der Secret Service, dass in der ersten Reihe hinter einer Absperrung Kripo-Beamte in Zivil stehen sollten. Damit sie die Menge unauffällig im Auge behalten konnten. Das war bei mehr als zehntausend Menschen hier auf dem Paulsplatz unmöglich, ebenso wie auf dem Römerberg. Immerhin: Drei Herren mit zugeknöpften Trenchcoats hatten sich weit nach vorn gekämpft bis in die Nähe einer Gruppe mit zwei Transparenten. Als Polizisten in Zivil waren sie recht deutlich zu erkennen. Denn keiner von ihnen hielt eine Fotokamera oder ein Amerikafähnchen hoch. Die aufgeweckte Serviererin war der Blickrichtung zu den Protestierern gefolgt. »Haben nicht unrecht, die jungen Leute.«

»Hiroshima und Franz Josef Strauß: Ban the Bomb« stand auf dem einen Transparent, gepinselt mit dicken blauen Strichen auf dünner Pappe. Auf dem anderen, noch halb auf die lange Stange gerollt, war nur »...dy yes, ...omb no...« lesbar. Mitglieder der illegalen KPD waren das jedenfalls nicht. Die wären besser ausgerüstet angerückt. »Den Atomkrieg verhindern, das muss man wollen. Beide Seiten.« Sie nickte zustimmend und beobachtete weiter. Die uniformierten Kollegen in Grün jedenfalls nahmen von den Transparenten keine Notiz. Sie drückten mit ausgestreckten Armen und ihrem ganzen Gewicht gegen die rot-weißen Sperrgitter, um Kennedys Fußweg frei zu halten. Aber die auffällig-unauffälligen Herren hielten die jungen Männer fest im Blick. Einer von ihnen sprach jetzt in ein Funkgerät. Vielleicht zeigten sich ja hier in Frankfurt diese »Weltkriegsgegner«, vor denen der Verfassungsschutz gewarnt hatte. Wirklich gefährlich schienen sie allerdings nicht zu sein in ihren Anzügen und Krawatten. Studenten vermutlich, zu erkennen an den längeren Haaren.

Plötzlich rannte ein Dutzend Männer in Zivil heran, darunter etliche Sonnenbrillen in schwarzen Anzügen. Sie schoben zwei Uniformierte beiseite, kletterten durch die Stäbe der Sperrgitter, drängten sich zwischen mehreren Damen in weißen und gepunkteten Blusen hindurch und wühlten sich durch die Menge zu den Studenten. Die waren merkwürdig unaufmerksam, ins Gespräch vertieft, ohne Gespür für die Gefahr, die auf sie zurollte. Erstaunt drehten sie sich erst um, als sich die Umstehenden über die rüden Drängler empörten. Hiebe in den Magen brachten zwei von ihnen auf die Knie. Der dritte, der sich mit seiner Stange verteidigen wollte, wurde am Hals zu Boden gerissen. Student Nummer vier ließ sofort alles fallen und konnte so entkommen. Dies auch durch die Hilfe von Umstehenden, die ihm schnell eine schmale Gasse öffneten und sie dann hinter ihm wieder schlossen. Sein Transparent, zu Boden gefallen, wurde von den Beamten in Zivil in der Luft zerrissen. Das andere ebenso. Eine Machtdemonstration. Immerhin wurden die drei nicht in Handschellen abgeführt, dachte Malgo.

Kennedy und sein Gefolge waren noch immer nicht in Sicht. Aber die Serviererin machte sich wieder bemerkbar. »Oha. Der hohe Herr steigt von seinem Thron aus Rotsandstein herunter. Wohin des Wegs, mein Edelmann?«

»Arbeiten, in der Paulskirche. Vielleicht bis später.«

Die uniformierten Grünen am Sperrgitter prüften den Ausweis kritisch, die Sonnenbrillen am Eingang ebenso. Doch »Bundeskriminalamt« blieb ein beruhigendes Wort. Und ein entflohener Arrestant löste noch keine Fahndung aus.

Innen, auf der dunklen Eingangsebene, quäkten mehrere Funkgeräte gleichzeitig. Kennedy schien nun im Anmarsch zu sein. Malgo lief schnell die Treppe hoch, zwei Stufen auf einmal. Niemanden kümmerte das. Wer nicht auf seinem Stuhl saß, eilte nach unten. Die erste Reihe vor dem Podium war dicht besetzt. Nur ein Stuhl frei. Eher ein Sessel, offensichtlich eigens für Kennedy beschafft. Dicke gepolsterte Armlehnen. Zur Rechten des Präsidenten nahm gerade eine vertraute Schutzperson Platz: Eugen Gerstenmaier, Präsident des Bundestages. Er hatte seinen Begrüßungstext und den Kopfhörer für Kennedys Übersetzung in der Hand.

Wo blieb eigentlich Kollege Deckert? Vermutlich bei Erhard, dem Vizekanzler. Der kam ja erst noch mit Kennedy. Hier oben jedenfalls war kein Platz mehr. Auch an den Wänden nicht. Überall standen Stative mit Kameras, hinter ihnen Kameraleute und Fotografen. Malgo ging wieder hinunter, diesmal auf der anderen Treppe, dem Eingang abgewandt. Ein letzter Blick zurück, schon im Abstieg. Keine Frau war hier oben zu sehen. Hier würde Alina auffallen.

»Was für eine Überraschung.« Eine weibliche Stimme, von hinten. Diane Leaton.

»Herr Malgo, helfen Sie heute Ihren Kollegen vom Personenschutz aus?«

»Nein. Mein Kollege Deckert begleitet unseren Vizekanzler Erhard und Ihren Präsidenten.«

»Und was machen Sie dann hier?«

»Meine Arbeit natürlich. Wir wissen noch immer nicht, ob der angebliche Priester Unterstützer hatte oder nicht.«

»Warum waren Sie nicht dabei, als Ihr Kollege Deckert versucht hat, den Attentäter zu vernehmen, auf unserer Krankenstation in der Botschaft?«

»Ich hatte zu dem Zeitpunkt leider eine andere Aufgabe.« Was vollständig der Wahrheit entsprach, dachte er.

»Na dann wünsche ich Ihnen viel Erfolg. Ich muss mich jetzt um meinen Arbeitsplatz hier kümmern.« Sie deutete nach oben. »Unsere Kabinen sind auf der Empore. Ich werde unseren Präsidenten nicht sehen können.«

»Ist das notwendig?«

»Manchmal. Seinen Gesichtsausdruck muss ich sehen, um früh zu erkennen, wenn er ironisch wird.« Sie zögerte etwas. »Nun ja, hier ist es vermutlich unnötig. Wo sitzen Sie?«

»Wir stehen. Mit Sichtkontakt.«

Sie sah zur Treppe nach oben. »Ich muss dann wirklich los. Haben Sie direkt nach den Reden noch Zeit? Die Kolonne wird anschließend nicht sofort weiterfahren.«

Malgo war überrascht, ließ es sich aber nicht anmerken. »Wenn Sie wollen, natürlich. Gerne.«

»Also bis später.«

Er ließ ihr einen kleinen Vorsprung, folgte dann nach oben. Beifall brandete auf. Kennedy erschien, verbeugte sich kurz und ging anschließend zu seinem Platz. Händeschütteln mit dem Präsidenten des Bundestages, Eugen Gerstenmaier. Dieser war hier der Hausherr und der erste Redner.

»Das deutsche Volk leidet unter der Last seiner Vergangenheit und der Teilung mehr, als es zu sagen vermag. Und es ist sich der Gefahren unserer Zeit mehr bewusst, als sein Alltag erkennen lässt.« Gerstenmaier sprach langsamer als sonst. Also war Zeit, unten einen Rundgang zu machen. Da konnte irgendwo ja auch Deckert sein. Unten standen alle Türen offen, selbst die zu den Toilettengängen. Überall Menschen, die Blicke auf die Lautsprecher an der Decke gerichtet. Vor allem, als Kennedy seine Rede früher als erwartet begann.

»We will risk our cities to defend yours, because we need your freedom to protect ours.«

Lang anhaltender Beifall, nach beinahe jedem Redeabschnitt. Wie immer bedauerte Malgo, selbst bei interessanten Rednern nicht zuhören zu können. Seine Aufmerksamkeit musste dem Publikum und dem Umfeld gelten, nicht dem Redner. Schon oft hatte er eine Rede am nächsten Tag nachgelesen und sich gewundert, ganze Passagen nicht mitbekommen zu haben. Also nur Augen-, aber nicht Ohrenzeuge gewesen zu sein.

Wieder die weibliche Stimme. Diane Leaton, diesmal von oben. Kennedy sprach allerdings noch. »Ich bin durch. Gibt es hier einen Kaffee?«

»Sicher, Mrs Leaton. Die Bar ist auf der Eingangsebene. Wer macht Ihren Job jetzt?«

»Weber, Adenauers Dolmetscher. Erhard hat ihn mitgebracht.« Diane Leaton hielt einen dicken Packen Blätter hoch. »Die offizielle Übersetzung in Deutsch. Von mir, nach Sorensens Redemanuskript. Wir lesen auch mit.« Sie lächelte, verschmitzt wie ein junges Mädchen. »Nur zur Sicherheit natürlich.« Sie blieb am Fuß der Treppe stehen und sah sich um. »Wo können wir uns unter vier Augen sprechen?«

»Hier gar nicht. Vielleicht dahinten, in der Wandnische mit den drei Vitrinen.«

Sie ging darauf zu und blieb vor dem Holzmodell der alten Paulskirche stehen. Ein großer Saal mit einer Empore auf Säulen. »Die USA haben auch schon den Anfang der deutschen Demokratie unterstützt. Vor mehr als hundert Jahren, zum Beispiel mit Krediten. Der Frankfurter Bürgermeister hat heute daran erinnert. Wussten Sie das?«

Malgo schüttelte den Kopf und schwieg. Was sollte das jetzt werden? Heimatkunde in der Flüsterkammer?

Sie sprach jetzt deutlich leiser. »Herr Malgo, jetzt müsst ihr Deutsche uns helfen.«

Was mag jetzt kommen, dachte Malgo. Sicher ein schwieriger Moment, so viel war gewiss. Denn ihre Bitte um Hilfe würde sie nicht an die Privatperson Malgo richten wollen. Konnte, musste er ihr die Wahrheit erzählen? Gelogen hatte er bisher nicht und wollte das auch weiter vermeiden.

»Frau Leaton, ich bin nicht offiziell hier. Ich kann Ihnen nicht helfen, verstehen Sie?«

Diane Leaton schüttelte den Kopf. »Sie irren sich. Sie können uns sehr wohl unterstützen.«

Malgo zögerte. Verflixt, was hatte er schon zu verlieren? Sie schien bei den Amerikanern eine relativ unabhängige Position zu haben. Und ihre Verbindungen konnten nützlich sein. Er sprach etwas leiser. »Mrs Leaton, ich bin nicht mehr für die Ermittlungen nach dem Vorfall in der Turmstraße zuständig. Man hat mich suspendiert. Man wirft mir vor, den Attentäter gekannt zu haben. Sogar gemeinsame Sache soll ich gemacht haben mit ihm.«

»Was für ein Unsinn. Ich habe Sie erlebt, damals im Ü-Wagen. Sie haben den Mann erkannt, das habe ich gespürt. Aber ihn am Tatort zu sehen, das war eine Art Schock für Sie.«

»Trotzdem. Ich habe mich abgesetzt, aus einer Art Hausarrest. Nun wird man nach mir suchen. Ich kann Ihnen leider keine Hilfe sein.«

»Doch. Sie können. Sie haben mir gerade etwas erzählt, was Sie auch hätten für sich behalten können. Helfen Sie mir, dann helfe ich Ihnen.«

»Wie wollen Sie mir helfen?«

Sie überlegte einen Augenblick, beugte sich dann zu ihm vor und sprach ebenfalls leiser. »Herr Malgo, Sie sind suspendiert und dennoch hier. Ich darf doch annehmen, dass Sie auch nach Berlin fahren wollen?«

Malgo zuckte mit den Schultern. Leaton beirrte das nicht.

»Wenn nach Ihnen gefahndet wird, dann lassen Sie schon die Westdeutschen an der Zonengrenze nicht durch, sondern nehmen Sie fest. In meiner Begleitung sähe das anders aus. Wie Sie wissen, bin ich Diplomatin.« Sie hatte seine Lage offenbar blitzschnell durchdacht.

»Warum, glauben Sie, will ich nach Berlin?«

»Mitglieder unserer Delegation fragen sich, warum es auf dem Haus der Residenz einen Scharfschützen gab. In einer gesicherten, abgesperrten Wohnsiedlung nur für Amerikaner. Und Sie fragen sich das vermutlich auch.«

Damit hatte sie ins Schwarze getroffen. Tatsächlich waren den Unterlagen des Chefs zufolge bei allen Vorbesprechungen Scharfschützen nur auf den Dächern vor den Rathäusern vorgesehen gewesen. Also bei Kennedys vier öffentlichen Reden: in Köln, am selben Tag anschließend in Bonn, heute hier in Frankfurt und morgen in Berlin.

Sie sah jetzt hoch zu dem großen Lautsprecher, schien auf etwas zu warten. Kennedy redete noch immer. Es wurde plötzlich laut. Beifall, lauter Beifall. Sie hatte offenbar auf den Lärm gewartet.

»Herr Malgo, unser Präsident fühlt sich nicht mehr sicher. Vor allem seit Hanau.«

»Was bedeutet Hanau? Reden Sie im Klartext, bitte.«

»In Ordnung. Vertrauen gegen Vertrauen. Sie werden es vielleicht erst nicht glauben.«

»Was?«

»Unser Präsident ist in Hanau bedroht worden. Von einem General unserer Air Force. Von dem Mann, unter dessen Befehl zudem alle Mitarbeiter unserer nächsten Unterkunft stehen, in Wiesbaden. Da befindet sich das Hauptquartier der Air Force Europe. Und wir sollen im Hotel der Air Force Europe übernachten.«

Sie hatte in Bonn keinen ängstlichen Eindruck gemacht. Nun schien sie sehr besorgt zu sein. Persönlich war sie von der Bedrohung jedenfalls überzeugt.

»Kennedy, der Oberbefehlshaber, bedroht von einem seiner Generals? Für mich schwer vorstellbar. In welcher Weise denn?«

»Ich war nicht dabei. Es ist mir berichtet worden. Nicht vom Präsidenten selbst. Es geschah auf einem abgelegenen Teil des Flughafens. Ein Mann im Tower hat es mit einem Fernglas beobachtet.«

»Was genau ist da geschehen?«

»Der General ist mit dem Präsidenten zu den Hangars gefahren. In den Bereich, in dem wohl die Atomwaffen lagern.

Ohne Absprache und offensichtlich ohne Einwilligung des Präsidenten.«

»Wie haben Ihre Sicherheitsleute reagiert?«

Leaton sah kurz nach unten, dann zur Seite, als arbeite sie an einer bestimmten Formulierung. Der Bericht war ihr sichtlich unangenehm.

»Der Secret Service konnte ihm nicht folgen, weil der Bereich abgesperrt war, zumindest eine Zeit lang. Durch eine Bodensperre für Fahrzeuge. Verstehen Sie?«

»Zumindest kann ich mir jetzt eine ungefähre Vorstellung machen. Auf so etwas wären wir wohl auch nicht vorbereitet gewesen. Was kann ich nach Ihrer Meinung tun?«

»Schauen Sie dem Secret Service auf die Finger.«

»Ich? Wie stellen Sie sich das vor? Auf der einen Seite ein einzelner Kriminalist, der sich auf der Flucht befindet. Auf der anderen Seite der United States Secret Service.«

»Ja. Ihre wichtigste Eigenschaft ist jetzt etwas, was der Service nicht besitzt: Unabhängigkeit. Sorensen sagt, der Präsident will, dass das neue Quartier von unabhängigen Leuten inspiziert wird.«

»Das neue Quartier? Übernachtet Kennedy nicht mehr im Von-Steuben-Hotel? Das steht seit Wochen auf unseren Plänen.«

»Den Konflikt habe ich Ihnen ja grade geschildert.« Sie wirkte jetzt etwas ungeduldig. »Wie gesagt, das General-von-Steuben-Hotel gehört der Air Force. Da bringt General Landon seine Gäste unter. Verstehen Sie jetzt unsere Bedenken?«

»Aber wenn zutrifft, was Ihnen erzählt wurde, dann war Hanau doch keine Aktion des Secret Service, sondern der Air Force. Warum misstrauen Sie dann auch dem Service?«

»Wir misstrauen ihm nicht, wir können nur Weston nicht einschätzen. Er verhält sich ungewöhnlich, informiert uns nicht umfassend. Meint zumindest Ted Sorensen. Der Präsident wünscht, dass Ihre Leute helfen. Vielleicht eine Über-reaktion.«

»Meine Leute? Sprechen Sie Deckert an, dann sind Sie bei der Sicherungsgruppe, bei ›meinen Leuten‹. Aber mit denen reden Sie grade eben nicht.«

Sie schwieg, sah ihn nur auffordernd an. Eigentlich seine Verhörtechnik.

»Ich frage jetzt mal nach, nur als Gedankenspiel: Wenn Kennedy nicht im Steuben bleiben will, wo schläft er dann?«

»Auch in Wiesbaden. Aber bei der Army. Die Army unter-hält ein Offizierskasino in einem einzelnen Gebäude, etwas abgelegen. Also vielleicht leichter zu überprüfen und zu sichern.«

»Denken Sie wirklich, je abgelegener, desto sicherer?«

Sie wandte sich um. Die Vorhut des Secret Service kam die Treppe herunter. »Besprechen wir das später. Ich muss jetzt los. Wir sehen uns da.«

»Moment. Ich brauche eine Adresse. Und wie bleiben wir in Kontakt?«

»Entschuldigung. Sie haben recht. Ich bin nicht gewohnt, solche Probleme zu bearbeiten. Das Haus heißt Schloss Freudenberg. Es liegt an der gleichnamigen Straße, Haus-nummer zweihundertvierundzwanzig. Ist das für Sie in Ordnung?«

»Versprechen kann ich nichts, das werden Sie verstehen. Aber ich werde sehen, was ich machen kann. Nur verlassen Sie sich bitte nicht darauf.«

»Den Service gibt es natürlich auch noch. Der Präsident wünscht sich aber zusätzliche Sicherheitsmaßnahmen. Wir treffen uns dort, wenn Lancer gut untergebracht ist. Ein-verstanden?«

Malgo nickte, weil ihm jede andere Antwort zu kompli-ziert vorkam.

»Also dann, bis später ...« Mit dem Lächeln eines Schulmädchens warf sie ihm einen Zettel zu. So, dass er ihn nur mit Mühe auffangen konnte. Es wirkte wie eine Art Reaktionstest.

Die Reaktion der Army konnte er sich lebhaft vorstellen. Mit ihnen war nicht gut Kirschen essen, wenn sie im Dienst waren. Sie betrachteten es als Ehre, ihren Präsidenten beherbergen zu dürfen, und würden herumschnüffelnde Leute anderer Sicherheitsdienste als Störer wahrnehmen. Man musste kein Hellseher sein, um Schwierigkeiten vorherzusehen. Ein wirklich undankbarer Job. Aber immerhin einer, der ihn vom Spielfeldrand wieder auf das Spielfeld brachte.

»Freudenbergstr. 224, Wiesb.« Mehr stand nicht auf dem Zettel.

Eigentlich sollte Kennedy von der Paulskirche im Wagen zum Stadion gebracht werden und dort den Hubschrauber nach Wiesbaden nehmen. Mit Ludwig Erhard, der Schutzperson der Sicherungsgruppe. Beide sollten dann im offenen Wagen zum Empfang der Stadt Wiesbaden ins Kurhaus fahren und anschließend ihr Vieraugengespräch führen. Im Hotel Steuben. Auch der Hubschrauber von Frankfurt würde laut Flugplan zum Steuben-Hotel fliegen. Der Landeplatz im Vorgarten war schließlich mit der Luftüberwachung abgesprochen und vorbereitet. Vielleicht dachten die Kennedy-Leute, wenn ihr Präsident seine Suite im Steuben bereits einmal bezogen hätte, dann könnte er später etwas leichter mit kleinem Gepäck noch mal verschwinden – durch die Hintertür vermutlich.

Eines war jedenfalls sicher: Wo immer Kennedy mit Erhard hinfahren würde – Deckert würde dabei sein. Vor der Tür der Suite oder in der Lobby. Dort würde er warten, vermutlich an der Bar. Während des Empfangs im Kurhaus Wiesbaden am Hotel Steuben anzukommen, das war das kleinere Problem. Mit einem Taxi durchaus zu schaffen. Wenn allerdings Kennedy allein in diese Villa Freudenberg umziehen sollte, dann gäbe es für einen deutschen Sicherheitsbeamten keinen nachvollziehbaren Grund, das Gebäude vorher zu überprüfen.

Wie die Torwache der US Army auf zwei fremde Schnüffler reagieren würde, konnte man sich vorstellen.

*

Vater Rhein im Blick, die Weichsel im Herzen.

Liebe Mama, lieber Papa,
die nächsten Tage werden das Äußerste an Tapferkeit fordern – aber gewiss auch die Wende bringen. Mit der vertrauten Heimat vor meinem inneren Auge habe ich mich auf den Weg gemacht, aus meinem kleinen, unberührten Idyll in die Wirklichkeit des Kampfes in der großen Stadt. Gnade gibt es dort nicht, für niemanden. So wie es auch für Euch, für Augustyn und mich keine Gnade gegeben hat. Damals, als wir fliehen mussten, in den eisigsten Wintermonaten seit Menschengedenken. Keine Zeit blieb uns, unsere schmalen Bündel richtig zu packen. Auch heute bleibt mir keine Zeit, von der aufs Neue vertraut gewordenen Umgebung so richtig Abschied zu nehmen. Nur das Notwendigste habe ich eingepackt, vor allem das kleine Fotoalbum mit Erinnerungen an die glücklichen Kindertage, an unseren Garten mit der Schaukel unter dem Apfelbaum.
Doch diesmal werden die Bahnhöfe nicht zugig sein und die Züge nicht überfüllt. Ich habe dabei, was ich selbst brauche, und das Nötige weiß ich am Orte

sicher verwahrt, noch aus früherer Zeit. Bitte macht
Euch keine Sorgen um mich. Ich spüre genau, dass
alles zu schaffen ist. In Liebe,
Eure Alina.

*

Washington D. C.

»Verteidigungsministerium. Mit wem darf ich Sie verbinden, Sir?«

»Warum ist der Leiter der Sektion SO 4 nicht erreichbar?«

»Verzeihen Sie, Sir. Aber Sie sind sehr schlecht zu verstehen. Ein Überseegespräch? Aber wir sollen ja nicht fragen. Entschuldigen Sie, Sir. Welche Sektion?«

»SO 4.«

»Okay, die 4. Mir wird ein Hinweis angezeigt, Sir. Dienstlich begründete Abwesenheit, Sir.«

»Die komplette Abteilung? Im Manöver?«

»Dazu darf ich nichts sagen, Sir. Das Sekretariat ist besetzt.«

»Geben Sie mir Mary.«

»Selbstverständlich, Sir.«

»Head Office Strategic Options …«

»Mary, Sie erkennen meine Stimme, nicht wahr?«

»Jetzt ja, Mr Acrobat. Jetzt ist die Leitung etwas besser, warum auch immer.«

»Richten Sie ihm etwas aus, Mary.«

»Ja, Sir. Ich notiere.«

»Notieren Sie nicht. Merken Sie sich die Sache einfach. Dandoc ist aus dem Ruder gelaufen. Haben Sie?«

»General Dandoc …«

»In Hanau, beim Besuch von Lancer. Unterkunft Lancer wird erneut geändert. Haben Sie?«

»Neue Unterkunft Lancer. Habe ich.«

»Warten Sie.« Weston presste den Telefonhörer auf seine Brust und überlegte. Der kalte Zigarettengeruch in dieser Telefonzelle war kaum erträglich. Er versuchte, mit seinem Fuß die Tür einen Spaltbreit offen zu halten. Direkt vor ihm rasselten die Markstücke durch das Münztelefon. Das Geräusch übertönte hoffentlich einen Teil dessen, was er sagte. Draußen standen zwei Deutsche, die gestikulierten. Er sah wieder nach vorn, auf das dicke Telefonbuch mit den herausgerissenen Seiten.

»Sind Sie noch dran, Mr Acrobat?«

»Ja. Warten Sie.« Er sah auf seine Uhr. Möglicherweise war es bereits zu spät. Washington würde wissen, wann neue Kräfte bereitgestellt werden konnten. Ihm blieb nur, abzuwarten. »Er kann mich über das Steuben-Hotel in Wiesbaden erreichen. Ab zwölf Uhr Eastern Time. Für zwei Stunden. Nur diese Zeitspanne.«

»Richte ich aus.«

»Und sagen Sie ihm, es ist Lancers letzte Nacht in Deutschland.« Er trat aus der Telefonzelle und sah hinüber zur Kolonne des Präsidenten. Die Amerikaner hatten diesen Mann gewählt, dachte er. Vielleicht würden sie ihn nächstes Jahr sogar wiederwählen. Aber niemand sollte denselben Fehler zweimal machen dürfen.

*

Der stämmige Army-Korporal war mit Deckerts Ausweis in sein Wachhäuschen gegangen, hatte sein grünes Barett auf seinen Schreibtisch gelegt, eine kleine Lampe eingeschaltet und telefonierte jetzt. Deckert rutschte auf seinem Beifahrersitz unruhig hin und her. »Die lassen uns nie rein, Malgo. Das ist alles viel zu schnell.«

Deckert hatte sich überreden lassen, zu diesem Offizierskasino zu fahren, zu Kennedys neuem Nachtquartier. Vermutlich gefiel ihm, dass die ganze Umquartierung Weston und seinem Secret Service nicht gefallen würde. Seitdem die Amerikaner Augustyn im Krankenwagen vom Tatort entführt hatten, war Deckert auf den Service noch schlechter zu sprechen als zuvor. Malgo vermutete, dass der schweigsame Ritter diesmal Spaß daran hatte, die Vorschriften zu vergessen. Zugeben würde Deckert das vermutlich nicht. Murrend eingewilligt hatte er mit Hinweis auf seine Pflicht, ausländische Staatsgäste zu schützen. Unausgesprochen vertraute er damit aber auch dem Instinkt eines Kollegen. Und riskierte damit einiges.

Hoffentlich hatte die US Army von den neuen Plänen der Präsidententruppe bereits gehört. Genau ließ sich das noch nicht sagen. Doch der Korporal hielt den Telefonhörer bereits eine ganze Weile in der Hand. Ohne selbst zu sprechen. Der Mann schien auf eine Antwort zu warten.

Deckert ließ ihn nicht aus den Augen. »Und was ist, wenn sie jetzt auch deinen Namen überprüfen, Malgo? Wenn sie aus Bonn erfahren, dass du eigentlich unter Arrest stehst und abgehauen bist? Was ist dann?«

»Beruhige dich. Sie überprüfen dich und nur dich. Ich bin Begleitung, nur dein Fahrer. Die Wache hat deinen Ausweis in der Hand gehalten, als er den Hörer abgenommen hat. Du bist der leitende Personenschützer der Sicherungsgruppe Bonn. Du hast ein Recht, hier eine Überprüfung vorzunehmen. Schließlich kommt der deutsche Vizekanzler am Abend möglicherweise hierher.«

Deckert schüttelte den Kopf. »Du weißt genau, dass Erhard niemals hierherkommen wird. Kennedy und er werden ihr Vieraugengespräch im Hotel Steuben machen, in Kennedys Suite. Genau da, wo ich vor der Tür sitzen sollte. Wie ursprünglich geplant.«

»Wir wissen aber nicht sicher, dass sie vom Empfang im Kurhaus direkt zum Hotel Steuben fahren. Und die US Army weiß das schon gar nicht. Diane Leaton hat mich gebeten, dieses Ausweichquartier zu überprüfen. Kennedys Leute trauen der Air Force einfach nicht mehr. Kein Wunder nach der Aktion heute in Hanau.«

Deckert schüttelte den Kopf. »Und du glaubst diesen Quatsch, Malgo? Ein Luftwaffengeneral, der bei einem Truppenbesuch seinen Oberbefehlshaber mal kurz entführt? Der Mann muss doch damit rechnen, vor ein Militärgericht gestellt zu werden.«

»Ich glaube ihr, Deckert. Ein Gefühl, nichts weiter. Aber sie hat mich angesprochen, obwohl sie wusste, dass ich eigentlich raus bin. Die müssen also ziemlich verzweifelt sein …«

»Woher wusste sie von deiner Suspendierung?«

»Ich habe es ihr erzählt. Weil ich sie mit ihrer Bitte um Hilfe so abblitzen lassen wollte.«

Deckert sagte nichts dazu. Man konnte sich denken, wie er das bewertete. Als Weitergabe von Dienstgeheimnissen vermutlich.

»Deckert, sie hat darauf vertraut, dass ich mir jemanden von uns dazuhole. Dich vermutlich. Sie kennt dich ja.«

Deckert nickte, ein wenig geschmeichelt. »Die Dame hat Mumm, das muss ich zugeben. So wie die mit Weston umgesprungen ist, als wir den verletzten Kerl in der Botschaft sprechen wollten, alle Achtung. Aber wie konntest du darauf vertrauen, dass ich dich nicht verpfeife, als du mir an der Bar im Kurhaus aufgelauert hast?«

»Nenn es Instinkt. Oder eins und eins zusammenzählen. Du hast in deiner Dienstzeit schon viel erlebt. Ziehst deswegen keine voreiligen Schlüsse. Du kennst mich lange genug, um zu wissen, dass ich keinen Attentäter unterstütze oder decke.«

»Ist dir eigentlich klar, was ich riskiere? Nach dir wird gefahndet, Malgo.«

Der Wachmann hatte den Hörer noch immer in der Hand, sprach aber nun auch selbst.

»Deckert, ich habe es dir bereits erzählt. Augustyn Nowak war ein Jugendfreund von mir. Er als Kennedy-Attentäter, das passt für mich nicht zusammen. Zumindest nicht allein und auch nicht wirklich freiwillig. Die Amis haben sich ihn einfach geschnappt, und wir können ihn nicht vernehmen. Das hat dir doch auch nicht gefallen.«

Deckert drehte sich um. Niemand war auf der langen Zufahrt zum Schloss Freudenberg zu sehen. »Warum ist der Secret Service eigentlich nicht hier? Die sind doch sonst überall, lange bevor ihr Präsident eintrifft.«

»Die waren schon hier, vermute ich. Kennedys Leute haben die Entscheidung wohl am frühen Nachmittag getroffen.«

Die Torwache hatte endlich aufgelegt. Der Korporal knipste die Schreibtischlampe im verglasten vorderen Bereich des Wachhäuschens aus und kam wieder an die Schranke. Diesmal an die Beifahrerseite, zu Deckert.

»Sir, ich habe mit meinem Vorgesetzten gesprochen. Und der hatte mit der Army in Wiesbaden, mit Camp Pieri Kontakt. Ergebnis: Der Secret Service war bereits im Haus. Mein Befehl lautet, Sie nur den Außenbereich checken zu lassen.«

Deckert schloss für einen Moment die Augen. Dann stieg er aus. Die Wache griff ihr Gewehr fester, wich aber nicht zurück. Deckert blieb hinter der geöffneten Wagentür stehen. Er versuchte, gewinnend zu lächeln, und deutete auf den Aufnäher am Ärmel des Wachpostens. Ein Schwert, verziert durch drei Blitze. »Ihr seid doch Leute von den Special Forces. Der Stolz der ganzen Army. Richtig?«

Die Wache nickte.

»Wir haben mit euren Leuten Schießtrainings absolviert in meinem zweiten Jahr bei der Bundeswehr. Schulung in Fort Bragg. Es war eine großartige Stimmung da.«

Der Korporal nickte wieder und entspannte sich zu Deckerts Freude merklich.

»Hör mal, Kamerad, wir sind für unsere Schutzperson verantwortlich und nicht der Service. Wir bekommen Ärger, wenn Kennedy mit unserem künftigen Kanzler hier hinein-rauscht und wir nur das Außengelände überprüft haben, aber nicht das Haus. Euer Präsident wird mit Herrn Erhard ja keinen nächtlichen Spaziergang am Zaun entlang machen. Wer ist der kommandierende Offizier hier?«

»Das ist mein Chef, Master Sergeant Lavis. Es gibt sonst niemanden von den Offizieren. Ende der Woche wird umgebaut. Nur wir vom Wachdienst sind da.«

»Dann sind wir wirklich Kameraden. Ich organisiere den Wachdienst in Bonn für die ausländischen Botschaften. Auch für eure. Ich schlage vor, du rufst deinen Chef an. Wir machen nur eine kurze Runde durchs Haus. Anschließend sind wir gleich wieder weg. Versprochen.«

Die Wache ging wortlos zurück zum Telefon. Das Gespräch war nur kurz. Dann wurde die Schranke gehoben.

Die Wache kam zur Fahrertür. »Wir geben euch eine Stunde. Dann seid ihr raus. Aber ihr parkt draußen, hier neben dem Wachhaus.«

Deckert deutete einen militärischen Gruß an. Er konnte sich einen Kommentar nicht verkneifen. »Das erste Hindernis haben wir überwunden, Malgo. Unter Vorspiegelung falscher Tatsachen.«

Sergeant Lavis wartete bereits neben der großen Treppe zum Haus. Er wirkte angespannt, was kein Wunder war.

»Willkommen in der Villa Freudenberg. Wir nennen das Ding hier nicht Schloss, dafür ist es zu klein. Wir wissen erst seit dem Nachmittag, dass der Präsident heute unser Gast sein wird. Machen wir einen schnellen Rundgang.«

Deckert nickte. »Ist etwas angeliefert worden seit heute Mittag?«

Lavis nickte. »Material für den Umbau. Liegt auf der Terrasse.«

»Bitte kontrollieren Sie die Lieferung. Gibt es weitere Ein- oder Ausgänge?«

»Nur den Keller. Nach vorn, wie Sie sehen.«

»Mit Bunker, nehme ich an ...«

Sergeant Lavis legte den Zeigefinger auf seine Lippen. Deckert drehte sich um. »Der Kellerabgang muss unter allen Umständen zugänglich bleiben. Falls ein schneller Rückzug notwendig ist.« Er zeigte auf den kleinen Hügel gegenüber. »Das Ein- und Aussteigen ist immer ein kritischer Moment. Auch aus den Bäumen auf der Anhöhe kann ein Scharfschütze treffen.«

Lavis öffnete wortlos die große Eingangstür und ging vor, bis zu dem mannshohen Marmorkamin in der Eingangshalle an der Treppe nach oben. Dann deutete er mit seinem Zeigefinger nach oben. »Wir haben immer zwei Posten auf dem Dach. Die haben unsere Nachbarn im Blick.«

Deckert schüttelte den Kopf. »Das reicht bei einem massiven Angriff nicht aus. Stellen Sie zwei weitere Leute aufs Dach. Als Vorkehrung für den Fall, dass von mehreren Seiten attackiert wird. Ich informiere die Kriminalpolizei Wiesbaden. Die haben ohnehin Bereitschaft und können Sie möglicherweise unterstützen. Wo würde der Präsident Besprechungen abhalten?«

Lavis wies auf zwei hohe Türen mit eingearbeiteten Scheiben aus Bleiglas. »Im Salon natürlich. Da ist auch unsere Bar.«

»Und wo quartieren Sie Ihren Präsidenten ein?«

»Im ersten Stock. Da gibt es zwei Appartements, direkt über dem Salon.« Lavis lächelte. »Haben wir mal für unsere Generals eingerichtet. Wenn denen der Rummel bei den Fliegern im Hotel Steuben zu viel wird.«

Malgo fand es an der Zeit, auch mal etwas zu sagen. »Unsere Vorschriften besagen, dass wir die Räume oberhalb und unterhalb einer gesicherten Zone auch überprüfen müssen.«

Lavis sah Deckert an. »Ihr Fahrer?«

Deckert nickte.

»Ich brauche seinen Namen und seinen Ausweis.«

Lavis stieg die große Freitreppe hoch. Es gab auf dem Weg zu den Appartements keine zurückspringenden Wände oder schwer einsehbare Nischen. Aber zwei Türen. Lavis hatte den Blick bemerkt. »Der eine Raum ist Housekeeping. Der bleibt verschlossen. Der andere ist Communications. Da wird unser Funker die Leitung zur Air Force One installieren. Zufrieden?«

»Noch nicht ganz. Welche Ausweichroute gäbe es, wenn die Freitreppe blockiert wäre?«

»Es gibt noch eine kleine Gartentreppe hinten, neben der Terrassentür. Aber das gehört nicht mehr zu eurem Job. Das betrifft nur unseren Präsidenten und sein Quartier. Klar?«

Bevor Deckert antworten konnte, machte sich Lavis' Funkgerät bemerkbar. Er drehte den Ton leiser, trat zwei Schritte zur Seite und kam kurz darauf wieder. »Gentlemen, der Konvoi rollt an. Unsere kleine Hausführung endet jetzt.« Er verzog den Mund. »Und unsere Ruhe wohl auch ...«

Kurz vor dem Haupttor sahen sie von Weitem mehrere Fahrzeuge, die auf die Einfahrt zuhielten. Sie beobachteten gespannt, wie der Konvoi vor dem Gebäude stoppte, wie der Konvoiführer ausstieg, sich umblickte und dann die Freigabe zum Aussteigen erteilte. Kennedy und sein Gefolge verschwanden im Haus. Ludwig Erhard war wie erwartet nicht dabei. Er konnte natürlich noch kommen. Malgo fragte sich, ob Diane Leaton im Hotel bleiben würde.

Kaum saßen sie im Wagen, wurde Deckert wieder skeptisch.

»Und, Malgo? Was hat uns der kleine Abstecher jetzt gebracht? Wenn jemand am Nachmittag bereits Sprengstoff für eine Bombe angeliefert haben sollte und das Zeug geht hoch? Dann gute Nacht. Du glaubst doch wohl nicht im Ernst, dass der Army-Kerl noch schnell auf der Terrasse die Materiallieferung kontrolliert.«

Sicher nicht. Aber der Umbau war von langer Hand geplant. In diese Lieferung einen Sprengsatz einzuschmuggeln, war zwar möglich. Aber nicht naheliegend, wenn man die kurzfristige Entscheidung für diesen Standort berücksichtigte. »Die größte Schwachstelle ist die Zufahrt mit dem Ein- und Aussteigen bei Ankunft und Abfahrt. Völlig offenes Gelände, nach allen Seiten.«

Deckert winkte ab. »Du weißt, dass ein Kommandoführer erst aussteigen lässt, wenn er das Gelände für sicher hält. Das ist beim Service genauso wie bei uns.«

»Ich hätte die Auffahrt zur Residenz Turmstraße auch für sicher gehalten, Deckert. Du vermutlich auch.«

»Kennedy ist hier aber nicht in einem offenen Wagen aufgekreuzt.«

Es war schon spät, als das Hotel Steuben in Sichtweite lag.

»Deckert, du hast etwas gut bei mir. Weil du mitgemacht hast.«

Das Gebäude war noch immer weiträumig abgesperrt, gesichert fast wie eine Kaserne. Doppelter Stacheldraht zu beiden Seiten der Zufahrtskontrolle, große Transporter als Seitenbegrenzung, und die Schlagbäume an Ein- und Ausfahrt ersetzten zwei Radpanzer. Die ganze Szenerie taghell erleuchtet durch große mobile Generatoren, deren Lärm die Nachtruhe zerriss und deren Abgase sich mit der frischen Luft des Parks mischten. Malgo wurde unsicher, ob sie durchkommen würden. Unwahrscheinlich, dass der Chef nach seiner Flucht kein Fahndungsersuchen herausgegeben hatte. In sicherer Entfernung der improvisierten Kontrollstelle bat er Deckert, anzuhalten.

»Nicht ausgeschlossen, dass die Amis wissen, dass ich gesucht werde. Ich habe die ganze Fahrt darüber nachgedacht, wie ich da reinkomme. Und es gibt nur einen Weg.«

Möglich, dass Deckert ab jetzt wieder zurückfallen würde in die gedanklichen Gräben innerhalb der Sicherungsgruppe. Er bremste jedenfalls am Straßenrand und verschränkte die Arme vor seiner Brust.

»Na, was ist, was hat sich unser Schlauberger Malgo denn so ausgedacht? Es gibt also nur einen Weg? Lass mich raten: Du willst dir Lkw-Federn unter den Hintern schnallen und einfach rüberspringen ...«

Malgo schüttelte den Kopf. »Du wärst vielleicht der richtige Mann, den Jungs da vorne die Federn unter dem Arsch wegzuschrauben. Aber es gibt tatsächlich nur eine andere Möglichkeit.«

»Und die wäre?«

»Du musst zum Kontrollpunkt gehen und per Funk einen von deinen Leuten rausbitten. Einen, der zu den Bewachern von Erhard gehört und der mir ähnlich sieht.«

Sekundenschnell wechselte Deckerts Grundstimmung von skeptisch-freundlich zu skeptisch-ablehnend. »Großartige Idee, Malgo. Muss ich schon sagen. Ich habe also innen einen Bewacher weniger und muss mir zusätzlich eine Verwendung für den Mann draußen überlegen. Und wie soll ich ihm sagen, dass wir seine Ansteckunadel brauchen?«

»Nicht ganz einfach, gebe ich zu. Schick den Mann einfach zur Villa. Seine Aufgabe: Unterstützung der Bewachung Kennedys durch verstärkte Sicherung der Außenflächen. Das ist eine mögliche Schwachstelle. Sag ihm, du brauchst hier im Steuben noch eine Zugangsberechtigung für einen, der gleich ankommt und Akten für Erhard bringt.« Malgo grinste. »So eine Art Fahrer, das war ich doch vorhin auch …«

Deckert knurrte seine Zustimmung. »Ich habe wirklich was gut bei dir, Malgo. Ich hoffe, du vergisst es nicht, wenn wir in Bonn zurück sind.«

Nicht nur der weitläufige Außenbereich, auch die Zone vor dem Haupteingang des Steuben war gesichert, als schliefe der Präsident tatsächlich in einem der vielen Zimmer dieses Glaskastens. Auf dem roten Landekreuz in der Mitte der großen Rasenfläche vor dem Hotel wartete ein Hubschrauber mit geöffneten Seitentüren. Offensichtlich startbereit, denn zwei Männer in Fliegeroveralls saßen mit zwei Sanitätern in Klappstühlen vor einem Krankenwagen. Vor den beiden Glastüren, unter dem weit vorragenden weißen Vordach standen Soldaten – bereit, jeden zu überprüfen, der dieses Hotel der Air Force betreten wollte. Deutsche, die nicht zum Personal gehörten, durften generell nicht rein. Und Zivilisten ohnehin nur im Ausnahmefall.

Deckert zögerte, Malgo den Anstecker seines Mannes zu geben. »Du weißt, dass die Amis unsere Anstecker aus Bonn hier nicht mehr akzeptieren. Ich habe meinen Ausweis, aber du …«

»Ich habe meinen auch noch. Die Torwache hier dürfte keinen Einblick in die Fahndungsliste haben …«

Anstelle einer Antwort ging Deckert voran, den massiven Kopf vorgestreckt wie ein Flusspferd während eines Angriffs. Die beiden Soldaten vor dem Eingangsportal rückten instinktiv näher zusammen. Sie griffen allerdings nicht zu ihren umgehängten Maschinenpistolen. Deckert blieb mit zwei Schritten Abstand vor der Torwache stehen und legte die Hand zu einem angedeuteten militärischen Gruß an die Schläfe.

»Alfons Deckert, German Secret Service. I am responsible for the protection of Ludwig Erhard.«

Die beiden Soldaten hatten offenbar nicht verstanden.

»The German guy, Federal Minister of Economy, white hair, in the hotel bar. Ludwig Erhard. Vizekanzler. Meine Schutzperson.«

Einer von beiden sprach in ein Funkgerät. Ein Offizier der Luftwaffe kam, ließ sich Deckerts Ausweis zeigen und ging wortlos voraus zur Hotelbar. An der kleinen Treppe zum Barbereich war eine weitere Absperrung, wenn auch nur durch eine dicke rote Kordel. Der Offizier wies die Wache an, Treppe und Zugang freizugeben, nickte Deckert zu und verschwand. Deckert ging in Richtung Erhard. Malgo blieb stehen und sah sich um. Ludwig Erhard saß vor dem üblichen Glas Weißwein, bevorzugt aus seiner fränkischen Heimat natürlich, aber vermutlich hier nicht zu haben. Neben ihm sein Büroleiter, einige Unterlagen auf dem Stuhl neben sich. Zwei Tische weiter, in einer Nische, Offiziere der Air Force mit einigen Frauen, die sich offenbar amüsierten und recht laut unterhielten. Hinten links, fast verdeckt durch den großen schwarzen Bartresen und ganz in der Nähe der großen Glasfläche mit Blick nach draußen, hatte Diane Leaton Platz genommen. Allein und ein wenig verloren in dem riesigen Clubsessel, eine dunkle Ledermappe auf der breiten Armlehne neben sich, der rosafarbene Cocktail mit der Kirsche auf dem Glasrand offensichtlich noch nicht angerührt.

Malgo setzte sich in sicherer Entfernung auf einen Barhocker und bestellte sich Weißwein, Mineralwasser und ein großes Glas. Eine Mischung, die er erfrischend und entspannend fand. Besonders, wenn man die Zutaten einzeln bestellte und so Debatten mit dem Barkeeper vermied.

Diane Leaton trank gerade den ersten Schluck ihres Cocktails und lehnte sich im Sessel zurück. Es fühlte sich falsch an, sie zu beobachten. Aber wenn sie hätte allein sein wollen, hätte sie sich vermutlich nicht umgezogen und wäre auf ihrem Zimmer geblieben. Er würde zu ihr gehen, natürlich, und ihr erzählen, was er Deckert verschwiegen hatte. Schließlich musste er sein Wissen mit jemandem teilen und die nächsten Schritte überlegen. Allein würde er keine Chance haben, Alina aufzuhalten. An Leaton gefiel ihm, wie sie an ihre Aufgaben und die Anforderungen heranging. Bewusst, auch pflichtbewusst, aber mit einer Art eigenem Kopf. Deckert hatte ihm erzählt, dass ihr Name auf der letzten übermittelten Delegationsliste noch nicht verzeichnet gewesen war. Sie war also erst zum Schluss dazugekommen. Ein wenig wie er.

Sicher konnte er allerdings noch immer nicht sein. Aber Augustyn allein hätte einen Angriff auf den amerikanischen Präsidenten nie gewagt. Er hatte sein ganzes Leben mit seiner Schwester verbracht und sie beschützt, aber auch auf sie gehört. Sich von Alina lenken lassen. Zum ersten Mal seit Langem erlaubte er sich wieder, ihren Namen zu denken. Wie oft hatte er ihn zärtlich ausgesprochen und dabei ihr Haar angehoben und ihren Hals geküsst – Alina. Seine erste Liebe. Ihre Art, kühl und abweisend, hatte ihn herausgefordert und angezogen. Er wollte der Junge sein, der diesen Eisblock zum Schmelzen brachte. Anfangs war er überzeugt gewesen, sie könne die Frau seines Lebens sein. Doch dann, wenn sie beide nebeneinander lagen, hatte sie sich als simples Echo der Parolen ihrer Nazi-Freunde entpuppt. Gedankengebäude voller Gewalt, mit brutalen Schwerthieben verteidigte Grenzen gegenüber allem, was ihr fremd erschien. Während er mit den Jungs in Zeltlager in der Nähe fuhr, wurde sie vom Bund Deutscher Mädel auf Lehrgänge nach Berlin geschickt. Natürlich immer in Begleitung der Gebietsführer der Hitlerjugend. Junge Männer, die sich für auserwählt hielten. Deren Einstellung hatte auch ihren Bruder nicht unbeeindruckt gelassen. Was hatte Augustyn noch bei seinem abendlichen Besuch am Tag vor dem Attentat gemurmelt: »Fort mit allen, die noch klagen, die mit uns den Weg nicht wagen. Fort mit jedem schwachen Knecht. Nur wer stürmt, hat Lebensrecht.«

Er ging zu Diane Leaton hinüber. Sie hatte ihren Cocktail halb ausgetrunken.

»Guten Abend, Mrs Leaton.«

Sie sah überrascht auf. »Herr Malgo, Sie hätte ich hier nicht erwartet.« Sie sah zum Posten am Eingang zur Bar. »Wie sind Sie denn an denen vorbeigekommen?«

»Ich hatte einen Fürsprecher.« Er bewegte seinen Kopf in Richtung Deckert, der am Tisch neben Erhard saß und sich mit seinem Kollegen über eine Karte beugte.

»Setzen Sie sich doch.« Sie deutete auf den Clubsessel direkt neben ihr. Hier hatten offenbar vorher Gäste gesessen, die Nähe nicht als störend empfunden hatten. Als er Platz genommen hatte, legte sie ihre rechte Hand auf seinen linken Arm. Malgo nahm sich vor, das große Glas in seiner rechten Hand nicht zu vergessen, was auch immer sie noch sagen oder tun würde. Sie sprach jetzt leise, lehnte sich zu ihm herüber.

»Ist alles in Ordnung mit unserem Ausweichquartier? Konnten Sie die Räume überprüfen?«

Er nickte nur.

Sie lächelte und schloss für einen kurzen Moment die Augen. Wie um das Thema abzuschließen. »Herr Malgo, wir alle können unsere Aufgaben nicht ohne Unterstützung durch andere erfüllen. Durch die Umstände waren Sie zunächst auf sich allein gestellt. Es ist schwierig, dann die richtigen Entscheidungen zu treffen.« Sie sah rüber zu Deckert. »Auch die, wem man vertraut.«

Im ersten Augenblick hatte er seinen Arm noch zurückziehen wollen. Jetzt griff er zu seinem Glas und hob es. »Ich gratuliere, Mrs Leaton. Ihr Plan hat sich als durchführbar erwiesen.«

Sie griff zu ihrem Cocktailglas. Wenn sich die Kirsche vom Rand fallen gelassen hätte, hätte sie nicht mehr schwimmen müssen. »Das freut mich zu hören. Dann lassen Sie uns anstoßen.«

»Übernachten Sie auch dort?«

»Nein. Für mich war in Schloss Freudenberg kein Platz mehr. Nur Sorensen ist bei ihm. In dem zweiten Appartement.«

Malgo sah sich um. Weil ihre Sessel so dicht nebeneinanderstanden, war der nächste Tisch deutlich weiter als üblich entfernt. Die Offiziere daneben hatten einen Eiskübel und mehrere Flaschen Scotch auf dem Tisch. Niemand schien Notiz von ihnen zu nehmen. Zwar war er einer der wenigen Nicht-Uniformträger im Raum. Aber Diane Leaton war bei Weitem nicht die einzige Lady. Die anderen wirkten allerdings weitaus extrovertierter.

Sie hatte seinen Blick bemerkt, lächelte, schrieb etwas auf ein Blatt und legte es zur Seite. Dann deutete sie auf ihre braune Ledermappe. »Hier drin sind die Entwürfe seiner Berliner Reden – vor den Gewerkschaftern in der Kongresshalle und am Rathaus Schöneberg. Beide vermutlich vor vielen Berlinern.« Sie sprach etwas leiser. »Ob ich allerdings den letzten Stand habe, das weiß nur Sorensen. Ich weiß es nicht. Sie ändern ständig.«

Natürlich, sie war mit der Vorbereitung von morgen beschäftigt. Wollte gut präpariert sein. Das war auch nötig, in jeder Hinsicht. Aber wie jetzt die Kurve nehmen, die Bedrohung ansprechen? Gleich mit der Tür ins Haus fallen? Vielleicht war das das Beste.

»Mrs Leaton, es gibt da etwas ...«

Sie sah ihn an, weniger erstaunt, als er erwartet hatte. »Ich kann es mir denken. Sie wollen wissen, wie wir Sie nach Berlin bringen, nicht wahr?«

Er antwortete nicht sofort, sah sich erst um. Deckert schien noch immer ins Gespräch über die Karte vertieft. Vermutlich die Fahrtroute von morgen.

»Also, Mrs Leaton, was ich ansprechen wollte ...«

Sie stand auf. »Was Sie wissen müssen, steht auf dem Zettel. Bis später dann.« Sie ging zur Bar, bezahlte und verschwand in Richtung der Aufzüge. Malgo nahm den Zettel und hielt sich an seinem Glas Weißweinschorle fest. Wieder einer ihrer schnellen Abschiede. Sie hatte ihm drei Zahlen aufgeschrieben. Die Lösung war für ihn kein wirklich herausforderndes Rätsel. Er verabschiedete sich von Deckert, deutete mit der Hand nach oben und ging Richtung Treppenhaus.

TAG VIER

14.

Mittwoch, 26. Juni 1963. Luftraum über der Deutschen Demokratischen Republik.

Jemand rüttelte unsanft an seiner Schulter. »Wach auf, Junge. Wir sind fast da ...«

Malgo öffnete die Augen und sah in die Gesichter von drei amerikanischen Soldaten. Er setzte sich auf und freute sich, dass einer von ihnen ein kleines Tablett mit einem Pappbecher und einem Sandwich in der Hand hielt.

»Hier, dein letztes Frühstück, Kamerad, bevor wir gleich in Berlin landen. In eurem großen Gefängnis.« Jetzt lachten alle drei. Der mit dem Tablett hielt ihm den Kaffeebecher unter die Nase. Frischer Bohnenkaffee, pechschwarz, offenbar reichlich stark. Malgo nickte dankbar und nahm einen großen Schluck. Wie immer, wenn er übermüdet war, drängten die Bilder ihrer Flucht in sein Bewusstsein: die überfüllten Wege, die endlosen Wälder, der kleine Handkarren mit den geretteten Habseligkeiten und seine verzweifelte Mutter. Routiniert wehrte er die große Traurigkeit ab. Das Sandwich lag noch auf dem Tablett vor seiner Nase.

Unter ihren Füßen rumpelte und rumorte es. Der Pilot fuhr das Fahrwerk aus. Sie würden gleich landen. Die Soldaten grinsten wieder.

»Hey, Mann, was machst du eigentlich wirklich?«

Malgo überlegte einen Moment. Er versuchte, sich zu erinnern, was sie gestern Nacht dem Piloten dieses Frachtfliegers erzählt hatten. Warum er unbedingt mit nach Berlin fliegen musste. Er erinnerte sich, als er die große Plane vor sich sah. Darunter musste der Lincoln Continental sein. Kennedys offener Wagen für die Fahrt durch Berlin. Und richtig: Er war ja Fahrer. Für die deutschen Regierungsfahrzeuge auf der Fünfzig-Kilometer-Tour durch Berlin.

»Leute, ich bin Chauffeur. Ich fahre in der Kolonne unseres künftigen Bundeskanzlers. Alles klar?«

Der mit dem Tablett setzte sich auf den Sitz ihm gegenüber und schlug sich auf die Schenkel. »Mann, lass dir eine andere Geschichte einfallen. Diese hier zieht nicht bei uns. Wenn du Fahrer bist, dann bin ich Rockefeller.«

Nun sahen ihn auch seine beiden Kollegen erstaunt an. Er schaute zu ihnen hinüber und hielt seine rechte Hand hoch. Irgendetwas Schwarzes war auf dem Handrücken zu sehen. »Hey, Leute, ich hab wenigstens Öl auf dem Handrücken. Also das passt dann schon mal zu meiner Geschichte. Bei ihm passt überhaupt nichts. Seht euch doch nur seine Hände an.«

Einer der beiden anderen sprang auf, nahm Malgo das Sandwich aus der Hand und drehte die Handfläche nach oben. »Wirklich, nach Arbeiter sieht er nicht aus. Da hast du recht, Bernie …«

»Raus mit der Sprache, Mann. Was bist du wirklich? Bei uns ist jeder Fahrer auch Mechaniker. Mechaniker wie wir. Aber nach grober Arbeit sehen deine Hände nicht aus.«

Eine miserable Tarnung hatte Leaton ihm da verschafft, wenn sogar Mechaniker die Geschichte nicht glaubten. Jetzt musste er sich in Windeseile etwas anderes einfallen lassen.

»Okay, Kameraden, ihr habt recht. Aber versprecht mir, dass ihr mich nicht verratet. Ich bin der Mann für die Funkanlage während der Kolonnenfahrten. Ihr wisst ja, hier in

Berlin ist die Sache etwas komplizierter. Wir Deutschen müssen alle Funkkanäle von euren Generälen und den Franzosen und Briten genehmigen lassen.«

»Und warum sitzt du dann bei uns und nicht in dem Flieger, der nachher euren Bundeskanzler bringt?«

Malgo schlürfte seinen Kaffee und überlegte einen Moment. Eigentlich war alles klar. »Ich bin die Vorhut, so wie ihr. Wenn unser Chef landet, dann wird es sofort losgehen. Dann muss alles funktionieren. Alle Kanäle müssen vorher überprüft werden. Der Osten stört ja auch mal gerne.«

Die drei nickten. Über die Sprechanlage im Cockpit rief jemand nach Bernie. Dieser sprang auf und eilte nach vorn. Auch die anderen beiden standen auf, gingen zu dem abgestellten Fahrzeug und zogen die große Plane ab. Der Lack des Lincoln glänzte selbst im schummrigen Licht des Frachtraums. Einer der beiden Mechaniker öffnete den Kofferraum und nahm zwei Kanister hoch und rief seinem älteren Kollegen »Noch gut gefüllt!« zu. Der verschwand ebenfalls im Cockpit.

Der Jüngere setzte sich wieder zu Malgo und deutete nach vorn. »Treibstoffcheck. Machen wir immer. Der Pilot der Air Force One hat gestern in Hanau neuen Treibstoff bestellt. Und freundlicherweise auch an uns gedacht.«

Malgo erinnerte sich daran, gelesen zu haben, dass der Treibstoff für die Air Force One bereitstehen musste, bevor der Flieger landete. Das Kerosin musste in amerikanischen Tankwagen angeliefert werden. Die Zusammensetzung musste zudem durch amerikanisches Personal chemisch überprüft worden sein.

Die beiden amerikanischen Mechaniker kamen aus dem Cockpit wieder zurück. »Tegel is clear. Das Kerosin für beide Flieger steht bereit. Der Qualitätscheck für die Air Force One ist abgeschlossen. So wie es sein muss vor der Landung des Präsidenten. Nur unser Treibstoff muss noch überprüft werden.« Er sah Malgos fragenden Blick. »Diese Kiste hier ist der Ersatzflieger, falls die One ausfällt.« Er setzte sich und sah sich in dem kleinen improvisierten Abteil vor dem großen Frachtraum um. Nicht nur die Bordwände konnten eine Reinigung gebrauchen. »Würde mich interessieren, was der Präsident sagt, wenn er auf unseren harten Sitzen Platz nehmen muss.«

Malgo nickte. »Ihr Jungs seid wirklich gut vorbereitet. Aber niemand kann an alles denken, das wisst ihr auch.« Alle drei nickten.

»Dafür gibt es den Secret Service, der muss an alles denken«, antwortete Bernie. »Die werden dafür bezahlt. Viel besser als wir.«

Im Lautsprecher knarzte es wieder. »Crew ready for landing … two minutes.«

Bernie war ganz offensichtlich der Redner des Trios. »Unser Captain hat wohl vergessen, dass er eine Frachtmaschine fliegt.« Er sah sich demonstrativ um und lüftete auch den Vorhang hinter sich ein wenig. »Eine Stewardess habe ich jedenfalls auf dem ganzen Flug noch nicht gesehen.«

Die anderen beiden lachten laut, während sie sich zur Landung anschnallten. Es war vielleicht besser, auch nach dem Gurt zu greifen. Militärpiloten waren schließlich berüchtigt für steile Starts und harte Landungen. Obwohl eine Landung mit scharfem Bremsen in Berlin-Tegel nicht nötig war. Denn die deutlich längere Landebahn war schließlich der Grund gewesen, warum die Amerikaner nicht auf ihrem eigenen Flugplatz in Tempelhof landen wollten. Malgo sah aus dem Fenster. Der Pilot setzte die Maschine in Höhe der ersten französischen Hangars auf. Noch war nichts zu sehen von einer Ehrenformation oder einem hochrangigen Empfangskomitee.

Bernie trug jetzt schwarze Handschuhe. Seine beiden Kollegen stiegen auf die kleinen Plattformen hinten rechts und links an der Stoßstange der Limousine und klammerten sich theatralisch mit der linken Hand an den kleinen silberfarbenen Griff, als wäre das Fahrzeug in der Kolonne schon in Bewegung. Die drei spielten ganz offensichtlich gerne mal ein bisschen Theater.

Der Flieger war inzwischen zum Stehen gekommen. Sie konnten Männer in Anzügen sehen, die zu beiden Seiten der kleinen Empfangshalle Aufstellung genommen hatten. Eine größere Menge Berliner ohne offizielle Funktion hatte sich weiter hinten versammelt, außerhalb des Zauns auf einer Brücke. Bei dieser Empfangszeremonie auf dem militärischen Teil des französischen Flughafens Tegel waren die Bürger noch nicht zugelassen. Trotzdem war Malgo davon überzeugt, dass sie irgendwo da draußen sein würde. Sie würde Kennedy sehen wollen, bevor sie ihn angriff. Für eine Beobachtung aus der Nähe bot sich hier sicherlich die beste Gelegenheit. Einer der drei amerikanischen Mechaniker riss ihn aus seinen Gedanken.

»Hey, German guy – get your ass out here and earn your money.«

Alle drei winkten ihm zu und schauten gespannt auf die große Heckklappe, die sich langsam öffnete. Draußen warteten offensichtlich ungeduldige Soldaten, die die Laderampe ausfahren sollten. Malgo lief an ihnen vorbei, legte eine Hand auf einen der beiden glänzenden Kotflügel und sprang auf das Rollfeld. Das Erste, was er sah, waren zwei amerikanische Tankfahrzeuge, die auf die Maschine zufuhren. Hinter ihnen tauchten mehrere Militärkapellen auf. Sie probten offenbar. Schwarze Limousinen waren am Rande des Rollfeldes aufgefahren worden. In ihrer Nähe parkte die große, auf einen Lkw montierte Treppe, auf der die Fotografen während Kennedys Rundfahrt Platz nehmen würden. Er ging weiter und wunderte sich, wie unbehelligt er bis zum Rand des roten Teppichs gehen konnte. Für den Zutritt zu diesem Gebiet brauchte man bestimmt mehr als den kleinen Anstecker, der vielleicht in Bonn noch gereicht hätte. Auch zu dieser Uhrzeit, morgens um sieben Uhr, zwei Stunden vor Landung der Air Force One, mit der auch Diane Leaton kommen würde. Das hier war französisches Militärgelände. Er drehte sich noch einmal um. Bernie und seine Kollegen hatten Kennedys Fahrzeug ausgeladen und an zwei Leute in dunklen Anzügen übergeben. Gerade, als er weiter in Richtung Empfangsgebäude gehen wollte, landete von hinten eine Pranke auf seiner Schulter.

»Na, wie sicher ist Berlin?«

Noch bevor er sich umdrehen konnte, hatte er die Stimme erkannt. Deckert. Wirklich eine Überraschung. »Was machst du denn schon hier? Und was macht unser Bundeskanzler?«

Deckert grinste. »Auf dem Flug von Bonn nach Berlin wird dem schon nichts passieren. Der ist bei den Piloten von British European Airways in guten Händen. Und da ich wusste, dass du früh da bist, dachte ich: Ich bin es besser auch.«

*

Im Opel Kapitän des Berliner Hörfunks. Der Reporter stehend, mit Blick aus dem Schiebedach.

»Noch zwei Stunden bis zur Landung der Air Force One, liebe Berlinerinnen und Berliner. Sie ist für alle hier deutlich spürbar, die Unruhe auf diesem Flugplatz vor dem großen Ereignis. Ich denke, ich gehe wohl nicht zu weit, wenn ich sage, dass dies ein historischer Tag werden wird für uns alle, die wir dabei sind. Nicht nur für Sie, die bereits jetzt an den Empfangsgeräten des Radios oder an den Fernsehschirmen diese Übertragung verfolgen. Wie die Hunderttausenden unserer Mitbürger, die zu dieser frühen Stunde aus ihren Wohnungen geeilt sind, um irgendwo an den mehr als fünfzig Kilometern der gesamten Strecke einen Platz in der ersten Reihe zu ergattern. Und so die Kolonne des Führers der freien Welt aus der Nähe sehen zu können.

Hier auf dem Flughafen Tegel, auf dem militärischen Teil des Flughafens, warten wir gespannt auf die Landung der Maschine der Briten, die unseren Bundeskanzler Adenauer nach Berlin bringen wird. Die vielen Fotografen aus fast zwanzig Ländern, die hier auf der Tribüne neben mir Platz genommen haben, sie suchen mit ihren Teleobjektiven verzweifelt nach einem Symbolbild für die spannungsgeladene Stimmung. Vielleicht suchen sie auch nach den kleinen Pannen und Unpässlichkeiten, die so ein herausragender Staatsbesuch wohl immer mit sich bringt. Etwas Unruhe ist tatsächlich bereits am Rande des Rollfeldes vor mir aufgekommen, als unser Berliner Polizeipräsidenten Erich Duensing eintraf. Er wollte mit seinem schwarzen Mercedes und dem aufgesetzten Blaulicht bis nach vorn fahren, zu seinen Musikern, die gleich die drei Nationalhymnen intonieren werden. Doch Männer in schwarzen Anzügen und mit sehr dunklen Sonnenbrillen, wir dürfen wohl annehmen, dass sie in Diensten des amerikanischen Secret Service stehen, sie haben die Limousine des Polizeipräsidenten und das ihn begleitende Polizeifahrzeug auf ihrem Weg zum Rande des roten Teppichs gestoppt. Erich Duensing musste aussteigen und sein Fahrer den Rückwärtsgang einlegen. Als der Polizeipräsident endlich seine Musiker am Rande des roten Teppichs erreicht hatte, wunderten sich manche seiner Leute, so ist mir glaubhaft berichtet worden, über den Anstecker »White

House Press«, den der Secret Service ihrem Chef angeheftet hatte. Offenbar garantiert, nach Ansicht der Sicherheitsleute, erst die Beförderung des Polizeipräsidenten in den Rang eines Washingtoner Journalisten, dass ihm ungehinderter Zugang zu allen Punkten der Besuchsstrecke Kennedys gewährt wird. So etwas, das will ich an dieser Stelle einmal sagen, kann man nur erzählen. Den Fotografen blieb dieses Detail naturgemäß verborgen. Doch auch die Stunde der Herren mit ihrer teuren Technik auf den hohen Stativen kam, und zwar mit der Ankunft der Kolonne des Regierenden Bürgermeisters auf dem Flugfeld. Willy Brandt und sein Pressechef Egon Bahr, der sich als bekennender Pessimist mit einem Regenschirm bewaffnet hatte, stiegen aus den Fahrzeugen, begleitet von den drei alliierten Stadtkommandanten. Als sich die wichtigsten Männer dieser Stadt gründlich umgesehen hatten, Bahr naturgemäß mit prüfendem Blick zum leicht bewölkten Himmel, da stellten sie überrascht fest, dass niemand bereitstand, um sie zu begrüßen. Ebenso verfügte niemand über Erkenntnisse darüber, wo sich die Herren bis zur Landung aufhalten sollten. Die Ehrenformation der alliierten Soldaten reagierte immerhin und präsentierte ihre Gewehre, als sie die drei Generäle entdeckten. Um Zeit zu überbrücken, entschieden sich die Generäle, vermutlich allesamt durchaus praktisch veranlagt, die verfügbare Zeit zur Inspektion ihrer jeweiligen Truppen zu nutzen. Denn weiter vorn am Rollfeld hatten ja Franzosen, Briten und Amerikaner Aufstellung genommen. Alle bewaffnet mit leichten Geschützen auf Selbstfahrlafetten, aus denen sie später zur Begrüßung des amerikanischen Präsidenten Böllerschüsse, oder sagen wir genauer, einundzwanzig Salutschüsse abfeuern sollten. Die Teleobjektive der Fotografen folgten natürlich den Generälen. Was sie währenddessen verpassten, war das Lachen des Regierenden Bürgermeisters – im Gespräch mit seinem Pressechef Egon Bahr. Wir können nur vermuten, dass Egon Bahr eine seiner beliebten Anekdoten zum Besten gab. Uns Journalisten hat er beispielsweise gestern vorzüglich amüsiert, und zwar mit seinem Bericht von den erregten Diskussionen zwischen den Alliierten bei der Vorbereitung des Besuchs von John F. Kennedy. Im Wesentlichen, so Egon Bahr, sei es um drei Fragen gegangen: Wer begrüßt den amerikanischen Präsidenten nach der Landung? Zweitens: Welche Nationalhymne wird zuerst gespielt? Und drittens: Mit wem schreitet Kennedy die Ehrenformation der Soldaten ab? In allen Fällen haben sich am Ende die Franzosen durchgesetzt. Denn hier, auf französischem Boden, befinden wir uns nun mal. Aber die Franzosen haben, das sehe ich jetzt, wenn ich Richtung Rollfeld schaue, doch auch ein kleines Zugeständnis gemacht. Denn hier, auf dem militärischen Teil des französischen Flugplatzes Tegel, da steht eine fahrbare Rolltreppe der amerikanischen Fluggesellschaft Pan Am. Sie ist ganz offensichtlich dafür vorgesehen, an die Air Force One herangerollt zu werden. Damit, so würden es vielleicht Witzbolde formulieren, der amerikanische Präsident mithilfe amerikanischer Technik sicher Berliner Boden betreten kann. Die Sicherheit jedenfalls ... Aber dazu später mehr. Denn nun sehen wir sie landen, die Maschine der British European Airways, die den deutschen Bundeskanzler nach West-Berlin bringt. Für Konrad Adenauer wird der heutige Tag sicherlich einer der Höhepunkte seines politischen Lebens werden. Vielleicht, so darf ich formulieren, ohne despektierlich zu sein, vielleicht auch einer der letzten. Denn wir alle wissen, dass er im Herbst zurücktreten wird. Er wird, im biblischen Alter von siebenundachtzig Jahren, sein Amt übergeben an Wirtschaftsminister Ludwig Erhard. Aber heute ist Konrad Adenauer noch einmal zu Besuch in der freien Stadt Berlin. Ein Besuch, gemeinsam mit John F. Kennedy, der mit seinen sechsundvierzig Jahren jünger ist als drei der Kinder Konrad Adenauers. Ein Besuch an der Seite des Oberbefehlshabers der Macht, die unsere Freiheit hier in Berlin garantiert. Geplant ist eine Fahrt durch die Stadt im offenen Wagen. Und dieses Fahrzeug, der Lincoln Continental, den Kennedy auch schon an den anderen Stationen seiner Reise genutzt hat, der wird jetzt aus dem hinteren Teil des Flughafens herangefahren. Man sieht, einige Fahrzeuge gruppieren sich bereits, die Kolonne zur Fahrt durch das freie West-Berlin nimmt Aufstellung. Auch der Bundeskanzler verlässt sein Flugzeug, begleitet von einer großen Delegation, darunter nicht nur sein persönlicher Dolmetscher, sondern natürlich etliche Beamte, die für seine Sicherheit verantwortlich sind. Mitarbeiter der Sicherungsgruppe Bonn, die auch hier in Berlin den Schutz des Kanzlers und auch des Regierenden Bürgermeisters übernehmen sollen ...«

*

»Mal im Ernst, Deckert, hast du dich nicht gefragt, wie ich es nach Berlin schaffen will?«

Deckert nickte. »Eigentlich schon.« Er deutete mit dem Kopf in Richtung der großen amerikanischen Fahne hinter ihm. »Aber du hast ja jetzt wohl einflussreiche Fürsprecher ...«

»Sie ist noch nicht da, Deckert. Diane Leaton wird mit der Air Force One landen.«

Besser, das Begrüßungsgeplänkel jetzt abzukürzen. »Deckert, hast du die offizielle Gefahrenanalyse der Berliner Polizei bei deinen Unterlagen?«

Deckert ging zu dem Opel der Berliner Polizei und ließ sich seine Aktentasche reichen. Dann hielt er einige eng bedruckte Seiten hoch. »Brücken, Streckenführungen über

Straßen, Bahnstrecken und Tunnel. Baustellen, Langsamfahrstellen, enge Straßen – alles hier drin.«

Malgo hatte nach dem ersten Wort nicht mehr zugehört. In seinem Kopf verbanden sich die Worte Brücke und Bedrohung und hallten nach. Die Sprengschächte an den Pfeilern der Rheinbrücken, um den Vormarsch der Russen aufzuhalten. Nur ergaben solche Schächte in einer Großstadt eigentlich keinen Sinn. Es gab für eine vorstoßende Armee zu viele Möglichkeiten, eine gesprengte Verbindung zu umfahren.

Deckert fasste ihn hart am Oberarm. »Herr Kollege, was ist los?« Er faltete die Liste und verschränkte die Arme. »Würdest du mir vielleicht mitteilen, wo du mit deinen Gedanken bist?«

»Deckert, wir müssen nicht nur nach oben sehen. Wir müssen den Blick nach unten richten. Auch unter dem Fahrweg der Kolonne kann alles gefährlich werden. Es ist sicher nicht einfach, sich Sprengstoff zu besorgen und unter der Fahrbahn anzubringen. Aber es ist einfacher, als Scharfschütze zu werden. Fahren wir beide doch vor. Vor der offiziellen Kolonne.«

Deckert trat einen Schritt zurück, als müsse er sich in diesem Moment ein neues Bild von seinem langjährigen Kollegen machen. »Warum diese neue Idee? Mal abgesehen davon, dass wir erst noch mit den Berliner Kollegen von Kripo und Schutzpolizei sprechen müssten. Hast du Hinweise, von denen ich noch nichts weiß?«

Jetzt war der Moment, der kommen musste. Jetzt musste er Deckert von Alina erzählen. Es war unumgänglich. Davon hatte ihn Diane in der vergangenen Nacht überzeugt. Hoffentlich würde Deckert die Erläuterung glauben.

*

26. Juni 1963. Die Spree im Blick, die Weichsel im Herzen.

Liebe Mama, lieber Papa,
heute ganz früh am Morgen habe ich verlassen, was
mein Zuhause war die letzten Tage hier in Berlin.
Schon gestern habe ich abgeschlossen, was vorzube-
reiten war. Die schönen Dinge, die ich mit hernahm,
sind verschenkt an meine Freunde hier. Sie werden
sie bewahren und entscheiden, wer meine Gedan-
ken lesen soll. Später oder vielleicht auch schon mor-
gen, wenn sie alle reden werden über mich und meine
Tat. Immer wieder habe ich mir den Kopf zermar-
tert, um zu verstehen, wie sich die Welt verändert
hat seit meinem letzten Besuch hier in Berlin. Ihr
wisst es noch, wie ich als junges Mädchen auserwählt
wurde. Wir fuhren mit dem Zug nach Berlin. Und ihr,
ihr wart so besorgt und konntet nicht glauben, was
Euch der Maler erzählte. Dass wir Mädchen Modell
sein sollten, gemalt und fotografiert werden sollten.
Ein wirklicher Berliner Professor war es, der durch
unsere Gegend fuhr. Wie hochtrabend sich zunächst
für uns sein Auftrag anhörte: Muster arischer Schön-
heit sollte er finden und nach Berlin bringen, um sie
dann zu malen und zu fotografieren im Auftrag der
Reichsjugendführung. Und das alles rechtzeitig zum
großen Besuch des Duce in Berlin. Hitler und Musso-
lini, auf einer Aussichtsplattform vor der Jugend aus
beiden Ländern, sollten uns dann betrachten. Buben
und Mädchen, auf die die Völker und ihre Führer stolz
sein können, junge Deutsche und Italiener auf einem
Bild. Vierzehn Jahre war ich erst, es war meine erste
weite Reise mit dem Zug. Wie aufgeregt ich war, als
wir angekommen sind in Berlin, einen Tag vor Mus-

solini. Und dann durfte ich sie erleben, die ganzen Vorbereitungen für die große Kundgebung auf dem Maifeld, direkt vor dem Olympiastadion. Es war ein wirklich unvergesslicher Abend. So beeindruckend wie die Rede des Duce: ein so kluger Mann, der zu uns Zehntausenden sprach. Für jeden verständlich, auf Deutsch die ganze Rede. Worte, so warmherzig und gut für das Herz einer Nation wie der unseren, die ihre Niederlagen hinter sich gelassen hat, aufgestanden ist und nun vorwärtsstrebt, gemeinsam mit wahren Freunden. Und das sind wir, Deutsche und Italiener, wie Mussolini sagte: Freunde, die bis ans Ende gemeinsam marschieren.

Sechsundzwanzig Jahre ist das jetzt her, mehr als mein halbes Leben. Aber noch immer sind sie mir im Gedächtnis, die prächtigen Fahnen entlang der weiten Straßen, die unzähligen Reichsadler auf ihren weißen Säulen. Wie blass dagegen der Empfang heute werden wird für den amerikanischen Präsidenten. Die Menschen werden weit zurückgedrängt am Flughafen. Gestern sah ich die Absperrungen. Nur durch die Übertragung im Radio und im Fernsehen werden die Berliner hören können, was Kennedy sagen wird. Er wird Englisch sprechen und nicht Deutsch wie der Duce. Dreieinhalbtausend Meilen liegen zwischen unserer Hauptstadt und den Vereinigten Staaten. Wer soll ihm glauben, wenn er behauptet, seine Nation sei verbunden mit uns, mit unserer Hauptstadt. Dabei weiß doch jeder, der Zeitung liest, wie wenig wirkliche Freundschaft es bei diesen Herren im Westen und im Osten wirklich gibt. Sie hintergehen alle, die ihnen vertrauen. Sie suchen jeden Vorteil, der sich ihnen bietet. Ganz anders war doch der Zusammenhalt zu frü-

herer Zeit, zu Eurer Zeit, liebe Eltern. Heute Morgen, bevor ich losziehe, summe ich die Lieder aus unserem schönen Rosengarten. Ich schätze mich reich und froh, auch an diesem Tag, der vielleicht mein letzter werden wird auf dieser Welt. Ein Zeichen soll es werden. Ein Zeichen, dass die Menschen nicht alles hinnehmen. Ein Zeichen aus dem Untergrund, das emporsteigen und unübersehbar sein wird. Nur noch wenige Stunden verbleiben, und alles ist vorbereitet an Ort und Stelle. Ich gehe ohne Bitterkeit, sondern in dem Gefühl, meiner Bestimmung gefolgt zu sein. Kennedys Nation hat uns allein gelassen, so lange Zeit. Sie hat Euch und uns ausgeliefert an die Russen und ihre Grausamkeit. Auch wenn er von Freiheit und Frieden sprechen wird, so hat er doch jede Gelegenheit verstreichen lassen zu zeigen, wie sehr ihm die Freiheit am Herzen liegt. Gerade hier in Berlin. Zuletzt, als er zuließ, dass Stacheldraht unsere deutsche Nation auseinanderreißt. Und wenn er von Frieden spricht, dann denkt er an Frieden zwischen seinem Land und den Russen. Nur störendes Beiwerk sind wir Deutsche für seine Pläne. Ausgeliefert sind wir den Russen ohne die modernen Waffen, die sein Volk besitzt, die er uns aber vorenthält. Dabei haben deutsche Forscher großen Anteil daran, dass seine Leute die Wunderkräfte der Atomspaltung überhaupt einsetzen können. Es wäre eine Waffe, mit der wir uns wirklich verteidigen könnten, weil sie die einzige ist, die der Russe wirklich fürchtet. Aber unser Schicksal wird von den Amerikanern in keiner Sekunde wirklich bedacht. Dies hinzunehmen war mir und Augustyn unmöglich. Alles, was groß geschieht, ist gut. Geschichte wird gemacht, und die kleine Alina ist dabei.

*Liebste Mama, liebster Papa, ich freue mich darauf,
Euch so bald schon wiederzusehen, in einer anderen,
besseren Welt.*
*Wir sind unsterblich – im Ring des Lebens. Für immer,
Eure Alina.*

*

Malgo sah hinüber zu Deckert, der bereits am Steuer saß. Er hatte bei den Berliner Kollegen erreicht, dass sie vor der Kolonne fahren durften, wie die Fähnchenverteiler in Bonn. Die wären in Berlin ohnehin nicht nötig gewesen. Die Leute an der Strecke, die sie seit dem Flughafen passiert hatten, hielten alle bereits eines in der Hand. Gedruckt im Auftrag großer Zeitungen, nicht im Auftrag des Bundespresseamtes.

Die Kreuzung Flughafen-Ausfahrt und Seidelstraße lag frei von Autoverkehr vor ihnen. Bislang standen die Schaulustigen brav hinter den Sperrgittern. Deckert hatte trotzdem schlechte Laune.

»Die sind doch einfach nur lachhaft, die paar Gitter hier. Im Stadtzentrum wären sie viel wertvoller. Kennedy fährt schließlich dreiundfünfzig Kilometer durch Berlin. Aber Sperrgitter für die gesamte Strecke gibt es vermutlich in ganz Deutschland nicht.«

Deckert kam langsam in Fahrt.

»Malgo, glotz nicht nach draußen, sondern schnapp dir die Liste.«

Er hatte recht. Nicht jedes unbebaute Grundstück, nicht jeder Trümmerhaufen hier draußen war gefährlich. Die Liste …

»Scharnweber, Müller, Afrikanische Straße, See, Beussel, Tur…«

»Halt.«

»Was ist?«

»Das ist die Route. Die ist mir bekannt. Wir brauchen als Erstes die andere Liste. Die Gefahrenpunkte.«

»Laubengelände Seidelstraße, unübersichtlich, Teilruine Scharnweb…«

»Vor. Weiter vor, Mann. Bis Seestraße. Hafenbecken, Brücken, ein Kuddelmuddel. Was steht da?« Deckert blickte mehr zum Beifahrersitz als auf die Straße, als wollte er während der Fahrt mitlesen.

»Guck nach vorn, Deckert. ›Auto Koss, Seestraße. Grundstück mit Mauer, unübersichtlich. Ebenso Friedhof nordwestlich Seestraße. Seestraßenbrücke …‹«

»Sichert die Wasserschutzpolizei. Wo sind die großen Brücken?«

»Nummer sechs auf der Liste der Überführungen. Paulsborner Brücke.«

»Mann, Malgo. Das ist die Rückfahrt nach Tegel. Über die Autobahn, weil es dann schnell gehen muss. Sieh dir die ersten Kilometer an, den Weg in die Stadt.« Deckert war jetzt in seinem Element. Kolonnenfahrten, Gefahrenanalyse, schnelle Entscheidungen, auch mal nach Gefühl. Man musste sich die Brücken ansehen. Aber nicht die über Wasser. Drei Listen hatten sie ihnen gegeben: Gefahrenpunkte, Bahn- und Straßenüberführungen und die Wegstrecke mit allen Straßen. Verflucht schlechte Kopien. Nicht schwarz auf weiß, sondern dunkelgrau auf hellgrau.

»Hier. Unterführung S-Bahn. Beusselstraße. Das ist die nächste.«

»Die Ringbahn. Die ist wichtig. Könnte sogar Sprengkammern haben.«

Listen mit Gefahrenpunkten erstellen, das machten Deckerts Jungs jeden Tag. Malgo dachte an den unbekannten Hinweisgeber, der in der Zentrale aufgetaucht war. Er hatte Deckert von ihm erzählt. Die Identität dieses Mannes war noch immer ungeklärt.

Deckert fuhr schnell. Westhafen. Seestraße. Ludwig-Hoffmann-Brücke über den Hafenkanal. Da bremste er zum ersten Mal. Nickte, als er die Boote der Wasserschutzpolizei sah, und fuhr wieder an. »Sag ich doch. Auf dem Wasser ist alles gesichert.«

Kurz dahinter die Beusselbrücke über die S-Bahn. Keine Schaulustigen auf der Brücke, am S-Bahnhof nur Polizisten zu sehen. Deckert fuhr rechts ran, sprang raus, sah nach unten, stieg wieder ein und gab Gas. »Schmale Pfeiler, keine Sprengkammern.«

»Logisch. Wenn die Russen West-Berlin nehmen wollen, dann mit Panzern. Nicht mit der S-Bahn.«

»Malgo, du Schlauberger. Was weißt du denn schon, wie man einen Vormarsch stoppt?«

»Berlin ist nicht zu verteidigen. Mehr muss man nicht wissen.«

*

Später, mitten in der Stadt. Kennedys Rede in der Kongresshalle verlief ohne Zwischenfälle. Einer der wenigen geschlossenen Räume im Besuchsprogramm. Leicht zu sichern, ganz anders als die Ausflüge zur Grenze der Westsektoren wie dem Checkpoint Charlie.

Malgo sah, wie Deckert sich zur Seite drehte, hinüberschaute zur anderen Straßenseite, zu der Apotheke, die genau der Aussichtsplattform gegenüberlag. Friedrichstraße Ecke Zimmerstraße. Er schien zu überlegen, wo im Falle eines Anschlags schnelle medizinische Unterstützung verfügbar sein würde. Sicher, die fünf Meter hohe Aussichtsplattform, auf der Kennedy, Adenauer und Brandt noch immer standen, stellte aus Richtung Osten ein ideales Ziel für einen Scharfschützen dar. Aber Alina hatte früher kein Interesse an Gewehren oder Pistolen gezeigt und konnte auch inzwischen kein Scharfschütze geworden sein – nach der Erschießung ihrer Mutter.

»Deckert, hier nicht. Glaub mir!«

Deckert zuckte mit den Schultern, ging dann zurück zur Kreuzung Friedrichstraße und Kochstraße, an der die Kolonne mit laufendem Motor hielt. Denn Kennedys Fahrzeug hatte nicht einfahren können in diese Zufahrt zum Checkpoint Charlie. Es war einer der zentralen Sicherheitsgrundsätze des Secret Service, die Kolonne des Präsidenten niemals in einen Weg einbiegen zu lassen, der keine sichere, das hieß schnelle Wendemöglichkeit bot.

Die ersten Agenten des Secret Service kamen die Treppe zur Aussichtsplattform wieder herunter. Der Programmpunkt schien bald beendet zu sein. Auf die Agenten, die sich an ihm vorbeidrängten, folgte eine Person, die er kannte. Diane Leaton. Sie blieb in seiner Nähe stehen, sah ihn nur kurz an und sprach dann wie zu jemand anderem.

»Guten Flug gehabt? Vermutlich unbequem, oder?«

Er nickte, bemühte sich ebenfalls, sie nicht länger anzusehen. »Wir fahren voraus, Deckert und ich. Bisher nichts Auffälliges. Weiß der Service was?«

Sie schüttelte den Kopf. »Deren große Sorge ist, dass Kennedy plötzlich anhalten lässt und aussteigen möchte. Das wäre der Worst Case. Ist ja aber bisher nicht passiert.«

Nun sah sie ihn doch direkt an. »Was können wir tun? Du kennst sie. Was plant sie?«

»Sie wird vermutlich kein Gewehr nehmen. Damit würde sie eher auffallen in den Straßen Berlins. Und ein Distanzschuss ist zu schwierig für einen ungeübten Schützen.«

»Klingt nicht so, als seiest du sicher.«

»Man kann nie sicher sein.«

»Du hast mit Deckert gesprochen. Wie hat er reagiert?«

»Er glaubt weder an die Täter noch an ihr Motiv. Die Existenz einer Bande deutscher Militärs, die es auf Kennedy abgesehen haben, das will nicht in seinen Kopf. Er will nicht einsehen, dass es logisch sein könnte: den Mann bekämpfen, der die Atombombe hat, sie uns Deutschen aber verweigert. Und uns nicht schützt.«

Sie wurde nachdenklich, schaute hoch zur Aussichtsplattform. Kennedy blickte noch immer nach Osten. Zunächst zuhörend, ausführlichen Erläuterungen des amerikanischen Stadtkommandanten folgend. Jetzt schweigend, seit einer Weile.

»Da oben steht er, Thomas. Der Oberbefehlshaber, der angeblich die Sicherheit unserer amerikanischen Nation gefährdet.«

Malgo sah sich um. Das war nicht der Ort. Zu viele Soldaten. »Du bist Deutsch-Amerikanerin, aber du sagst *uns*. Also bist du in Washington doch glücklich?«

Sie sah rauf zur Aussichtsplattform, wo Kennedy gerade mit dem amerikanischen Stadtkommandanten sprach, und nahm seine Hand. »Ich lebe drüben, Thomas, mit meiner neuen Familie. Vieles wird mir immer fremd bleiben, aber diesen Mann da oben habe ich gewählt. Er ist mein Präsident. Seine nächste Rede hält er am Schöneberger Rathaus.«

»Wirst du übersetzen?«

»Nein. Adenauers Dolmetscher ist dran. Aber ich werde mit auf dem Balkon sein. Findet sie. Und bitte pass auf dich auf.« Sie ließ seine Hand los und ging, ohne sich umzudrehen. Malgo sah ihr nach. Wieder einer ihrer schnellen Abschiede. Zum Glück saß sie nicht in Kennedys Wagen.

Bis zur Kreuzung war es eigentlich keine lange Strecke. Aber für Kennedy dennoch ein weiter Weg. Zu Fuß arbeitete er sich vor in der engen Gasse zwischen Tausenden wartenden Berlinern, die alle ihre Hände nach vorn streckten, um den amerikanischen Präsidenten zu berühren. Doch er war nachdenklich die Treppe der Aussichtsplattform heruntergestiegen. Offensichtlich in Gedanken versunken, etwas geistesabwesend, zumindest auf den ersten Metern, als er im Vorbeigehen Hände ergriff und schüttelte, ohne die Menschen anzusehen. Wie sehr ihn andere Gedanken beschäftigten, zeigte sich, als er ein aufgeschlagenes Notizbuch einer älteren Berlinerin ergriff. Die alte Dame, die auch noch einen Stift angeboten hatte, wollte ganz offensichtlich Kennedy bitten, ihr seinen Namen auf ihre Seiten zu schreiben. Doch anstatt stehen zu bleiben und ihr das Buch gleich wieder zu überreichen, ging Kennedy weiter, zog einen Stift aus der Innentasche seines Jacketts, schrieb im Gehen und reichte das Buch einem verdutzten Mann des Secret Service. Der musste sich beim Kommandoführer abmelden, zurückrennen und die ältere Frau finden, der dieses Notizbuch gehörte.

Der Grund für Kennedys offensichtlich gedrückte Stimmung stellte für niemanden in seiner Umgebung ein Rätsel dar. Er war bereits im Amt gewesen, als diese Mauer errichtet wurde, am 13. August 1961. Aber an diesem 26. Juni 1963 erlebte er sie erstmals wirklich, die deutsch-deutsche Teilung.

Malgo sah, wie Kennedy als Erster in den offenen Wagen stieg, sich sofort setzte, einige zusammengefaltete Seiten und einen Kugelschreiber aus seinem Jackett herauszog und sich zurücklehnte. Und Malgo sah sich nach Berlins Regierendem Bürgermeister Brandt und Bundeskanzler Adenauer um. Erst als er beide weiter entfernt, aber auf dem Weg zu Kennedys offenem Lincoln entdeckt hatte, erinnerte er sich wieder an seine eigentliche Aufgabe.

Er rannte nach vorn bis zum Führungsfahrzeug vor den ersten beiden Mannschaftswagen der Berliner Polizei. Deckert erwartete ihn ungeduldig. Er war im Wagen geblieben und hatte den Funkverkehr der Berliner Polizei mitgehört. »Mindestens vier Gefahrenstellen bis zum Rathaus Schöneberg.«

»Schon Kontakt mit dem Begleitfahrzeug des Präsidenten aufgenommen?«

Deckert schüttelte den Kopf. »Das war bisher unmöglich. Aber wir müssen los. Laut Kolonnenordnung müssen wir als Vorausfahrende eine Distanz von tausend Metern zu den Limousinen einhalten.«

Deckert schien besorgter zu sein als in den bisherigen Abschnitten der Strecke. »Malgo, wir haben darüber gesprochen, dass sie hier, an der Grenze zum Osten, nichts unternehmen würde. Aber nun nähern wir uns dem Schöneberger Rathaus. Da wird Kennedy seine große Rede halten, vor vielleicht hunderttausend Berlinern. Draußen. Auf einem Podium an einem Platz, der von hohen Wohnhäusern umgeben ist.«

»Aber wir haben schon darüber gesprochen. Sie ist keine Scharfschützin, Deckert.«

»Und wenn sie einen Komplizen hat?«

»Möglich. Aber wohin führt uns diese Überlegung? Wir können nicht jeden Balkon im Blick behalten. Auf den Dächern am Schöneberger Rathaus ist doch bereits Berliner Polizei postiert.«

Was hatten ihm seine Ausbilder immer wieder eingebläut? Was war der Grundsatz für die Überlegungen eines Kriminalisten? Vieles war möglich, aber nicht alles war gleichermaßen wahrscheinlich. Wahrscheinlich war, dass sie allein handelte. Möglicherweise hatte sie sich auf Berlin vorbereitet. Höchstwahrscheinlich nicht mit einem Komplizen, der die Tat für sie ausführen würde. Dafür lebte sie zu sehr in ihrer eigenen Welt. Dachte er. Hoffte er. Man musste vereinfachen. Sie mussten sich in ihre Lage versetzen. Ihr Denken verstehen, ihre Möglichkeiten abschätzen.

Sie überquerten den Mehringplatz, Fahrtrichtung Hallesches Tor. An den Seiten warteten wie überall begeisterte Berliner. Bereit, an diesem inzwischen wieder etwas sonnigen Tag stundenlang zu warten und amerikanische Papierfähnchen zu schwenken, wenn sie die Kolonne für den Zeitraum von höchstens einer Minute erblicken würden. Die Berliner Polizei, das sah man, hatte an einigen Stellen Mühe, junge Männer einzufangen, die auf der Strecke herumspazierten, aus Übermut oder Lust an einer kleinen Aufsässigkeit. Gefahr ging von ihnen nicht aus. Doch lenkten sie die Polizisten von ihrer eigentlichen Aufgabe ab, die Masse an Schaulustigen im Auge zu behalten. Deckert schien das Gleiche zu denken.

»Hier hätten die Absperrgitter hingehört«, murmelte er, halb zu sich selbst.

»So viele Sperrgitter hatten wir in Bonn auch nicht. Und der Angriff erfolgte sogar noch in einem gesicherten Gebiet, in der amerikanischen Siedlung ...«

Würde sie irgendwo an der Seite stehen? Aber selbst wenn sie es in die erste oder zweite Reihe geschafft hatte: Vor der ersten Reihe Schaulustiger stand normalerweise Schutzpolizei, und zwei Reihen hinter ihnen sollten die Beamten der Kripo sein. Allerdings würde Kennedys Kolonne hier im Normalfall nicht anhalten. Wie sollte ein Angriff auf ein bewegtes Ziel ablaufen? Auf ein Fahrzeug inmitten einer Kolonne, rechts und links geschützt von Polizisten auf Motorrädern? Ein Angriff mit einer Handgranate wäre bei einem offenen Wagen denkbar. Doch würde sie das Ding wohl kaum aus ihrer Handtasche holen und entsichern können, ohne einem Polizisten in ihrer Nähe aufzufallen. Und selbst wenn ihr das gelingen sollte: Würde sie es schaffen, die Handgranate in ein Fahrzeug zu werfen, das im Abstand von fünfzehn Metern relativ schnell an ihr vorbeifuhr? Eher unwahrscheinlich. Andererseits würde ein Angriff auf diesem Streckenabschnitt sicher eine hohe Aufmerksamkeit erreichen. Denn sie würde damit verhindern, dass Kennedy bei seiner Rede auf der Tribüne vor dem Schöneberger Rathaus noch einmal vor so vielen Menschen um Verständnis für seine Politik werben konnte. Es musste auch keine Handgranate sein. Sprengstoffe boten immer eine Möglichkeit für einen Einzeltäter. Den Umgang mit ihnen konnte man lernen. Sicherlich schneller als Präzisionsschüsse aus großer Distanz.

»Deckert, welche Unterführungen haben wir bis Schöneberg?«

Deckert hatte die Liste nahezu auswendig parat. Er zeigte voraus. »Wir fahren gleich über den Landwehrkanal. Also eine Brücke. Von unten für uns nicht einsehbar. Für mich die Gefahrenstelle Nummer eins. Dann gleich, wenn wir rechts abbiegen, also vom Mehringdamm in die Dudenstraße, dann kommt da die Julius-Leber-Brücke. Wieder eine Brücke. Über eine stillgelegte S-Bahn. Unter der Brücke lag früher der Bahnhof Kolonnenstraße.« Deckert bremste auf der Mitte der Brücke über den Landwehrkanal.

Malgo wollte sofort rausspringen und zur Brüstung laufen. Dann überlegte er und hielt Deckert fest, bevor der die Fahrertür öffnen konnte. »Ich mache das hier. Du kümmerst dich bitte um die S-Bahn-Brücke.«

Deckert schüttelte den Kopf. »Wie soll ich das denn von hier aus machen, du Schlauberger?«

»Ruf einfach bei der S-Bahn an. Frag sie, wann sie das letzte Mal die Unterkonstruktion der Brücke geprüft haben. Und ob es Sprengkammern gibt.«

Deckert ließ sich zurück in den Sitz fallen. »Na gut, Malgo. Dann sag mir doch mal eben die Nummer des zuständigen Mannes in Ost-Berlin. Die hast du doch bestimmt im Kopf.«

Zumindest auf der einen Seite des Landwehrkanals war ein Polizeiboot zu sehen.

»Was redest du von Ost-Berlin, Deckert. Ich spreche von der S-Bahn. Wir sind in Schöneberg, West-Berlin.«

»Malgo, aber die S-Bahn gehört der DDR. Das hast du offenbar vergessen.«

»Dann funk unsere Zentrale an. Die sollen dir sagen, ob sie Beamte auf dem Gleis unter der Brücke haben.«

Malgo rannte zur Brüstung, sah nach unten. Erst auf der einen Seite, dann quer über die Fahrbahn auf der anderen Seite. Unbewusst hielt er beim Überqueren der Fahrbahn Ausschau nach anderen Fahrzeugen. Dabei konnte die Kolonne noch nicht in der Nähe sein. Für alle anderen Fahrzeuge war die Strecke gesperrt. Unten, auf dem Wasser, auf beiden Seiten des Landwehrkanals das gleiche Bild. Jeweils ein Polizeiboot in der Mitte des Kanals, mit Blickrichtung zur Brücke. Auf jedem Boot vorn und hinten ein Mann der Wasserschutzpolizei mit einem Fernglas in der Hand. Als er sich über die Brüstung lehnte, richtete der Polizist sein Fernglas auf ihn und sprach in ein Funkgerät. Sie waren also aufmerksam. Malgo wusste, dass die Funkzentrale über ihre Vorausfahrt informiert war. Der Mann auf dem Schiff schien jedenfalls Entwarnung erhalten zu haben. Er hob die Hand, winkte Malgo zu und schwenkte mit seinem Fernglas andere Bereiche des Ufers ab. Die Polizeiboote hatten sowohl die Unterseite der Brücke als auch die schmalen Uferstreifen unter Kontrolle. Er sah auf seine Uhr. Sie hatten nicht viel Vorsprung vor der Kolonne. Er rannte zurück zum Wagen, setzte sich auf den Beifahrersitz und schlug Deckert auf die Schultern.

»Schnell, sofort zur Kolonnenstraße. Julius-Leber-Brücke.«

»Das sind knapp anderthalb Kilometer. Viel schneller als die Kolonne können wir nicht fahren, wegen der Leute auf der Fahrbahn.«

Deckert fuhr mit quietschenden Reifen an. Alle Polizisten in der Nähe drehten sich um.

»Malgo, ich habe mit der Polizeizentrale gesprochen. Die sagen, dieser Abschnitt der S-Bahn liegt still. Genauso wie der Bahnhof unter der Brücke. Beides seit Kriegsende. Der Bahnhof soll weitgehend zerstört sein. Auf den Gleisen fahren allerdings ab und zu Werkstattzüge der Reichsbahn.«

Malgo überlegte, während sie vom Mehringdamm nach rechts in die Dudenstraße einbogen. Direkt hinter der Kreuzung mussten sie scharf bremsen, weil zwei offenbar verwirrte ältere Damen auf der Straße standen, die von der Polizei mühsam zurück auf den Bürgersteig geleitet wurden.

»Eine stillgelegte S-Bahn und Überreste von alten Bahnhofsgebäuden. Eine Gefahrenstelle und ein gutes Versteck. Gib Gas, Deckert.«

Malgo rechnete. Angenommen, sie hatte heute Morgen auf der Aussichtsplattform des zivilen Teiles von Tegel gestanden. Und war dann mit der U-Bahn direkt hierhergefahren. Sie hätte genug Zeit gehabt. »Deckert, deutlich vor der Brücke anhalten. Sicherheitsabstand einhalten, wie bei einer Sprengung.«

Auf den ersten Blick wirkte alles wie bei der Brücke über den Landwehrkanal. Die Berliner Polizei hatte die Fußwege darüber gesperrt. Niemand stand oben auf der Eisenkonstruktion. Die Berliner Kollegen hatten die vermutlich ohnehin verschlossenen alten Abgänge zum ehemaligen Bahnhof zusätzlich durch Stacheldraht gesichert. Malgo wollte gerade losrennen, als ihm bewusst wurde, dass er nicht an der Polizeisperre vorbeikommen würde. Nicht allein jedenfalls. Er musste auf Deckert und dessen Ausweis warten.

Deckert hantierte am Kofferraum ihres Opel. Er erschien mit etwas Länglichem über der Schulter. Ein Gewehr in einem Futteral. Er deutete mit seinem Kopf Richtung Polizeisperre. Sie rannten zu den verblüfften Polizisten, die sofort ihre Schlagstöcke zogen.

Deckert präsentierte seinen Ausweis. »Immer mit der Ruhe, liebe Kollegen. Ich bin Beamter des Bundeskriminalamtes und Leiter Personenschutz der Sicherungsgruppe Bonn. Wir gehören zur Vorhut der Kolonne.« Er zeigte auf Malgo. »Das ist meine Unterstützung. Gehört auch zur Sicherungsgruppe Bonn. Lassen Sie uns sofort durch. Die Kolonne fährt hier gleich vorbei. Wir haben nur ein paar Minuten.«

Die Polizisten sahen sich kurz an, streiften dann ihre Arbeitshandschuhe über und begannen, den Stacheldraht wegzuzerren. Ihr Vorgesetzter ließ sich den Ausweis geben, wandte sich mit seinem Funkgerät ab, erhielt offenbar eine Bestätigung und schloss dann den Treppenabgang zum ehemaligen Bahnsteig auf.

Deckert und Malgo rannten die Treppen hinunter, immer einen Blick nach links und nach oben in die Stahlkonstruktion der alten Brücke werfend.

»Deckert, ich sehe keine Sprengkammer.«

Deckert rannte weiter, bis ganz nach unten. »Die können auch in den Pfeilern sein. Wenn es eine Sprengkammer gibt, dann müsste es im Mauerwerk eine Tür geben. Oder eine größere Klappe.«

Malgo rannte über die Gleise, entdeckte im Brückenpfeiler jedoch keine auffällige Öffnung. Allerdings waren auf der gegenüberliegenden Brückenseite, dort, wo sich das Widerlager der Brücke auf die Böschung stützte, Überreste der alten Bahnhofsgebäude zu erkennen. Aber nur ein niedriger

Schuppen, eher eine Art Verschlag, besaß noch ein intaktes Dach und eine Tür. Malgo drehte sich zu Deckert um. Der war auf die andere Seite der Brücke gelaufen und hatte sein Gewehr aus dem Futteral gezogen. Er sah jetzt nach oben, gestikulierte und zeigte auf den Tunnel, der kurz hinter der Brücke begann. Offenbar wollte er, dass die Schutzpolizei den Eingang des Tunnels kontrollierte. Malgo sah ebenfalls nach oben. Einer der Polizisten am Brückenrand rief ihm etwas zu. Was, verstand Malgo nicht. Ganz im Gegensatz zu der Stimme in seinem Rücken.

»Tomasz. Du hättest nicht herkommen sollen.«

Schon die Art, wie sein Name ausgesprochen wurde, traf ihn. Er drehte sich langsam um, um sich auf den Anblick vorzubereiten. Auf der Türschwelle des kleinen Verschlages stand sie. Sie war es wirklich. Alina. Sie sah aus, wie er sie in Erinnerung hatte. Ihre blonden Haare hochgesteckt, schmales Gesicht, große Augen. Sie stand da, den zierlichen Oberkörper vornübergebeugt, alle Muskeln angespannt wie eine Hürdenläuferin vor dem letzten Hindernis. Sie würde sich nicht aufhalten lassen, dachte Malgo. Nicht von ihm, nicht mit Worten jedenfalls. Sein Engel hatte sich in eine verwirrte Rächerin verwandelt. In einen Racheengel, der Vergeltung für lang zurückliegende Taten forderte, Taten, die ganz andere zu verantworten hatten als jene, die sie nun bestrafen wollte.

Wie viel Zeit mochte mit diesen Überlegungen vergangen sein? Sie hatte völlig unbewegt dagestanden, nur den Kopf leicht ins Innere des kleinen Schuppens und damit Richtung Brückenlager gedreht, um zu erkennen, wann die Kolonne heranrollte.

Ihr rechter Arm schnellte auf einmal nach vorn und deutete auf den Tunneleingang, so blitzartig, dass er sich duckte, obwohl er keine Waffe in ihrer Hand gesehen hatte.

»Da bist du in Sicherheit, Tomasz. Lauf, verschwinde. Sofort.«

Anstelle einer weiteren Erklärung hielt sie ihre linke Hand hoch, mit der sie ein rotes Kabel umklammerte, das in das Innere des kleinen Schuppens führte. Jetzt öffnete sie ihre rechte Hand. Malgo sah ein großes Feuerzeug, das zum Anzünden der Zündschnur diente.

»Du weißt, was das bedeutet, Tomasz.«

»Falls das Ende der Zündschnur wirklich in einer Sprengkapsel steckt. Und die Sprengkapsel in einem Paket mit Sprengstoff.«

Sie lachte. »Denkst du wirklich, ich spiele Theater, nur mit dir als meinem Publikum?«

Die Zündschnur war sicher viel zu kurz. Natürlich, sie wollte sich nicht retten, sondern als Kämpferin sterben. Ein Fanal, ein unübersehbares Zeichen ihrer Weltsicht. Nötig waren dazu nur Feuer, eine Zündschnur und eine Sprengkapsel. Kein Werkzeug, man konnte Schnur und Sprengkapsel notfalls auch mit den Zähnen verbinden. Aber natürlich eine Menge Sprengstoff. Der jetzt in dem alten Schuppen lag, vermutlich noch eingewickelt in das braune Wachspapier, in dem er geliefert worden war. An wen? Die Bundeswehr? Und wie viel davon konnte sie haben? Er sah nach oben zur Unterkonstruktion der Brücke. Ein Experte hätte den plastischen Sprengstoff an den schwächsten Teilen der Unterkonstruktion angebracht, um den Stahl herumgelegt wie Knetgummi um einen Finger. Doch Alinas Zündschnur verschwand in dem Schuppen, und kein Kabel führte nach oben wieder hinaus. Konnte sie eine solche Menge besitzen, dass es reichte, die Brücke zur Explosion zu bringen?

Ein Schuss unterbrach seine Überlegungen. Der Polizist mit seiner Dienstpistole von oben, vom Brückenrand? Nein. Zu große Distanz. Also Deckert, von unten, von der anderen Seite der Brücke. Und richtig. Er stand am Rand der Böschung, das Gewehr wie ein Jäger verschränkt vor seiner Brust, Alina beobachtend.

Ihre rechte Hand blutete. Sie presste sie an ihren Körper, hatte das Feuerzeug fallen gelassen. Es lag jetzt mehrere Meter unter ihr, zwischen den Schienen.

Sie sah erst nach unten und dann wieder zu ihm. »Tomasz, du hast mich nie verstanden.«

Dann wie aus dem Nichts ein anschwellender Lärm. Nur einen Augenblick später donnerten über ihnen die Fahrzeuge der Kennedy-Kolonne über die Julius-Leber-Brücke. Fahrtziel Schöneberger Rathaus, nur wenige hundert Meter entfernt. Malgo sah erleichtert nach oben, bis die Kolonne fast nicht mehr zu hören war. Aufgabe erfüllt.

»Pass doch auf. Sie haut uns ab«, rief Deckert.

Ihren rechten Arm noch immer an den Körper gepresst, rannte Alina auf den Schwellen des Gleisbetts Richtung Tunnel.

Deckert zog den breiten Riemen seines Gewehrs über den Kopf. Er sah hinter Alina her. »Die Kleine fangen wir, auch wenn sie ein wenig Vorsprung hat. Wo will sie denn auch hinlaufen?«

»Lass mich erst in dem Schuppen nachsehen, ob noch Gefahr droht. Ich ziehe die Sprengkapsel und wir verrammeln die Tür.«

Plötzlich quietschende Zugbremsen aus dem Tunnel. Sie sahen sich erstaunt an, schlugen die Tür des Schuppens zu und liefen auf den schmalen Weg oberhalb der Gleise Richtung Tunneleingang. Die Beleuchtung an den Tunnelwänden war nicht in Betrieb. Weiter hinten dagegen schien es Licht zu geben. Aber keine Notausstiege und kein Hinweis auf Alina.

Nach der lang gezogenen Kurve sahen sie den Zug. Über die ganze Breite des Tunnels hinweg war eine Art Sperranlage errichtet worden, mit breiten Toren über beide Gleise. Das Tor des Gleises in Richtung Julius-Leber-Brücke war geschlossen. Das in Gegenrichtung dagegen stand weit offen. In dieser Toröffnung wartete eine Lokomotive mit laufendem, offenbar elektrischem Motor und einem angehängten Bauwaggon. Mehrere Männer standen am Rand der Gleise auf dem Laufweg, auf dem Deckert und Malgo den Rücklichtern des Bauwagens näher kamen. Einer der Männer lief ihnen entgegen. Weißer Helm mit Stirnlampe, blauer Overall, geöffnete Pistolentasche an seiner Hüfte. Nicht gerade der typische Eisenbahnschlosser.

»Kehren Sie um. Hier gibt es nichts zu sehen.«

Deckert ärgerte sich, sein Gewehr abgelegt zu haben. »Wer sind Sie und wo ist die Frau, die in diesen Tunnel gelaufen ist?«

Malgo schwieg, wollte erst weiter dem Mann zuhören.

»Wir haben eine flüchtige Person in Gewahrsam genommen.«

Die Stimme kam ihm tatsächlich bekannt vor. Währenddessen empörte sich Deckert. »Was seid ihr für eine Truppe? Ihr habt kein Recht, sie euch zu schnappen. Wir haben sie verfolgt, wir haben ihren Anschlag verhindert.«

Der Mann nickte. »Das ist uns bewusst, ja.« Er drehte sich um, wie um sicherzugehen, dass keiner seiner Kameraden näher gekommen war. Dann sah er Malgo an. »Sie haben meine Stimme inzwischen erkannt, nicht wahr?«

Malgo nickte. »Unser mysteriöser Besucher. Angeblich vom Amt für die Sicherheit der Bundeswehr.«

Der Mann sah sich wieder um. Noch immer waren sie nur zu dritt.

»Ein passender Name, nicht? Ich wollte Sicherheit, im Sinne der Bundeswehr. Sie wissen, dass in jeder Armee Depotdiebstähle vorkommen. Aber es sollte keinen gestohlenen Bundeswehr-Sprengstoff unter Brückenpfeilern geben oder sonst in der Nähe von Staatsgästen.«

»Die Hinweise sind angekommen. Aber wer hat Alina den Sprengstoff verschafft?«

Der Unbekannte sah Malgo direkt an und lächelte. »Alina, ja. Das hat mich wirklich überrascht, dass Sie sich kannten.«

Deckert schäumte inzwischen vor Wut. »Es ist ja wohl keine Überraschung, dass Sie mit Ihrem Trupp hier so passend auftauchen. Und die Frau ist ja wohl kaum selbst in ein Bundeswehrdepot eingebrochen.«

»Nein, das ist sie sicher nicht. Der Sprengstoff wurde im Auftrag einer kleinen Clique beschafft. Herrschaften bei uns, ziemlich weit oben, die vor ihrer Pensionierung etwas ganz Besonderes planten. Selbst ernannte Widerstandskämpfer. Fanatiker.«

»Beweise?«

»Nur Indizien.«

»Wenn Sie schon so viel wissen: Warum gaben Sie uns keinen Hinweis auf die Aktion des Bruders?«

»Das war kein ernst zu nehmendes Attentat. Nur Militärtaktik. Ein Scheinangriff mit einem angenehmen Nebeneffekt.« Er sah sich wieder um. »Die üblen Gesellen, die diese Aktion aufgezogen haben, hatten von vornherein die Schwester ausgewählt. Und vermutlich auch diese Brücke hier. Deshalb bekamen wir Befehl, uns hier im Tunnel in Bereitschaft zu halten. Sie haben erwartet, dass der Secret Service den Bruder erschießt. Den einzigen Zivilisten, der eingeweiht war.«

Malgo drehte sich zu Deckert. »Wir sollten uns jetzt umdrehen und gehen. Seine Leute fragen sich sicher schon, warum unser Gespräch so lange dauert.«

Der Mann rief ihnen laut hinterher. »Ihr beiden Polizisten, vergesst nicht: Das hier ist Betriebsgelände der DDR-Reichsbahn. Wir sind nie hier gewesen. Wir wollen denen drüben doch keinen Vorwand für Proteste liefern.«

Als Deckert am Eingang des Tunnels sein Gewehr unberührt wiederfand, entspannte er sich sichtlich. »Das Schöne ist ja, Malgo, wir müssen das alles wohl gar nicht in unseren Bericht schreiben.«

»Erst einmal räumen wir hier auf. In dem Schuppen gibt es noch ein paar Sachen, die da nicht hingehören.«

Deckert sah auf seine Uhr. »Die Kundgebung ist noch nicht beendet. Wir können trotzdem bis zum Flughafen vornwegfahren. Entspannter als vorhin.«

»Aber wenn ich da drin gestohlenen Bundeswehr-Sprengstoff finde, dann ist zumindest meine Gelassenheit dahin.«

Deckert ließ seine Pranke auf die Schulter seines Kollegen fallen. »Du hast mein ganzes Mitgefühl, Kollege.«

»Interessiert dich überhaupt nicht, was die mit der verhinderten Attentäterin machen?«

»Jetzt nicht. Erst nachher wieder, wenn Kennedy in seinem Flieger sitzt.«

*

Flughafen Tegel, kurz vor dem Abflug des amerikanischen Präsidenten nach Irland.

John F. Kennedy stand am Fuß der Gangway zur Air Force One, den linken Arm leicht abgestützt auf dem aufsteigenden Geländer. Er mühte sich trotz seiner Schmerzen, gerade zu stehen und zu lächeln. Sorensen erkannte tiefe Linien auf Kennedys Stirn. Er wusste, wie anstrengend dieser Tag in Berlin für seinen Präsidenten gewesen war. Langes Stehen im offenen Wagen, stehend Reden halten und nur hin und wieder Gelegenheiten, die Wirbelsäule zu entlasten. Kennedy hatte dieses Marathonprogramm zwar bewältigt. Aber nur durch sein Korsett und mithilfe schmerzlindernder Medikamente, die er vor allem am Nachmittag zu sich genommen hatte.

Die Begeisterung der Berliner hatte vielleicht auch etwas geholfen, dachte Sorensen. Er sah, dass Bundeskanzler Adenauer und Berlins Regierender Bürgermeister Willy Brandt dem Blick Lucius D. Clays folgten. Vermutlich ging es um Erinnerungen an die von Clay organisierte Berliner Luftbrücke, die fast auf den Tag genau vor fünfzehn Jahren begonnen hatte. Alle warteten darauf, dass die Militärmusiker die vier Nationalhymnen spielten. Dann würden nur noch kurze Abschlussreden folgen. Als der Secret Service die Fotografen außer Hörweite gedrängt hatte, wurde Kennedy sichtlich ungeduldig.

»Verdammt, Ted, worauf warten wir hier eigentlich? Haben die ihre Noten vergessen?« Sorensen bemerkte, dass der amerikanische Stadtkommandant mit dem Befehlshaber der Franzosen zusammenstand. Der Franzose sprach energisch auf den Amerikaner ein.

»Mr President, ich vermute, es geht wohl um das Protokoll, Sir.«

Kennedy schüttelte den Kopf. »Das war ein Arbeitsbesuch, Ted. Kein Staatsbesuch. Ich wollte möglichst wenig Klimbim. Was ist daran so schwer zu verstehen?«

Sorensen ahnte etwas. Die Franzosen hatten schon bei der Landung der Air Force One am Morgen darauf bestanden, zur Begrüßung des amerikanischen Präsidenten als Erstes nicht die amerikanische Nationalhymne, sondern die Marseillaise erklingen zu lassen. Schließlich war Tegel der Flugplatz der Besatzungsmacht Frankreich. Würden sie auch beim Abflug darauf bestehen? Zuzutrauen war es de Gaulles Generälen, dachte Sorensen. Er entschloss sich, das Thema zu wechseln.

»Mr President, es war richtig, diesen einen Satz auf Deutsch zu sagen. Wie positiv die Berliner ihn aufgefasst haben, das haben wir ja an dem langen Beifall gemerkt.«

Kennedy nickte. »Sicher, Ted. Aber bin ich nicht zu weit gegangen? Mein Außenminister hat mich das auch schon gefragt. An dieser verdammten Mauer zu stehen, mit dem Stacheldraht und den schussbereiten Soldaten direkt vor mir, das hat mich stärker beeindruckt, als ich angenommen habe.«

»Aber ihr Zusatz zur Rede war vollkommen angemessen, Sir. Ich habe es genauso empfunden, und Sie haben es mit diesem Satz ausgedrückt: unsere Verbundenheit mit dieser Stadt an der Frontlinie zwischen Ost und West.«

»Ich bin froh, dass Diane Leaton es mir aufgeschrieben hat. ›Ish bin ein Bearleener‹. Ohne die Lautschrift auf der Karte wäre die Sache wohl danebengegangen. Anders als Jackie bin ich ganz sicher kein Sprachtalent.«

Sorensen fand die Gelegenheit jetzt passend. »Übrigens, Sir. Mrs Leaton hat mich gebeten, in Deutschland bleiben zu dürfen. Ich hoffe, Sie sind einverstanden.«

Kennedy sah ihn erstaunt an. »Ich hatte eigentlich auf dem Flug nach Dublin vor, mich bei ihr für ihre gute Arbeit zu bedanken. Und sie zu fragen, ob sie uns zum Anwesen meiner Vorväter begleiten will …«

Sorensen, der Letzteres befürchtet hatte, freute sich im Stillen, eine gute Begründung für ihre Abwesenheit präsentieren zu können. »Mrs Leaton hat darum gebeten, ihre Eltern in Köln besuchen zu dürfen, Mr President. Weil es um familiäre Belange ging, Sir, nahm ich an, Sie würden meine Entscheidung billigen.«

Kennedy nickte zögernd. »Haben Sie ihr wenigstens noch meine Bitte ausgerichtet?«

»Ja, das habe ich. Sie wird sich auf einem privaten Weg mit dem Rundfunk in Hessen in Verbindung setzen.«

»Sie haben ihr doch hoffentlich nicht angedeutet, um was es uns geht …?«

»Natürlich nicht, Sir. Ich bin bei unserer Cover-Story geblieben: inoffizielle Vorprüfung. Mit der Frage, ob es sich lohnt, das Material von unserem Besuch bei der Air Force in Hanau offiziell anzukaufen – für unsere kommenden Werbespots. Leaton meint, es gab genügend Fernsehkameras. Wenn sie recht hat, dann wird eine von denen Weston erfasst haben. Genau in den Minuten, bevor General Dandoc seine kleine Überraschungstour mit Ihnen begonnen hat.«

»Sobald wir das Material haben, will ich die Bilder sehen. Am besten noch in Rom, vor dem Ende unseres Europaausflugs.« Kennedy sprach jetzt zwar leise, aber in dem Kommandoton, den seine engsten Mitarbeiter dann und wann zu hören bekamen. »Das Thema steht ab jetzt ganz oben auf Ihrer Liste. Spätestens auf unserem Rückflug werde ich mir das Vergnügen machen, das Empfangskomitee für diesen Hurensohn zusammenzustellen. Den Bericht über den Schützen in Bonn hat er auch nicht abgeliefert.«

»Unser Scharfschütze hat sich auch nicht gemeldet, und der Attentäter soll noch im Koma liegen, Mr President.«

Kennedy schwieg. Es dauerte einen kurzen Moment, dann hatte er seine Wut wieder unter Kontrolle. »Ted, Dandoc hat auf ein Zeichen von Weston gewartet. Da bin ich ganz sicher. Hoffentlich haben sie das gesamte Material aufgezeichnet. Nicht nur die gesendete Fassung.«

Da war sie wieder, seine ewige Skepsis. Der Präsident und die Macht der Bilder. Immer um größtmögliche Wirkung bemüht. Aber gleichzeitig zweifelnd, wie weit die Wirkung reichen würde.

»Sie haben sich abgesprochen. Die Aufnahmen werden es beweisen, Mr President.«

Kennedy sah wieder zu den Musikern. Die beiden Stadtkommandanten hatten sich offenbar geeinigt. Jedenfalls waren sie zu den anderen Ehrengästen zurückgekehrt.

»Und wenn dieser Hurensohn Weston auch nur einmal mehr als üblich geblinzelt hat, Sorensen, dann werde ich ihn in die Wüste schicken. So wie Dandoc.«

»Es heißt, Dandoc wird bereits an diesem Wochenende verabschiedet, Sir. Das Pentagon scheint Wort zu halten.«

Kennedy lächelte leicht gequält. »Er war nur eine Nebenfigur im großen Schachspiel, Ted. Ein Randbauer, den es erwischt hat. Wir wissen beide, dass die Hardliner ihren Angriff fortsetzen werden.« Die ersten Töne der Marseillaise erklangen. Kennedy sah kurz zu den Musikern.

»Die Franzosen haben sich wieder durchgesetzt.« Er zog Sorensen zu sich heran. »Jetzt sind sie gerade bei: ›Le jour de gloire est arrivé.‹ Jackie hat mir den Text mal übersetzt. ›Der Tag des Ruhms ist da.‹ Den hatten wir heute wohl auch.«

Sorensen nickte und machte sich im Stillen darauf gefasst, von seinem Präsidenten an den üblichen Rat der First Lady erinnert zu werden, er solle nach Paris fahren und sich eine Ehefrau suchen. Aber Kennedy schien eher in melancholischer Stimmung.

»Ted, so eine Begeisterung für unsere Nation und unsere Politik, so wie heute hier in Berlin, die werden wir wohl nie mehr erleben.«

Sorensen, der Kennedys plötzlich einsetzende Sentimentalität ebenso wenig mochte wie dessen Seitensprünge, griff mit der rechten Hand in die Innentasche seines Jacketts. Die gefaltete Seite Papier musste die Begrüßungsrede für Dublin sein. Eine Liveübertragung ihrer Ankunft würde es nicht geben, das wusste er. Aber einige amerikanische Radiostationen würden mit ihren Reportern direkt aus Dublin berichten. Schließlich stellten Amerikaner mit irischen Wurzeln die zweitgrößte Bevölkerungsgruppe unter den weißen US-Bürgern – nach den deutschstämmigen.

Sicher würde es eine gute Idee sein, in Rom ausnahmsweise möglichst viel privat zu unternehmen. Auch ohne ständig nach einer Italienerin zu suchen, die man erst verzaubern und dann nach Washington entführen konnte. Um die Italo-Amerikaner und ihre Wählerstimmen musste sich wohl niemand Sorgen machen. Die würde Kennedy allein einsammeln. Vor allem durch seine Audienz beim neu gewählten Papst.

15.

Freitag, 28. Juni 1963. Bonn.

Er wirkte hier oben wie um Jahre gealtert. Wie ein Pensionär, der vom Petersberg hinunter ins Rheintal blickte. Richtung Bad Godesberg, auf seine Dienststelle, seine Vergangenheit.

Er stand jetzt am Rand des Wanderweges. Paul Dickopf war ganz sicher nicht den steilen Pilgerweg auf den Petersberg hinaufgelaufen, er hatte sich fahren lassen. Natürlich von Beckmann, der an einem Tisch im Hintergrund wie ein Ausflügler vor Kaffee und Kuchen saß.

Der Chef am Steilhang über dem Rhein. War das eine der Inszenierungen, für die Dickopf, der Trickser und Täuscher, bekannt war? Gehörte der schwarze Wanderstock, der neben ihm an der Mauer lehnte, auch dazu? In der Dienststelle jedenfalls hatte er sich noch nie damit sehen lassen.

Malgo blieb stehen und sah sich um. Ein sehr früher Sommermorgen – die cremeweiße Längswand der Kapelle noch leicht rötlich gefärbt. Eine schwarz-weiße Katze tat so, als interessierte sie keine der beiden Elstern in dem frisch geharkten Blumenbeet vor der Kapelle. An den rohen Holztischen unter den großen Bäumen saßen noch keine Wanderer.

Auch Deckert war nicht zu sehen. Er hatte unbedingt mitkommen, aber zunächst unsichtbar bleiben wollen. Weil es nur eine Straße auf den Petersberg gab, hatten sie sich für den Fußweg entschieden. Ohne die Stationen der Pilger zu beachten. Aber zumeist schweigend. Deckert zählte ohnehin nicht zu den Vielrednern. Ihn verband auch nicht so viel mit dem Alten. Er war schließlich auch nicht von Dickopf eingestellt worden, sondern schon seit 1952 dabei. Seit sich Adenauer entschieden hatte, doch besser geschützt werden zu wollen – nach dem Attentatsversuch mit der Briefbombe. Dickopf kam also auch nicht als Vaterfigur infrage.

Das war bei ihm anders. Nicht nur durch den Altersunterschied von mehr als zwanzig Jahren und die Tatsache, dass ihn der Chef persönlich eingestellt hatte.

Dickopf drehte sich erst um, als Malgo schon fast bei ihm war. »Danke, dass Sie gekommen sind, Herr Malgo. Es gibt einiges zu besprechen.«

Wenn der Chef um ein Gespräch bat, dann hieß das nicht, dass man gleich miteinander redete. Zunächst sprach er. Dickopf reagierte stets empfindlich, wenn man ihn unterbrach, bevor er sein ganz persönliches Lagebild vollständig ausgebreitet hatte. Es reichte also, nach einem kurzen Kopfnicken neben ihn an die Mauer zu treten und ebenfalls ins Rheintal zu schauen. Er wusste schließlich, was kommen musste. Eine Erklärung für Alinas Verschwinden vorgestern in Berlin. Und eine Erklärung, warum er seinen eigenen Mann zum falschen Verdächtigen gemacht hatte.

Dickopf sah weiter zum Rhein hinunter. Er sprach wie zu sich selbst.

»Wussten Sie eigentlich, dass zu den ersten Siedlern hier auf dem Petersberg Priester gehört haben? Priester, die aus dem Kloster Himmerod kamen?«

Es fühlte sich an wie bei den morgendlichen Besprechungen der Abteilungsleiter im Büro. Nur dreihundert Meter höher. In besserer, weil nicht durch den Gestank seiner Zigarillos verpesteter Luft. Es war nicht nur so, dass er sich gerne reden hörte. Er bettete auch alles gerne in eine Art Geschichte ein, von der man allerdings nie wusste, was davon seiner Überzeugung entsprach oder nur seiner Fantasie entsprungen war.

»Himmerod ist für mich die Abtei, in der Generäle die Bundeswehr geplant haben. Hitlers Generäle, Chef.«

Dickopf, der sich sonst über solche persönlichen Bemerkungen aufregte, blieb diesmal gelassen. »Sie wissen, wie meine Meinung dazu ist, Malgo.«

Das wusste jeder in der Dienststelle. Genauso, wie man wusste, warum es aus seiner Sicht richtig war, alle seine braunen Kollegen aus der Berliner Führerschule des Sicherheitsdienstes der Nazis zum Bundeskriminalamt zu lotsen. Da er seine übliche Erklärung nicht wiederholte, schien es wohl diesmal um etwas anderes zu gehen.

»Sie ahnen nicht, wie man mich unter Druck gesetzt hat. Es lief eine Operation. Geplant und durchgeführt von Leuten, die sich ›Freundeskreis Himmerod‹ nennen. Man nahm an, ein talentierter Ermittler wie Sie könnte den Ablauf gefährden.«

»Deshalb musste ich in falschen Verdacht geraten? Damit man mich loswird? Soll ich das auch noch als Kompliment auffassen?« Malgo spürte, dass er seinen Ärger nicht zurückhalten konnte. »Gedenken Sie mich vielleicht auch irgendwann einmal ins Bild zu setzen, was für eine Operation das war? Fanatiker in Uniform, die zwei verwirrte Vertriebene erst ausbilden und Jahre später als ferngesteuerte Waffen benutzen?«

Dickopf nickte in Richtung Beckmann und nahm seinen Gehstock. »Machen wir ein paar Schritte.« Er steuerte auf die Kapelle zu. »Diese Kapelle, Malgo, wurde vor genau zweihundert Jahren fertiggestellt. 1763, im Juni. Zu dieser Zeit gab es, wie Sie wissen, die USA noch gar nicht. Da kämpften damals Soldaten des englischen Königs gegen die Franzosen. Zur selben Zeit bestand unsere Königlich-Preußische Akademie der Wissenschaften in Berlin bereits seit mehr als fünfzig Jahren.«

Dickopf blieb vor dem Blumenbeet stehen. Die schwarz-weiße Katze von vorhin war verschwunden.

»Malgo, hören Sie mir zu? Verstehen Sie, was ich Ihnen sagen will?«

»Kein Wort.«

Jetzt stützte er sich tatsächlich auf den Wanderstock. »Ende letzten Jahres hat uns Kennedy inoffiziell gedroht, Truppen aus Deutschland abzuziehen, wenn wir nicht seiner Linie folgen. Ein Mann ohne jede außenpolitische Erfahrung droht uns. Der Vertreter einer Nation, die noch immer Rassismus praktiziert. Vor diesem Mann sollen wir auf die Knie fallen? Von diesem Mann sollen wir uns sagen lassen, wie wir uns gegen die Russen verteidigen sollen? Gegen Kommunisten, die uns mit ihren Atomraketen bedrohen? Die mit ihrer Blockade fast ein Jahr lang versucht haben, West-Berlin zu erwürgen?«

»Wer hat Alina und ihren Bruder auf Kennedy gehetzt? Wer hat Alinas Lebenslauf geändert und ihren Tod vorgetäuscht? Und wer hat dafür gesorgt, dass sie in Berlin auf den Bahngleisen vor unseren Augen entführt werden konnte?«

Dickopf schüttelte den Kopf, ging zum Portal der Kapelle und öffnete die Tür. »Hier herein. Wer den Pilgerweg genommen hat wie Sie, dem werden hier seine Sünden vergeben.«

»Ich bin mir keiner Sünde bewusst.«

Dickopf setzte sich in die Bank in der letzten Reihe. »Warum haben Sie mir nicht gesagt, dass Sie Augustyn erkannt hatten?«

»Ich war mir nicht sicher.«

»Das ist eine Notlüge.«

»Warum haben Sie mir nicht gesagt, dass Augustyn und Alina auf Ihrer Gehaltsliste standen? Sie haben sich den Hass der beiden zunutze gemacht, sie als Schläfer ausgebildet und auf Kennedy gehetzt.«

»Den Hass hatten sie schon, als sie den Boden dieses Landes betraten. Und auf meiner Gehaltsliste standen sie nie.«

»Auf wessen dann?«

Dickopf antwortete nicht, sondern sah sich stattdessen um. Leere Kirchenbänke. Alle auf die nebeneinander gesetzten Altäre an der Stirnseite der Kirche ausgerichtet. Der barocke Hauptaltar war groß genug, dass man sich dahinter verstecken konnte. Im Idealfall würde da Deckert sitzen.

»Sie sind unterstützt worden von aufrechten Deutschen in Uniform. Soldaten, die unser Land schützen. Mehr kann ich nicht sagen. Augustyn und Alina wollten eine Chance. Sie haben sie bekommen.«

»Wo ist Alina jetzt?«

»Fühlen Sie sich ihr immer noch nah?«

»Unsinn. Aber ich will wissen, wer sie vor unseren Augen mitgenommen hat. Die Männer trugen keine Uniformen. Weder an der Lok noch an dem Bauwagen habe ich einen Schriftzug entdeckt.«

»Sie wurde dem amerikanischen Stadtkommandanten übergeben.«

»Wer hat sie überwacht, wer hat Augustyn und Alina geführt die ganzen Jahre?«

»Fragen Sie doch Ihren Schutzengel. Den vom Amt für die Sicherheit der Bundeswehr.«

»Wen meinen Sie?«

»Denken Sie, ich hätte mich nicht gefragt, wie Sie uns so leicht aus dem Hausarrest entwischen konnten? Und so schnell in Frankfurt auftauchen? Sie hatten Unterstützung.

Von jemandem aus einer Dienststelle, die an der Sitzung im Krisenzentrum beteiligt war. Habe ich recht?«

»Ja – und nein. Es gab jemanden, der mir geholfen hat. So richtig scharf war die Bewachung ja wohl auch nicht. Aber nein, ich kenne ihn nicht. Ich weiß nicht, für wen er arbeitet.«

»Finden Sie ihn. Fragen Sie ihn.«

»Um ihn damit in Schwierigkeiten zu bringen? Weil Ihre feinen Freunde, die ihn suchen, mir folgen werden? So naiv bin selbst ich nicht. Aber ich war naiv genug zu glauben, dass Sie sich vor Ihre Mitarbeiter stellen. Und sie nicht den Löwen zum Fraß vorwerfen.«

Dickopf wirkte jetzt tatsächlich erstaunt. »Sie verstehen immer noch nicht, Malgo. Diese Leute haben mich unter Druck gesetzt. Mir blieb keine Wahl.«

»Wie war das möglich, Sie unter Druck zu setzen?«

»Das kann ich Ihnen nicht sagen, ohne Sie und Ihre Familie zu gefährden.«

»Hat es mit dem Tod Ihrer Frau zu tun?«

»Dieses Gespräch ist beendet. Gehen Sie. Sofort.«

Dickopf ließ sich auf die Kniebank vor ihm fallen und begann zu beten. Draußen bewachte Beckmann den Dienstwagen. Das Beste war, einfach den Fußweg nach unten zu nehmen. An den rohen Holztischen und außer Sichtweite des Parkplatzes wartete Deckert.

»Was hat er gesagt? Wer hat Alina mitgenommen?«

»Wollte er nicht sagen. Sie sei an die Amerikaner übergeben worden.«

Deckert nickte. »Na klar. Erst kassieren sie Augustyn ein, dann seine Schwester. Sie werden beide beobachtet haben. Die ganze Zeit. Und wir tappen im Dunkeln.«

Malgo schüttelte den Kopf. »Vielleicht diesmal nicht völlig, lieber Kollege. Denk an den Mann im Tunnel. Ein Kerl, dem ein Geheimbund von einigen seiner Vorgesetzten nicht passt. Wenn er auffliegen würde, würden sie ihn als Verräter behandeln.«

»Hohes Risiko. Wann bekommt der Held einen Namen?«

»Irgendwann schon ...«

16.

Samstag, 28. Juni 1963. Bad Godesberg.

Karla Buchner stieg von der Leiter, die guten Chefkekse in der Hand. Sie streckte die Dose nach vorn, setzte ihren linken Fuß hinter den rechten, deutete eine leichte Kniebeuge an und lächelte. Es wirkte wie der formvollendete Knicks einer Hofdame. Malgo staunte.

»Wo haben Sie denn das gelernt, Frau Buchner?«

»Durch einen Film natürlich. Was denken Sie denn? Es schien mir heute passend. Denn Ihr guter Ruf, Kollege Malgo, der ist ja schließlich wiederhergestellt. Und so sind Sie – ich übertreibe jetzt natürlich ein wenig – bei Hofe wieder gern gesehen. Und wenn das hier der Hof ist, dann bin ich natürlich die Erste Hofdame, oder nicht?«

Malgo dachte an ihren Spitznamen und musste schmunzeln. »Bei Hofe? Aha. Natürlich. Wer sonst? Wo ist denn unser König? In der Abschlusssitzung des Krisenstabes im Innenministerium gestern habe ich ihn vermisst.«

»Aber hat er nicht das Schreiben verlesen lassen? Den Brief, der Ihre Rolle in Berlin schildert? Dass Deckert und Sie das Attentat verhindert haben? Er hat mir den Text doch diktiert.«

Sie wusste noch immer alles vor allen anderen.

»Ja, er hat das Schreiben verlesen lassen. Der Schreibtisch-hengst aus dem Innenministerium musste es tun. Offensichtlich sehr widerstrebend. Angeschaut hat er mich kein einziges Mal. Entschuldigt hat er sich natürlich auch nicht.«

Karla Buchner deutete auf einen der beiden bequemen Sessel vor ihrem Schreibtisch. Die aus der Besucherecke des Chefs. »Ach, Kollege Malgo. Schwache Menschen können nicht verzeihen. Das können nur die starken.«

»Hat der Chef jetzt auch Sie mit seinem Sprüchefieber angesteckt?«

»Von mir werden Sie nur Weisheiten hören, die wirklich stimmen. Aber nehmen Sie doch jetzt einfach Platz und lassen Sie mich endlich Kaffee servieren.«

Das war jetzt die Gelegenheit. »Sollten wir bei der Gelegenheit nicht auch die guten Orangenkekse retten? Sonst läuft bei den Temperaturen im Chefzimmer die ganze Schokolade davon.«

»Eine sehr gute Idee, lieber Kollege. Was gibt es Schöneres als eine verdiente Tasse Bohnenkaffee?«

Sie war klug genug, solche Sätze immer nur ironisch zu meinen. Manchmal, gerne vor ausgewählten Besuchern, spielte sie die Sekretärin, die beim Kaffeekochen ihre Erfüllung fand. Sie wusste, dass ihr das in der Dienststelle niemand abnahm. Immerhin hatte die Buchner keinen Spruch aus der Werbung zitiert. So wie: »Jacobs Kaffee – wunderbar …« oder »Cirkel-Kaffee – der richtige Sonntagmorgenduft«. Vielleicht übte sie das Lächeln der Damen ja doch heimlich abends vor dem Spiegel in ihrem Schlafzimmer. Wer weiß.

Sie nippte an ihrer Tasse mit abgespreiztem kleinem Finger der rechten Hand. Vermutlich noch Teil des Hofdamenspiels. Aber das musste auch mal enden.

»Frau Buchner, jetzt mal bitte Klartext. Was ist denn nun mit unserem Chef? Niemand weiß das doch besser als Sie.«

Sie nickte. »Herr Malgo, was ich jetzt sage, das bleibt bitte unter uns, ja?«

»Selbstverständlich.« Selbstverständlich war nur, dass Dienstgeheimnisse gewöhnlich weniger als einen Arbeitstag brauchten, um von der fünften Etage ins Erdgeschoss zu wandern, bis ins gläserne Riesenreich des Türdrachens Beckmann.

»Also gut. Dr. Dickopf hat den Innenminister um seine Versetzung in den vorzeitigen Ruhestand gebeten. Mit sofortiger Wirkung. Das hat er mir gestern mitgeteilt. Der plötzliche Tod seiner Frau hat ihn sehr mitgenommen. Das wissen Sie ja sehr wohl.«

Der Chef. Immer für eine Überraschung gut. Plötzlich zu verschwinden, das sah dem »Schlossgespenst« ähnlich.

»Malgo, Sie denken jetzt sicher, dass ich so etwas geahnt habe, nicht wahr?«

Hatte sie nun auch noch einen Schnellkurs im Gedankenlesen absolviert? Zusätzlich zu ihrer Assistentinnen-Fortbildung, ihren Abendkursen in Englisch und Französisch und den Wochenendwettbewerben in Steno und Maschinenschreiben?

»Natürlich, Frau Buchner. Jeder hier im Haus weiß, dass der Chef Ihnen vertraut.«

Das Telefon auf ihrem Schreibtisch klingelte. Karla Buchner sprang auf. »Ja, bitte?« Sie sah Malgo an. »Zwei Besucher, sagen Sie?« Sie grinste. »Keine Ausweise? Aha. Ich schicke ihn runter.« Sie kam wieder um ihren Schreibtisch herum, setzte sich aber nicht mehr. »Herr Malgo, Sie haben Besuch. Ein junger Mann und eine Frau. Ihnen von Ansehen und Person bekannt, sagt Beckmann.«

Unten auf dem Ecksofa unter dem Lübke-Porträt saßen Nadja und Jakob. Beckmann stand bei ihnen und erzählte eine seiner Lübke-Anekdoten, die alle im Haus schon mitsingen konnten. Nadja und Jakob offensichtlich noch nicht. Sie sah ihn als Erste.

»Da bist du ja endlich, Thomas. Wir wollten doch ins Kino.«

Sicher. Nur über den Film hatte sich die Familie noch nicht einigen können.

Jakob quengelte sofort. »Ich will nicht in ›Cleopatra‹, Papa. Außerdem ist der auf Englisch.«

Ein berechtigter Einwand. Seit wann interessierte sich Nadja für Filme in Fremdsprachen? Begleitete sie die Buchner jetzt nicht nur zum Einkaufen?

»Guten Tag erst mal, ihr zwei. Schön, dass ihr mich abholt.« Nadja sah richtig klasse aus. Schade, dass man sie enttäuschen musste. »Ich weiß zufällig, dass ›Cleopatra‹ vorerst nur im Kino in der amerikanischen Siedlung gezeigt wird. Die deutsche Fassung ist wohl noch nicht fertig. Ist also nichts für uns.«

Nadja gab sich noch nicht geschlagen. »Aber wo du doch jetzt so gute Kontakte zu den Amis hast.«

»Nadja, in den Film können wir gerne später gehen. Wenn er in der Innenstadt läuft. Nur wir beide, an einem romantischen Abend. Ja?«

Anstelle von Nadja nickte Jakob. »Und wir, Papa, wir gehen heute in ›007 jagt Dr. No‹. Gib dir einen Ruck. Mach es einfach Mama zuliebe. Sie kann James Bond anhimmeln und du flüsterst mir zu, was er für eine Kanone hat und ob er sie richtig hält. Ja?«

Nadja tat so, als habe sie Zugeständnisse gemacht, und küsste ihre beiden Männer. Selbst Beckmann bewies Taktgefühl, hielt der gesamten Familie die Tür auf und schwieg. Nur die Zeitung mit den großen Buchstaben in seiner Hand, die schwieg nicht. Sie schrie die neueste Meldung zur nächsten Staatsaffäre in die Welt hinaus.

»CALLGIRL-SKANDAL: Elisabeth II. ernennt neuen Heeresminister!«

Aber das war ja England. Sehr weit weg. So wie der Staatsbesuch der Queen in Bonn, erst im nächsten Jahr. Und wie alle Staatsbesuche Deckerts Baustelle.

EPILOG

Juli 1963

Nie hat ein Gefangener vergeblich nach mir verlangt. Aber dieser Gang, der wird brennen in meinem Herzen. Wie froh bin ich doch als junger Mensch gewesen, als ich las, dass im Grundgesetz die Todesstrafe abgeschafft wurde. Wie heißt es zu Beginn des Textes: »Im Bewusstsein seiner Verantwortung vor Gott und den Menschen …« Allein Gott entscheidet über unsere Zeit auf Erden. So sollte es sein. Doch wie groß war mein Entsetzen, als man mich darüber belehrt hat, dass es hier anders ist, hier in West-Berlin. Hier gilt allein das Recht der Alliierten.

Das Geraune über eine Guillotine im Keller kenne ich, seit ich diese Stelle als Seelsorger hier in Moabit angetreten habe. Vor mehr als fünf Jahren war das, und sie haben mich nie interessiert. Gerüchte gehören zu Gefängnissen wie die Tauben im Hof. So wie sie die Tauben füttern, so versorgen die Gefangenen auch die Gerüchteküche. Und das Wachpersonal hilft, die Latrinenparolen zu verbreiten.

Als ich vor der schweren grauen Tür angekommen bin, vor ihrem Verlies, da haben sie mich wieder erschreckt, die gewaltigen Riegel in diesem Trakt. Als der Schließer geöffnet hat und ich in ihre schmale Einzelzelle eintreten konnte, habe ich zu meinem inneren Erstaunen zunächst eigentlich alles so vorgefunden, wie ich es kenne. Die Gefangenen sehen immer zuerst auf meine Hände und auf meine Taschen. Sie reißen mir fast aus den Händen, was die Caritas bereitstellt. So auch diesmal. Wie wertvoll sind ihnen bebilderte Zeitschriften oder schmerzstillende Medikamente. Mit einer Zigarette, und wenn der Tabak aus Eselsdung wäre, kann man hier mehr Menschen für das Evangelium interessieren als mit dem gehaltvollsten Wort Gottes. Doch keine Tabakwaren habe ich in den Händen gehalten, sondern ein wenig Süßes. Ein Stück Schokoladenkuchen, den meine liebe Schwester zu unserem Kaffee beigesteuert hat. Über ein geeignetes Buch habe ich lange nachgedacht, bin aber zu keinem Entschluss gekommen. Gläubige Katholiken sind hier mit christlicher Lektüre wohlversorgt.

Doch Heiliger Michael, wie sehr hast du mir ausgerechnet heute, am Tag der Amtseinführung unseres Papstes, beistehen müssen. Meine Frage an die Gefangene, ob das Bedürfnis zu beichten besteht, ist mir unendlich schwergefallen. Möglichst unschuldig sollte sie klingen. Dabei hatte ich mich in diesem Moment bereits des Verschweigens schuldig gemacht. Heute sei bei mir reichlich Zeit vorhanden. »Wollen wir nicht einmal unser Gewissen erleichtern?«, sprach ich. Das Stichwort, die Zeit, wurde dankbar aufgenommen. Ohne Nachfrage, zu meiner Erleichterung. Denn sonst, das wissen die Gefangenen, müssen sie meine Aufmerksamkeit teilen mit vielen anderen, die der Zuwendung ebenfalls bedürfen. Auch zum Empfang der Heiligen Kommunion ist die Gefangene bereit gewesen. Die schmale Einzelzelle wurde so zum herrlichen Abendmahlssaal. Tränen flossen, aus Dankbarkeit und Freude. Und ich habe sie mit ihr geteilt, wenn auch aus anderem Grunde.

»Nun befreie, o Herr, die Seele deiner inhaftierten Dienerin von den Ketten ihrer Sünde. Und nimm nun die Todgeweihte auf in deine Herrlichkeit. Und richte, o Herr, über diejenigen hier auf Erden, die sich eine Entscheidung über Leben und Tod anmaßen, die nur dir zukommt. Einem Geschöpf Gottes das Leben zu rauben, und das am Tag vor der Audienz des Präsidenten bei unserem Papst. Eine wahrlich gottlose Tat, die die Abgründe ihrer Seelen offenbart.

Dein Wille geschehe, wie im Himmel, also auch auf Erden. In Ewigkeit, Amen.«

E ND E

ANMERKUNGEN ZUM SCHLUSS

Mich haben immer Kriminalromane fasziniert, die auf einer wahren Geschichte beruhen. Deshalb hat sich der geschichtliche Rahmen in »Vier Tage im Juni« ebenso wie in meinem ersten Buch »Operation Bird Dog« genau so abgespielt wie beschrieben. Und natürlich haben einige der Figuren reale Personen zum Vorbild.

Historisch belegt sind die Meinungsverschiedenheiten zwischen Konrad Adenauer und John F. Kennedy über die richtige Politik gegenüber der Sowjetunion. Im Mittelpunkt stand die Sorge der Bundesregierung, Kennedy könnte bei den von ihm gewünschten Friedensverhandlungen mit der Sowjetunion unter Erfolgsdruck geraten. Er könnte dann, so fürchtete Adenauer, Zugeständnisse auf Kosten der Deutschen machen. Befürchtet wurde, dass die Regierung der USA eine starke Bindung West-Berlins an die Bundesrepublik Deutschland nicht mehr unterstützen könnte oder sogar das Ziel der deutschen Wiedervereinigung aufgeben würde.

Auch ein zweiter Grundkonflikt zwischen Adenauer und Kennedy ergab sich aus der Beurteilung der Sowjetunion. Adenauer und andere führende westdeutsche Politiker hatten die Sorge, dass die USA ihr zentrales Verteidigungsversprechen nicht halten würden: die Zusicherung, Westdeutschland bei einem Angriff der Sowjetunion auch mit Atomwaffen zu verteidigen. Ich habe zwar keine Zitate gefunden, die belegen, dass sich deutsche Militärs und Politiker auch 1963 öffentlich eine atomare Bewaffnung der Bundeswehr wünschten. Doch Mitte bis Ende der Fünfzigerjahre war es erklärtes Ziel des Bundeskanzlers, der Bundeswehr eigene Atomwaffen zu verschaffen. Also Waffensysteme, die ohne Zustimmung der Amerikaner oder der NATO eingesetzt werden konnten (die entsprechenden Zitate finden sich im Anhang). Wahrscheinlich hatten Anfang der Sechzigerjahre weder Konrad Adenauer noch sein bis Ende 1962 amtierender Verteidigungsminister Franz Josef Strauß ihre Meinung dazu geändert. Die strategische Ausgangslage im Kalten Krieg bestand ja unverändert weiter. Nur forderten Mitglieder der Bundesregierung Anfang der Sechzigerjahre deutsche Atomwaffen für die Bundeswehr nicht mehr öffentlich. Denn ein solcher Wunsch besaß keinerlei Aussicht, erfüllt zu werden. Die Amerikaner waren nur bereit, amerikanische Atomwaffen auf bundesdeutschem Territorium zu stationieren, selbstverständlich ohne deutsche Verfügung über die Freigabe-Codes. Auch auf die Hilfe der Atommacht Frankreich konnten Adenauer und Strauß nicht mehr zählen. Denn Frankreichs Präsident de Gaulle hatte die in den Fünfzigern begonnene atomare Zusammenarbeit inzwischen beendet.

Vollständig in den Bereich der Fiktion gehören dagegen alle beschriebenen Attentatspläne und die damit verbundenen Figuren. Dazu zählt auch der erwähnte »Freundeskreis Himmerod« deutscher Generäle. Sicher gab es etliche deutsche Militärs, die Kennedys Politik entschieden ablehnten. Aber wohl niemand von ihnen hätte ein Attentat auf einen amerikanischen Präsidenten direkt oder indirekt unterstützt. Der Name »Freundeskreis Himmerod« verweist allerdings auf das einsam gelegene Kloster Himmerod in der Eifel. Hier trafen sich im Jahr 1950 deutsche Generäle im Auftrag Adenauers, um in einer Geheimkonferenz die Grundstruktur der Bundeswehr zu entwerfen.

Manche Attentate auf Politikerinnen und Politiker sind uns noch gut in Erinnerung. Für andere gilt das nicht mehr. Dazu gehören versuchte oder verhinderte Angriffe. Offiziell nie bestätigt wurden dagegen Berichte, denen zufolge ein geistig verwirrter pensionierter Postbeamter im Dezember 1960 versucht haben soll, John F. Kennedy zu töten. Nach Kennedys Wahlsieg, aber noch vor dessen Amtsantritt soll er in Kennedys Ferienort in Florida mit einem Auto voller Sprengstoff aufgekreuzt sein, den Attentatsplan dann aber fallen gelassen haben.

Weitgehend in Vergessenheit geraten ist auch ein versuchtes Attentat auf Bundeskanzler Konrad Adenauer. Im März 1952 starb in München ein Sprengmeister bei dem Versuch, ein an Adenauer adressiertes Paket zu öffnen. Die Bundesregierung wusste um den Verdacht gegen mutmaßliche Terroristen aus Israel, beklagte das aus außenpolitischen Gründen aber offiziell nicht. Die Motive der Attentäter, zu denen ein später hochrangiger Politiker Israels gehört haben soll, sind aus heutiger Perspektive kaum noch nachzuvollziehen. Sicher ist nur, dass die Bundesregierung nach diesem Attentatsversuch reagierte. Sie bewilligte der bereits ein Jahr zuvor gegründeten Sicherungsgruppe Bonn mehr Mitarbeiter, um dem Bundeskanzler, führenden Politikern und Staatsgästen mehr persönliche Sicherheit bieten zu können.

Der Sitz der Sicherungsgruppe, seit ihrer Gründung eine Abteilung des Bundeskriminalamtes, ist seit 1999 Berlin. Sie ist heute aber – anders als zu Zeiten etwa der Rote Armee Fraktion oder während der Guillaume-Affäre – nicht mehr für Ermittlungen bei Hoch- und Landesverrat zuständig. Die Arbeit der Sicherungsgruppe stand ohnehin nie so sehr im Blickpunkt wie die ihrer Kolleginnen und Kollegen vom Secret Service.

Wie in »Operation Bird Dog« haben auch in »Vier Tage im Juni« manche Figuren deutliche Verbindungen mit Personen der Zeitgeschichte. In allen Fällen sind die Handlungen und Aussagen dieser Figuren in diesem Buch fiktiv. Ihr im Text erwähnter persönlicher Hintergrund enthält nur manchmal Elemente der realen Biografie. Manche Figuren tragen sogar den Namen der entsprechenden Person der Zeitgeschichte. Das gilt beispielsweise für Kennedys Berater Ted Sorensen und ebenso für Paul Dickopf, den früheren Chef des Bundeskriminalamtes. Sein Name steht für den sehr lange sehr starken Einfluss von Nazis oder Ex-Nazis im Bundeskriminalamt. Dickopf war tatsächlich Doppelagent und lieferte Informationen an Dienste der USA.

Zu den Personen der Zeitgeschichte zählen auch manche Nebenfiguren wie der Kölner Regierungspräsident Dr. Franz Grobben, der im homophoben Klima der Sechzigerjahre zurücktreten musste. Er wird im Rahmen der Vorbereitungen zum Kennedy-Besuch erwähnt.

Andere Figuren verweisen mit ihrer Biografie im Text nur auf Personen der Zeitgeschichte, ohne aber deren Namen zu tragen. So sind große Teile der Vergangenheit des im Kapitel »Tag drei« erwähnten Generals Dandoc der Biografie von General Truman H. Landon entnommen. General Landon führte von Mitte 1961 bis zu seinem Abschied ein paar Tage nach Kennedys Besuch in Hanau das Kommando über die US Air Force in Europa. Reine Fiktion dagegen sind seine Äußerungen und sein Verhalten in meinem Text. Das gilt zum Beispiel für Äußerungen General Dandocs zur Russlandpolitik seines Präsidenten bei den überwiegend fiktiven Szenen während Kennedys Truppenbesuch am 25. Juni 1963 in Hanau.

Dagegen haben sich andere beschriebene Szenen so ereignet. Dazu gehört etwa die Schrecksekunde bei der Pressekonferenz des amerikanischen Präsidenten in Bonn im großen Sitzungssaal des Auswärtigen Amtes am 24. Juni 1963. Dieter Sander, damals Toningenieur des WDR, hat davon in

Christine Rüttens sehenswerter Dokumentation »Mit Kennedy durch Deutschland« berichtet (bei YouTube verfügbar).

Natürlich wäre dieses Buch nicht entstanden, wenn ich nicht viel Unterstützung erhalten hätte. Etwa durch Menschen, die mir von ihrer Arbeit in den Sechzigerjahren berichtet haben. Dies gilt etwa für Mitarbeiter der Sicherheitsbehörden. In diesem Bereich bin ich Günther Scheicher, einem frühen Mitglied der Sicherungsgruppe Bonn und leitendem Mitarbeiter des Bundeskriminalamtes, zu großem Dank verpflichtet. Ebenso gilt ein besonderer Dank Heinz-Werner Aping. Als Direktor beim Bundeskriminalamt leitete er von 2001 bis 2014 die Abteilung Sicherungsgruppe und war in dieser Funktion auch für den Schutz der Mitglieder der Bundesregierung und ihrer Staatsgäste verantwortlich. Heinz-Werner Aping war so freundlich, mir eine grundsätzliche Vorstellung von der Arbeit der Sicherungsgruppe zu vermitteln. Für alle Details in der Beschreibung der Arbeit von Personenschützern (und daher auch für mögliche Irrtümer) ist dagegen ausschließlich der Autor verantwortlich.

Die Arbeit einer Sekretärin in den Sechzigern brachten mir Gespräche mit und Bücher von Christa Bruhn-Jade nahe. Mit ihr kam ich als Ergebnis freundlicher Unterstützung durch den Bundesverband Sekretariat und Büromanagement in Kontakt.

Zudem verdanke ich wie bereits bei meinem ersten historischen Thriller »Operation Bird Dog« vielen Freunden und Bekannten als Erstleserinnen und Erstleser des Manuskripts wertvolle Anregungen. Zu ihnen gehören Frauke Koschinski, Kay Bandermann, Brigitta Lange, Heinrich Truß (mit einem besonderen Blick für Korrekturbedarf im Detail), Bettina Rolfes, Andreas Sanders und Stefan Metzler.

Als erneut sehr freundlich und hilfsbereit erwiesen sich auch diesmal die Mitarbeiterinnen und Mitarbeiter der verschiedenen Archive. Besonders herausheben möchte ich das Bundesarchiv in Koblenz und die Landesarchive Rheinland und Berlin. Ich habe sehr viele Dokumente einsehen können. Darunter Akten, die zeigen, durch welche ungewöhnlichen Umstände es wirklich zum Besuch John F. Kennedys kam (Auszug aus einem Dokument dazu im Anhang). Sehr gerne hätte ich auch Akten zu Details der Arbeit der Sicherungsgruppe Bonn ausgewertet. Das wäre nicht nur mit Blick auf den Besuch John F. Kennedys, sondern auch im Jahr zuvor beim Besuch de Gaulles interessant gewesen. Doch in dem betreffenden Bestand des Bundesarchivs fehlen genau diese beiden Jahre 1962 und 1963, und zwar vollständig. Ich war offenbar der erste Nutzer, der dies bemerkte. Der zuständige Archivar hatte dafür leider keine Erklärung, vermerkte die Lücke allerdings in der Bestandsübersicht. So ist der nächste Interessent zumindest nicht mehr überrascht. Die Akten sind dem Archiv offenbar unvollständig übergeben worden, aus welchem Grund auch immer.

ANHANG – DOKUMENTE

Alle im Text zitierten Dokumente sind im Originalwortlaut wiedergegeben, meist nur in Auszügen. Einige zusätzliche Dokumente hier etwas ausführlicher:

Die Forderung nach einer atomaren Bewaffnung der Bundeswehr
(Aus dem Protokoll der 144. Kabinettssitzung am 20. Juli 1956 in Bonn)
Der Bundesminister für Atomfragen (Franz Josef Strauß) führt aus: »[...] Das hektische Tempo in der Sowjetunion auf dem Gebiet der Atomrüstung habe zunächst psychologisch-politische Gründe. Man wolle den USA den Atomblitz aus der Hand schlagen. Wenn die Sowjetunion eine den USA vergleichbare Atommacht geworden sein würde, könnten sich die USA zu der Drohung mit dem Atomeinsatz nur noch dann entschließen, wenn für sie lebenswichtige Interessen auf dem Spiel stünden. Dies würde beispielsweise nicht mehr der Fall sein, wenn die Sowjets etwa West-Berlin besetzen würden. Die USA würden dann wahrscheinlich zur Verteidigung Berlins nicht mehr die Verwüstung ihres Kontinents riskieren. Aus diesem Grunde versuchten die Vereinigten Staaten, das Übergewicht auf dem Gebiete der Atomrüstung zu halten. Akute Schlussfolgerungen habe die deutsche Politik hieraus vor-

läufig nicht zu ziehen. Es müsse aber verlangt werden, dass die Bundesrepublik über alle militärischen Pläne des Westens hinreichend unterrichtet würde, damit der Aufbau der deutschen Bundeswehr in Übereinstimmung mit diesen Planungen militärisch wirksam vor sich gehen könnte und nicht nur als wirtschaftliche Bremse für die Konkurrenzfähigkeit der Bundesrepublik auf den Weltmärkten wirke. Eine Nation, die heute nicht selbst Atomwaffen produziere, sei deklassiert.«

(zitiert nach: Kabinettsprotokolle online. www.bundesarchiv.de)

(Aus dem Protokoll der 164. Kabinettssitzung am 19. Dezember 1956 in Bonn

»[...] Der Bundeskanzler weist auf einen Bericht der ›Neuen Zürcher Zeitung‹ hin, wonach der Kongress der Vereinigten Staaten den Einsatz von Atomwaffen beschließen müsse. Eine solche Beschlussfassung sei doch irreal. Das Gleiche gelte für den einstimmigen Beschluss der NATO. Es sei daher dringend erforderlich, dass die Bundesrepublik selbst taktische Atomwaffen besitze.«

(zitiert nach: Kabinettsprotokolle online. www.bundesarchiv.de)

(Aus dem Protokoll der Bundestagssitzung am 25. März 1958 in Bonn)

In dieser Sitzung beschließt die Mehrheit der Abgeordneten des Deutschen Bundestages, dass die Bundeswehr »mit modernsten Waffen« ausgerüstet werden soll. Der Begriff »modernste Waffen« war damals ein Synonym für Atomwaffen. (Der Antrag war von den Fraktionen der CDU/CSU

und der Deutschen Partei eingebracht worden. Die Fraktionen von CDU und CSU verfügten allein bereits über die
absolute Mehrheit.)

Antrag der Fraktionen CDU/CSU und DP (Umdruck 41)
»[...] Der Bundestag stellt fest, dass die Bundeswehr lediglich der Erhaltung des Friedens und der Verteidigung dient.
Darum fordert er die Bundesregierung auf, bis zum Zustan-
dekommen eines allgemeinen Abrüstungsabkommens den
Aufbau der deutschen Landesverteidigung im Rahmen der
nordatlantischen Verteidigungsgemeinschaft fortzusetzen.
In Übereinstimmung mit den Erfordernissen dieses Vertei-
digungssystems und angesichts der Aufrüstung des möglichen Gegners müssen die Streitkräfte der Bundesrepublik
mit den modernsten Waffen so ausgerüstet werden, dass sie
den von der Bundesrepublik übernommenen Verpflichtun-
gen im Rahmen der NATO zu genügen vermögen und den
notwendigen Beitrag zur Sicherung des Friedens wirksam
leisten können. [...] Bonn, den 25. März 1958«
(Zitiert nach www.bundestag.de – Plenarprotokoll der
21. Sitzung)

*

Wie der Besuch des Präsidenten der USA entstand

18. Januar 1963. Fünf Monate vor dem Besuch John F. Ken-
nedys.
Dokumente, einsehbar im Bundesarchiv Koblenz, Archiv-
Signatur B 136 / 2083 (Bundeskanzleramt / Beziehungen
zum Ausland / Besuche ausländischer Persönlichkeiten in
Deutschland / mehrere Länder betreffend). Leicht gekürzte

wörtliche Wiedergabe. Im anschließenden Dokument werden folgende Personen erwähnt:

Hans Globke, Staatssekretär, Leiter des Bundeskanzleramtes.

Walter Dawling, Botschafter der Bundesrepublik Deutschland in Rom.

Amintore Fanfani, Ministerpräsident Italien.

Pierre Salinger, Pressesprecher The White House.

Horst Osterheld, Vortragender Legationsrat Erster Klasse, Leiter des außenpolitischen Büros im Bundeskanzleramt.

»Bonn, den 17. Januar 1963. (Über den Herrn Staatssekretär Globke dem Herrn Bundeskanzler vorzulegen.)

Botschafter Dawling bat mich gestern zu sich, um mir mitzuteilen, dass durch eine unvorsichtig formulierte Tischrede von Fanfani bekannt wurde, dass Kennedy eine Einladung Fanfanis zu einem Arbeitsbesuch nach Rom angenommen hat.

Präsident Kennedy möchte nun den Herrn Bundeskanzler wissen lassen, dass er ihn leider nicht rechtzeitig unterrichten und auch mit ihm einen Besuch abstimmen konnte. Er wäre froh, wenn er nunmehr auch eine Einladung für einen informellen Arbeitsbesuch nach Bonn erhielte. Der Besuch in Bonn sollte im Anschluss an den Besuch in Rom stattfinden.

Botschafter Dawling bat, dass der Herr Bundeskanzler Präsident Kennedy die Einladung in einem kurzen Brief aussprechen möchte. Ein Entwurf ist beigefügt.

Heute Morgen nun teilte Herr Dawling mit, dass Herr Salinger heute um 18 Uhr (deutscher Zeit) eine Pressekonferenz habe, dabei die Einladung nach Rom zugeben müsse und dann auch gern den Bonner Besuch ankündigen möchte. Botschafter Dawling bittet den Herrn Bundeskanzler, einer derartigen Verlautbarung zuzustimmen. Ich habe Herrn

Dawling darauf hingewiesen, dass wir es dann zum selben Zeitpunkt auch hier bekannt geben werden, womit er sich einverstanden erklärte.

(Dr. Osterheld)«

(Durchschrift Entwurf Schreiben des Bundeskanzlers an seine Exzellenz, den Präsidenten der Vereinigten Staaten von Amerika)

»Bonn, den … Januar 1963

Sehr geehrter Herr Präsident,

ich habe gehört, dass Sie beabsichtigen, sich im Frühjahr zu einem Besuch nach Rom zu begeben. Ich hoffe, dass es Ihnen möglich sein wird, in Verbindung mit dieser Reise auch für ein paar Tage zu einem Arbeitsbesuch nach Bonn zu kommen. Es wäre mir, der Bundesregierung und dem deutschen Volk eine Ehre und eine sehr große Freude, Sie, den Präsidenten der Führungsmacht der freien Welt, bei uns willkommen zu heißen.

Mit herzlichen Grüßen,   (gez. Adenauer)«

(Presseerklärung Bundeskanzleramt) »Bonn, 18. Januar 1963 – Sperrfrist 18.00

Der Präsident der Vereinigten Staaten John F. Kennedy hat eine Einladung von Bundeskanzler Dr. Adenauer angenommen, zu einem Besuch nach Bonn zu kommen. Der Präsident beabsichtigt, den Besuch, der den Charakter eines informellen Arbeitsbesuches hat, im Anschluss an seine vor Kurzem angekündigte Rom-Reise durchzuführen. Ein genauer Termin für beide Reisen wird noch festgelegt.«

*

Durch das Grundgesetz war die Todesstrafe zwar in der Bundesrepublik verboten. (Artikel 102: »Die Todesstrafe ist abgeschafft.«) Doch West-Berlin blieb eine Stadt mit Sonderstatus unter alliiertem Recht, und zwar bis zum Jahr 1990. Die Verordnung Nr. 511 der Alliierten, die in den westlichen Besatzungszonen Berlins seit 1951 die Todesstrafe bei Angriffen auf Alliierte Streitkräfte erlaubte, galt daher hier weiter. Erst im März 1989 wurde die Verordnung von der Alliierten Kommandantur, also den Vertretern der USA, Frankreichs und Großbritanniens, aufgehoben. Ein Urteil mit Todesstrafe hatte es in diesen fast vierzig Jahren nie gegeben.

Der Text des Artikels 1 der Verordnung Nr. 511 im Wortlaut:
»Es wird hiermit angeordnet: Wer
Spionage begeht, um die Sicherheit oder die Interessen der Besatzungsbehörden oder Besatzungsstreitkräfte zu beeinträchtigen; oder
unbefugt Nachrichten übermittelt, die geeignet sind, die Sicherheit oder das Vermögen der Alliierten Streitkräfte zu gefährden, oder wenn er in den Besitz solcher Nachrichten gelangt, die Kenntnis dieser Nachricht unbefugt für sich behält, ohne sie unverzüglich an die Besatzungsbehörden weiterzugeben; oder
Sabotage in irgendeiner Weise begeht, um die Alliierten Streitkräfte in der Ausübung ihrer Befugnisse oder in der Ausführung ihrer Aufgaben zu stören oder zu behindern; oder
unter Benutzung einer Waffe Alliierte Streitkräfte angreift oder ihnen Widerstand leistet; oder
einen Angehörigen der Alliierten Streitkräfte angreift und dadurch seinen Tod oder dauerhafte Körperbeschädigung herbeiführt,

wird

a) mit dem Tode oder mit einer Freiheitsstrafe, für die kein Höchstmaß besteht, unter Einschluss lebenslänglicher Freiheitsstrafe, und

b) mit einer Geldstrafe bis zu 500.000 DM oder mit einer der in a) oder b) bezeichneten Strafen bestraft.

Diese Verordnung tritt am 15. November 1951 in Kraft.

G. K. Bourne, General-Major, Oberbefehlshaber Berlin (britischer Sektor)

L. Mathewson, General-Major, US-Kommandant, Berlin

Général de Brigade Carolet, Chef der französischen Militärregierung von Berlin.«

VERWENDETE LITERATUR

O. M. Artus: Präsident John F. Kennedy in Deutschland. Düsseldorf 1965

Elisabeth Brinkmann: Der letzte Gang. Ein Priesterleben im Dienste Todgeweihter. Erinnerungen an meinen Bruder. Münster 1952

Christa Bruhn-Jade: Sekretärinnen Lexikon. Landsberg a. L. 12. Aufl. 1989

John F. Kennedy: Unter Deutschen. Reisetagebücher und Briefe 1937–1945 Berlin 2013

Robert Lochner: Ein Berliner unter dem Sternenbanner. Berlin 2003

Horst Osterheld: Konrad Adenauer – ein Charakterbild. Bonn 1973

Ted Sorensen: Counselor – A Life at the Edge of History. New York, N.Y. 2008

Rolf Steininger: Die USA und Europa nach 1945. Reinbek 2018

Heiner Timmermann: Die Himmeroder Denkschrift vom 9. Oktober 1950. Nonnweiler. o. J.

Susanne Wiborg, Jan Peter Wiborg: Glaube Führer Hoffnung – der Untergang der Clara S. München 2015

Weitere Titel finden Sie auf den
folgenden Seiten und im Internet:

WWW.GMEINER-VERLAG.DE

Tödliche D-Mark

Jan-Christoph Nüse
Operation Bird Dog
Zeitgeschichtlicher Krimi
437 Seiten, 13,5 x 21 cm
Premium-Klappenbroschur
ISBN 978-3-8392-2283-6
€ 15,00 [D] / € 15,50 [A]

1948. Zwischen den Mächten der Alliierten treten immer deutlicher unterschiedliche Interessen zutage. Deutschland steht vor einer Zerreißprobe. Die Sowjetunion isoliert West-Berlin. Einige Monate nach der Währungsreform wird der Bankier Dr. Victor Wrede tot aufgefunden. Neben ihm liegen seine tote Frau und der bewusstlose Sohn Carl. Jahre später sucht Carl Wrede nach den Gründen für den Tod seiner Eltern. Dabei stößt er auf einen Betrug während der Währungsreform, der bisher unentdeckt blieb. Und auch unentdeckt bleiben sollte.

GMEINER SPANNUNG

WWW.GMEINER-VERLAG.DE
Wir machen's spannend